サン゠テグジュペリにおける「語り」の探求

――『南方郵便機』から『星の王子さま』へ――

藤田　義孝

―目　次―

0. 序論：分析の枠組 …………………………………………… 9
  - 0.1. 作品の予備的分類　11
  - 0.2. リントヴェルトによる類型論の問題点　13
  - 0.3. 一人称物語と三人称物語における物語状況　16
    - 0.3.1. 語り手と物語世界の関係　17
    - 0.3.2. 語り手と登場人物の関係　18
    - 0.3.3. 語り手と事物の関係　19
  - 0.4. 語りにおける「視点」の問題　20
  - 0.5. まとめ：我々の分析枠組　23

1.『南方郵便機』分析 …………………………………………… 25
  - 1.1. 物語構造の概要　25
  - 1.2. 物語情報制御　27
    - 1.2.1. 言葉による情報伝達　27
    - 1.2.2. 体験の共有　30
    - 1.2.3. 情報過剰：一人称物語の制約違反　35
  - 1.3. 語り手と登場人物の関係　40
  - 1.4. 物語における一人称的語り手の機能　47
    - 1.4.1. 錯時法と語り手の機能　47
    - 1.4.2. 転説法の問題　50
  - 1.5. まとめ　54

2.『夜間飛行』分析 …………………………………………… 59
  - 2.1. 物語構造の概観　59

- 2.2. 語りの「視点」の問題　60
  - 2.2.1. 焦点化の境目における情報制限　60
  - 2.2.2. 視点主体／視点対象としての登場人物間の関係　64
    - 2.2.2.1. 視点対象としての登場人物　64
    - 2.2.2.2. 視点主体としての登場人物　68
- 2.3. 語り手と登場人物の関係　76
  - 2.3.1. ロビノーに対する「協和音」と「不協和音」　77
  - 2.3.2. リヴィエールに対する「協和音」：留保と賞賛　80
- 2.4. 三人称的語り手の機能　83
  - 2.4.1. 語り手のステータスの推移：物語タイプの変化　83
  - 2.4.2. 加速の効果　91
  - 2.4.3. 語り手の機能の変化　93
- 2.5. まとめ　96

3. 『人間の大地』分析　101

- 3.1. 物語構造の概観　101
- 3.2. 物語情報制御の問題　103
  - 3.2.1. 証言　104
    - 3.2.1.1. ギヨメの身体観察と証言　104
    - 3.2.1.2. スペイン人伍長の身体観察と証言　108
  - 3.2.2. 体験の共有　113
  - 3.2.3. 物語における情報過剰　117
    - 3.2.3.1. 証言伝達における情報過剰　117
    - 3.2.3.2. 体験の共有における情報過剰　122
    - 3.2.3.3. フィクション的語りにおける情報過剰　124
    - 3.2.3.4. その他の情報過剰　129
- 3.3. 語り手と登場人物の関係　130
  - 3.3.1. 語られる人物　130
  - 3.3.2. 回想される人物　132

3.3.3. 「私」のエートスの射程　133
3.4. 物語における一人称的語り手「私」の機能　135
　3.4.1. 物語の連辞的結合機能　135
　3.4.2. 物語の範列的統合機能　139
3.5. まとめ　142

4. 『戦う操縦士』分析　147

4.1. 物語構造の概観　147
4.2. 物語情報制御の問題　150
　4.2.1. 言語による情報伝達　150
　4.2.2. 体験の共有　156
　4.2.3. 情報過剰による制約違反（三人称的フィクション）　159
　　4.2.3.1. 敗戦下の状況：兵士と避難民、司令部と隊長　159
　　4.2.3.2. 隊長アリアス　163
　　4.2.3.3. 戦友ラコルデール　166
　　4.2.3.4. 模範的戦友オシュデ　168
4.3. 語り手と登場人物の関係　170
　4.3.1. 語り得ない絆　170
　4.3.2. 登場人物への呼びかけ　172
4.4. 一人称的語り手の機能　177
　4.4.1. 「私1」の機能　178
　　4.4.1.1. 登場人物「私1」　178
　　4.4.1.2. 語り手「私1」　179
　4.4.2. 「私2」の機能　183
　　4.4.2.1. 登場人物「私2」　183
　　4.4.2.2. 語り手「私2」　185
　4.4.3. 行動する「私」への回帰　190
4.5. まとめ　193

5. 『星の王子さま』分析 ……………………………………… 197
- 5.1. 物語構造の概観　197
- 5.2. 物語情報制御の問題　200
  - 5.2.1. 語られる情報の取得：言語伝達　200
  - 5.2.2. 物語情報と挿絵　204
    - 5.2.2.1. 物語における挿絵の位置づけ　205
    - 5.2.2.2. 挿絵の提示する情報　210
  - 5.2.3. 情報過剰による制約違反　213
    - 5.2.3.1. 語りにおける情報過剰　213
    - 5.2.3.2. 挿絵における情報過剰　216
- 5.3. 語り手と登場人物の関係　221
  - 5.3.1. 登場人物への呼びかけ　221
  - 5.3.2. 語り手の描いたヒツジと登場人物の実在性　222
- 5.4. 一人称的語り手の機能　229
  - 5.4.1. 語り手のエートス　229
  - 5.4.2. 語り手と読み手の関係：物語世界と物語受容　231
- 5.5. まとめ　236

結論 ……………………………………………………………… 239

- 『星の王子さま』挿絵一覧　245
- 参考文献　246
- あとがき　253

サン＝テグジュペリにおける「語り」の探求

—— 『南方郵便機』から『星の王子さま』へ ——

0. 序論：分析の枠組

　飛行士としての経歴を持つサン=テグジュペリは、その経験を元に、空から見た地球と人間という新しい世界観を詩的なイメージで表現し、人間の連帯を訴えた。それゆえ、彼の作中に飛行士や詩人、ヒューマニストとしてのサン=テグジュペリの姿を求めることは、読み手としては当然の態度といえるかもしれない。しかし、彼の残した作品は自伝でも詩でも論文でもなく、物語である。だとするなら、我々読み手にとってのサン=テグジュペリとは、まず何よりも優れたストーリーテラーであるはずだ。

　ところが、ミシェル・ケネルによれば、サン=テグジュペリは「本質的にストーリーテラーではない」という[1]。すなわち、「行為への関心はなおざりにされてはいないが、筋立てへの関心は放棄されている」のであり、「小説的なもの（ロマネスク）の誘惑は、彼においてはごくわずかな重みしか持たない」というのである[2]。確かに、彼を小説家と呼ぶことには違和感を伴うし、彼の作品が本当に「小説」かどうかという点にも議論の余地があろう。

　では、サン=テグジュペリは一体どのような物語の書き手だったのか。この問いには、様々な角度からのアプローチが可能である。作家における美学[3]、創作[4]、イメージがどのようなものであったかを明らかにするアプローチもあるが[5]、我々はサン=テグジュペリの作品における物語の技法を分析することで、上の問いに対する答えの手がかりとしたい。彼の残した作品が物語である以上、まずは作品を物語として読み、彼の物語作家としての工夫や技巧を見極めることが必要と思われるからである。ただし、ケネルも指摘するとおり、サン=テグジュペリが、未知なる結末への興味で読み手を引っ張るストーリーテラーでないことは明らかだ。そのため、物語分析にあたっては、プロップやグレマス、ブレモンらに代表

1　Michel Quesnel, « La création chez Saint-Exupéry », *Études littéraires*, vol.33 no.2, été, 2001, p.17.
2　*Ibid.*, pp.17-18.
3　Carlo François, *L'Esthétique d'Antoine de Saint-Exupéry*, Paris ; Neuchâtel : P., Delachaux et Niestlé, 1957.
4　Michel Quesnel, « La création chez Saint-Exupéry », *op.cit.*
5　Geneviève Le Hir, *Saint-Exupéry ou la force des images*, Éd. Imago, 2002.

されるストーリー・プロット分析ではなく[6]、ジュネットに代表されるナレーション分析の枠組みを採用したい[7]。サン＝テグジュペリの作品が、筋立てという点では比較的単純な物語であり、話の結末への強い興味をかき立てるわけでもないにせよ、それでも高く評価され人気を獲得したのは、文学における飛行機というテーマの新しさ以外に、読み手を引きつける文体や語りの技巧が大きな役割を果たしたと考えられるからである。

　物語を書くとなれば、作家は様々な選択をしなくてはならないが、なかでも語り手のタイプを一人称的（等質物語世界的）語り手にするか、三人称的（異質物語世界的）語り手にするかという選択は、物語の基本的な形を決める重要な問題である[8]。たとえば、プルーストは一人称小説の大作『失われた時を求めて』に先立ち、『ジャン・サントゥイユ』と題された三人称小説を書いていたし、サン＝テグジュペリも、事実上の処女作となる一人称小説『南方郵便機』の前に、その原型となる『ジャック・ベルニスの脱出』という三人称小説を書こうとしていた。つまり二人の作家は、類似のテーマの下に、一人称か三人称かという点で語り形式の異なるいわば試作品を書いていたわけであり、そこからも物語タイプの選択が作家にとって決して簡単な問題ではないことがうかがわれよう。

　サン＝テグジュペリの作品全体を見るならば、とりわけ晩年にかけて一人称的語り手が好んで用いられたことは明らかである。なぜなら、彼の作品の大半、すなわち『南方郵便機』(*Courrier Sud*, 1929)[9]、『人間の大地』(*Terre des hommes*, 1939)、『戦う操縦士』(*Pilote de guerre*, 1942)、『星の王子さま』(*Le Petit Prince*,

---

6　ウラジーミル・プロップ、北岡誠司・福田美智代訳『昔話の形態学』水声社、1987. A.J. グレマス、田島宏・鳥居正文訳『構造意味論』紀伊國屋書店、1988. クロード・ブレモン、阪上脩訳『物語のメッセージ』審美社、1975.

7　Gérard Genette, *Figures III*, Seuil, « Poétique », 1972. （ジェラール・ジュネット、花輪光・和泉涼一訳『物語のディスクール』水声社、1985.）

8　ジュネットは、伝統的に「一人称」、「三人称」と呼ばれてきた物語形式を、それぞれ「等質物語世界的」、「異質物語世界的」と呼び換える用語法を提案している。「小説家の選択とは、二つの文法形式のいずれを選ぶかということではなくて、次に挙げる二つの語りの姿勢のうち、いずれを選ぶかという点にある（どのような文法形式を選ぶかは、その機械的な帰結にすぎない）。すなわち、物語内容を語らせるにあたって、「作中人物」の一人を選ぶか、それともその物語内容には登場しない語り手を選ぶか、という選択である」. *Ibid.*, p.252. （同書、pp.287-288.）ジュネットの提案は正当なものだが、訳語の煩雑さを避けるため、本論では伝統的な「一人称」「三人称」を、それぞれ「等質物語世界的」「異質物語世界的」の意味で用いる。

9　『南方郵便機』は原則として一人称物語と見なしうるが、物語全体を通じて一人称語りと三人称語りが交互に配置され、語り形式という点で問題を孕んだ構成となっている。

1943)の四作品(遺作の『城砦』(*Citadelle*, 1948)も加えると五作品)が一人称物語として書かれており、三人称物語は未完の断片である『飛行士』(*L'Aviateur*, 1926)と『夜間飛行』(*Vol de nuit*, 1931)の二作だけで、いずれも作家が比較的若い時期にしか書かれていないからだ。

では、なぜサン=テグジュペリの作品においては最終的に一人称的語り手が選ばれたのか。作家にとって一人称体という語り形式の選択にはどのような意味があったのか。この問いに答えるため、我々はサン=テグジュペリの物語作品において一人称／三人称の語り手が果たす機能を分析し、どのような必然性から一人称／三人称の語りが選ばれたのかを考察する[10]。分析の対象は物語として完結した五作品、すなわち『南方郵便機』、『夜間飛行』、『人間の大地』、『戦う操縦士』、『星の王子さま』である[11]。

0.1. 作品の予備的分類

サン=テグジュペリの作品全体を見れば明らかに一人称物語が多いことが分かるが、ここではヤップ・リントヴェルトの類型論によってさらに細かい分類を試み、分析の最初の足がかりとする[12]。リントヴェルトは、「語り手と行為者(登場人物)の間の機能的対立」を類型論の出発点とし、ジュネットの二分法を「物語の二つの基本形」として用いている。語り手と行為者の対立は、伝統的に「視

---

10 サン=テグジュペリ作品の底本としたのはプレイアード版二巻本の Antoine de Saint-Exupéry, *Œuvres complètes* [édition publiée sous la direction de Michel Autrand et Michel Quesnel], Gallimard, « Bibliothèque de la Pléiade », t.1, 1994 ; t.2, 1999 である。引用の後には、次に挙げるとおり作品名の略号とプレイアード版におけるページ数を示す。略号：*Courrier Sud* = CS, *Vol de nuit* = VN, *Terre des hommes* = TH, *Pilote de guerre* = PG, *Le Petit Prince* = PP. なお、引用文の和訳にあたっては次の既訳を参考にさせていただいた。山崎庸一郎訳『南方郵便機・人間の大地』みすず書房、1983. 山崎庸一郎訳『夜間飛行・戦う操縦士』みすず書房、1984. 堀口大學訳『夜間飛行』新潮文庫、1956. 堀口大學訳『人間の土地』新潮文庫、1955. 稲垣直樹訳『星の王子さま』平凡社ライブラリー、2006. 三野博司訳『星の王子さま』論創社、2005.

11 短編『飛行士』(*L'Aviateur*)は、サン=テグジュペリの書いたものが活字になった最初の作品であり、『銀の船』(*Le Navire d'argent*)誌に1926年に掲載された。これは『ジャック・ベルニスの脱出』(*L'Évasion de Jacques Bernis*)という小説の一部(断章)であるが、『ジャック・ベルニスの脱出』は未完で原稿は残されていない。未完の断章と完結した作品を同列に扱うことはできないため、本論では『飛行士』を分析対象としない。『飛行士』については *Œuvres complètes, op.cit.*, t.1, p.878参照。同じ理由で、作品というよりは膨大な遺稿の集積である『城砦』(*Citadelle*)も本論では取り扱わない。

12 Japp Lintvelt, *Essai de typologie narrative. Le « point de vue »*, 2e éd., José Corti, 1989 [1re éd. 1981], pp.37-39.

点」と呼ばれてきた「読解の方向付けの中心」を定める助けとなり、この指標を元にして基本形の内部にいくつかのタイプが区別できるという。つまり、「読解の方向付けの中心」が物語の紡ぎ手（auctor）たる語り手側にあるとき、すなわち語り手に焦点化されているときは「語り手視点」（auctoriel）のタイプであり、行為者（actor）のうち誰かの側にあるとき、すなわち登場人物に焦点化されているときは「人物視点」（actoriel）のタイプであり、そして焦点が語り手の側にも登場人物の側にもなく、物語内の行為が「客観的にカメラで記録されているような」外的焦点化によって語られるときは「中立視点」（neutre）のタイプというわけである[13]。

このように、ジュネットの二分法と「読解の方向付けの中心」の位置という基準（語り手視点／人物視点／中立視点）を組み合わせることで、リントヴェルトは五つの物語タイプを区別している。すなわち「一人称・語り手視点」、「一人称・人物視点」、「三人称・語り手視点」、「三人称・人物視点」、「三人称・中立視点」である[14]。こうしたリントヴェルトの類型論に従えば、サン゠テグジュペリの作品は、およそ次のように分類されるだろう。

（『飛行士』 *L'Aviateur*	三人称・人物視点）
『南方郵便機』 *Courrier Sud*	一人称・人物（語り手）視点
『夜間飛行』 *Vol de nuit*	三人称・人物視点
『人間の大地』 *Terre des hommes*	一人称・語り手視点
『戦う操縦士』 *Pilote de guerre*	一人称・人物視点
『星の王子さま』 *Le Petit Prince*	一人称・語り手視点
（『城砦』 *Citadelle*	一人称・語り手視点）

＊丸カッコ内は本論で扱わない作品

13　*Ibid.*, p.38.
14　ジュネットの二分法を三通りの視点と組み合わせると、実際には六つの類型ができることになるが、リントヴェルトは「一人称・中立視点」というパターンを退けている。Japp Lintvelt, *Essai de typologie narrative, op.cit.*, p.84参照。これに対しジュネットは、カミュの『異邦人』（*l'Étranger*）がこのタイプに該当するのではないかと述べている。Gérard Genette, *Nouveau discours du récit*, Seuil, « Poétique », 1983, pp.83-84参照。なお、我々としては用語の分かりやすさという観点から、「語り手視点／人物視点」にあたるフランス語については、リントヴェルトの提起した « auctoriel / actoriel » よりも、ジュネットによる代替案である « narratorial / figural » という用語法を採用したい。

ただし、こうした分類につきものの問題として、類型が分類された作品の実態を必ずしも正確に反映しないことは指摘しておかねばならない。リントヴェルトの類型論は、「三人称・人物視点」の『夜間飛行』、「一人称・人物視点」の『戦う操縦士』にはうまく適合するし、『人間の大地』は「一人称・語り手視点」と見なしておおむね差し支えないが、物語形式上の問題を孕んだ『南方郵便機』は脇へ置くとしても、『星の王子さま』の分類には若干の困難を伴う。基本的には出来事を回顧する語り手視点が特徴的な「一人称・語り手視点」といってよいが、物語を通じて語りの焦点が人物視点と語り手視点の間を動くため、タイプ分類をもって作品の特徴を的確に記述できるとは言い難い。

0.2. リントヴェルトによる類型論の問題点

サン゠テグジュペリ作品の分類から明らかになったように、一般的な類型論で個別のテクストの特徴を捉えるにはどうしても限界がある。だが、リントヴェルトは自分の提案する類型論には二つの機能があると述べている。

> 理論的モデルとしての物語タイプは、関与的な特徴の総体によって決定される理想化された抽象モデルである。(中略)批評の方法論としては、類型論は個別の物語テクストにおける物語タイプの有意な特殊性を探知することにまさしく役立つのである。[15]

確かにリントヴェルトの言うとおり、理論的モデルと、いかなる点においてどの程度一致しているのか、あるいは乖離しているのかを記述することにより、個別の物語テクストの特徴を浮かび上がらせることはできるかもしれない。しかしながら、彼の提案する類型論はテクストを一つの「タイプ」に結びつけてしまうため、個別テクストの特徴をなす諸要素の関係が逆に見えにくくなる恐れがある。

たとえば、リントヴェルトは、「三人称・語り手視点」と「一人称・語り手視点」では、知覚・心理的レベルにおいて「非言語的出来事を要約する傾向」と「登場人物の台詞を要約する傾向」があると述べ、時間レベルでの「持続」については「一般に物語時間は長い」とする。同様に、「三人称・人物視点」、「三人

15　Japp Lintvelt, *Essai de typologie narrative, op.cit.*, p.40.

称・中立視点」および「一人称・人物視点」については、「非言語的出来事を場面提示する傾向」と「登場人物の台詞を場面提示する傾向」を指摘し、「一般に物語時間は短い」と述べている。だが、これらの一般的傾向は実際のところ五つの「タイプ」に関連するものとはいえない。なぜなら、上に述べた諸特徴は、五類型を構成する二つの指標の片方だけ、すなわち「方向付けの中心」にしか関わっていないからだ。要約や場面提示への傾向とは、ジュネットの言うディエゲーシスとミメーシスの対立に他ならず、それは「一人称／三人称」という物語タイプの区分とは関係がない。五類型を支える「一人称／三人称」の区別と「方向付けの中心」とは、互いにレベルの異なる指標だからである。

　最初の指標である「一人称／三人称」の選択は、言うなれば半ば強制的な二者択一である。語り手が物語世界の中と外に同時に存在するという矛盾を孕んだ設定でない限り、理論上、あらゆる物語は「一人称」（等質物語世界）か「三人称」（異質物語世界）である。もちろん、この二者の境界を曖昧にする物語は少なからず存在し、たとえばフローベールの『ボヴァリー夫人』は全体を一瞥すると正真正銘の三人称小説と思えるが、物語の最初から「我々」« nous »が用いられ、語り手はあたかも村の一員でありボヴァリー夫妻を知る人物であるかのように自らを提示している。また、カミュの『ペスト』は、全体としては三人称小説だが、物語の終わり頃に語り手（＝架空の著者）が登場人物の一人だったことが明かされ、等質物語世界的でありながら三人称体の小説という体裁になっている[16]。さらにあからさまで意図的な攪乱の例としては、モンゴ・ベティの *Trop de soleil tue l'amour* が挙げられよう。三人称小説のように始まった物語の途中で、語り手は登場人物を知っている友人として現れ、物語は一人称体となる。ところが最後になって、語り手は物語が全部自分の想像力によるものだと打ち明け、やはり異質物語世界的（三人称）小説だったという結末に至る[17]。このように、語りにおける「一人称／三人称」（等質物語世界的／異質物語世界的）の二分法は絶対的なものではない[18]。しかしながら、『ボヴァリー夫人』では語り手が明示的に現れる箇所はきわめて限られ、全体が三人称物語であることには変わりがない。『ペスト』の場合、等質物語世界的語り手による物語情報を正当化する断り

16　Albert Camus, *La peste* (1947), in *Œuvres complètes*, t.2, Gallimard, « Bibliothèque de la Pléiade », 2006, p.243 参照。

17　Mongo Beti, *Trop de soleil tue l'amour*, Julliard, 1999 の第1章、第6章後半、エピローグの最終段落を参照。

書きが見られることから、物語を三人称語りに適合させようとする意図が明らかであり、「一人称／三人称」語りの区分は尊重されている。また、*Trop de soleil tue l'amour* では、語り手と物語世界の関係が唐突に変化して読み手を戸惑わせるが、そうした異化効果も「一人称／三人称」の区別が前提にあって成立する以上、やはり物語タイプの二分法は基本的区分として確立されていると考えられる。大多数の物語は一人称物語か三人称物語のいずれかに分類できるため、類型論の基準としては妥当であろう。

ところが、リントヴェルトの類型論の第二指標となる「方向付けの中心」、すなわち語りの視点については、「語り手／人物／中立」という融通のきかない三分法のせいで、視点が語り手と人物の間で揺れ動くような物語はうまく分類することができない。さらに問題を含むと思われるのは、「人物視点」（« figural » または « actoriel »）というときの「人物」の意味が、一人称物語と三人称物語で異なる点である。「一人称・人物視点」というとき、「人物」とは語り手＝登場人物「私」を指すが[19]、「三人称・人物視点」というとき、「人物」とは「語り手以外の登場人物」を指す。このように「人物」の示す対象が一人称物語と三人称物語で異なるため、個々の物語の特徴を記述する枠組として「一人称・人物視点」や「三人称・人物視点」といった分類区分を用いることにどれほどの妥当性があるのかが疑わしくなってしまう。

このように、リントヴェルトの五類型は、物語を分類する抽象的モデルとしては一定の有効性を持つとはいえ、個別の物語テクストの特徴を捉えるには不十分といわざるをえない。そのため我々は、物語の特徴を捉える分析枠組としては、分類上の「タイプ」ではなく、類型論を基礎づける二つの指標、すなわち「一人称／三人称」の区分と「方向付けの中心」＝語りの視点の位置づけを個別に用いるものとする。

---

18 一人称（等質物語世界的）物語から三人称（異質物語世界的）物語に移行するには、たとえば *Trop de soleil tue l'amour* の語り手のように物語の虚構性を宣言するなどして、語り手が物語世界の外側にいることにしてしまえば足りる。逆に三人称物語を一人称物語に変えるには、カミュの『ペスト』のように、語り手が物語世界内の一員であったことを告げるだけでよい。

19 ただし、一人称物語において語り手が「私」以外の人物に内的焦点化を行うことが不可能と見なされるのは、物語世界が我々の知る物理法則を共有する程度には「現実的」であるという前提に立っているからである。注22を参照。

0.3. 一人称物語と三人称物語における物語状況

物語の特徴を捉えようとする我々の第一の指標は、一人称物語と三人称物語の基本的区分である。ジュネットは「一人称物語」（等質物語世界的物語）と「三人称物語」（異質物語世界的物語）の違いを定義したが[20]、その違いが物語においてどのような帰結をもたらすかという点については詳しく述べていない。語り手を一人称タイプにするか三人称タイプにするかという選択により、物語にはどのような違いが生じるのか。リントヴェルトによるジュネットの定義のまとめを見てみよう。

> 語り手が行為者として物語内容（物語世界）の中に存在しなければ、語りは異質物語世界的である（語り手≠行為者）。逆に、等質物語世界的語りにおいては、一人の登場人物が二つの機能を果たす。すなわち語り手（語る私）として物語言説の語りを引き受け、行為者（語られる私）として物語内容において役割を演じるのである（登場人物-語り手＝登場人物-行為者）。[21]

この定義は、次のように図式化して表すことができるだろう。

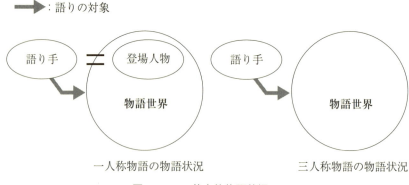

一人称物語の物語状況　　　三人称物語の物語状況

図1. 二つの基本的物語状況

図から明らかなとおり、二つの物語状況の違いは、語り手が登場人物として物

20　Gérard Genette, *Figures III*, *op.cit.*, p.252.
21　Japp Lintvelt, *Essai de typologie narrative*, *op.cit.*, p.38.

語世界内に根を下ろし、存在の基盤を持っているかどうかという点にある[22]。「一人称」か「三人称」かという選択のあらゆる帰結はここから生じる。物語世界内に場所を占めることで、語り手はその世界に従属し、世界内の諸要素と「実際の」関係を取り結ぶことになるからだ。言い換えれば、「一人称」か「三人称」かという物語タイプの選択は、語り手と物語世界の関係、語り手と登場人物の関係、そして語り手と事物の関係を規定することになる。

0.3.1. 語り手と物語世界の関係

　三人称的語り手と物語世界の関係は、語り行為と語りの対象という関係にすぎないのに対し、一人称的語り手の場合は登場人物として物語世界の法則や論理に束縛されることから、語り能力に限界が生じる。物語世界が我々の世界と同じ物理法則に支配されているなら[23]、一人称的語り手は人間の知りえないことを語ることはできない。当然ながら、語り手自身以外の人間の思考や内面を直接的に知る術もないため、他の登場人物に内的焦点化して語ることも不可能である。ただし、それは物語世界の法則が、物語状況と語られる情報の整合性を要求する結果であって、一人称物語であることが直ちにこうした語り上の制約を意味するわけではない。我々の世界の物理法則がどのような物語世界においても通用するとは限らないからである。にもかかわらず、一人称物語という形式が直ちに物語情報の制約や「全知」の語りの不可能性に結びつくかのような通念があるとするなら、それはすなわち文学における写実主義（レアリスム）の伝統の根強さと、SFやファンタジーというジャンルがマージナル化されていることを裏付ける証左となるであろう。

　ただし、一人称物語の理論的問題全般を扱うことは本論の目的ではないため、ここではフィクションの物語一般の問題は脇へ置き、サン＝テグジュペリの作品分析に役立つ範囲に前提を絞って考えたい。そこで、物語世界に起きる事象が少

22　我々が本論で扱うのは、サン＝テグジュペリの作品分析に足るだけの単純な物語状況のみである。入れ子構造など、さらに複雑な物語状況については以下を参照のこと。Gérard Genette, *Nouveau discours du récit, op.cit.*, pp.55-57 ; Marie-Laure Ryan, *Possible worlds, artificial intelligence, and narrative theory*, Bloomington ; Indianapolis : Indiana University Press, 1991, pp.24-30.

23　マリー＝ロール・ライアンは、我々の現実世界（actual world=AW）と、物語テクストが投影するテクスト現実世界（textual actual world=TAW）の間に成立しうる複数の互換性（到達可能性）レベルを列挙している。Marie-Laure Ryan, *Possible worlds, artificial intelligence, and narrative theory, op.cit.*, pp.32-34.

なくとも現実世界の物理法則を覆さない程度にはリアリズム的であり、一人称的語り手が全知にはなりえない物語をモデルとして想定する。この前提のもとでは物語情報の制約が一人称物語のルールとなるため、一人称的語り手がこの制約にどのように従ったり違反したりしているかを検討することによって、作品の一人称物語としての特徴を明らかにすることができよう。制約の遵守については、物語る上での情報を語り手がどのように知ったかという情報入手の方法を検討し[24]、制約違反については、ジュネットが冗説法と呼ぶ情報過剰の問題を取り扱う[25]。

いっぽう、三人称物語の語り手は、こうした物語情報の制約を免れている。物語世界外の存在である三人称的語り手は物語世界の物理法則に縛られることはなく、物語る情報を正当化する必要もない。それゆえに三人称物語の語り手は理論上「全知」であり、「完全な物語情報」を駆使できることになる。ただし、三人称的語り手が常に「全知」の視点から物語るわけではない。時には登場人物の視点に焦点化することで情報を制限したり、語られてしかるべき情報を敢えて隠したり（ジュネットのいう黙説法[26]）、場合によっては語ることの不可能性を宣言しさえする。だが、三人称物語には原則的に語り手が「すべてを語る」ことを妨げる要因が無い以上、敢えて物語情報を制限することには何らかの意味があり、物語上の機能を持つと考えられる。そこで我々は、三人称物語については、語り手が何について語っていないかを検討し、物語情報の制限に伴う語りの効果について考察する。

0.3.2. 語り手と登場人物の関係

一人称物語であれ三人称物語であれ、語り手が登場人物に対して明示的な形で呼びかけたり注釈を加えたりしている箇所は、語り手と登場人物の関係を端的に示す例であるから我々の分析対象となる。さらに、一人称物語の場合、語り手にとって他の登場人物は単なる語りの対象ではない。自身が登場人物でもある語り手は、一般には彼らの内面を直接的にうかがい知ることはできないため、彼らと

---

24 周知のとおり、一人称物語の語り手が他の登場人物の内面に関する情報を手に入れる伝統的な手法は、手紙、日記、自筆草稿、打ち明け話などである。たとえばジッド『狭き門』の語り手ジェロームは、アリサの恋心と苦悩を、彼女の日記によって知ることになる。
25 Gérard Genette, *Figures III*, *op.cit.*, p.211, 213.
26 *Ibid.*, pp.211-212.

の関わりにおいて知り得た情報を元に物語ることになる。つまり、語り手にとって他の登場人物は情報源でもあるのだ。そのため、一人称物語については、いかなる物語情報を語り手に提供するかという観点から、登場人物「私」と他の人物の関係を検討する。

また、三人称物語の語り手は、語り手として明確に姿を現すことなく、いわば間接的な形で登場人物に関する評価や所見を表明することがある。語り手が登場人物の視点に寄り添うのではなく、逆にそこから距離を置き、ドリット・コーンのいう「不協和音」の形で登場人物を描き出す場合である[27]。したがって、三人称物語については、語り手視点で登場人物が語られる箇所、すなわち「不協和音」が見られる箇所に注目し、これを検討の対象とする。

0.3.3. 語り手と事物の関係

語り手と事物の関係は興味深い主題であるが、本論の射程を超えていよう。なぜなら、語り手と事物の関係を明らかにするには、まず語り手にとって問題となる事物の特定から始めなくてはならず、そのためにはテクストの統計処理が必要になると考えられるからである。そして、物語世界内の重要な事物を列挙した後、三人称物語においては語りと事物との関係を、一人称物語においては登場人物「私」の行為および語り手「私」の語りと事物との関係を、それぞれ分析しなくてはなるまい。これは方法論的にも規模的にも、独立した別個の研究としてなされるべきであろう。

また、サン＝テグジュペリ作品の語りを分析しようとする我々にとって、物語世界内の事物に注目することは必ずしも生産的とはいえない。なぜなら、リカルドゥーが指摘するように、サン＝テグジュペリにとっては事物よりも事物が帯びる意味のほうが重要であり、そのため事物はイメージや象徴として扱われる傾向が強いからである[28]。しかし、イメージや象徴を論じるとなると、一人称物語か

---

[27] 三人称物語において登場人物の心理が語られる際、語り手と登場人物のどちらが語りの視点を支配しているかを示すため、ドリット・コーンは語りにおける「協和音」(consonance) と「不協和音」(dissonance) を次のように定義している。「「乖離」あるいは「不協和音」は、とりわけ語り手優勢の物語状況における語り手と登場人物の関係を指し、「協和音」は登場人物優勢の物語状況における語り手と登場人物の関係の特徴である。」Dorrit Cohn, *La transparence intérieure*, Seuil, 1981[原著1978], p.43.

[28] Jean Ricardou, « Une prose et ses implications », in René Tavernier, éd., *Saint-Exupéry en procès*, Pierre Belfond, 1967, p.199.

三人称物語かという語り形式の違いはそれほど大きな問題ではなくなるため、我々の問題設定とうまくかみ合わなくなってしまう。したがって、語り手と事物の関係については我々の研究における今後の課題とし、本論では扱わない。

0.4. 語りにおける「視点」の問題

　既に見たとおり、多少ともリアリズムに基づく物語である限り、一人称か三人称かという語り手のタイプ選択は、語りの視点の問題、すなわちジュネットの「焦点化」（物語情報制御）、またはリントヴェルトの「読解の方向付けの中心」に関わる。両論者による物語視点のタイプ分けには大まかな対応関係を見いだすことができ、ジュネットの「焦点化ゼロ」はリントヴェルトの「語り手視点」に、「内的焦点化」は「人物視点」に、そして「外的焦点化」は「中立視点」におおむね対応するといえる[29]。だが、分類よりも分析枠組としての有効性という観点からは、「語り手と登場人物の機能的対立」を反映した「語り手視点」(narratorial) と「人物視点」(figural) の対立軸こそが重要であろう。この対立軸を想定することにより、語り手と登場人物の二極間における語りの焦点移動の把握が容易になるからである。とりわけ、一人称物語における「私」の役割の変化、すなわち語り手「私」と登場人物「私」の間の視点移動を記述する際に有効であり、我々の一人称物語分析において力を発揮することになる。

　しかしながら、リントヴェルトの用いる「方向付けの中心」(centre d'orientation) という概念の曖昧さはフォンタニユの批判するところである。フォンタニユは、物語論と言語学的分析またはディスクール分析との間に「方法論的な中間層」を作り出そうと試み[30]、語りにおける視点を「方向付け」や「主観的色付け」と捉える傾向について次のように批判する。「方向付けの問題はあまりに安易に、そしてあまりにしばしば、方向付けの「中心」の問題に還元され、視点が展開する起点となる登場人物や作者の主観性の問題に還元されてしまうのである」[31]。そして彼は、視点の問題には二つの項が関わることを正しく指摘する。

　　確かに方向付けは存在するが、それは二つの地点（基点と目標）の間に存在するのであって、その一方だけ、すなわち主体の側にだけ存在するのではな

29　Gérard Genette, *Nouveau discours du récit, op.cit.*, pp.82-83.
30　Jacques Fontanille, *Sémiotique et littérature. Essais de méthode*, P.U.F., 1999, p.42.
31　*Ibid.*, p.43.

い。もちろん主体は存在するものの、あらゆる視点は基点と目標の関係を調整（ここでは専門用語で「様態化」と呼ばれる）するところで、これら二つの行為項の関係を最適化するために機能するのである。主体と主観性だけが関わるというわけではないのだ。

したがって、ある視点を選択するとは、二つの基本的な行為項を一度に設定することなのである。それらは純粋に相対的な地点として定義されるものであるから、位置的行為項と呼ぶことにしよう。すなわち、視点の基点とその目標のことである。これら二項の間には一つの「照準」があり、そのため定義上、二つの位置的行為項は失望の関係に置かれることになる。なぜなら、「照準を定める」とは、制限し、選別し、排除することであり、それゆえに狙うものの一部を取り逃がすことでもあるからである。[32]

フォンタニユは、このように視点の問題を「基点 source」-「標的 cible」間における叙法の調整（関係の様態付与）と捉えて整理しなおした。彼によると、この「調整」は強度と拡がりという二つの方向性に沿ってなされる。

> したがって我々の類型論は、まず強度と拡がりの間における調整関係—より明確には「相関関係」—に基づいて構成される。ここで言う「強度」とは、知覚上あるいは概念上の明敏さを示すあらゆる表現に関わり、「拡がり」とは、数、大きさ、時間・空間的位置づけを示すあらゆる表現に関わる。[33]

それぞれの次元について「強」と「弱」の二段階を区別することで、フォンタニユは以下の表に見られるように四つの戦略を区分した[34]。

	知覚・認識力＝強い	知覚・認識力＝弱い
知覚・認識範囲＝広い	包括戦略 Stratégie englobante Rassembler (Dominer et Comprendre) → **全体性**志向	累積戦略 Stratégie cumulative Balayer (Parcourir) → **網羅性**志向
知覚・認識範囲＝狭い	抽出戦略 Stratégie élective Focaliser (Choisir) → **模範性**志向	個別化戦略 Stratégie particularisante Isoler (Détailler) → **特殊性**志向

32　*Ibid.*, pp.45-46.
33　*Ibid.*, p.50.
34　*Ibid.*, pp.52-53. 同書53ページのフォンタニユによる表を少し変更。

上の表において、それぞれの戦略名の後には、知覚行為動詞、丸カッコ内に認知的「アーキタイプ述語動詞」、そして矢印の後には、各戦略が最終的に目指す価値が記されている。フォンタニユによる、このような視点問題の再整理は実りある成果といえよう。なぜなら、第一に、物語視点においては基点と標的という二つの項が問題となることを明らかにしたからであり[35]、第二に、物語視点の問題を情報量の問題に還元してしまったジュネットの「焦点化」に対し、「視点」を語りの戦略の違いという質的差異の観点から捉え直す可能性を示したからである。

　第一の点については、「基点」と「標的」という対概念のおかげで、我々は一人称物語における焦点化の制約問題、すなわち（リアリズムに基づく）一人称物語では「私」以外の人物への焦点化は不可能であるという命題を、別の形で言い表すことができる。用語を分かりやすくするため、以降は「基点」を「視点主体」、「標的」を「視点対象」と言い換えてみよう[36]。すると、「三人称物語における登場人物は視点主体または視点対象となりうるが、一人称物語においては原則として語り手＝登場人物「私」だけが視点主体であり、他の登場人物はすべて視点対象でしかありえない」ということになろう。同じ内容の表現を変えただけと思われるかもしれないが、一人称物語における「見る−見られる」という関係の非対称性がいっそう明確になる点において、フォンタニユの対概念に基づく問題整理のほうが優れているといえよう。

　また、第二の点について言えば、四つの戦略類型によって、我々は語りの視点の問題を、視点人物の主観性や物語情報の量とは異なる観点から検討することができる。「方向付けの中心」や視点人物の主観性という概念は曖昧であるが、さりとてジュネットのように語りの視点を一律に物語情報の量的問題に還元するな

35　ミーケ・バルは、ジュネットが「視点」の問題において「見るもの」と「見られるもの」の非対称性を考慮に入れていないと批判し、「焦点主体」(focalisateur) と「焦点対象」(focalisé) という対の用語を提案した。だが、ジュネットが反論したとおり、「焦点化」は物語テクストの提供する情報量に関わる概念であるから、「視点」の非対称性といった問題を扱うには適さない。Mieke Bal, *Narratologie*, Utrecht : HES Publishers, 1984, pp.32-33, pp.36-38. Gérard Genette, *Nouveau discours du récit, op.cit.*, pp.48-49. その点で、「焦点化」という概念の抽象性を損なうことなく、「基点-標的」という新しい用語で「視点」の主体と対象を論じることを可能にしたフォンタニユの提案は意義あるものといえる。

36　ジュネットは、視覚の優位を印象づけかねない「視点」という言葉を避けて「焦点化」という用語を導入した。また、フォンタニユの用語法もこうした誤解とは無縁の抽象性を備えている。ただし、本論では用語の分かりやすさを優先して「視点主体」「視点対象」とした。

ら、可能な分析的記述は「変調」（支配的な叙法に対する焦点化の一時的変化）、「冗説法」（情報過剰）、「黙説法」（与えられてしかるべき物語情報の省略）などの指摘に留まり、視点の問題を、いわば「基準に対する逸脱」という観点でしか評価することができない。もちろん、それも分析の一手法として有効であり、だからこそ我々もジュネットの枠組を採用するのであるが、「視点」の問題が孕む多様な側面はそれだけでは捉えきれないことも事実である。それゆえ、語りの「視点」を分析するにあたって、我々はジュネットによる焦点化＝情報制御の観点に立った分析を行いつつ、フォンタニユによる視点戦略の類型論も適宜援用することによって、いっそうテクストの現実に即した記述を目指す。

0.5. まとめ：我々の分析枠組

　我々の目的は、サン＝テグジュペリの物語作品における語り手の機能を分析し、作家における一人称／三人称物語形式選択の意味を明らかにすることである。本論で扱うのは完結した五作品、すなわち『南方郵便機』、『夜間飛行』、『人間の大地』、『戦う操縦士』、『星の王子さま』であり、各作品の分析にそれぞれ一章を割り当てる。各章では最初に物語全体の構造を視野に収め、ジュネットの言う「順序」（ordre）と「速度」（vitesse）[37]、そして物語の主要シークエンスを概観する[38]。本論の主題となる「一人称／三人称」の選択は「態」（voix）の問題であるが[39]、一般に「叙法」（mode）にも影響を及ぼすため[40]、語りにおける「視点」分析が

---

[37] 「順序」（ordre）とは「物語世界において継起する出来事の時間的順序と、物語言説に配置されたそれらの出来事の疑似時間的な順序との関係」を指し、「速度」（vitesse）とは「出来事すなわち物語世界の切片が持つ可変的な持続期間と、物語言説においてそれらの出来事の報告にかかる擬似的持続期間（つまりテクストの長さ）との関係」を表す。Gérard Genette, *Figures III, op.cit.*, p.78.

[38] （物語）シークエンスとは物語の筋を構成する事象連鎖の単位であり、マクロ構造からミクロ構造まで様々なレベルが考えられるが、本論で扱うのは物語のマクロ構造におけるシークエンスである。Roland Barthes, « Introduction à l'analyse structurale des récits », in *L'analyse structurale du récit*, Seuil, 1981[*Communication*, 1966], pp.19-21 ; Jean-Michel Adam, *Le texte narratif*, Nathan, 1994, pp.31-34 ; Gerald Prince, *Dictionary of Narratology*, Lincoln ; London : University of Nebraska Press, 1987, p.86.

[39] 「態」（voix）は「誰が語るのか」という問題、すなわち語りの審級と物語状況に関わる。Gérard Genette, *Figures III, op.cit.*, pp.225-226.

[40] 「叙法」（mode）はジュネットの用語で、語りにおける「視点」＝情報制御に関わる問題領域である。「じっさい我々は「何らかの」視点に基づいて物語ることができるのであり、まさにこの能力と、その実践における諸様態こそ、我々の「語りのモード」というカテゴリーの対象なのである。」*Ibid.*, pp.183-184.

我々の課題となる。

　「視点」の問題は、ジュネットとフォンタニユの枠組を用いることで、語りの情報制御および視点戦略という二つの観点から分析できよう。我々は主に物語情報の観点から分析を行い、必要に応じて視点戦略の枠組を援用する。語り手が物理的に制約される一人称物語については、語り手「私」が物語情報を得る手段と、制約違反に当たる情報過剰の問題を取り扱う。登場人物「私」にまつわる人物関係も、情報取得という観点から必要に応じて検討する。そして、情報の制約が存在しない三人称物語については、登場人物への焦点化と、語りの情報制限＝「語られないこと」を取り上げ、その機能を明らかにする。また、物語タイプの選択が大きく影響する「語り手-登場人物」関係については、顕在化した語り手が登場人物に言及する箇所や、「不協和音」の形で注釈を加えている箇所を分析する。最後に、「語り手視点／人物視点」（narratorial / figural）の対立軸を元に物語における語り手の存在を検討し、物語テクストにおいて語り手が果たす役割を明らかにする。

　したがって、本論の以下各章における分析の順序は次のとおりである。

1）物語構造の概観
2）語りの「視点」（物語情報と視点戦略）
3）語り手と登場人物の関係
4）物語における語り手の機能

　ただし、我々の主目的はサン＝テグジュペリの作品分析であって方法論の検証ではない。そのため、本論の分析を導く上述の枠組は、物語論以外の観点を適宜援用して個々の物語テクストの特徴を捉えようとすることを妨げるものではない。

1.『南方郵便機』分析

1.1. 物語構造の概要

　『南方郵便機』は、1929年に出版されたサン=テグジュペリ最初の単行本作品だが、物語形式の点で多くの問題を孕んでいる。基本的には一人称物語でありながら、物語の主な筋であるベルニスとジュヌヴィエーヴの恋愛は「三人称・人物視点」の形で語られ、物語状況の基本的区分である一人称／三人称のいずれにもきちんと収まらない。そのため、全体を通じて話運びが混乱しており統一感を欠くといった印象を読み手に与えかねない。物語において複雑なのは、とりわけ「順序」（出来事の時間的順序とその物語内配置の関係）と「叙法」（物語視点の問題）である。

　「順序」に関して特徴的なのは、物語の時間構造を複雑にしている錯時法である[41]。『南方郵便機』は郵便機のトゥールーズ出発を告げる電文で始まって、郵便物のダカール到着を告げる電文によって終わり、この両極が物語全体の中心シークエンスとなる一次物語の始点と終点を構成している[42]。出発から到着まで4日間続く一次物語は、2ヶ月前の休暇の時間が第二部として挿入されることで二つに分断されて第一部と第三部を構成するため、物語全体の最も基本的な順序は«2-1-3»ということになる。そして、各部にそれぞれ思い出の時間が挿入されることで錯時法はいっそう強化され、«3-思い出-4：1-思い出-2：5-思い出-6»（コロンは各部の区切りを表す）という形になるが、物語の進行につれて思い出の時間はさらなる過去へと遡行するため、順序は«6-3-7：4-2-5：8-1-9»ということになる。さらに詳しく見れば、同じ時間の流れが第一部で二度、すなわち第1章と、第3章での思い出挿入に前後する第2章および第4章において繰り返されて

41　錯時法（anachronie）はジュネットの用語で「物語内容の順序と物語言説の順序との間にある様々な不一致の形」を指す。Gérard Genette, *Figures III, op.cit.*, p.79.『南方郵便機』における錯時法とそれに伴う語りの技巧については、拙論 « Le jeu temporel dans *Courrier Sud* de Saint-Exupéry », *GALLIA*, no.35, 1995, pp.78-84を参照されたい。

42　一次物語（récit premier）とは、物語の主な筋を構成する出来事の連なりであり、その時間的展開からの逸脱が錯時法として定義される。Gérard Genette, *Figures III, op.cit.*, p.90.

いる。また、休暇の最後の出来事となるベルニスとジュヌヴィエーヴの決定的な別れは、「私」への打ち明け話という形で第三部の終盤に挿入されている。したがって、他の短い時間切片を捨象すれば、物語全体の時間順序は «7-8-7-3-8：4-2-5：9-1-6-10» ということになる。不自然に見えるほど入り組んだ錯時法のせいで、今度は時間的に散らばった切片をつなぎ合わせ、物語の一貫性を保つための技巧が必要となってくる。本章では、そうした語りの技巧を分析し、物語を接合する機能が本作品における語り手の重要な役割の一つであることを明らかにする。

　「叙法」の問題についていえば、『南方郵便機』は通常互いに相容れない二種類の語りの交代によって成り立っている。すなわち、語り手＝登場人物「私」に焦点化された「一人称・語り手／人物視点」のくだりと、他の人物、主にベルニスに焦点化された「三人称・人物視点」のくだりである。大まかに言えば、一人称体に対応する箇所は、第一部の第1章と第3章、第二部の第1章、第三部の第2章、第3章、第5章終わりと第6章初め、そして第7章であり、残りが三人称体に対応している。このように二種類の語りが交互に配置されているため、錯時法と相まって、物語はいっそう複雑で読みにくい印象を読み手に与えることになる。

　また、こうした「叙法」の問題は、物語の「速度」にも反映される。一般的に言って、人物視点はミメーシス（再現的語り）に適しているため物語内容（出来事）の時間は比較的短くなり、逆に語り手視点はディエゲーシス（俯瞰的・要約的語り）に適しているため物語内容の時間は比較的長くなる傾向にある[43]。『南方郵便機』では独特な形で、これら二組の対応関係が両方とも確認される。『南方郵便機』における出来事の時間は、まず一次物語を成す郵便機の飛行と捜索の時間（4日間）、次にベルニスの休暇の時間（郵便機出発の2ヶ月前）、そして思い出の時間（10歳の子ども時代からベルニスの初めての休暇まで）の三層に分類され、時間単位はそれぞれ日、月、年ということになる。そして、時間の幅が数日から数ヶ月までと比較的短い「飛行の時間」と「休暇の時間」は「三人称・人

---

[43] ディエゲーシスとミメーシスの対立は、おおむね telling（語ること）と showing（見せること）の対立に対応する。ディエゲーシス（telling）とは語り手と物語行為を明示しつつ語ることで、まさに語り手が物語っている印象を与える語り方であり、ミメーシス（showing）とは、語り手の姿を隠すことで、出来事自体が自ずと提示されているかのような印象を与える語り方である。Gérard Genette, *Figures III, op.cit.*, pp.184-185.

物視点」のくだりに対応し、それより長い時間幅を扱う「思い出の時間」はもっぱら「一人称・語り手視点」のくだりに対応している。つまり、『南方郵便機』には、人物視点で語られる短い物語時間、語り手視点で語られる長い物語時間という二種類の「速度－叙法」があり、それが錯時法の形で組み合わされることで、直線的で一様な時間展開を避け、一種の遠近法的効果を上げていると見なすことができよう。

1.2. 物語情報制御

　一人称体と三人称体という本来両立しえない二つの語り形式が混在しているとはいえ、やはり全体としてみれば『南方郵便機』は一人称物語であり、それゆえ語り手「私」には物語情報を正当化する手段が必要である。語り手が第三者についての情報を得るには、言語による伝達と体験の共有という二つの手段が考えられよう。

1.2.1. 言葉による情報伝達

　作中で語り手「私」の情報源となる言語伝達には、書面と口頭の二種類がある。書面では、ベルニスが休暇中にフランスからキャップ・ジュビーの「私」にあててかなり長い手紙を書き、幼馴染である人妻ジュヌヴィエーヴへの恋心や不倫の経緯を打ち明けている[44]。また口頭では、ベルニスがキャップ・ジュビーに立ち寄った際、彼女との最後の別れについて「私」に告白している。つまり、「私」のベルニスに関する知識は、打ち明け話をするような二人の親密さと信頼関係に支えられていることが分かる。

　まず、手紙による情報伝達を検討してみよう。第二部第1章で、語り手「私」はベルニスが休暇の最初をどう過ごしたかを物語り、彼からの手紙を引用している。帰国してパリ滞在中のベルニスがキャップ・ジュビーの「私」に書き送った手紙だが、実のところ、この手紙はベルニスの休暇についての情報源にはなりえない。ベルニス自身が手紙の中で、休暇について語る意図をはっきりと否定しているからである。

---

[44] ベルニスの手紙は、作中に引用されている部分だけでプレイアード版1ページ分以上にあたる（*CS*, pp.51-52 および p.55）。

Et Bernis m'écrivit un jour :

　　... *Je ne te parle pas de mon retour : je me crois le maître des choses quand les émotions me répondent. Mais aucune ne s'est réveillée.* (CS, p.51)
（そしてある日、ベルニスは僕に手紙をよこした。
　「僕の帰郷について話すのはよそう。感情の動きが僕に応えてくれるとき、僕は自分を物事の支配者だと思う。だけど、何の感情も呼び起こされはしなかった。」）

　ベルニスは帰国の印象を「この街は、壁だ。」（CS, p.51）と一言で要約し、休暇の過ごし方を語る代わりに、「私」と最初に郵便機で飛行した思い出を長々と語っている。そのとき、共通の思い出への明示的な言及が繰り返し現れる（「あの初めての旅立ちを覚えてるかい？」（CS, p.51）,「覚えてるかい？」（CS, p.52）,「トゥルーズの灰色の雨の後の、あの春を覚えてるかい？」（CS, p.52））。「私」の方が当の思い出を忘れているのでない限り、共通体験への言及が情報提供にならないことは明白であるが、手紙の大部分は、このように「私」が既に知っていることを確認するために費やされている。手紙が「私」に明かす唯一の新情報は、二人の共通の幼馴染である人妻ジュヌヴィエーヴにベルニスが恋したことである（「僕は泉に再会した。覚えているかい？　ジュヌヴィエーヴだ……」（CS, p.52）、「僕は泉を取り戻した。旅の疲れを癒すため僕に必要だったのは彼女なんだ」（CS, p.55）。ベルニスが「私」あてに書き送ったはずの他の手紙は引用されず、第二部第6章に見られる「私」からベルニスあての返信において触れられるに留まる（「僕は君の手紙と、僕らの囚われの姫君についてよく考えた」（CS, p.66））。「君の手紙」（tes lettres）の複数形から、ベルニスは「私」あてに何通も手紙を書き、ジュヌヴィエーヴとの不倫の経緯を報告していることが窺える。そのため、語り手「私」が二人の不倫について物語る情報は、少なくとも部分的には正当化されることになる。「部分的」というわけは、後に情報過剰を検討する際に見るとおり、ベルニスがいかに詳細な手紙を書き送ったとしても、第二部で語られる情報をすべて伝えられるはずがないからである。

　いずれにせよ、ベルニスの手紙は、不倫の始まりとその経緯についての情報を「私」に提供する機能を持つことが分かる。物語性という点からは、ベルニスの飛行という一次物語に対し、彼の手紙によって「ベルニスとジュヌヴィエーヴの不倫物語」という第二次の物語シークエンスが開かれる。そして、ベルニスの手紙で開かれたシークエンスは、もう一つの情報伝達手段である打ち明け話によっ

打ち明け話による情報伝達は、第三部第3章から第5章にかけて見られる。キャップ・ジュビーに着いたベルニスは、ジュヌヴィエーヴとの最後の別れを「私」に打ち明ける。第三部第3章は「そしてジャック・ベルニスは、彼の恋の冒険を僕に物語った。」(*CS*, p.95)と結ばれ、第4章では別離の挿話が三人称体・人物視点の物語として語られた上で、第5章が「ベルニスは、飛び立つ前に、僕に向かって恋の顛末をまとめてみせた。」(*CS*, p.99)と始まる。つまり、打ち明け話は一種の枠内物語になっていて、第4章が別離のエピソード本体（＝打ち明け話の内容）に対応するため、大きく見れば第4章全体を「内容の間接的パラフレーズ」と捉えることができる[45]。ただし、この「物語化された打ち明け話」という構図は、後に見る情報過剰のせいで、やはり実質的には無理のある形になってしまっている。

　このように、語り手「私」の情報源という観点から見るなら、手紙と打ち明け話は、ベルニスとジュヌヴィエーヴの不倫物語の文字どおり一部始終を「私」に伝える機能を担っていることが分かる。手紙は不倫の始まりと経過を、打ち明け話は終わりを「私」に伝えているが、じっさい、共に過ごした過去の思い出を除くと、「私」と二人の間にある実質的な交流は手紙と打ち明け話だけなのである。既に見たとおり、『南方郵便機』の時間は、飛行の時間（一次物語）、休暇の時間（二人の不倫物語）、そして思い出の時間という三層構造から成るが、思い出以外での「私」とベルニスの接点は、休暇中に書かれた手紙と、キャップ・ジュビーでのわずか20分間の邂逅でしかない。「私」とジュヌヴィエーヴとのつながりに至っては、子供時代の思い出の他には、ベルニスの手紙から得られる間接的な情報しか持たないのである。主要登場人物との接触や交流がこれほど少ないことを鑑みると、「私」という人物は単に、二人の不倫物語の開始と終了の立会人として呼び出されているにすぎないように見えてしまう。この仮説は、後に情報過剰

45　物語における言葉の再現について、ジュネットはマクヘイルの提示した7段階の話法を紹介している。すなわち、1. 内容を特定せず発話行為に言及する「物語的要約」、2. 内容を特定する「不完全な物語的要約」、3.「内容の間接的パラフレーズ」（制辞を伴う間接話法）、4.「制辞を伴い部分的にミメーシス要素を含む間接話法」、5. 自由間接話法、6. 直接話法、7.「自由直接話法」。Gérard Genette, *Nouveau discours du récit, op.cit.*, p.38参照。我々が第三部第4章は「内容の間接的パラフレーズ＝制辞を伴った間接話法」であるというとき、「制辞」は純粋に文法的な意味というより、第4章全体が第3章末の動詞 « raconter » によって導入された一種の間接話法と見なしうるという意味である。

の問題を検討するとき、さらに説得力を帯びるだろう。というのも、物語情報の制約違反があまりに明白であるため、ここで検討した伝達手段も、情報の正当化という点ではきわめて部分的な効果しか持たないことが露呈してしまうからである。

1.2.2. 体験の共有

体験の共有は、「私」への情報提供を意味する言語伝達とは異なり、「私」自身が体験して知っていることを、ベルニスとの共通体験として提示することで、彼についての物語情報を正当化する戦略である[46]。物語情報という点で問題を生じない子供時代の思い出語りを除くと、共通体験への言及が見られるのは第二部第1章においてである。語り手は「僕は後戻りして、過ぎ去った二ヶ月のことを語らねばならない。そうでなければ、いったい何が残るだろうか？」(*CS*, p.49) と前置きし、ベルニスの休暇について語り始める。

> Deux mois plus tôt il montait vers Paris, mais, après tant d'absence, on ne retrouve plus sa place : on encombre une ville. Il n'était plus que Jacques Bernis habillé d'un veston qui sentait le camphre. Il se mouvait dans un corps engourdi, maladroit, et demandait à ses cantines, trop bien rangées dans un coin de la chambre, [...]
> « Allô... C'est toi ? » Il recense les amitiés. On s'exclame, on le félicite :
> « Un revenant ! Bravo !
> —Eh oui ! Quand te verrai-je ?»
> On n'est justement pas libre aujourd'hui. Demain ? Demain on joue au golf, mais qu'il vienne aussi. Il ne veut pas ? Alors après-demain. Dîner. 8 heures précises.
>
> (*CS*, p.49)

（二ヶ月前、彼はパリに行ったが、これほどの不在の後では、もう自分の居場所は見

---

46 共通体験を引き合いに出せるということは、「私」とベルニスは体験のレベルで似通っていることになる。既に見たとおりベルニスは手紙で共通体験に言及しており、語り手もまた、「私」とベルニスを指す「我々」« nous » を用いて思い出を語っている。人称と思い出語りについては次の拙論を参照。藤田義孝「サン＝テグジュペリ『南方郵便機』における語りの技法―人称をめぐって―」『関西フランス語フランス文学』、第2号、1996, pp.34-43.

つからないものだ。町の場所ふさぎになるだけである。彼はただ樟脳臭い上着を羽織ったベルニスにすぎなかった。(略)
　「もしもし……君か？」
　彼は友情を調査する。皆は声を上げて、彼を祝う。
　「帰ってきたのか！　おめでとう！」
　「そうだとも！　いつ会える？」
　今日は予定がある。明日は？　明日はゴルフだけど、君も来ないか。行きたくない？　じゃあ明後日だ。晩飯でも食おう。8時ちょうどに。)

　このくだりに含まれる情報は、一人称語りの制約を超えているように見える。というのも、ベルニスの休暇中、「私」はキャップ・ジュビーにいたはずであり、既に見たようにベルニスの手紙もパリでの休暇について情報を提供していないからだ。ところが、語り手は、上記引用箇所の情報を正当化しているのである。なぜなら、問題となるのは2ヶ月前にベルニスが経験した単起的な（一回きりの）出来事の描写ではなく、「私」自身もベルニスと共に何度も経験してきた反復的な出来事の描写だからである（「この世界を、僕たちは毎回見出すのだった。」(CS, p.50))。語り手は第二部の冒頭で、これから2ヶ月前のことを物語ると言っているが、実際には、ベルニスが2ヶ月前に体験した固有の出来事ではなく、ベルニスと「私」が帰国するたびに繰り返し体験した出来事を物語っている。つまり、物語は単起法と見せかけつつ、実は括復法にすり替わっているのである[47]。じっさい、上記引用部には、出来事の反復性を示す指標がいくつも見られる。最初の段落から格言的な現在時制と一般的な « on » が用いられ（« après tant d'absence, on ne retrouve plus sa place : on encombre une ville »)、他の時制もすべて現在形か半過去になっているため、引用部が括復的描写に対応していることが分かる。電話での会話はいっけん単起的な場面描写に思えるが、やはり括復的叙述である。動詞の現在時制に加えて、総括的な一言（« Il recense les amitiés »）における複数定冠詞の « les » や « On s'exclame, on le félicite » における人称代名詞 « on » から、ベルニスが複数の友人に電話をかけていることが窺えるからである。
　こうした文法的指標に加え、会話が直接話法から間接話法へ移行していること

---

[47] 「括復法」(itératif) は繰り返し起こった出来事を一度だけ物語る手法で、「単起法」(singulatif) は一度起こった出来事を一度だけ物語る手法。Gérard Genette, *Figures III*, *op.cit.*, pp.146-148.

も括復法の指標として挙げられよう。電話でのベルニスの言葉は、最初だけが直接話法で伝えられ、残りの言葉は暗示的にしか示されない。ベルニスが発したはずの言葉は、友人の応答の中にほのめかされるだけである。友人の言葉についても、最初は直接話法だが、残りはすべて間接話法となっている。つまり、電話での発話に関して、ミメーシス性（再現性）が全体的に減少していることが分かる。ところで、ミメーシス性の減少は、まさに括復法の特徴である。ジュネットが指摘するとおり、ある出来事が詳細かつ正確に描写されると、それとまったく同じ出来事が何度も繰り返されるとは思えなくなるため、ミメーシス性の高い叙述は括復法と相容れないからだ[48]。このように、いっけん単起的描写と思える電話での会話場面においてさえ、単起法から括復法への移行に対応したミメーシス性の減少が確認される。

　こうして、ベルニスが帰国して見出した「世界」の描写は、「私」との共通体験に基づく括復的語りによって正当化されることになる。そして、括復法それ自体は、描写対象である「世界」の不変性によって正当化されている。

　　Ce monde, nous le retrouvions chaque fois, comme les matelots bretons retrouvent leur ville de carte postale et leur fiancée trop fidèle, à leur retour à peine vieillie. Toujours pareille, la gravure d'un livre d'enfance. À reconnaître tout si bien en place, si bien réglé par le destin, nous avions peur de quelque chose d'obscur.
　　　　　　　　　　　　　　　　　　　　　　　　　　　　　(CS, p.50)
　（この世界を、僕たちは毎回見出すのだった。ブルターニュの船乗りが、帰るたび、絵葉書のような街と、ほとんど年を取らない忠実すぎる婚約者を見出すように。絵本の版画絵のように、いつも同じようだった。何もかもがきちんと収まり、運命によってきちんと決められているのを見るたび、僕たちはよく分からない何かを恐れるのだった。）

　括復的な語りを正当化しているのは、対象の不変性、すなわち、彼らが帰国するたびに見出す「いつも変わりばえしない」世界と、それを前にして彼らの感じる漠然とした恐れである。つまり、ベルニスの休暇についての物語情報は、代名詞「僕たち」« nous » が表す体験の共通性と、半過去や「毎回」« chaque fois » と

48　*Ibid.*, p.152.

いった表現が示す体験の反復性という二要素の併用によって正当化されているのだ。「私」がベルニスの体験について語りうるためには、まず二人の体験を「我々の体験」として同一視する必要がある。さらに、過去の共通体験をもとにして比較的最近のベルニスの休暇を語るには、休暇体験の反復性・不変性が当然の前提となる。このように語り手「私」は、体験の共通性と反復性に基づく括復的語りによって、目立った制約違反なしにベルニスの休暇の始まりを語っているのである。

しかし、括復法においては出来事の個別性や一回性、すなわちベルニスの体験の固有性は捨象されてしまうことになる。だが、2ヶ月前のベルニスの休暇は、本質的には「私」との共通体験ではなく彼固有の体験である（そうでなくてはベルニスを主人公として物語る意味がない）。だとするなら、先ほどとは逆に、今度は括復法から単起法への回帰が見られるはずだ。ところで、単起的要素とはベルニス固有の反復不能な体験、すなわち共通体験によって正当化できない情報であるから、単起法は情報過剰を意味する。そして、第二部第1章における単起法への回帰は、まさにベルニスへの内的焦点化という情報過剰によって導かれるのだ。

(1) « Et voilà tout pareil... »
Il avait craint de trouver les choses différentes et voici qu'il souffrait de les découvrir si semblables. Il n'attendait plus des rencontres, des amitiés qu'un ennui vague. (2) De loin on imagine. Les tendresses, au départ, on les abandonne derrière soi avec une morsure au cœur, mais aussi avec un étrange sentiment de trésor enfoui sous terre. Ces fuites quelquefois témoignent de tant d'amour avare. Une nuit dans le Sahara peuplé d'étoiles, comme il rêvait à ces tendresses lointaines, chaudes et couvertes par la nuit, par le temps, comme des semences, il eut ce brusque sentiment : s'être écarté un peu pour regarder dormir. Appuyé à l'avion en panne, devant cette courbe du sable, ce fléchissement de l'horizon, il veillait ses amours comme un berger...
(3) « Et voici ce que je retrouve ! » (*CS*, p.51)
(「(1)何もかも同じようだ……」
彼は物事が違っていることを恐れていたのに、今や物事があまりに似通っていることに苦しんでいた。再会にも友情にも、彼はもう漠然とした退屈しか期待しなかった。

(2) 人は遠くから想像する。出発の時は、胸に痛みを抱えながら、地面に宝物を埋めるような奇妙な心地で、愛情を後に残していく。こうした逃亡は時として、貪欲な強い愛を証立てる。星を散りばめたサハラの夜、これら遠く暖かく、種子のように夜と時に包まれた愛情を夢想しているとき、彼は突然こんな感情を覚えた。眠るのを見守るため、少し身を離したのだと。故障した飛行機にもたれ、この砂の稜線、地平線の曲線の前で、彼は羊飼いのように愛するものを見守っていた。
　「(3) それなのに、僕が見出したものときたら！」）

　ここで確認できるのは、単起法に属するミメーシス的叙述（下線部 (1)(3)：ベルニスの思考または内的独白の直接話法）と、括復法に属する格言的コメント（下線部 (2)）とを往復する語りである。ベルニスの内的独白と取れる直接話法 (1)(3) については情報過剰が明らかだ。他者の思考を直接引用できる手段など存在しないからである。いっぽう、格言的コメント (2) については、語り手が自説を述べているだけなので情報過剰の問題は生じない。つまり、内的独白の引用には正当化の術がなく、格言的コメントには正当化の必要がないのである。また、下線部以外については、共通体験と「私」の知識に基づく物語情報の正当化は辛うじて可能である。(1) と (2) の間は共通の休暇体験の延長とも考えられるし、(2) と (3) の間については、ベルニスがサハラ砂漠での一夜の体験を「私」に物語ったか、あるいは彼らがその夜を共に過ごした可能性もある。さらに、ベルニス自身が手紙の中で「それから、君なら分かってくれるだろう (tu me connais)、また出発したい、予感していて理解できないものを遠くに探しに行きたいという、このはやる気持ちが」(CS, p.52) と語るとおり「私」がベルニスのことをよく分かっているなら、ある程度彼の内面を理解して語ることも不可能とはいえない。いずれもフィクション化された三人称語りのモードであることに変わりはないが[49]、あからさまな情報過剰と断定できるほどではない。
　このように、上記引用部においては、一応は正当化可能な括復法をベースとした語りの中に、ベルニスの内的独白という単起的要素が、情報過剰を目立たせないよう少しずつ導入されていることが分かる。ただ、「私」の一人称語りが基本

---

[49] ケーテ・ハンブルガーは「叙事的フィクション」と「『私』物語」をジャンル分けし、それぞれに標準的な語りのモードとして三人称体と一人称体を割り当てた上で、前者をフィクション、後者を現実言表のミメーシスと位置付けている。Käte Hamburger, *Logique des genres littéraires*, Seuil, « Poétique », 1986 [原著1957], p.72, 279, 285.

にある以上、単起法の完全導入は露骨な情報過剰になってしまう。そのため単起法への回帰は、ベルニスの手紙の直接引用によって果たされている。上記引用の直後から「そしてある日、ベルニスは僕に手紙をよこした」(CS, p.51) として手紙が引用され、共通体験では決して正当化されえない情報、すなわちベルニスの恋を告げる情報によって単起法への移行が完了するのである。

　以上のように、体験の共有による情報の正当化は、ベルニス固有の体験に関わる単起的叙述と、共通体験を語る括復的叙述の間を往復する語りによって実現されている。単起法と見せかけながら括復法にすり替わったり、再び徐々に単起法へ回帰する語りによって、遠く離れたベルニスの休暇体験を語るという課題を、語り手はそれなりに巧みな仕方で果たしているように見える。じっさい、ここで検討した第二部第1章に限れば、一人称物語の形式は比較的守られているといえるかもしれない。しかし、第二部の他の章には正当化しようのない情報過剰が見られるため、結局のところ一人称形式の遵守は局地的なものであり、語り手「私」が顕在化する箇所においてしか配慮されていないことが分かるだろう。

1.2.3. 情報過剰：一人称物語の制約違反

　情報過剰が顕著なのは、三人称体・人物視点のモードで語られるくだり、すなわち、ベルニス、ジュヌヴィエーヴ、彼女の夫エルランといった人物への焦点化が見られる箇所においてである。大まかには、郵便飛行に関するくだりと、ベルニスとジュヌヴィエーヴの不倫物語に関するくだりの二種類に分けられよう[50]。主にベルニスに焦点化されて語られる郵便飛行の話は、第一部第2章と第4章、第三部第1章後半と第6章に対応し、ベルニス、ジュヌヴィエーヴ、エルランへの焦点化を含む不倫物語は、第二部のほぼ全体にあたる[51]。

　郵便機を操縦するベルニスに焦点化されたくだりについては、リアリズムの範囲内で情報を正当化しうる手段を想像することができない。物語世界が前提とする当時の技術水準（通信手段はモールス信号）においては、キャップ・ジュビーで彼を待つ「私」が機上のベルニスの体験を正確に知る術はなかったし、実際に20分だけ会えたときも、彼らは飛行についてではなくジュヌヴィエーヴとの別

---

[50] 本論では取り上げないが、第二部には、他にも説教師（第11章）、踊り子（第13章）といった人物への内的焦点化による情報過剰が見られる。

[51] ただし第二部のうち、一人称体・語り手視点が支配的なモードとなる第1章と、「私」の手紙の直接引用からなる第6章後半は除く。

れについて語っており、ベルニスの体験が言葉で伝えられることもなかった。また、この点については、共通体験に基づく情報の正当化も成り立たない。問題となるのが、まさしくベルニス固有の体験だからである。たとえば「ベルニスは夢想する。彼の心は穏やかだ。「片付いたんだ。」 昨日、彼は夕方の急行でパリを発った。何とも奇妙な休暇だった。曖昧な心の乱れの、はっきりしない思い出を彼は抱いている」(CS, p.40) といった体験が「私」と共有されているはずがない。このように、機上のベルニスに関する情報過剰はそもそも正当化されえないし、正当化されてもいない。

　もう一つの露骨な情報過剰の例は、ベルニスとジュヌヴィエーヴの不倫物語である。不倫についての情報源はベルニスからの手紙であるが、複数書かれたはずの手紙については暗示されるに留まり、読み手はその内容も「私」が得た情報も正確に知ることはできない。ただし、ベルニスあての返信で「私」が「でも、ジュヌヴィエーヴのことは、もうそっとしておいてやれ」(CS, p.66) と反対意見を述べていることから、少なくともベルニスはジュヌヴィエーヴと駆け落ちする決意を伝えていることは窺える。また、キャップ・ジュビーでの会話において「彼女にまた会ったのか？」« L'as-tu revue ? » (CS, p.94) という「私」の問いにベルニスは「トゥールーズに戻る途中、また彼女に会おうと寄り道したんだ……」« En redescendant sur Toulouse, j'ai fait ce détour pour la voir encore... » (CS, p.95) と答えており、動詞 « revoir » と副詞 « encore » から、ベルニスは駆け落ちの失敗と別れも手紙で「私」に伝えていたことが分かる。

　このように、不倫物語の情報源がベルニスの手紙であるなら、まず情報量という観点から次のように問うことができる。ベルニスは「私」あてに、『南方郵便機』の第二部（プレイアード版で約27ページ）に匹敵するほどの手紙を書き送ったのだろうか、と。量だけの問題なら、必ずしも不可能とはいえない。しかし、情報の質について考えるなら、明らかに情報過剰である。たとえば第二部では、ジュヌヴィエーヴの夫であるエルランの思考まで語られている。

　Il[=Herlin] s'irrite presque d'une crainte si vaine. Il veut lui[=à Geneviève] dire qu'il était fou, cruel, injuste, qu'elle seule est vraie, mais il faut d'abord qu'elle s'approche, qu'elle témoigne de la confiance, qu'elle se livre. Alors il s'humiliera devant elle. Alors elle comprendra... mais voici qu'elle tourne déjà le loquet. (CS, p.62)
　（エルランはあまりに無意味な恐れに、ほとんど苛立ちを覚える。彼はジュヌヴィエ

ーヴに、自分はどうかしていた、ひどかった、間違っていた、彼女こそが正しい、と伝えたいと思っているが、そのためにはまず彼女が歩み寄り、信頼を示し、身を委ねてくれることが必要だ。そうすれば自分は彼女に頭を下げられるし、彼女も分かってくれるだろう……。だが、彼女はもう扉の掛け金を回している。）

いったい誰がこのような情報を語り手「私」に伝えられるだろうか。情報源がベルニスなら、彼はどうやって不倫相手の夫の思考を知りえたというのか。エルランが自分の思考をジュヌヴィエーヴに語り、彼女がそれをベルニスに伝え、彼が手紙で「私」に知らせたというのはさすがに無理がある。そこで、敢えて一人称物語という枠を崩さないまま、この問題を解決しうる解釈を探ってみよう。たとえば、二人の不倫物語について、物語中で言及されていない別の情報源があると仮定する。第二部冒頭に見られる「僕は既に、ジュヌヴィエーヴとベルニスの思い出が僕を苦しめてしかるべき場所を、ほとんど悼みも覚えずに歩けるのではないか？」(CS, p.49) という語り手の告白を見ると、物語内出来事と語りの間には少なからぬ時間的隔たりがあることが窺える。したがって、その間に、「私」が何らかの情報収集を行うことも不可能ではない。つまりベルニスとジュヌヴィエーヴが亡くなった後、「私」がフランスへ帰国して、二人の関係について何らかの調査を行った可能性である。物語中に言及されてはいないものの、遺族に話を聞いたり、日記や手紙を調べたりといった事後的な調査を想定してみることはできよう。一人称物語の枠内で第二部の情報過剰を説明しようとすると、作中には他に何の手がかりもない以上、読み手としては、こうした想像による補完に頼るしかない。

しかし、仮にこの想定が受け入れられたとしても、資料や証言を基に「私」が再構成した二人の不倫物語は、もはや物語世界内の一次的「現実」であるとはいえない。第一次の物語世界に属する「私」は、二人の物語を再構成することによって、人物の内面が見渡せる物語世界を新しく作り上げ、この第二次の物語世界に対して三人称的（異質物語世界的）語り手となってしまうからだ。このように、一人称物語の枠組みを維持しようとする解釈の試み自体が、かえって二人の不倫物語の異質物語世界性を明るみに出してしまうことになる。

物語情報を正当化する手段の有効性が疑われるのは、こうした露骨な情報過剰のせいばかりではない。ベルニスの打ち明け話という、「私」への情報伝達手段の中にさえ情報過剰が見て取れるのである。既に見たとおり、ベルニスはジュヌ

ヴィエーヴとの最後の別れをキャップ・ジュビーで「私」に物語っており、第三部第4章が打ち明け話の内容に対応したエピソードとなる。しかし、この「物語化された打ち明け話」という枠組みには、物語情報という点で二つの問題が生じる。まず単純に、エピソード全体を5分間で語ることが量的に可能かという問いが立てられる。ダカールへ向かう途上のベルニスは、寄港地であるキャップ・ジュビーに「規定の20分間」(CS, p.92) しか立ち寄らず、「私」がベルニスに「まだ5分ある。僕を見ろ。ジュヌヴィエーヴと何があった？」(CS, p.94) と言うとおり、打ち明け話をするには5分しかなかったからだ。ところが、別離のエピソード自体はプレイアード版で約4ページを占めており (pp.95-99)、5分で話し終えるには多すぎる分量と言わざるをえない。さらに重要なのは、第三部第4章に含まれる情報がすべてベルニス由来のものといえるのかという質的な問題である。エピソードがベルニスの打ち明け話に対応するなら、物語情報は彼の知覚・認識可能な範囲に制限されるはずだ。ところが第4章には、あろうことか、ジュヌヴィエーヴに焦点化された二つの段落が存在する。

> « Jacques... » Elle le halait du fond de sa pensée. Elle ne cherchait pas son épaule mais fouillait dans ses souvenirs. [...]
>
> Et voici que peu à peu il lui semble étranger. Elle ne reconnaît pas cette ride, ce regard. Elle lui serre les doigts pour l'appeler : il ne peut lui être d'aucun secours. Il n'est pas l'ami qu'elle porte en elle. (CS, p.98)
> (「ジャック……」 彼女は彼を想念の奥から引き上げようとした。彼女は彼の肩を探し求めるのでなく、思い出の中を漁っていた。（略）
> そして少しずつ、彼女の目には彼が見知らぬ人のように映る。彼女はこんな皺や、こんな視線を知らない。彼女は彼を呼び出そうと、その指を握ってみる。だが、それは何の助けにもなりえない。彼は、彼女が自分の中に抱く友人とは違う。)

ベルニスがジュヌヴィエーヴへの内的焦点化を用いてエピソードを語りうるとは到底考えられず、一人称物語としては明らかな情報過剰である。ベルニスの打ち明け話という枠組みが情報の正当化に失敗している以上、「私」への情報提供はいわば口実にすぎないことが分かる。では、打ち明け話には、他にどのような意味があるのだろうか。なぜ二人の最後の別離は、「私」への打ち明け話という形で提示されているのだろうか。

1. 『南方郵便機』分析

　最後の別離のエピソードは、不倫物語の締めくくりであるから、ベルニスの休暇が語られる第二部の終わりに置くことができたはずだ。しかし、エピソードは第三部に入ってベルニスがキャップ・ジュビーに立ち寄る時まで伏せておかれ、そこで打ち明け話という形で初めて明らかにされている。したがって、一つには別れのエピソードを物語全体の終盤（第三部）に置くという物語言説上の位置づけに関わる理由、もう一つは、打ち明け話という形式の選択による物語上の効果に関わる理由が考えられる。出来事を時間順に並べると、ベルニスは、郵便飛行の前日にフランスでジュヌヴィエーヴと別れ、その2日後にキャップ・ジュビーで「私」と別れている。しかし、別離のエピソードがキャップ・ジュビーでの「私」とベルニスの邂逅時点に置かれることによって、ベルニスはジュヌヴィエーヴとも「私」とも、物語言説上のほぼ同時点で別れることになる。ベルニスはまず、第三部第4章の終わりで彼女と別れ（「もうおしまいだ。もう二度と帰ることはないだろう」(CS, p.99))、第5章の終わりで「私」と別れている（「君は今どこに宝を探しに行くのか。真珠に触れても日の下に持ち帰ることのできないインドの潜水夫のような君は？」(CS, p.99))。このように、不倫物語の最後のエピソードが第三部へ後回しにされたことで二重の別離が作り出され、ベルニスのキャップ・ジュビー出発が、恋人と親友の両方を後に残していく決定的な旅立ちとなるのである。また、打ち明け話という形式がエピソードを語る枠として採用されたのは、それが物語情報を正当化する方便としては破綻している以上、やはりベルニスとジュヌヴィエーヴの運命に「私」を立ち会わせるためであろう。二人の不倫関係の始まりと経過は手紙という間接的な手段で「私」に伝えられていたが、最後はベルニス本人に会って話を聞くという、多少とも直接的な形で二人の関係の結末に立ち会うことが「私」の重要な役割だったと考えられる。第二部冒頭で「僕は後戻りして、過ぎ去った二ヶ月のことを語らねばならない。そうでなければ、いったい何が残るだろうか？」(CS, p.49) と明言されているとおり、語り手「私」の役割は二人の運命を証言することだからである。「私」が語り手という役割を引き受け、彼らの恋と運命を物語る動機は、悲劇的結末を迎えた亡き友人についての証言を残すためなのである。

　以上のように物語情報制御について検討することにより、言語伝達と共通体験という二つの手段で語り手「私」が情報を得ていることが明らかとなった。ベルニスの手紙と打ち明け話が、ジュヌヴィエーヴとの不倫物語についての情報を「私」に伝えていたし、また語り手「私」は、第二部第1章において、括復法と

単起法との巧みな行き来を駆使しながら共通体験に基づいた語りを行い、一人称語りとベルニスの三人称物語とを結び合わせていた。

　しかし、このように一人称物語の制約を遵守するために用意されたと見える手段は、実のところ局地的で不完全なものである。というのも、機上のベルニスやエルランに関する情報過剰は露骨にすぎて、いかなる解釈をもってしても三人称的語りによる異質物語世界性を覆い隠すことはできないからである。しかも、ベルニスとジュヌヴィエーヴの最後の別離の打ち明け話においてすら情報過剰が見られるに及んでは、上記の手段そのものが実は「私」を二人の物語の証人・立会人にするための方便にすぎないことが露呈してしまっている。換言すれば、二人の愛と死の物語が、「私」を証人として要請しているのである。では、彼ら二人と、その証人たる語り手「私」とは、語りにおいてどのような関係を取り結んでいるのだろうか？　「私」は、ベルニスとジュヌヴィエーヴについていったい何を証言しているのだろうか？　こうした問いに答えるため、次に語り手と二人の登場人物の関係について考えてみよう。

1.3. 語り手と登場人物の関係

　一般に、一人称物語において語り手と登場人物の関係を分析するには、同じ人称代名詞で指示される登場人物「私」（語られる私）と語り手「私」（語る私）とを注意深く区別しなくてはならない。一人称物語によっては、「私」と他の登場人物の関係を考える際、問題となるのが登場人物「私」なのか語り手「私」なのかを識別することが難しい場合もあるだろう。しかし、『南方郵便機』においてはそうした問題は生じない。というのも、「私」は遠くキャップ・ジュビーに離れているため、物語の主な筋にはほとんど関わることができないためである。ベルニス遭難後の捜索を除けば、既に見たように、彼と「私」の接触は手紙と打ち明け話だけであり、その他はすべて「私」の思い出として過去にしか存在しない。ジュヌヴィエーヴに至っては、「私」との接触は子ども時代の思い出の中にしか存在しないのだ。『南方郵便機』における「私」と登場人物との関係は、したがって登場人物同士の関係というより、もっぱら語り手と登場人物との関係として捉えられる。「私」と登場人物の接触の少なさを見ると、三部構成の各部に意図的に挿入された「私」の思い出語りの重要性が理解できよう。

　思い出話はそれぞれ語り手視点の語りによって導入されているが、それは何ら不思議ではない。というのも、思い出話は思い出す主体と物語る主体の双方を必

要とし、一人称物語においては、その両方を兼ね備えた「私」によってその役割が果たされるからである。それゆえ語り手は思い出語りに先立って姿を現し、ベルニスやジュヌヴィエーヴとの間に関係を紡ぐ語りを展開するのである。我々は、語り手による思い出話と、その導入部分を検討したい。まず、ベルニスと「私」の思い出である第一部と第三部の思い出話を取り上げ、それからジュヌヴィエーヴ、ベルニス、「私」の三者にまつわる第二部の思い出話を取り上げる。

最初の思い出語りは、ベルニスの操縦する郵便機がフランスとスペインの国境を越えようとするとき、「私」が物語に割り込むようにして導入されている。語られるのは「私」とベルニスに共通の思い出であり、ベルニスが最初に郵便機を操縦する前夜と、彼の最初の休暇の思い出である。思い出話は第一部第3章に対応するが、語り手視点の叙法はその前の第2章の終わりから始まっている。

　　Il[=Bernis] songe qu'il est seul. Sur le cadran de l'altimètre le soleil miroite. Un soleil lumineux et glacé. Un coup de palonnier : le paysage entier dérive. Cette lumière est minérale, ce sol apparaît minéral : ce qui fait la douceur, le parfum, la faiblesse des chose vivantes est aboli.

　　Et pourtant, sous la veste de cuir, une chair tiède et fragile, Bernis. — Sous les gants épais des mains merveilleuses qui savaient, Geneviève, caresser du revers des doigts ton visage...

　　Voici l'Espagne. (*CS*, p.41)
（ベルニスは自分がひとりぼっちだと思う。高度計の上に太陽が反射する。明るく、冷たい陽光。ラダーペダルを一踏みすると、風景全部が偏流する。この光は無機質で、この大地も無機質に見える。生き物の優しさや香りや弱さを成すものは消え失せている。

　しかし、革の上着の下には、温かく脆い身体があるのだ、ベルニス。厚い手袋の下には、ジュヌヴィエーヴ、君の顔を指の背でなでた、素晴らしい手がある……。

　さあ、スペインだ。）

鉱物的世界の描写のただ中に、突如として語り手が現れ、ベルニスとジュヌヴィエーヴに « tu » で呼びかける。語り手の出現によって、ベルニス、ジュヌヴィエーヴ、「私」の三者から成る親密な世界が現れ、鉱物的な外界と対立している。上記引用部には、語り手と主要登場人物たちとの関係における二つの大きな特徴

が見られる。すなわち、親密さと回顧的視点である。ベルニスの生きた肉体を愛おしむかのような親密な視点（「温かく脆い肉体」、「素晴らしい手」）と、ここで物語に初めて登場するジュヌヴィエーヴへの « tu » による親しい呼びかけから彼らの親密な関係が見て取れる。そして、この親密さは、過去を振り返る回顧的な視点に支えられているのだ（半過去の使用）。親密で回顧的な語り手視点は次の章まで持ち越され、いわば最初の思い出話を導入する下地を準備している。

> Aujourd'hui, Jacques Bernis, tu franchiras l'Espagne avec une tranquillité de propriétaire. [...] Mais je me souviens de tes premiers pas, de mes derniers conseils, la veille de ton premier courrier. [...] Je me souviens de cette veillée d'armes : [...]
> (CS, pp.41-42)
> （ジャック・ベルニス、君は今日、地主のような落ち着きをもってスペインを越えていくだろう。（中略）だが僕は、君の最初の歩みを、初飛行前夜の僕からの最後の忠告を思い出す。（中略）僕は、この叙任式前夜のことを思い出す。）

ここでは、かつてのベルニス、まだ先輩である「私」の助言を必要としていた新米飛行士のベルニスに言及されているため、「私」の示す親密さが幾分か父性愛の様相を帯びている。語り手「私」は、思い出を語ることで、彼の飛行士としての原点や、その後の成長を証言しているのだ。三番目の思い出語りにおいては、語り手の役割はさらに明示的である。「ジャック・ベルニス、今回は、君が到着する前に、君がどんな人物が明らかにしよう」（CS, p.92）と宣言し、語り手はベルニスとの子ども時代の思い出を物語る。語り手「私」の役割は、子ども時代にあるベルニスの本質を明らかにすることなのである。つまり語り手は、ベルニスの起源や本質の証人として立ち現れるのだ。休暇の話を導入する第二部冒頭においても、やはり証人としての語り手の役割は明示されているが、その様相はやや異なっている。

> Je dois revenir en arrière, raconter ces deux mois passés, autrement qu'en resterait-il ? [...] Ne puis-je pas me promener déjà, là où devrait m'être cruel le souvenir de Geneviève et de Bernis, sans qu'à peine le regret me touche ? (CS, p.49)
> （僕は後戻りして、過ぎ去った二ヶ月のことを語らねばならない。そうでなければ、いったい何が残るだろうか。（中略）僕は既に、ジュヌヴィエーヴとベルニスの思い

出が僕を苦しめてしかるべき場所を、ほとんど悼みも覚えずに歩けるのではないか？）

　ここでの語り手は、単にジュヌヴィエーヴとベルニスの証人であるばかりでなく、なぜ「私」は彼らのことを語らなくてはならないのかという理由、つまり語りの動機付け、「私」の語り手としての起源を明らかにしている。「語らなくては、いったい何が残るというのか」と言うとおり、「私」が物語るのは、彼らの死から何かが残るようにするためである。「私」の語りを動機づけるのは、彼らの死なのだ。このように自らの役割を定義した後、語り手は休暇の最初を物語り、ベルニスからの手紙を引用する途中で再び姿を現して、第二の思い出話を導入している。

> *J'ai retrouvé la source. T'en souviens-tu ? C'est Geneviève...*
> 　En lisant ce mot de Bernis, Geneviève, j'ai fermé les yeux et vous ai revue petite fille. Quinze ans quand nous en avions treize. Comment auriez-vous vieilli dans nos souvenirs ? (*CS*, pp.52-53)
> （「僕は泉に再会した。覚えているかい？　ジュヌヴィエーヴだ……」
> ベルニスのこの言葉を読みながら、ジュヌヴィエーヴ、僕は目を閉じて少女だったあなたの姿をありありと思い出した。僕たちが13歳の時、あなたは15歳だった。あなたが僕たちの思い出の中で老いるわけがあっただろうか？）

　ここでの「私」は、ベルニスの手紙を受け取って読んだ登場人物「私」である。語り手「私」と登場人物「私」の区別は辛うじて複合過去（« j'ai fermé les yeux et vous ai revue petite fille»）という時間的指標によって示されている。しかし、動詞の時制が現在形に移行すると、両者の区別はつかなくなっていく。

> *Je me souviens. Vous habitiez sous l'épaisseur des murs une vieille maison. Je vous revois vous accoudant à la fenêtre, percée en meurtrière, et guettant la lune.*
> (*CS*, p.53)
> （僕は思い出す。あなたは古い家の厚い壁の中に暮らしていた。壁に穿たれた窓に肘をついて月が昇るのを待つあなたの姿を、僕はありありと思い出す。）

　ここで子ども時代のジュヌヴィエーヴを思い出しているのは誰だろうか？　焦

点化された登場人物「私」の内的独白なのか、それとも語り手「私」が語っているのだろうか。指標を欠くため判別は難しいが、章の初めから語り手視点が優勢であり、この直前では「思い出した」と複合過去が用いられていたことを考えると、「思い出す」主体は語り手「私」と見なすことができるだろう。だとすれば、第二の思い出話における「私」とベルニスとジュヌヴィエーヴの関係は、語り手「私」と登場人物の関係として捉えることができる。

　語り手は第二部冒頭において自らを二人の証人として位置づけていたが、ジュヌヴィエーヴの思い出話に先立つくだりでは、語り手＝証人の役割はそれほど明示的ではない。なぜなら、ベルニスの思い出話とは異なり、彼女の思い出語りにおいては「私」が明示的に語り手として現れていないからである。ジュヌヴィエーヴの思い出話を導入するくだりで特徴的なのは、「想起する」という行為である。既に引用した二つの箇所にも「僕は目を閉じて少女だったあなたの姿をありありと思い出した（[je] vous ai revue petite fille）」「あなたが僕たちの思い出の中で老いるわけがあっただろうか」「僕は思い出す」「僕はありありと思い出す（Je vous revois）」など多くの指標が見られる。ここで「私」は、語り手＝証人というよりむしろ想起主体として現れている。それに加えて「再び見る」（revoir）という動詞の繰り返しから分かるのは、ジュヌヴィエーヴが「私」とベルニスの共有する思い出における映像として提示されているということである。三人のこうした関係は、既に引用した一文「あなたが僕たちの思い出の中で老いるわけがあっただろうか」に見事に要約されている。職業において成長を見せるベルニスとは異なり、思い出の中の映像であるジュヌヴィエーヴは、「私」にとって永久に不変なのである。

　件の一文には、« vous »=Geneviève、« nous »=« je »+Bernisという人称の対立関係もまた明確に見て取れる。人称という形式面での対立は、いくつかの箇所に限定的に現れるわけではなく、物語全体に構造化されている。「私」による一人称語りの指標、すなわち一人称・二人称代名詞などの文法的指標を数え上げ、その密度を点の密度で類比的に表すと、次のような図表になる[52]。

1. 『南方郵便機』分析

一人称的語り手の存在指標分布図

「私」の存在を示す文法指標の分布は表 « total » に表されている。思い出話に対応する箇所をA、B、Cで示しており、Aはベルニスの初飛行前夜と最初の休暇の思い出、Bはジュヌヴィエーヴとベルニスとの子ども時代の思い出、Cはベルニスとの子ども時代の思い出である。表に現れた指標がすべて語り手の存在を表すわけではない。というのも、登場人物「私」も語り手「私」も、上の表では文法指標として区別なく同じに扱われているからである。しかしながら、一人称的語り手の重要な機能の一つが思い出語りにあることは図表から指摘できよう。

下の二つの表は、それぞれ一人称代名詞 « nous »、二人称代名詞 « vous » と « tu » の分布を点の密度で表したものである。「私」の存在を示す文法指標のうち、« nous »、« nos » といった一人称複数代名詞と、« vous »、« tu »、« ton » といった二人称代名詞の分布だけを抜き出し、別に集計したものである。三つの表を比較して分かるのは、思い出話における語り手「私」の存在指標は、もっぱらこれらの一人称・二人称代名詞（« nous »、« vous » と « tu »）によって示されているということである。これらの人称代名詞は、呼ばれる登場人物と「私」とを親密な関係で結びつける。したがって、思い出話における「私」の機能は、主要登場人物であるベルニスとジュヌヴィエーヴを「私」の親密な存在として提示する

---

52 図表の一番上の枠は『南方郵便機』の構成を表し、各章を表す枠の横幅はテクストの分量（行数）に比例している。物語は三部構成で、各部はそれぞれ4章、14章、8章から成る。第二部の第14章はわずか9行、第三部の第8章は2行しかないため、図では章に対応する枠が見えなくなってしまっている。人称の存在指標を数えるにあたっては、主語人称代名詞に対して活用する動詞や代名詞を主語とまとめて一つとして扱った。たとえば、« c'était difficile pour moi »、« Je ne sais pas »、« Je me suis lavé les mains » などはすべて存在指標数1となるように数えた。

ことにあるといえる。

　思い出話 A と C において « nous » はベルニスと語り手「私」を、« tu » はベルニスを指している。思い出話 B においては、« nous » はやはりベルニスと語り手「私」を指し、« vous » と « tu » がジュヌヴィエーヴを指している。一人称複数の « nous » は、物語全体を通じて、飛行路線のために働く男たちの連帯と友情を表しており、たとえジュヌヴィエーヴほどの重要人物であっても、女性はこの緊密な関係の中には入ることができない。というのも、彼女はいつも二人称 « vous » か « tu » で呼ばれているからである。この構図は思い出話 B において非常にはっきりと見て取れる。そこでは « nous » が「私」とベルニスを指し、« vous » と « tu » はジュヌヴィエーヴを指しているのだ。こうした人称の使い分けが、『南方郵便機』における男性的世界の構築に一役買っていることが分かる。

　二人称に関していえば、「私」とベルニスは物語全編を通じて « tu » で呼び合っており、両者の親密さが強調されている。だが、ジュヌヴィエーヴについては、語り手は « vous » で呼びかけたり « tu » で呼びかけたりしている。ジュヌヴィエーヴの名が初めて物語に現れる第一部第 2 章の終わりでは、語り手は彼女に « tu » で呼びかける（「厚い手袋の下には、ジュヌヴィエーヴ、君の顔（ton visage）を指の背でなでた、素晴らしい手がある……」(CS, p.41)）。他には何の情報もなく、ジュヌヴィエーヴはただ親密な存在として提示されている。ところが、次に彼女の名が出てくる第二部第 1 章では « vous » で呼びかけられている（「ベルニスのこの言葉を読みながら、ジュヌヴィエーヴ、僕は目を閉じて少女だったあなた（vous）の姿を思い出す」(CS, p.52)）。彼女が « vous » で呼ばれる理由は、物語内容の時系列に沿って見たとき、ここで初めて「私」が彼女のことを思い出しているからである。「私」と彼女が子どもだったときには、二人は当然のように親しく « tu » で呼び合っていたはずだ。したがって、彼女に対し「私」が « vous » で呼びかけるのは、大人になって二人の間に生じた距離感を表すものと考えられる。しかしながら、思い出話が進むにつれて、「私」はまるで子ども時代に還ったかのように、彼女への呼びかけを « vous » から « tu » へと変化させるのである (CS, pp.53-54)。この、彼女に対する二人称の変化は、既に見た « vous » と « tu » の指標分布図（思い出話 B の箇所）にも記した。こうして、子ども時代に「私」とベルニスとジュヌヴィエーヴが共有していた親しく緊密な関係は再び蘇るのであり、スペイン上空の飛行が語られるくだり（第一部第 2 章の終わり）における突然の親密な雰囲気の出現も正当化されることになるのであ

る。
　いずれにせよ、ベルニスが常に « tu » で呼ばれるのに対し、ジュヌヴィエーヴが « tu » で呼ばれるためには、子ども時代の思い出話を経る必要があったことになる。そして子ども時代の親密さが蘇った後でさえ、やはり彼女は二人称のままであり、一人称複数の « nous » という緊密な関係からは排除されているのだ。それは行動する男性のための領域だからである。ヒロインに対するこうした距離感は、「私」と彼女との接点の少なさによっても説明されよう。「私」にとってのジュヌヴィエーヴはあくまで思い出の中の存在でしかなく、「私」はただベルニスを介してのみ現在の彼女について知りうるだけなのである。このように、語り手‐登場人物の関係はベルニスとジュヌヴィエーヴにおいて異なっているが、その違いは一人称物語の特徴をなす一人称および二人称の使い分けという形で表現されているのである。

1.4. 物語における一人称的語り手の機能

　物語情報の制御と語り手‐登場人物関係を検討することで、我々は既に『南方郵便機』における一人称語りの特徴と機能をいくつか見てきた。しかし、結論をまとめる前に、本作が構造的に孕む二つの問題を取り上げ、語り手との関係において考察を加えておきたい。すなわち、錯時法と転説法の問題である。

1.4.1. 錯時法と語り手の機能

　物語構造の概観において既に見たとおり、物語の「順序」は、時間切片の込み入った配列による錯時法によって特徴づけられている。物語＝出来事の時間は、郵便飛行の時間、休暇の時間、思い出の時間という三層構造で成り立っているため、異なる時間層に属する切片が物語内で隣り合わせに配置されるとき、その境目には少なからぬ断絶が生じることになる。とりわけ大きな問題となるのは、郵便飛行の時間に割って入るように挿入された第二部全体（＝休暇の時間）と、各部に挿入された思い出話である。これらの箇所では、異なる時間を導入するために必ず語り手が介入しているのだ。
　第二部の挿入が、一次物語である郵便飛行の話を長らく中断させてしまう以上、二つに裂かれた切片、すなわち第一部の終わりと第三部の始まりをどのように連結するかが問題となる。そこで、「1時間後にはタンジールの灯が点るだろう。ジャック・ベルニスは、タンジールの灯が見えるまで思い出を辿っていく」

(*CS*, p.48) と第一部の終わりに置かれた先説法が、第三部の時間を先取りすることで連結役を果たすことになる。第一部は未来形によって章の終わりから先へと、出来事の時間を開いたままで終わっているため、機上のベルニスに関する物語言説は第一部の終了と共に中断されるが、彼の行動は先説法＝未来形によって第一部の終わり以降も続くことになる。つまり、ベルニスによる休暇の想起は、その休暇が語られる第二部と並行する形で展開されることになるのだ。ベルニスが「思い出すだろう」こと、それは次の第二部で語り手が物語るのと同じ、休暇中の出来事なのである。つまり、第二部全体が、第一部の最後から始まるベルニスの想起の内容に対応しているのだ。ところで、ベルニスが休暇を思い出す間にも、郵便機はアフリカへと飛んでいく。思い出の展開は、すなわちアフリカへの接近を意味するのであり、休暇の思い出（＝第二部）の終了と同時に、郵便機のアフリカ到着を物語る第三部が始まるのである。このように、第一部の最後に置かれた先説法は、ベルニスの想起内容というレベルでは第二部へのつながりを保証すると同時に、想起行為＝郵便飛行の持続というレベルでは第三部へのつながりも保証しているのである。

第二部は、一次物語に対して2ヶ月前からの出来事を扱うため全体が後説法となるが、第二部冒頭においては、語り手自身が、その後説法（「僕は後戻りして」）、語られる対象（「過ぎ去った二ヶ月のことを語らねばならない」）、そして語りの動機付け（「そうでなければ、いったい何が残るだろうか？」）(*CS*, p.49) を明示している。物語全体において、もっとも明示的に語り手視点が取られているのがこの箇所であるが、ここまで明示的に語り手が介入するのは、休暇物語の挿入によって一次物語があまりに長く中断されてしまうからだと考えられる。じっさい、テクストの分量から見ても、第一部と第三部は併せてプレイアード版で計38ページ (pp.37-48 と pp.84-109) になるが、第二部はほぼこれに匹敵する35ページを占めている (pp.49-83)。一人称物語の体裁を取る以上、一次物語を中断してこれほど大規模な後説法を導入するには、やはり語り手による説明と正当化が必要となるのである。

こうして、ほとんどメタ物語的な介入を行った後、語り手はベルニスのパリでの休暇を語り始め、やがて「私」とベルニスとジュヌヴィエーヴの子ども時代の思い出話へと移行する。語りの対象を変えるきっかけとして、語り手はベルニスからの手紙を利用している。「そしてある日、ベルニスは僕に手紙をよこした」(*CS*, p.51) という短い導入文の後にベルニスの手紙が引用されるが、引用の途中

で「私」が手紙の読み手として介入し、「ベルニスのこの言葉を読みながら、ジュヌヴィエーヴ、僕は目を閉じて少女だったあなたの姿をありありと思い出す」(*CS*, p.52)と思い出に耽り始める。語り手「私」はこのように思い出話を開始し、再びベルニスの話に戻る際には、同じ方法を逆の順序で用いている。つまり、思い出話の後、中断されたベルニスの手紙引用が再開され、その後に語り手の「彼女は事物のほうからベルニスのところへやって来たのだ。彼女は千の別れの後、千の絆を結ぶための仲介者の役を果たしていたのだ」(*CS*, p.55)というコメントが置かれるのである。こうして語り手は、手紙の引用を話題転換のきっかけとして利用しつつ思い出話を導入し、そしてまたベルニスの話に戻っている。

このように、第二部冒頭では語り手が明示的に介入して休暇物語の挿入という時間遡行を正当化し、三人の子ども時代の思い出話についてはベルニスの手紙を利用して思い出話を導入する。ベルニスと「私」の思い出話の挿入に際しては、語り手は話の中断と連結という二つの役割を兼任している。第一部第3章の冒頭における語り手視点のくだりを見てみよう。

> Aujourd'hui, Jacques Bernis, tu franchiras l'Espagne avec une tranquillité de propriétaire. Des visions connues, une à une, s'établiront. Tu joueras des coudes, avec aisance, entre les orages. Barcelone, Valence, Gibraltar, apportées à toi, emportées. (*CS*, pp.41-42)
> (ジャック・ベルニス、君は今日、地主のような落ち着きをもってスペインを越えていくだろう。知っている眺めが、一つ一つ、作られていくだろう。君は悠々と嵐をかき分けていくだろう。バルセロナ、バレンシア、ジブラルタルが、君のもとへもたらされ、運び去られていくだろう。)

前の第2章は、「さあ、スペインだ」という形で、機上のベルニスへの焦点化によって閉じられていた。第3章は「私」の思い出話であり、ベルニスの郵便飛行の話を中断することになるが、先説法的な未来形(「越えていくだろう」等)が、第2章の終わりから第4章まで郵便飛行という行為が続くことを保証している。第2章はフランス－スペイン国境への到着で終わり、第4章はアリカンテへの到着で始まっているが、飛行路線における地理的な順序は、スペイン国境、バルセロナ、バレンシア、アリカンテ、ジブラルタル、タンジールの順である。したがって、第3章冒頭の未来形は、バルセロナとバレンシアへの言及によって第

2章終わりのスペイン国境から第4章冒頭のアリカンテまでの旅程をカバーするのみならず、ジブラルタルへの言及によって第4章の先（つまり第一部の終わり以降）まで予告していることになる。というのも、第4章終わりには「ジブラルタル上空で日が暮れるだろう」(*CS*, p.47) という未来形が見られるからだ。したがって、ジブラルタルへの言及すなわち第三部冒頭の予告は、第一部の第3章冒頭と第4部終わりの2カ所に存在することになる。予告を二度も繰り返すのは、第二部という実に長い中断を越えて、第一部を第三部にしっかりと結びつけるためであろう。こうして語り手は、第三部冒頭の先説法によって、第2章の終わりと第4章の最初を結びつけると同時に、第一部と第三部をも結びつけている。このように語り手「私」は、ベルニスの初飛行前夜と最初の休暇の思い出話を一次物語に挿入する際、分割されてしまう物語の各部を予め連結する機能を果たしているのである。

1.4.2. 転説法の問題

しかしながら、一人称的語り手「私」が連結と挿入という二つの機能を引き受けることによって、ジュネットの言う転説法という物語コード違反の問題が生じる。転説法とは「物語世界外の語り手または聞き手が物語世界に侵入すること、あるいはその逆」、すなわち物語階層の侵犯である[53]。『南方郵便機』の一人称的語り手は、第二部冒頭において出来事の悲劇的結末を既に知っている立場から語っているため、物語世界外の階層にいるはずである[54]。だとすると、もし「私」が（登場人物ではなく）語り手の資格において物語世界に入り込むことがあれば、それは物語の階層侵犯、すなわち転説法ということになる。

ところで、語り手が話の挿入と連結という二つの役割を兼任するとき、そこには転説法が生じる。というのも、語られる出来事の時間的連続性を尊重すると同時に、進行中の物語に別の物語を差し挟むことは、まさしく「物語内容と物語行為の時間の二重性」を利用し、「あたかも物語行為が物語内容と同時進行であるかのように」語ることになるからである[55]。次の例に見られるように、語り手の

53　Gérard Genette, *Figures III, op.cit.*, p.244.
54　したがって『南方郵便機』の語り手は、「等質物語世界的−物語世界外的」語り手ということになる。「物語世界外的」とは、この場合、物語が扱う時間の外側（すなわち物語内の出来事がすべて終わった後）にいるということである。物語階層、物語内容と語り手の関係については Gérard Genette, *Figures III, op.cit.*, pp.255-256参照。

1.『南方郵便機』分析

役割を果たす「私」が、同時に登場人物としても現れる箇所においては、物語の階層侵犯はいっそう露骨なものとなる。

> Dès ta première permission tu m'avais entraîné vers le collège : du Sahara, Bernis, où j'attends ton passage, je me souviens avec mélancolie de cette visite à notre enfance. (*CS*, p.43)
> （最初の休暇には、君は僕を中学に連れて行った。ベルニス、君の通過を待つサハラ砂漠で、僕はこの子ども時代への訪問を物憂い気持ちで思い出す。）

前章の終わりで機上のベルニスの「温かく壊れやすい身体」をいとおしみ、未来形でベルニスの飛行の継続を保証していた「私」は、ここで最初の休暇の思い出を語りながら、同時に、サハラ砂漠のキャップ・ジュビーでベルニスの到着を待つ登場人物として自らを提示している。しかし、キャップ・ジュビーに留まる登場人物「私」が、どうして機上のベルニスの行動や思考を知りうるというのだろうか？　というのも、登場人物「私」は「誰が郵便機を操縦しているのか？君なのか、ジャック・ベルニス、こんなふうに空間と時間から外れてしまっているのは？」(*CS*, p.90) とあるとおり、郵便機を操縦しているのがベルニスであることすら知らないからである。だとすると、ベルニスの到着をキャップ・ジュビーで待っているのは語り手「私」なのだろうか？　しかし、第二部冒頭における語り手視点のくだりによると「私」は物語世界外的語り手であり、語られる出来事が終わった事後の時点にいるはずである。こうした物語の階層侵犯＝転説法のせいで読み手は戸惑うことになる。ここでは「私」が登場人物なのか語り手なのか判然とせず、この「私」を物語世界と物語状況のいずれにも適切な形で位置づけることができないため、登場人物「私」と語り手「私」と物語世界の関係を整理できる整合的な解釈が成り立たないからである。第三部第3章の冒頭は、さらにはっきりした形で、物語の二重の時間（出来事の時間と語りの時間）を混同する転説法の例を示している。

> Jacques Bernis, cette fois-ci, avant ton arrivée, je dévoilerai qui tu es. Toi que, depuis hier, les radios situent exactement, qui vas passer ici les vingt minutes

---

55　*Ibid.*, p.244.

réglementaires, pour qui je vais ouvrir une boîte de conserve, déboucher une bouteille de vin, [...] (*CS*, p.92)
（ジャック・ベルニス、今度は、君が到着する前に、君がどんな人物が明らかにしよう。昨日から無線が正確に位置づけ、ここで規定の20分をすごし、僕が缶詰とワインを開けて迎える君のことを。）

　最初の一文から、読み手にはこの「私」が語り手であると分かる。というのも、ここでの「私」は郵便機の操縦士がベルニスであると知っており、未来形（« je dévoilerai »）が語り手としての「私」の意図を示しているからである。しかしながら、「昨日から」という時間指示表現から分かるように、語り手は出来事の事後的時点ではなく、ベルニス到着以前、つまり出来事の渦中の時点に立っている。そのため、関係詞節における近接未来（« qui vas passer » と « je vais ouvrir »）は、ベルニスの到着を「いまだ起こっていないこと」として物語内容の未来時点に位置づけると同時に、「いまだ語られていないこと」として物語行為の未来時点にも位置づけることになるのである。このように出来事の順序と語りの順序が混同されることで、『南方郵便機』という作品のフィクション的性格が露呈されてしまう。なぜなら、「いまだ起こっていないこと」が「いまだ語られていないこと」に等しいということは、出来事が語りと同時に生じていることを含意しており、それはまさにジュネットによる転説法の定義そのものだからである。
　登場人物あるいは語り手である「私」が、挿入および連結という二つの語り機能を兼ね備えることによって転説法が生じるとするなら、物語の階層侵犯の原因は、一次物語に別の物語を挿入すること、そして語り手「私」が登場人物として物語世界に根を下ろしていることにあるといえよう。じっさい、休暇や思い出の話の挿入がなければ、語り手の転説法的介入も必要なかったであろう。語り機能が明示された語り手視点のくだりに「私」が登場人物として現れることがなければ、読み手を戸惑わせるような「私」の位置づけの曖昧さも生じなかったはずである。逆に考えるなら、物語の挿入と、「私」の等質物語世界性（物語世界内における存在）は、物語コードの遵守よりも優先すべき事柄として選択されたことになる。では、なぜ複数の物語が一次物語に挿入されたのか？　なぜ物語の特定の箇所で、「私」は同時に語り手であり登場人物であるという曖昧な立場に置かれなくてはならなかったのか？

1.『南方郵便機』分析

　一次物語に対する他の物語の挿入は、中断によるサスペンスの効果を作り出すと同時に、ベルニスの飛行に意味を与えて物語シークエンスに変える効果がある。ベルニスの飛行の物語は、大まかに言えば、第一部第3章の思い出話、第二部全体、そして第三部第3章の思い出話と、三度中断されているが、これらの話の挿入によってベルニスの飛行に初めて意味（方向性）が与えられ、物語シークエンスとして成り立つことになるのだ。事実としての郵便飛行だけでは物語シークエンスを構成するには足りない。というのも、郵便機はトゥルーズを出発してダカールに到着するが、それは航空郵便会社による定期的な業務の一部にすぎず、それ自体としては何の意味も持たないからである。郵便飛行が物語シークエンスになるためには、主人公ベルニスとの関わりにおいて、その飛行に何らかの特別な意味がなくてはならない。そのような意味付与が初めて行われるのは、ベルニスの離陸場面に続くくだりにおいてである。

　Bernis rêve. Il est en paix : « J'ai mis de l'ordre. » Hier, il quittait Paris par l'express du soir, quelles étranges vacances. Il en garde le souvenir confus d'un tumulte obscur. Il souffrira plus tard, mais, pour l'instant il abandonne tout en arrière comme si tout se continuait en dehors de lui. (*CS*, p.40)
（ベルニスは夢想する。彼の心は穏やかだ。「片付いたんだ。」　昨日、彼は夕方の急行でパリを発った。何とも奇妙な休暇だった。曖昧な心の乱れの、はっきりしない思い出を彼は抱いている。彼は後で苦しむだろうが、今はただ、何もかも彼の外で続いていくように、彼はすべてを置き去りにしていく。）

　休暇中に何かベルニスを動揺させる出来事が起きたことが暗示され、それによってベルニスの飛行には、休暇中の出来事からの逃亡という意味が与えられることになる。このくだりでは、彼の休暇についてのサスペンスが作り出されるとともに、逃亡の結末へ向けてのシークエンスが開かれるのである。問題となるベルニスの経験は、第一部の後に挿入される休暇物語、すなわち第二部において語られ、逃亡としての飛行の持つ意味は、挿入された思い出話、とりわけ三つめの思い出話において明らかにされる（「逃れること、それが重要なのだ」（*CS*, p.93））。したがって、挿入される物語は単にサスペンス効果を伴って一次物語を中断するだけではなく、ベルニスの飛行に「逃亡」という意味を与えて物語の主要シークエンスを形作るのである。

物語状況における「私」の位置づけの曖昧さについては、問題を生じるくだりを分析することで、その理由を明らかにすることができよう。問題となる箇所は、既に見たとおり、「私」がキャップ・ジュビーにいる登場人物として示される思い出話の導入部（第一部第3章と第三部第3章の2カ所）、そして登場人物「私」は誰が郵便機を操縦しているのか知らなかったことを示すくだり（第三部第2章）である。もし、これらの箇所において単にエピソード挿入と物語切片の連結だけが問題だったとすれば、敢えて語り手「私」をキャップ・ジュビーでベルニスの到着を待つ登場人物として提示し、転説法という違反を犯す必要はなかっただろう。また、仮に登場人物「私」が最初から郵便機の操縦士をベルニスと知っていたという設定であったなら、転説法と思える「ジャック・ベルニス、君は今日、地主のような落ち着きをもってスペインを越えていくだろう」（CS, p.41）や「ジャック・ベルニス、今度は、君が到着する前に」（CS, p.92）といったくだりも、単なる登場人物「私」の内的独白として問題なく解釈できたはずである。つまり、転説法の回避は決して難しくはないのである。にもかかわらず、敢えて語りを出来事の最中に置こうとするのはなぜなのか。問題となる三箇所の共通点は、「私」がベルニスを「待つ」ことである（「ベルニス、君の通過を待つサハラ砂漠で」（CS, p.43）、「君なのか、ジャック・ベルニス？」（CS, p.90）、「僕が缶詰とワインを開けて迎える君のことを」（CS, p.92））。つまりここでは、ベルニスを待つ登場人物「私」が前面に出ることで、物語の結末を知っている語り手「私」の姿が消え去っているのだ。そして、ベルニスを待つ登場人物「私」がエピソードの中断や挿入を行い、語り手の役割を演じるところに転説法の原因がある。したがって、「私」の重要な役割はキャップ・ジュビーでベルニスを待つことにあり、そのためならば物語状況における「私」の位置づけが曖昧になってもかまわないというのが作家の選択だったと考えられよう。

1.5. まとめ
　以上の分析から明らかになったように、『南方郵便機』においては、一人称物語の情報制約を守りながら言語伝達と共通体験に基づいて物語情報を正当化する手法が確認された。ベルニスは、彼とジュヌヴィエーヴの不倫物語の一部始終に関する情報を、手紙と打ち明け話によって「私」に伝えており、この情報伝達手段が、いわば「私」を二人の運命の立会人としていた。また、第二部第1章において語り手は、共通体験に基づく括復法とベルニス固有の体験を語る単起法を往

復することによって一人称語りとベルニスの三人称的物語をつなぎ合わせ、情報過剰の目立たない語りを実現していた。そうした「私」の語りは二人の悲劇的結末に動機付けられていることから、語り手の第一の機能がベルニスとジュヌヴィエーヴの証人となることだと分かる。語り手「私」は彼らの恋と運命を物語り、また自身の思い出を語ることで彼らについての証言を行うのである。また、物語に挿入された三つの思い出語りにおいて、語り手は二人を親密な時間共有者として提示し、人称代名詞の使い分けによってベルニスとの変わらぬ親しさを、ジュヌヴィエーヴとの相対的な距離感を表明していた。したがって、語り手の二つめの機能は、二人の主要登場人物を「私」の思い出と切り離せない親密な存在として提示することである。

しかし、『南方郵便機』の主要な物語シークエンスは郵便機の飛行であるから、思い出など他の話をしようとすれば一次物語を中断せざるをえない。そこで語り手が介入し、思い出話や休暇の話（第二部）を一次物語に挿入すると同時に、中断された物語切片を再び接合する役目を負うことになる。語り手の三つめの役割は、こうした物語切片の挿入と接合を引き受け、錯時法で構成された物語の読みやすさを保証する役割である。物語の（再）接合は一人称／三人称にかかわらず語り手の基本的な役割の一つといえるが、『南方郵便機』の語り手「私」は、ベルニスを待つという登場人物としての立場を放棄しないまま語りに介入することによって、一人称物語の特徴である「私」のステータスの二重性（登場人物＝語り手）を露呈するとともに転説法を引き起こしている。そのせいで、機上のベルニスの行動は、彼をキャップ・ジュビーで待つ「私」の語りと同時に起こっているかのような印象がもたらされ、読み手は逆説的な物語状況に戸惑うことになる。というのも、ベルニスの飛行の物語は「私」の語りがなければ展開されないのに、その「私」はキャップ・ジュビーでベルニスが飛んでくるのを待っているというのだ。一体「私」は待っているのだろうか、それとも語っているのだろうか？　この点については、我々の分析が明らかにしたとおり、語り手＝登場人物「私」の四つめの重要な機能はベルニスをキャップ・ジュビーで待つことにあり、そこから転説法の問題が生じているのである。

ベルニスを待つという「私」の役割は、転説法だけでなく冗説法（情報過剰）の原因にもなっている。機上のベルニスや不倫相手の夫エルランに関する情報過剰はあまりに明白であり、小説の空白を勝手に補完するような強引な解釈をもってしても、その異質物語世界性を覆い隠すことはできない。さらに、ベルニスの

打ち明け話においてさえ情報過剰が見られるに及んでは、情報伝達手段そのものが「私」をベルニスとジュヌヴィエーヴの物語の立会人とする方便にすぎないことが露呈してしまっている。主な問題は、語り手＝登場人物「私」がキャップ・ジュビーに留まっているため、語りの対象から物理的に遠く隔てられ、間接的にしか出来事を知りえない点にある。機上のベルニスについては、物語の背景である当時の通信技術を鑑みると、遠隔地で飛行機の到着を待ちながら、その操縦者の思考や行動について詳しく語りうるという「現実的な」状況は想像することができない。こうしたあからさまな情報過剰という物語コード違反を犯してまで、「私」がキャップ・ジュビーでベルニスを待つという役割を負うのはなぜだろうか。

だが、翻って考えるなら、実は「待つ」ことこそが、郵便機の飛行という物語の主な筋に対して「私」の取りうる唯一の行動だったのである。物語を構成する三層の時間との関わりを見ると、登場人物「私」は、思い出の時間に対しては参加者または想起者であり、休暇の時間に対しては文通や打ち明け話の相手であり、郵便飛行の時間に対しては待つ者であることが分かる。いずれにせよ、登場人物「私」は出来事の展開に影響を与える行為者にはなりえない。つまり、登場人物としての「私」を特徴付けるのは、有効な行動の欠如なのである。たとえば、ジュヌヴィエーヴと駆け落ちしようとするベルニスを「私」は手紙で諌めるが（第二部第6章後半）、その忠告は無駄に終わっている。不倫物語に対する「私」の役割は、単にその顛末を第三者として見届けるに留まる。また、郵便飛行の物語に対しては、郵便機のキャップ・ジュビー到着まではただ待つしかなく、ベルニスの遭難後には捜索に飛び立つものの、結局、彼を救うことはできなかった（第三部第7章）。このように「私」の行動は、物事の展開を何ら左右することがない。そして、物語終盤の語りを特徴付けるのは、まさにこのような「私」の無力感と後悔の嘆きである。既に見たように語り手「私」は、思い出話によってベルニスやジュヌヴィエーヴとの友情や親密さを繰り返し強調していた。だが、物語の最後で表明されるのは、「私の友情の細い糸が辛うじて君をつなぎ止めていた。不実な羊飼いだった僕は眠り込んでしまったにちがいない」（*CS*, p.108）とあるように、この友情が不十分で無力だったという告白なのだ。亡くした親友のことを証言するはずだった語り手「私」は、結局のところ自分自身の無力を証言しているのである。

さらに「私」は、友人の運命に対し、行為者＝登場人物として無力であるのみ

ならず、語り手としても無力である。というのも、ベルニスの郵便飛行もジュヌヴィエーヴとの恋愛も、ほとんどが語り手「私」を介さない三人称物語の叙法で提示されており、「私」不在のまま出来事が展開するように見えるからだ。物語の序盤では「何もかも彼の外で続いていくように、彼はすべてを置き去りにしていく」(*CS*, p.40) と述べられているが、「すべてが自分のいないところで続いていく」のは、むしろ三人称的な物語展開に対する語り手「私」の立場を表しているといえるのではないか。1.3. 節に掲げた一人称的語り手の存在を示す人称分布図表からも明らかなように、一人称的語り手を必要としない郵便飛行の話や不倫物語に対して「私」は語り手の役目を放棄しているかのようであり、最後には物語からも姿を消してしまう。物語終盤では主要登場人物が一人ずつ姿を消していき、最初にジュヌヴィエーヴ（第三部第4章）、次にベルニス（第三部第7章）、最後には「私」も物語から退場し、後には郵便物のダカール到着を告げる電文しか残らない（第三部第8章）。したがって、『南方郵便機』における一人称的語り手「私」の本質的な機能は、運命に逆らえない人間存在の儚さを証言することにあると考えられる。儚く消え去るのは、悲劇的結末を迎えたベルニスとジュヌヴィエーヴだけではない。彼らの運命の証人であろうとする語り手「私」もまた儚い存在であることが、一人称語りの消失によって示されているのである。

このように、『南方郵便機』における一人称的語り手「私」は、運命の前に消え去る人間存在の儚さを、無力で儚い人間の視点から提示する機能を持つことが分かる[56]。無力な人間の行動から唯一残されるのが救出された郵便物であることから、儚い人間は共同事業によってのみ死という運命に抵抗しうるという『夜間飛行』のテーマにつながることは言うまでもない[57]。だが、我々にとって興味深

---

[56] 『南方郵便機』を物語情報の正当化という観点から見るなら、一人称物語のコード遵守手段とコード違反が並存していることになる。コード遵守の手段は、とりわけ言語伝達によって「私」を二人の物語の立会人とすることで、彼らの運命を見届けることしかできない登場人物「私」の無力さを浮き彫りにする効果を持つと考えられる。もう一つのコード遵守手段である共通体験は、第二部第1章においてベルニスと「私」の結びつきを強調するとともに、一人称語りと三人称的物語をつなぐことで「私」の思い出語りを導入する支えとなる。そして、第二部の思い出語りは、子供時代の「私」とベルニスとジュヌヴィエーヴの親密な世界を描き出すことで、最後に失われる愛惜の対象を提示している。つまり、共通体験は、最終的な儚さや無力さ自体ではなく、その前提を準備する役割を持つと考えられよう。そして、コード違反である情報過剰は、郵便飛行や不倫が本来的に「私」と関わりなく展開する物語であることに由来するため、端的に語り手「私」の限界や無力を表すものである。したがって、コード遵守もコード違反も、語り手＝登場人物「私」の無力を示すという点では同じ役割を担うといえよう。

いのは、むしろ物語形式における連関である。『南方郵便機』における郵便物の救出は、一人称的語り手「私」ではなく、非人間的と見えるほど簡潔な電文によって報告されていた。叙情的・感傷的な語り主体が最後に消去されたということは、物語世界内に居場所を持たず、登場人物たちの背後に姿を消し、彼らの視点を借りて物語る三人称的語り手、すなわち『夜間飛行』の語り手を既に予告しているといえるのではないか。だとするなら、サン＝テグジュペリの二つの初期作品は、主題だけでなく表現形式においても発展的なつながりを有することになるであろう。

---

57 共同事業による死の超克という命題は、『夜間飛行』の主人公リヴィエールの思考を通じて言語化されている。「ある言葉がリヴィエールの記憶に蘇った。「彼らを永遠とすることが重要なのだ……。」（略）古の人々の指導者は、恐らく人間の苦しみには哀れみを抱かなかったにせよ、その死には大いなる哀れみを抱いたのだ。個人の死ではなく、砂の海に消え去る種族に対する哀れみを。そこで彼は人々に、せめて石を打ち立てさせ、砂漠に埋もれることのないようにしたのである」(*VN*, p.152),「目的は恐らく何も正当化しない。だが、行動は死から解放してくれる。彼らは作り上げた船によって長らえたのだ。」(*VN*, p.161) こうした命題は『南方郵便機』においては明確ではなく、「私」とベルニスの友情や思い出の儚さが語られた後、郵便物が無事ダカールに到着したことを告げる電文引用によって象徴的かつ暗示的に示されるだけである。

2. 『夜間飛行』分析

2.1. 物語構造の概観

　『夜間飛行』(*Vol de nuit*, 1931) は、サン＝テグジュペリが完全な形で残した唯一の三人称物語作品といえる[58]。物語形式という観点からは、複雑で問題を孕んだ『南方郵便機』と比べ、『夜間飛行』は堅牢で古典的な形式を備えている。たとえば「順序」に関して、『南方郵便機』には錯時法を初めとして指摘できることが数多くあるが、『夜間飛行』において出来事は全体として時間軸に沿う形で物語られており、敢えて特筆すべき特徴は見当たらない。物語の視点主体となる主人公リヴィエールの回想による後説法が多少見られるとはいえ、それらの前後関係を示す時間指標はなく、『南方郵便機』のように構造化された錯時法は存在しない。また、「速度」に関しては、「三人称・人物視点」物語の類型どおりである。物語は夕暮れ時に始まって深夜2時ごろに終わり、およそ数時間の幅しか持たないが、これはまさにリントヴェルトが「三人称・人物視点」タイプの物語について「一般に物語内容の持続時間は比較的短い」と指摘するとおりである[59]。

　「叙法」と「態」についていえば、三人称物語であるため、『南方郵便機』のような物語情報と物語状況に関する問題や矛盾は生じない。『夜間飛行』の語り手は、複数の人物の視点を借りて物語る複数焦点化を用いており、それが物語の「叙法」の特徴となっている。三人称的語り手には物語情報に関する制約が存在しないため、興味深いのは、むしろ物語において「語られていない事柄」あるいは「不可知のものとして語られる事柄」であろう。そうした物語情報の制限は、登場人物への焦点化によることもあれば、焦点化と関わりのない単なる省略（黙説法）によることもあるが、焦点化に関わる情報制限は「視点」の問題を扱う2.2節で扱い、語り手に帰すべき黙説法は、語り手－登場人物関係と語り手の機能を扱う2.3節および2.4節で扱う。こうした分析を通じて、『夜間飛行』におい

---

[58] サン＝テグジュペリは、『南方郵便機』に先立って『ジャック・ベルニスの脱出』(*L'Évasion de Jacques Bernis*) という三人称小説を書いたとされるが、現在は断片しか残されていない。

[59] 「情景法を多く用いることにより、人物視点の物語タイプでは物語内容の持続時間が限られる傾向にある。」Japp Lintvelt, *Essai de typologie narrative, op.cit.*, p.93.

て登場人物たちの背後に姿を消しているように見える語り手の「透明性」や「中立性」は、実のところ見かけ上のものにすぎないことが明らかになるだろう。というのも、本作品の三人称的語り手は、人物が提示する情報を訂正するために介入したり、特定の人物を肯定的または否定的に捉える立場から語ったり、語り手自身の知の限界をはっきりと示したりしているからである。

2.2. 語りの「視点」の問題

　本節で扱うのは、二つの意味における「視点」の問題である。すなわち、ジュネットによる物語情報制限としての焦点化と、フォンタニユによる物語視点戦略としての語りの「視点」である。我々はまず、語りの焦点移動に伴う物語情報制限を取り上げ (2.2.1. 節)、次に、他の人物から見られたときに不透明な視点対象として提示される登場人物について検討し (2.2.2.1. 節)、最後に、視点戦略に対応する視点主体としての主要登場人物について分析する (2.2.2.2. 節)。

2.2.1. 焦点化の境目における情報制限

　ある登場人物に内的焦点化された場合、物語情報は、その人物の知覚可能な範囲に限定されることになる。だが、この命題の逆は必ずしも真ではない。というのも、焦点化＝情報制限の根拠となるべき登場人物が見当たらないこともあるからだ。視点主体となる人物が見当たらないのに物語情報が制限されている例としては、たとえば次のくだりが挙げられよう。

　　Il[=le pilote Pellerin] pensa d'abord les insulter d'être là tranquilles, sûrs de vivre, admirant la lune, mais il fut débonnaire :
　　« … Paierez à boire ! »
　　Et il descendit.
　　Il voulut raconter son voyage :
　　« Si vous saviez !... »
　　Jugeant <u>sans doute</u> en avoir assez dit, il s'en fut retirer son cuir. (*VN*, p.119)
　　（ペルランは最初、そこで落ち着き払って、生きることに確信を持ち、月に見とれている彼らを侮辱しようと思ったが、彼はお人好しだった。
　　「……おごってもらおう！」
　　彼は飛行機から降りた。

2.『夜間飛行』分析

彼は飛行の体験を語ろうとした。
「知らんだろうがね……！」
恐らく、それでもう十分話したと思ったのだろう。彼は革の飛行着を脱ぎに行った。)

　ここでは、「恐らく」(sans doute) による情報制限には理由がないように見える。というのも、最初は操縦士の思考が明示的に語られているのに、急に「恐らく」が現れて情報が制限され、しかもこの情報制限を帰すべき視点主体＝登場人物も見当たらないからである。視点主体人物がいないことから、この情報制限は語り手に帰すべきものであろう。では、語り手がここで断定的な語りを避ける理由は何だろうか？　いっけん黙説法のように見える、このような情報制限の機能を理解するため、操縦士ペルランに焦点化される最初の箇所を検討し、上の引用部と比較してみよう。

　« Eh bien ? qu'attendez-vous pour descendre ? »
　Le pilote, occupé à (1)quelque mystérieuse besogne, ne daigna pas répondre. (2)Probablement il écoutait encore tout le bruit du vol passer en lui. Il hochait lentement la tête, et, penché en avant, manipulait (3)on ne sait quoi. Enfin il se retourna vers les chefs et les camarades, et les considéra gravement, comme sa propriété. Il (4)semblait les compter et les mesurer et les peser, et (5)il pensait qu'il les avait bien gagnés, et aussi ce hangar de fête et ce ciment solide et, plus loin, cette ville avec son mouvement, ses femmes et sa chaleur. (*VN*, pp.118-119)
(「あの、どうして降りてこないんですか？」
　操縦士は、(1)何か不可思議な仕事に没頭しており、敢えて返答しなかった。(2)恐らく、飛行のあらゆる音が彼の中を過ぎるのをまだ聞いていたのだろう。彼はゆっくり頭を振り、前に身をかがめて、(3)何かを操作した。ようやく彼は上司や同僚のほうへ振り向き、彼らを、まるで自分の所有物のように重々しく見つめた。彼は彼らを数え、見積もり、計量している(4)ようだった。そして(5)彼は、彼らと、この陽気な格納庫、この堅固なセメント、その向こうの、人の往来と女たちと熱気を伴う街も首尾良く手に入れたと思った。)

下線部 (1) 〜 (4) では、操縦士ペルランの操縦席での行動に関する情報が制

61

限されている。地上作業員の一人が最初に彼に声をかけている点を鑑みるなら、この情報制限は、格納庫の作業員たちの知覚・認識限界に対応しているようにも思われるが、下線部 (5) ではペルランの思考が語られているため、問題はむしろ語りの焦点移動にあることが分かる。上の引用部には漸進的な焦点移動が見て取れる。まず作業員たちのものと思われる外的視点、つまり操縦士を外から眺める視点が下線部 (1) 〜 (3)、次に下線部 (4) を含むくだりが操縦士への外的焦点化であり、そして下線部 (5) で操縦士の思考が語られる。

　下線部 (4) における情報制限を単体として捉えようとすると、すぐ後の下線部 (5) では操縦士の思考が語られてしまっているため、その意味がよく理解できない。だが、語りの焦点移動という文脈において考えるなら、下線部 (4) の機能は明らかである。一見して黙説法のように見える「ようだった」(semblait) は、焦点化の推移における視点と視点の境目を示しているのである。このように考えれば、先ほど見た「恐らく」(sans doute) の機能も明らかとなる。「恐らく」による情報制御は、「ようだった」が操縦士への焦点化の始まりを示していたのと同様、操縦士への焦点化の終わりに対応しているのだ。同じ原理に基づいて説明できる黙説法の例が他に二つ挙げられる。一つは検査官ロビノーに、もう一つは支配人リヴィエールに関わる例である。

　　L'inspecteur parut hésiter, se retourna vers Pellerin, et sa pomme d'Adam remua. Mais il se tut. Il reprit, après réflexion, en regardant droit devant soi, sa dignité mélancolique. (*VN*, p.122)
　　（査察官はためらった様子で、ペルランのほうを向き、彼の喉仏が動いた。だが、彼は黙り込んだ。彼は熟考の末、まっすぐ前を見て、物憂げな威厳を取り戻した。）

「様子で」(parut) は情報制限を含む点で、人物の内面に関する情報を含む「熟考の末」(après réflexion) と対立しているが、ここでは何らかの登場人物や語り手の知の限界が示されているわけではなく、検査官が語りの対象に据えられたくだりがここから始まることを示している[60]。情報制限の動詞 paraître は、それまで

60　じっさい引用箇所の後には、ここで物語に初登場となる人物ロビノーをその心理も含めて解説するくだりが続く。「ロビノーは、この物憂げな様子を手荷物のように持ち運んでいた。よく分からない職務を果たすためリヴィエールに呼ばれ、前日にアルゼンチンに着いたばかりの彼は、その大きな手と、査察官の威厳を持てあましていた。」(*VN*, p.122)

背景的な端役にすぎず外面しか描かれなかったロビノーが、以降は語りの主な対象として内面まで語られていく転換点に位置しているのである。もう一つの例はリヴィエールに関わるもので、彼とロビノーの会話場面に見られる。

　　Rivière pensa qu'ainsi, chaque nuit, une action se nouait dans le ciel comme un drame. (1) <u>Un fléchissement des volontés pouvait entraîner une défaite, on aurait peut-être à lutter beaucoup d'ici le jour.</u> [...]
　　-- Vous disposez presque de la vie des hommes, et d'hommes qui valent mieux que vous... »
　　Il (2) <u>parut</u> hésiter.
　　« Ça, c'est grave. »
　　Rivière, marchant toujours à petits pas, se tut quelques secondes. (*VN*, p.128)
（リヴィエールは、こうして夜ごと空には劇のように行為が結ばれるのだと思った。(1) <u>意志がたわめば敗北がもたらされよう。今から夜明けまで、懸命に闘わねばなるまい。</u>（略）
　「君はほとんど人間の命を預かっているのだ。それも君以上の価値ある人間を……」
　彼はためらうように (2) <u>見えた</u>。
　「それは重大なことだ」
　リヴィエールは、ずっと小幅で歩きながら、しばし沈黙した。）

　語りの焦点移動という文脈で見れば、下線部 (2) の「見えた」（parut）の機能は明白である。すなわち、リヴィエールの思考を明示していた下線部 (1) の内的焦点化から、客観的に観察可能な情報に限定された外的焦点化へと情報制御のモードが変化しているのだ。ここでリヴィエールの内面が語られず、彼のためらいが断定されない理由は、彼がまさにこの会話で、部下に弱みを見せることをロビノーに禁じているからである。つまり、リヴィエールの言葉や行為だけが語られるくだりは彼がロビノーの前で感情を隠していることに対応し、それゆえ彼自身の弱さを示す「ためらう」という行為も、はっきりそれとは分からないよう情報制限動詞 « paraître » によって曖昧にされるのである。語り手が「リヴィエールはためらった」と断定すると、リヴィエール自身が部下ロビノーの前で弱みを見せたことになりかねず、支配人の言葉から説得力が失われてしまうからである。

2.2.2. 視点主体／視点対象としての登場人物間の関係

　前節では語りの焦点移動に伴う技巧としての情報制限を見てきたが、物語において支配的な叙法（モード）は複数焦点化であるから、もちろん物語情報が視点主体人物の知覚範囲に限定されるくだりは少なからず見受けられる。しかしながら、外界についての知覚の限界よりも、登場人物の内面や心理に関する知の限界のほうが我々には興味深い。たとえば、地上勤務のリヴィエールが、遠く離れた空の上で危機に晒される飛行機の状況を知り得ないといった物理的な知の限界は、それ自体としては特に何らかの意味を成すものではない[61]。だが、たとえばロビノーがリヴィエールの考えを理解したり推測したりすることができないという事実は、二つの点において我々の興味を引く。第一に、こうした関係に注目することで、登場人物同士をいわば洞察力の優劣において比較することができ、視点主体としての各登場人物がどのような視点戦略に対応するかを検討することが可能になる点である。第二に、洞察し洞察される関係の分析によって、物語視点の「主体‐対象」関係を明らかにすることができる点である。上の例では、視点主体ロビノーにとってリヴィエールは不透明で見透すことのできない視点対象となっている。こうしたケースを検討していくことにより、知覚や認識の能力に応じて登場人物を分類するとともに、複数焦点化を「複数の視点戦略の組み合わせ」という観点から整理し直すことができるだろう。したがって我々は、まず視点主体の知の限界に由来する他の人物についての情報制限を取り上げ、続いて視点主体としての主要登場人物を分析することで、各登場人物がどの視点戦略に対応しているかを検討していく。

2.2.2.1. 視点対象としての登場人物

　作中ではパタゴニア便の操縦士ファビアン、ヨーロッパ便の操縦士、そしてリヴィエールの三人に関する物語情報が制限されている。まずファビアンは、郵便機に同乗する通信士の視点から不透明な対象として提示される。

---

[61] ただし、こうした外的知覚の限界は、物語にサスペンスの効果をもたらす点では少なからぬ役割を果たしている。ジャン・リカルドゥーは、作品に批判的な調子で「こうした一切から分かるのは、巧みに中断される出来事の形に加工された根本的冗長さが、ある種の作品の過剰な成功と無縁ではないということである」と指摘している。Jean Ricardou, « Une prose et ses implications », *op.cit.*, p.206.

2.『夜間飛行』分析

　Une tête et ses épaules immobiles émergeaient seules de la faible clarté. Ce corps n'était qu'une masse sombre, appuyée un peu vers la gauche, le visage face à l'orage, lavé sans doute par chaque lueur. Mais le radio ne voyait rien de ce visage. <u>Tout ce qui s'y pressait de sentiments pour affronter une tempête : cette moue, cette volonté, cette colère, tout ce qui s'échangeait d'essentiel, entre ce visage pâle et, là-bas, ces courtes lueurs, restait pour lui impénétrable.</u> (*VN*, p.130)
（頭と動かない肩だけが微かな明かりに浮かび上がっていた。この身体は、やや左に寄りかかった暗い塊にすぎず、顔は嵐に向かいあって、恐らく稲光に洗われていた。だが、この顔は通信士にはまったく見えなかった。<u>嵐に立ち向かおうとそこに凝集された感情のすべて、この結んだ口元、この意志、この怒気など、この青白い顔と向こうに閃く光との間で交わされる本質的なものの一切は、彼には窺い知れないままであった。</u>）

　前半部分では、ファビアンを操縦席の後ろから見る通信士に知覚可能なものだけが提示されているが、下線部ではその知覚範囲を越え、通信士には窺い知れないファビアンの一側面が語られている。つまり通信士の知覚・認識の限界が露呈されることによって、飛行士には他人に分からない固有の仕事の領域があることが示されているのだ。同様にヨーロッパ便操縦士も、その妻の視点から不透明な対象として提示される。

　Elle regardait ces bras solides qui, dans une heure, porteraient le sort du courrier d'Europe, responsables de ₍₁₎ <u>quelque chose de grand</u>, comme du sort d'une ville. Et elle fut troublée. Cet homme, au milieu de ces millions d'hommes, était préparé seul pour ₍₂₎ <u>cet étrange sacrifice</u>. Elle en eut du chagrin. Il échappait ainsi à sa douceur. Elle l'avait nourri, veillé et caressé, non pour elle-même, mais pour cette nuit qui allait le prendre. ₍₃₎ <u>Pour des luttes, pour des angoisses, pour des victoires, dont elle ne connaîtrait rien.</u> Ces mains tendres n'étaient qu'apprivoisées, et leurs vrais travaux étaient obscurs. Elle connaissait les sourires de cet homme, ses précautions d'amant, ₍₄₎ <u>mais non, dans l'orage, ses divines colères.</u> (*VN*, p.138)
（彼女は、一時間後にはヨーロッパ便の運命を担う堅固な腕を見ていた。この腕は、街の運命のように、₍₁₎<u>何か大きなもの</u>の責任を負っているのだ。彼女は動揺した。何百万の人間の中で、彼一人だけが、₍₂₎<u>この奇妙な犠牲</u>に献げられている。彼女はその

65

ことを悲しく思った。彼に食べさせ、彼を見守り、撫でてきたのは彼女自身のためではなく、彼を奪っていくこの夜のためだった。(3) 彼女には何も分からない闘いや、不安や、勝利のために。この優しい手は飼い慣らされたにすぎず、その本当の仕事はよく分からなかった。彼女は彼の微笑みや、恋人としての気遣いは知っていたが、(4) 嵐の中での崇高な怒りは知らなかった。)

　下線部 (1)(2)(3) に見られる情報制限は妻への焦点化によるものと考えられるが、最後の下線部 (4) は妻の視点に帰することができない。下線部 (3) に見られるように夫の職業の持つ意味を理解しない彼女が、自然と闘う人間の意志を「神聖なもの」と捉えうるとは考えられないからである。したがって、下線部 (4) で語られている事柄は彼女の知覚・認識範囲を越えているため、嵐と闘う飛行士の憤怒が彼女にとっては不可知の対象であることが示されていると考えられる。以上二つの例に共通するのは、通信士や妻の視点が、その知覚・認識の限界によって飛行士の仕事の持つ固有性を陰画的に証言するために採用されており、その際には不透明な対象の何たるかを明らかにすべく語り手の視点が介入しているという点である。

　これら二人の飛行士以外に不透明な視点対象となるのは、郵便飛行事業の責任者リヴィエールである。ただし彼は視点主体ロビノーにとってのみ不透明であるわけではなく、誰にも見通せず理解できない存在として提示されている。問題となるのは、ファビアンの遭難後、リヴィエールが夜間飛行の継続を決定する場面である。

　Robineau préparait des mots de plus en plus ivres de dévouement, mais, chaque fois qu'il levait les yeux, il rencontrait cette tête inclinée de trois quarts, ces cheveux gris, (1) ces lèvres serrées sur quelle amertume ! Enfin il se décida :

　« Monsieur le Directeur... »

　Rivière leva la tête et le regarda. (2) Rivière sortait d'un songe si profond, si lointain, que (3) peut-être il n'avait pas remarqué encore la présence de Robineau. Et (4) nul ne sut jamais quel songe il fit, ni ce qu'il éprouva, ni quel deuil s'était fait dans son cœur. Rivière regarda Robineau, longtemps, comme le témoin vivant de (5) quelque chose. Robineau fut gêné. Plus Rivière regardait Robineau, plus se dessinait sur les lèvres de celui-là une (6) incompréhensible ironie. Plus Rivière

regardait Robineau, et plus Robineau rougissait. (*VN*, p.164)
（ロビノーはますます献身に酔った言葉を準備していたが、目を上げるたび、この深く傾げられた頭と灰色の髪が目に入るのだった。 (1)その唇はどんな苦痛に噛みしめられていることか！ 彼はとうとう意を決した。
「支配人……」
リヴィエールは頭を上げて彼を見た。 (2)リヴィエールはきわめて深く遠大な無想から覚めるところで、 (3)恐らくまだロビノーの存在に気づいていなかった。 (4)彼がいかなる無想をし、何を体験し、心中でどのような喪に服したか、それは誰にも分からなかった。リヴィエールは、 (5)何かの生きた証人のように、ロビノーを長い間眺めた。ロビノーは居心地の悪さを感じた。ロビノーを眺めれば眺めるほど、リヴィエールの唇は (6)不可解な皮肉に歪むのだった。リヴィエールがロビノーを見つめるほど、ロビノーはますます赤くなった。）

下線部 (1) はロビノーへの内的焦点化と見なせるが、下線部 (2) や (4) で語られていることは明らかに彼の視点の限界を越えている。後に見るとおり洞察力の欠如を特徴とするロビノーが、リヴィエールの瞑想の深さを理解できるとは考えられないからである。したがって、下線部 (2) と (4) は語り手の視点と見なされよう。ここでは視点対象の不透明性が語り手によって絶対化されており、リヴィエールの内面はロビノーだけでなく誰にも見抜けないとされている。このように絶対化された不透明性に基づく語りの情報制限は、たとえば下線部 (3) の「恐らく」（peut-être）、下線部 (5) の「何か」（quelque chose）、下線部 (6) の「不可解」（incompréhensible）などの表現に見て取れる。こうした不透明性、言い換えれば他の者に見通されない内面を持つことは、作中においてどんな意味を持つのだろうか。

Il[=Rivière] s'était, comme ce soir, senti solitaire, mais bien vite avait découvert la richesse d'une telle solitude. Le message de cette musique venait à lui, à lui seul parmi les médiocres, avec la douceur d'un secret. (*VN*, p.132)
（今夜のように、リヴィエールは孤独だと感じたことがあるが、直ちにそうした孤独の豊かさを見出したのである。この音楽のメッセージは彼の下へ、凡庸な者たちの間でただ彼にだけ、秘密の甘美さを伴って訪れたのだ。）

理解されず孤独であること、秘密を持つことは、「凡庸」な他人と己を区別するものとされる。すなわち、他人の窺い知れない秘密を持つことが一種の特権とされているのだ。では、なぜファビアン、ヨーロッパ便操縦士、そしてリヴィエールの三人だけが、秘密を持つ不透明な対象人物として特権化されているのだろうか。それは、彼ら三人が物語の主軸をなす行動の担い手だからである[62]。物語全体を貫く主要シークエンスは夜間飛行の遂行であり、物語冒頭から遭難まで夜間飛行を担うのが飛行士ファビアン、夜間飛行の継続を命じるのがリヴィエール、そしてヨーロッパ便操縦士が飛び立つところで物語は閉じられる。これら三人の「秘密」として提示されているのは、まさに夜間飛行の遂行を支える本質ともいうべきものである。二人の飛行士の「秘密」とは、自然との闘いにおける「戦略」に他ならない。たとえばファビアンについては通信士の視点から「通信士には操縦士の戦術が分からなかった」(VN, p.130) と語られ、ヨーロッパ便操縦士は「何を考えてるの？」と妻に尋ねられて「攻略法があるんだ。どこを回ればいいか分かってる」(VN, p.139) と答えている。また、リヴィエールにおける「秘密」とは、遭難にもかかわらず夜間飛行の継続を決定するに至る瞑想であって、これらの「秘密」のうちどれが欠けても夜間飛行は遂行不能となる。夜間飛行を担う三人を間近で目撃する視点主体、すなわち通信士、ヨーロッパ便操縦士の妻、ロビノーは、このように行動の本質を成すものを、外からは知覚も認識もできない不透明な対象として描き出す役割を果たしており、いわば行動の神秘性の証人として機能しているといえよう。

2.2.2.2. 視点主体としての登場人物

前節では不透明な視点対象としての登場人物を扱ったが、本節では語りの視点主体としての登場人物を分析する。まず、前節で扱った不透明な視点対象人物の証人である通信士、ヨーロッパ便操縦士の妻、ロビノーを取り上げるが、これらの視点主体はほとんど常に視点対象人物と対になって現れるため、我々の分析においても、通信士とファビアン、妻とヨーロッパ便操縦士、ロビノーとリヴィエールという「視点主体－視点対象」の対比において検討する。さらに、4番目の組み合わせとしてファビアンの妻シモーヌとリヴィエールを取り上げ、それぞれ

---

[62] 作中に繰り返し登場する重要な「船」のイメージに関わるのがこの三人であることからも、彼らが特別な存在だと分かる。次の拙論を参照。藤田義孝「アレゴリーとしての『夜間飛行』」『フランス語フランス文学研究』、第75号、1999, pp.38-48.

2. 『夜間飛行』分析

の視点主体人物がどのような視点戦略に対応しているかを検討する。

　飛行士ファビアンと通信士は二人とも同じ郵便機に乗っているため、物理的な知覚範囲の広さという点では差がないと考えられるが、認識力には違いが見られる。通信士はレシーバーに聞こえるノイズから嵐が近いのではないかと心配するが、ファビアンはまったく気にしない。

　　Fabien sourit : le ciel était calme comme un aquarium et toutes les escales, devant eux, leur signalaient : « Ciel pur, vent nul. » Il répondit :
　　Continuerons.
　　Mais le radio pensait que des orages s'étaient installés quelque part, comme des vers s'installent dans un fruit ; la nuit serait belle et pourtant gâtée : il lui répugnait d'entrer dans cette ombre prête à pourrir. (*VN*, p.114)
　　（ファビアンは微笑んだ。空は水槽のように穏やかで、彼らの行く手の寄港地はすべて「快晴、無風」と告げていた。彼は答えた。
　　「飛行を継続する」
　　だが通信士は、果実に虫が潜むように、嵐がどこかにあると考えていた。夜は美しいだろうが、傷んでいるのだ。今にも腐敗しようとしている、この闇の中に入っていくことに彼は嫌悪を覚えた。）

　だが、通信士の懸念は後に現実のものとなり、通信士は危険の察知という点においてファビアンより認識力が高かったことが明らかになる。ただし、先に見たとおりファビアンは通信士の知らない行動の秘密に携わっており、二人は互いに相手の知らないことを知っているため、知覚・認識力の点では互角と考えられよう。しかも、ファビアンは通信士の視点から力と主導権を握る者として描かれており、不用心な飛行士という不名誉な称号を返上するかのように優位を取り戻すのである。

　　Il[=le radio naviguant] devinait pourtant la puissance ramassée dans l'immobilité de cette ombre, et il l'aimait. Elle l'emportait sans doute vers l'orage, mais aussi elle le couvrait. [...]
　　Le radio pensa qu'après tout le pilote était responsable. (*VN*, pp.130-131)
　　（通信士は、この不動の影に集まった力を見て取り、それを好ましく思った。その力

は恐らく彼を嵐へと連れて行くだろうが、同時に彼を守るだろう。(略)
　通信士は、結局のところ操縦士が責任者なのだと考えた。)

　ファビアンは軽率で向こう見ずなパイロットではなく、力を持った行動の責任者とされる。視点主体として見る限り二人に優劣はつけがたいが、行動する力と主導権を握っている点を考慮すると、総合的には飛行士ファビアンのほうが優位に立つ存在として描かれているといえよう。
　ヨーロッパ便操縦士とその妻の場合、知覚範囲の空間的広がりという点で圧倒的な差が見られる。自分の住む街であるブエノスアイレスしか知らない妻に対して、飛行士である夫は街から街へと飛び回っているからである。だが、知覚・認識力に関しては、二人が別々の活動領域に属しているため優劣がはっきりしない。それぞれの活動領域は、空にある職業(飛行士)の領域と、地上にある生活の領域にはっきりと分かれており、妻は夫の領域を知ることはできないし、夫は生活空間としてのブエノスアイレスに重要性を認めない。

　　Il[=pilote du courrier d'Europe] remarqua la lune et se connut riche. Puis ses yeux descendirent sur la ville.
　　Il ne la jugea ni douce, ni lumineuse, ni chaude. Il voyait déjà s'écouler le sable vain de ses lumières. (*VN*, p.139)
　(ヨーロッパ便操縦士は月に気づいて、自分は豊かだと思った。それから視線は街へと下りた。
　　彼は街を優しいとも明るいとも暖かいとも思わなかった。彼は既に、その明かりが空しい砂となって流れるのを見ていた。)

　地上の生活空間が彼にとってどのような価値を持つのかは、「夜の出発は美しい。南へ向かってスロットルレバーを引き、十秒後には景色を回して北へ向かう。街なんかもう海の底だ」(*VN*, p.139)という彼の台詞から明らかだろう。地上＝「海の底」のイメージは、「彼女はそこに残された。彼女は悲しげに、彼にとっては海の底でしかない、これらの花や、本や、優しいものを見つめていた」(*VN*, p.140)と、妻の視点で語られるくだりでも繰り返される。妻の領域は花や本といった身の回りの小さなものによって象徴され、海原のイメージが表す夫の活動領域と対置されることで空間的広がりの差が際立っている。共通の対象が存

在しないため知覚・認識力の面で優劣をつけることは難しいが、ヨーロッパ便操縦士は身体性や動物性に結び付けられた行動の人物として描かれ[63]、知覚・認識力は比較的低いと考えられる。また彼は「これらの平野、街、山々……。彼はそれらを征服するため、自由に飛び立っていくのだと思った」(*VN*, p.139) と、世界を駆け巡ってすべてを征服しようとする網羅性志向を示しているため、フォンタニユの言う累積戦略に分類できよう。他方、空間的に限定された領域に生きる妻は、知覚・認識力の欠如によって特徴づけられている。たとえば彼女は、「彼女は起きて窓を開け、顔に風を受けた」(*VN*, p.138) と窓を開けているにも関わらず、夫に天気を訊かれて知らないと答えたり、風向きを訊かれて「私に分かるわけないわ」(*VN*, p.139) と答えたりしている。このように徹底して無知な存在として描かれる妻の視点は、知覚・認識の広がりも強さも欠く以上、個別化戦略に分類されるだろう[64]。

これに対し、同じ飛行士の妻でもファビアンの妻シモーヌは「聡明な女性」として造形されており、生活領域に属する自身の価値観を自覚している。彼女は夫の遭難の後、会社に赴くが「彼女は気詰まりな思いで、自分はここでは敵対する真理を表明しているのだと思った」(*VN*, p.159) と、自分が真理の体現者であることに気づく。その真理とは、「彼女は人々に聖なる幸福の世界を示していたのだ」(*VN*, p.159) とあるとおり、幸福こそが人生に意味を与える至上の価値だというテーゼである。だが、彼女自身も「自分の真理が、この別世界では言葉にできないと気づいた」(*VN*, p.159) ように[65]、郵便飛行の事業所という行動の世界においては幸福の価値を言い表すことができない。それは逆の立場に立つリヴィエールにとっても同様で、行動に価値を置く彼もまた「自分の真理が、家庭の慎ましい明かりの下では、言葉にできず非人間的なものだと気づいた」(*VN*, p.151) ために自分の真理を表明できなくなる。つまり、シモーヌは生活の領域における

---

63 ヨーロッパ便操縦士の身体性・動物性については前掲拙論「アレゴリーとしての『夜間飛行』」の p.44 を参照。
64 ただし、妻の視点から描かれる対象はステレオタイプであって個別性を支える細部や具体的情報に乏しく、また彼女とヨーロッパ便操縦士に固有名が与えられていないことを見ても、彼らは個別的というよりむしろ抽象的な存在として造形されていると考えられる。それゆえ彼らは、物語全体の中では語り手による抽出戦略に奉仕しているといえよう。固有名のないヨーロッパ便操縦士の寓意的役割については前掲拙論「アレゴリーとしての『夜間飛行』」の p.46 を参照。
65 以上三つの引用文（いずれも *VN*, p.159）に « deviner »、« révéler »、« découvrir » と認識に関わる動詞が用いられていることもシモーヌの認識力の高さを示す傍証となろう。

真理を、リヴィエールは職業の領域における真理を抱いており、二人は人生に意味を与えるのは幸福か行動かという点で対立するライバル関係にあるのだ。リヴィエールは、後に見るとおり作中人物の中で最も認識力・洞察力に富んだ人物であり、そのライバルが務まる点から、シモーヌの洞察力もまた優れていることが分かる。その一方で、郵便飛行事業という行動の領域は彼女の立ち入れない世界とされ、そうした隔たりは「彼女は今や壁に突き当たっていた。（中略）この無気力さが彼女を苦しめていた。この壁の向こうで、何かが起こっているのだ」(VN, p.150) と「壁」のイメージで表現されている。このようにシモーヌの視点には限界があり、認識の広がりという点では幾分劣ることになるため、認識力が高く範囲の狭い抽出戦略に対応するといえるだろう。

物語の主人公といえるリヴィエールは、他の人物の内面を理解する洞察力によって特徴づけられ、たとえば整備班長ルルーの「ありませんでしたねえ……」(VN, p.118) というたった一言から、彼が人生に満足しているかどうかを知ることができる。

> Rivière écoutait le son de la voix, pour connaître si la réponse était amère : elle n'était pas amère. Cet homme éprouvait, en face de sa vie passée, le tranquille contentement du menuisier qui vient de polir une belle planche : « Voilà. C'est fait. » (VN, p.118)
> （リヴィエールは、返答が苦いものかどうか、声音に耳を傾けた。それは苦くはなかった。この男は、自分の過ぎた人生に向かい合って、静かな満足を感じていたのだ。見事な板を磨き上げたばかりの木工職人のように。「さあ、できたぞ。」）

声の調子から相手の内面をかくも正確に理解するという、リヴィエールの過剰なまでの洞察力が示されている。また、彼は部下のロビノーについて「彼は何も考えていない」(VN, p.123) と断じているが、その断定には「何も知らないロビノーは、出くわすものすべての前で、ゆっくりと頭を振るのだった」(VN, p.122)、「実のところ、査察官はそれについて何も考えていなかった」(VN, p.127) といった形で語り手による裏付けが与えられている。リヴィエールの洞察力は彼の部下だけでなくファビアンの妻シモーヌに対しても発揮され、「彼女は軽く肩をすくめ、リヴィエールにはその意味が分かった。「家に帰って見出す灯りも、用意した夕食も、花も、いったい何になるでしょう……」」(VN, p.159) と

いうように、彼女の仕草から考えを理解することができるのである。このようにリヴィエールにとって、ルルー、ロビノー、シモーヌはいずれも不透明な対象ではないところを見ても、他人の内面に対する彼の洞察力の高さがうかがえよう。

さらに彼は、様々な方法で知覚・認識の範囲を拡大している。リヴィエールは郵便飛行事業の統括者・責任者であるため、電報によって各地から伝えられるすべての情報を集めることができる。

> Le téléphoniste plantait ses fiches dans le standard, et notait sur un livre épais les télégrammes.
> Rivière s'assit et lut.
> Après l'épreuve du Chili, il relisait l'histoire d'un jour heureux où les choses s'ordonnent d'elles-mêmes, où les messages, dont se délivrent l'un après l'autre les aéroports franchis, sont de sobres bulletins de victoire. [...]
> « Passez-moi les messages météo. »
> Chaque aéroport vantait son temps clair, son ciel transparent, sa bonne brise. Un soir doré avait habillé l'Amérique. (*VN*, p.126)
> (交換手は交換台にプラグを差し込み、分厚い帳面に電報を書き留めていた。
> リヴィエールは腰掛け、報告を読んだ。
> チリの試練の後で、彼は物事が自然と整っていく幸いなる一日の記録を読み直した。越えられていく空港から一つ一つ届くメッセージは、地道な勝利報告書だった。(中略)
> 「気象報告をくれ」
> どの空港も、好天と澄んだ空と、良き風を称えていた。金色の夕べがアメリカ大陸を包み込んでいた。)

最後の一文から分かるとおり、リヴィエールの認識範囲は南アメリカ大陸全体に及んでいる。電報で寄せられる情報によって彼は大陸規模で天候や郵便飛行の状況を知ることができ、そのため大陸を覆う空全体が意識の中に入っているのだ。

> Devant une fenêtre ouverte il[=Rivière] s'arrêta et comprit la nuit. Elle contenait Buenos Aires, mais aussi, comme une vaste nef, l'Amérique. Il ne s'étonna pas de ce sentiment de grandeur : [...] (*VN*, p.126)

（開いた窓の前で、リヴィエールは立ち止まり、夜を一望した。夜はブエノスアイレスを包んでいたが、広大な船のように、アメリカ大陸をも包み込んでいた。彼はこの壮大さの感覚に驚きはしなかった。）

このように、リヴィエールの知覚・認識範囲の広さは、郵便飛行事業の責任者であるという地位によって保証されているといえよう。また、彼は書物で読んだ歴史や逸話、自分の体験や思い出などから様々な事例を集めることで思考の射程を拡大している。たとえばシモーヌが肩をすくめてみせるとき、彼はただちに似たような事例として、「ある時、一人の若い母親がリヴィエールに告白した。「子どもが死んだことが、私にはまだよく分からないのです」」(*VN*, pp.159-160) と子どもを亡くした若い母親の言葉を思い出す。こうしたアナロジーに基づく認識の拡大によって、リヴィエールはシモーヌがこれから経験するであろう死別の悼みを次のように推し量ることができるのだ。

Pour cette femme aussi la mort de Fabien commencerait demain à peine, dans chaque acte désormais vain, dans chaque objet. Fabien quitterait lentement sa maison. (*VN*, p.160)
（この女性にとっても、ファビアンの死は明日から少しずつ始まるだろう。もはや無駄になった行為や物のそれぞれにおいて。ファビアンはゆるやかに家を去っていくだろう。）

認識拡大の戦略がもっとも顕著に見られるのは、ファビアン遭難後のリヴィエールの瞑想においてである。彼は様々な事例を思い出しては考察し、なぜ彼が夜間飛行を継続するのか、その理由を求める。シモーヌの悲嘆に耳を傾けた後、リヴィエールにはある思い出が去来する。「あるとき、技師がリヴィエールに言った。彼らが橋の建設現場で負傷者の上にかがみ込んでいるときだった。「この橋には、一人の潰された顔面を対価とする価値があるんでしょうか？」」(*VN*, p.151) と土木技師の言葉を思い出したリヴィエールは、それを直ちに自分の問題に結びつけ、「リヴィエールは乗組員のことを考え、胸が締め付けられた。橋を建設するという行動でさえ幸福を破壊する。リヴィエールは自問せずにはいられなかった。「何の名において？」」(*VN*, p.151) と哲学的な問いを立てるに至る。こうしてリヴィエールは、自らの体験した二つの具体例から「何の名において幸

福を破壊する行動を人に強いるのか」という一般的な問いを導き出すのだ。その答えを探し求めるとき、認識範囲の拡大は最高度に達する。

> Une phrase lui revint : « Il s'agit de les rendre éternels... » Où avait-il[=Rivière] lu cela ? « Ce que vous poursuivez en vous-même meurt. » Il revit un temple au dieu du soleil des anciens Incas du Pérou. (*VN*, p.152)
> (ある言葉がリヴィエールの記憶に蘇った。「彼らを永遠とすることが重要なのだ……。」その言葉は、どこで読んだのだったか? 「おまえたちがおまえたち自身において追求する物は滅びるのだ。」 彼はペルーの古代インカ人が建てた太陽神の神殿を思い出した。)

> Il[=Rivière] pensa aux petites villes d'autrefois qui entendaient parler des « Îles » et se construisaient un navire.[...] « Le but peut-être ne justifie rien, mais l'action délivre de la mort. Ces hommes duraient par leur navire. » (*VN*, p.161)
> (彼は、「群島」のことを伝え聞き、船を建造した古の小都市群のことを考えた。(中略)「目的は恐らく何も正当化しない。だが、行動は死から解放してくれる。彼らは作り上げた船によって長らえたのだ。」)

彼が思い起こすのは、はるか昔の遠い異国における事例である。電報が彼の知覚範囲を拡大していたように、ここでは書物が時間と空間の両面において彼の認識範囲を拡大している。本で読んだ、あるいは伝え聞いた事例を参照しながら、彼の思考は抽象的な段階に留まるのではなく、直ちに彼自身の見た光景へと結びついていく。

> Rivière revit encore en songe les foules des petites villes, qui tournent le soir autour de leur kiosque à musique : « Cette sorte de bonheur, ce harnais... » pensa-t-il. (*VN*, p.152)
> (リヴィエールはなおも無想の中で、夜になると音楽堂の周りを踊り回る小さな町の群衆の姿を見た。「この種の幸福、この苦役……」)

このように時間的・空間的にかけ離れた事例を結び合わせる強靭な思考力によって、リヴィエールは古の支配者が寺院を建設させたわけを理解する。それは、

死すべき人間が共同事業によって死を超える何物かを残すためであった。こうして彼は郵便飛行事業を継続すべき根拠を手にするのである。視点主体リヴィエールが、優れた洞察力と情報収集力をもって全体把握を目指す包括戦略に対応することは明らかであろう。

　ところがロビノーは、リヴィエールとは対照的に、思考力・洞察力を欠く人物として描かれている。既に見たとおり、彼は何も知らず何も考えていないと語り手が断定しており、また知覚・認識の範囲に関していえば、ロビノーはリヴィエールや飛行士たちのように広い空間に携わることがなく、規則、石ころ、あるいはプロペラシャフトのような限定的な対象にしか関わっていない[66]。知覚・認識の能力も範囲も限られている以上、視点主体ロビノーは個別化戦略に分類されることになる。これは一般に個別性・特殊性を志向する戦略だが、ロビノーの役割はむしろそのアレゴリックな名前が示すとおり、リヴィエールのパロディとして振舞うことにあると思われる。つまり海を目指す大きな流れである「川（rivière）＝リヴィエール」に対し、そこに付随して小さな流れを人々に供給する「蛇口（robinet）＝ロビノー」という役割である。ロビノーの果たす役割が最も端的かつ象徴的に表れているのは、夜間飛行の継続を命じられた後の「そしてロビノーは、驚くべき報せを広めたのだった」(VN, p.164) という一文であろう。ロビノーはリヴィエールと他の従業員の仲立ちをし、誰も窺い知れないリヴィエールの深い瞑想から生じた「驚くべき」決定を全員に広める役割を担うのである。

2.3. 語り手と登場人物の関係

　一般に三人称物語における語り手と登場人物との関係は、一人称物語におけるような物語世界内での「実際の」付き合いや「人間関係」を意味しない。もとより『夜間飛行』のような三人称・人物視点の物語においては、語り手と登場人物の関係を規定するに足る箇所は多くない。というのも、物語が完全に三人称・人物視点のタイプに適合しているなら、そもそも語り手が語り手として現れること自体が希なことであるはずだからだ。しかしながら、三人称的語り手と登場人物

---

[66] 規則：「ロビノーにとっては規則の知識しか存在しなかった」(VN, p.122)、石ころ：「ロビノーにとって、ただ石ころだけが、人生において甘美なものだった」(VN, p.127)、プロペラシャフト：「ロビノーは今までのところ錆に冒された一本のプロペラシャフトしか救っていなかった」(VN, p.125)、「ロビノーは改めて、熱心にプロペラシャフトを磨かせることだろう」(VN, p.129)、「ロビノーもまた自分の役割を、整備班においてはたらく力を作り出すことに限定していた。プロペラシャフトを錆から守る慎ましい力を」(VN, p.158)

の間にも、「協和音」や「不協和音」といった形で、語りにおける関係は成り立ちうる。つまり、語り手が登場人物の視点に同調しているか、それとも離反しているか、という関係である。『夜間飛行』が三人称・人物視点のタイプに忠実な物語だとすれば、原則として明示的な語り手 - 登場人物関係が成り立つことはないはずであるが、ロビノーとリヴィエールに関わるいくつかのくだりを検討すると分かるように、語り手は完全に姿を消してしまうわけではない。とりわけ物語終盤では、語り手は語りの前面に姿を現し、物語全体を一つの叙事詩として締めくくる役割を果たしているのである。

2.3.1. ロビノーに対する「協和音」と「不協和音」

ロビノーに対しては、既に見たように、語り手は「不協和音」の形で介入し、ロビノーの知識の欠如を示していた。

> « Il est dur, pensait-il[=Robineau], d'être un juge. »
> À vrai dire, il ne jugeait pas, mais hochait la tête. Ignorant tout, il hochait la tête, lentement, devant tout ce qu'il rencontrait. (*VN*, p.122)
> (「裁定者であるというのは辛いことだ」とロビノーは思った。
> 実のところ、彼は裁定しているのではなく、頭を振っているのだ。何も知らないロビノーは、出くわすものすべての前で、ゆっくりと頭を振るのだった。)

ロビノーが「間違った」思考を行うたび、語り手がすぐに介入して物語情報を「修正」している。「実のところ」（à vrai dire）という表現により、語り手は真実を明らかにする注釈者として現れると同時に、ロビノーという登場人物を、身の程に合わない「裁定者」という自己イメージを抱く者として提示する。ここで語り手は、登場人物に由来する「誤った」情報を読み手が信じないように介入しているのだ。そして、同様に読み手を「騙す」可能性があるロビノーの台詞、思考、行為が出てくるたびに語り手が介入し、「実のところ」と読み手に対して注意を呼びかけるのである。

> « Que pensez-vous de cette carte, Robineau ? »
> Il[=Rivière] posait parfois des rébus en sortant d'un songe.
> « Cette carte, monsieur le Directeur... »

L'inspecteur, à vrai dire, n'en pensait rien, mais, fixant la carte d'un air sévère, il inspectait en gros l'Europe et l'Amérique. (*VN*, pp.127-128)
(「ロビノー、この地図についてどう思うかね？」
無想から覚めるとき、リヴィエールは時に謎かけをするのだった。
「この地図ですか、支配人……」
査察官は、実のところ、それについて何も考えていなかった。ただ、地図をしかつめらしく見つめながら、ヨーロッパとアメリカ大陸を大ざっぱに査察していた。)

語り手の介入は迅速かつ明瞭である。ロビノーが考え込む振りをするやいなや、語り手が彼の思考（の欠如）を暴き立て、見た目は意味深そうな彼の言葉に騙されないようにと読み手に注意を喚起するのだ。語り手は、このように登場人物に由来するまぎらわしい情報については、修正のために介入せずにはいられないかのようである。物語が完全に三人称・人物視点のタイプどおりであるなら、一般に語り手は姿を現すことなく透明な媒体のように振る舞い、視点主体人物の背後に隠れたままであるはずだ。ところが、次の引用のようにロビノーが問題となると、語り手はたちまち遠慮を捨て去り、視点主体と距離を保った「不協和音」の語りを展開する。

Un sentiment qu'il jugeait très beau l'animait. Alors il frappa doucement. On ne répondit pas. Il n'osa frapper plus fort, dans ce silence, et poussa la porte. Rivière était là. Robineau entrait chez Rivière, pour la première fois presque de plain-pied, un peu en ami, un peu dans son idée comme le sergent qui rejoint, sous les balles, le général blessé, et l'accompagne dans la déroute, et devient son frère dans l'exil.[67]

(*VN*, pp.163-164)
(自分ではとても美しいと思う感情がロビノーを突き動かしていた。そして彼は、そっと扉を叩いた。だが、返事はなかった。この沈黙の中で、さらに強くノックする勇気が出ず、彼は扉を押した。リヴィエールがそこに居た。ロビノーは初めて、ほとん

---

[67] 引用の後に続く一文 « « Je suis avec vous, quoi qu'il arrive », semblait vouloir dire Robineau. » (*VN*, p.164) は、動詞 « sembler » によって情報が制限されているように見えるが、これは 2.2.1. 節で扱ったような焦点化の境目における情報制限である。つまり、動詞 « sembler » は、ロビノーが頭の中で考えたことが語られる内的焦点化のくだりから、リヴィエールの部屋における観察可能な外的描写（« Rivière se taisait et, la tête penchée, regardait ses mains. » (*VN*, p.164))へと移行する境界を示していると考えられる。

ど対等の立場でリヴィエールの部屋に入った。少し友人のようであり、彼の頭の中では、敵弾の飛び交う中、負傷した将軍に合流し、敗走に付き従い、亡命地で彼の兄弟となる軍曹のような立場であった。)

　ロビノーの思考に対する語り手の距離感は「自分で思う」(il jugeait) および「彼の頭の中で」(dans son idée) という表現で二度明示されている。ロビノーの判断と考えの妥当性が語り手によって保証されることはなく、また、そうした語り手の態度が正しかったことが後の物語展開によって証明されることになる。ロビノーは「彼がとても美しいと思った感情」に突き動かされて行動するが、それはリヴィエールにとっては「人間の愚かさ」(*VN*, p.164) を証言するものでしかなかった。ロビノーはまた美化された戦場のイメージを思い描くが、ほどなく「もはや伍長も将軍も弾丸も問題ではなかった」(*VN*, p.164) ことを思い知る。つまり、語り手の「不協和音」による留保は、必ず皮肉な実際の結果を後に伴うのである。

　このように、語り手とロビノーの関係は、はっきりした「不協和音」によって特徴付けられているものの、「協和音」的な語りの例も少なからず存在する。なかでも特に重要なのは、既に分析した視点対象リヴィエールの不透明性に関わるくだりで、彼の心理の不可視性や理解不能性を示すためにロビノーの視点が選ばれていることである。遭難にもかかわらず夜間飛行を中断しないというリヴィエールの決断は、ロビノーにとってのみならず、他の人々にも不可解で説明不能なものであった。なぜなら、不屈の支配人の内面は誰にも見透せないからである。それゆえ、夜間飛行を中断せず継続するという報せは、ロビノー以下の全員にとって「驚くべき」ものとなる。つまり、ロビノーが一人で考えたことは語り手による保証が得られず一般性を持ち得ないが、« Robineau » というアレゴリックな名前のとおり、川 (rivière) の水を広く人々に届ける蛇口 (robinet) のように、彼がリヴィエール (Rivière) と従業員たちの仲立ちとして機能する場合には、彼の認識や印象が一般化可能なものとなるのである。

　このように語り手は、ロビノーが「判断」したり「考え」たりするときには直ちに介入して彼の判断や思考の誤りを指摘するが、彼がアレゴリックな名前どおりの機能を果たすときには彼の視点に合わせた「協和音」的な語りを行っている。したがって、語り手とロビノーの関係は、いわば管理者と管理される者の関係であるといえよう。語り手は、登場人物が名前どおりの役割から逸脱すること

を許さないのである。この関係は、ちょうど上司リヴィエールと部下ロビノーの関係とパラレルである。というのも、リヴィエールもまた部下の逸脱を許さないからだ。たとえば、「ロビノーは新しい方法や技術上の解決策を提案することを諦めていた。リヴィエールが彼に「査察官ロビノーは詩ではなく報告書を提出されたし」と書いてよこしたからである」(VN, p.122)、あるいは「君は自分の役割に留まらなくてはならない」(VN, p.128)というリヴィエールの台詞も見られる。このように、リヴィエールはロビノーの行為を修正して本来の役割に立ち返らせる。それはちょうど、語り手がロビノーに由来する紛らわしい物語情報を修正し、登場人物にあてがわれた寓意的機能に引き戻すのと同様なのである。

2.3.2. リヴィエールに対する「協和音」：留保と賞賛

ロビノーの場合とは異なり、語り手とリヴィエールの関係は「協和音」的語りを特徴とする。「協和音」とは、語り手が視点主体人物に同調し、その背後に姿を消すことであるから、リヴィエールの視点に対立する形で現れる語り手の存在指標を見出すことはできない。しかし、語り手とリヴィエールの関係を示す別の指標ならば見出すことができる。それは、語り手が「全知」であることをやめ、登場人物について一定の留保を付けながら物語る場合である。

« Le règlement, pensait Rivière, est semblable aux rites d'une religion qui semblent absurdes mais façonnent les hommes. » Il était indifférent à Rivière de paraître juste ou injuste. (1) Peut-être ces mots-là n'avaient-ils même pas de sens pour lui. Les petits-bourgeois des petites villes tournent le soir autour de leur kiosque à musique et Rivière pensait : « (2) Juste ou injuste envers eux, cela n'a pas de sens : ils n'existent pas. » (VN, p.123)
(リヴィエールは考えた。「規則とは宗教儀式に似ている。不合理に見えるが人間を形成するのだ。」 リヴィエールにとって、公正に見えるか不公正に見えるかということはどうでもよかった。(1) 恐らく、彼にはこうした言葉が無意味でさえあっただろう。小さな街の小市民たちは夜になると音楽堂の周りを踊り回る。リヴィエールは考えた。「(2) 彼らにとって公正か不公正かということには意味がない。彼らは存在していないのだから。」)

下線部 (1) の「恐らく」(peut-être) は、「公正」や「不公正」といった語がリ

ヴィエールにとって意味を持たないという断定に対する留保を表す。下線部 (2) ではリヴィエールの思考を明確に引用しているにもかかわらず、上記の点については語り手は留保を付け、断定を行っていない。したがって、ここにはレベルの異なる二つの断定が存在することになる。一つめは「公正や不公正という言葉はリヴィエールにとって意味を持たない」という絶対的レベルの断定、二つめは「小都市の小市民たちに対して公正か不公正かということには意味がない」という相対的レベルの断定である。語り手は二つの間に立ち、第二の断定を引用するに留めており、第一の命題を断言するには至っていない。このような直接引用と留保付きコメントの組み合わせは、次の引用箇所にも見られる。

Rivière disait parfois :
« Ces hommes-là sont heureux, parce qu'ils aiment ce qu'ils font, et ils l'aiment parce que je suis dur. »
Il faisait peut-être souffrir, mais procurait aussi aux hommes de fortes joies. « Il faut les pousser, pensait-il, vers une vie forte qui entraîne des souffrances et des joies, mais qui seule compte. » (*VN*, p.124)
(リヴィエールは時折このように言っていた。
「これらの者たちは幸せだ。彼らは自分のしていることを愛しているからだ。そして、彼らがそれを愛するのは、私が厳しいからだ。」
彼は恐らく人々に苦しみを与えていたが、強い喜びも与えていた。彼は思った。「苦しみと喜びを伴うが、それだけが唯一価値ある強い生き方へと彼らを駆り立てなくてはならない」)

最初の一文から分かるように、語り手は人物の台詞を直接引用し、直接話法の後、「恐らく」(peut-être) という留保付きでコメントを加えている。留保されているのは、リヴィエールが従業員たちを苦しめているという部分だけであり、リヴィエールが彼らに強い喜びを与えている点については断定的に語られている。ここで語り手の立場が中立的でないことは明白である。語り手は彼の与える「喜び」を事実として保証し、「苦しみ」の事実性は保証していないからだ。全知であることをやめた語り手は、このように、リヴィエールの行動がもたらす結果の肯定的側面のみを保証することで、間接的にリヴィエールへの賛同を表明しているといえよう。物語終盤では、こうした賛意はさらに強まり、賞賛がほとんど崇

拝の域にまで高められる。

> Rivière, même aux pires heures, avait suivi, de télégramme en télégramme, <u>sa marche heureuse</u>. C'était pour lui, au milieu de ce désarroi, la revanche de sa foi, la preuve. <u>Ce vol heureux</u> annonçait, par ses télégrammes, <u>mille autres vols aussi heureux</u>. (*VN*, p.165)
> （リヴィエールは、最悪の時にも、電信から電信へと、その<u>幸いなる歩み</u>を続けたのである。それは彼にとって、混乱の最中にあっても、信念の巻き返しであり、その証であった。この<u>幸いなる飛行</u>は、電報によって、<u>同じく幸いなる他の千もの飛行</u>を告げていた。）

この引用部では、形容詞「幸いなる」（heureux, heureuse）が三度も繰り返されている。ここでは賞賛がリヴィエールの行動と営為に向けられているが、物語の最後のくだりでは、リヴィエールその人を称えるようになる。

> Et Rivière, à pas lents, retourne à son travail, parmi les secrétaires que courbe son regard dur. Rivière-le-Grand, Rivière-le-Victorieux, qui porte sa lourde victoire.
> (*VN*, p.167)
> （そしてリヴィエールは、ゆっくりとした足取りで、自分の仕事に戻っていく。事務員たちの間を通り、厳しい視線で彼らの背を屈めさせながら。偉大なるリヴィエール、勝利者リヴィエール。彼はその重い勝利を担っているのだ。）

ここでの語りの「視点」は、もはやいかなる登場人物のものでもなく、リヴィエールに賞賛の言葉を捧げる語り手のものである。つまり、物語の終盤において、語りの叙法は人物視点から語り手視点へと移行しているのだ。リントヴェルトの類型論に重ね合わされたシュタンツェルの三分法によれば[68]、このとき物語は「叙事的」ジャンルに接近していることになる。こうした語り形式上の指摘は、読み手の印象を裏切るものではない。物語の最後は、まさに語り手が「偉大なるリヴィエール、勝利者リヴィエール」の英雄的行為を称える叙事詩として締めくくられているからである[69]。

68　Japp Lintvelt, *Essai de typologie narrative, op.cit.*, pp.82-83.

2.4. 三人称的語り手の機能
2.4.1. 語り手のステータスの推移：物語タイプの変化

『夜間飛行』を全体としてみれば、登場人物への焦点化が特徴となる三人称・人物視点物語のタイプに見事に当てはまる。視点主体となる複数の登場人物が存在し、それぞれの人物は己の視点に忠実であって、途中で物の見方や考え方を変えるということがない。語りの視点は一人の人物に固定されるのではなく、複数の人物=視点主体へと移り変わり、焦点化の境目にあたるくだりでは、人物の外から中へ、あるいは中から外への視点移動がスムーズになるよう、黙説法的な語りの情報制限が見られた。

しかしながら、不透明な視点対象としての人物描写が問題となるや、視点主体人物には知覚・認識できない対象を明らかにするため、語り手が介入していた。通信士の場合には、ファビアンと嵐との間で交わされる「一切の本質的なもの」が見透せない対象であった。ヨーロッパ便操縦士の妻の場合、夫が嵐の中で示す「聖なる怒り」を知ることはない。そして、ファビアン遭難後のリヴィエールの瞑想と内的体験は、視点主体ロビノーだけでなく、いかなる人間によっても見透せない対象とされていた。語り手は、語りの視点を視点主体人物に完全に委ねるのではなく、外からは窺い知れない「本質的なもの」を指し示すため、冗説法的な「転調」を伴う仕方で敢えて語りに介入するのである。

読みの案内役としての語り手の機能は、ロビノーに対する明白な「不協和音」にも見て取れる。もし厳密に三人称・人物視点の物語であったなら、語り手は視点主体人物の知覚や思考をただ描写するに留まっていたはずである。だが、『夜間飛行』の語り手は、読み手を誤解させかねないロビノーの思考や台詞に対して直ちに口を出し、その「正しい」解釈法を提示するのである。語り手がロビノーに「協和音」的な視点を取るのは、彼が寓意的な名前どおりの役割を果たすと

---

69 そこから、人によっては『夜間飛行』が強力な指導者を賛美するファシズムへの傾斜を示していると考えるかもしれない。ピエール・ガスカルは、作家と一部の読者の間で生じたこの「誤解」について次のように述べている。「サン=テグジュペリが、こうした人間の階級制のモラルを賞賛していると受け取られる可能性はあった。そのようなモラルは、政治の分野では、摂理に基づく人間崇拝の最悪の形態や、さらには軍事独裁にまでたやすく通じてしまうものである。」(Pierre Gascar, « Quand l'homme d'action se fait écrivain », in *Saint-Exupéry*, Hachette, « Génies et réalités », 1968[1963], p.123) しかしながら、『夜間飛行』という作品が一種の「超人」崇拝を表明していると見なすのは、物語の寓意的側面を完全に捨象することに他ならない。寓意物語としての『夜間飛行』については、前掲拙論「アレゴリーとしての『夜間飛行』」参照。

き、すなわち「蛇口」として「川」と人々の間を仲立ちし、リヴィエールにおける「説明不能なもの」の証人として「驚くべき報せ」を広めるときだけなのである。つまり、「三人称・人物視点」の物語であっても語り手が姿を消し去ったわけではなく、「正しい」読みの案内人として、物語情報ならびに登場人物の役割を常に管理しているのだ。

　語り手とリヴィエールの関係は、語り手とロビノーの関係とは対照的である。語り手は、読み手に誤解を与えかねないロビノーに対しては「正しき注釈者」として振る舞うのに対して、リヴィエールに対しては、彼の台詞や内的思考を引用した上で留保付きのコメントを述べるに留まるからである。しかも、語り手はリヴィエールの行動がもたらしうる否定的結果についてのみ留保をつけるのであり、その「肩入れ」「えこひいき」ぶりは明らかである。じっさい語り手は、特に物語終盤において主人公リヴィエールをはっきりと賞賛しており、彼の「幸いなる歩み」を褒め称えるとともに、「偉大なるリヴィエール、勝利者リヴィエール」の称号を捧げている。このように、『夜間飛行』の語り手はけっして中立不偏でも透明でもない。主人公＝英雄リヴィエールを称える語り手の声が顕在化することにより、物語の最後は、リントヴェルトの区分では「三人称・語り手視点」物語に相当する「叙事的ジャンル」に接近している。

　こうして『夜間飛行』の終盤で語り手は顕在化し、一人称的語り手に近づいていく。まず最初、語り手はほとんど姿を消しており、全知で物語世界外の存在であって、リヴィエールやロビノーに関する限られた留保や介入を除けば、まさに「三人称・人物視点」の型どおりであった。しかし物語終盤では、語り手は透明でも全知でもない。言い換えるなら、語り手は三人称的＝異質物語世界的でありながら、単なる傍観者や報告者には留まらず、物語世界内の出来事に対して一つの立場を選び取っているのだ。たとえば語り手は、ファビアンの遭難に関する知の限界を登場人物たちと分かち合い、全知であることを放棄している。

　　Quelque chose d'amer et de fade remonte aux lèvres comme aux fins de voyage. Quelque chose s'est accompli <u>dont on ne sait rien</u>, quelque chose d'un peu écœurant. Et parmi tous ces nickels et ces artères de cuivre, on ressent la tristesse même qui règne sur les usines ruinées. Tout ce matériel semble pesant, inutile, désaffecté : un poids de branches mortes.

　　Il n'y a plus qu'à attendre le jour.

2. 『夜間飛行』分析

　Dans quelques heures émergera au jour l'Argentine entière, et ces hommes demeurent là, comme sur une grève, en face du filet que l'on tire, que l'on tire lentement, et dont on ne sait pas ce qu'il va contenir. (*VN*, p.162)
（旅の終わりのように、何か苦くて味気ないものが唇に上ってくる。まるで知らない何か、少し胸をむかつかせる何かが完結したのだ。これらニッケルや銅線の間で、人は廃工場を支配する寂しさを実感する。こうした機材は重苦しく、役立たずで、廃止されたものに見える。枯れ枝の重みのように。
　あとは夜明けを待つことしかできない。
　数時間後にはアルゼンチン全土が日の下に浮かび上がるだろう。これらの者たちはそこに留まる。砂浜の上、ゆっくりと引き上げる網の前で、その網に何がかかるのかも分からないままに。）

　下線部に見られる情報制限は、二重下線部の「これらの者たち」（ces hommes）、すなわち、ファビアンの飛行機についての知らせを待つ地上勤務の従業員たちに対する焦点化に対応すると考えられる。しかし、この情報制限の射程が、このくだりで多用される人称代名詞 « on » によって一般化されているところに注目したい。じっさいファビアンの飛行機がどうなったかという情報は、相対的にではなく絶対的に欠如しているのだ。なぜなら、遭難の結末は物語時間の外部に置かれ、物語中で語られることがないからである。したがって、郵便飛行会社の従業員だけではなく、読み手と語り手もまたファビアンの運命は知りえないのである。最後に遭難者ベルニスが発見される『南方郵便機』とは異なり、遭難したファビアンと郵便機の発見は語られることがない。それというのも、語り手は物語の最後において、いまだ遭難の結末を知り得ない物語内の現在に立っているからである。

　Rivière, les bras croisés, passe parmi les secrétaires. Devant une fenêtre, il s'arrête, écoute et songe.
　S'il avait suspendu un seul départ, la cause des vols de nuit était perdue. Mais, devançant les faibles, qui demain le désavoueront, Rivière, dans la nuit, a lâché cet autre équipage.
　Victoire... défaite... ces mots n'ont point de sens. La vie est au-dessous de ces images, et déjà prépare de nouvelles images. Une victoire affaiblit un peuple, une

défaite en réveille un autre. La défaite qu'a subie Rivière est peut-être un engagement qui rapproche la vraie victoire. L'événement en marche compte seul.

Dans cinq minutes les postes de T.S.F. auront alerté les escales. Sur quinze mille kilomètres le frémissement de la vie aura résolu tous les problèmes.

Déjà un chant d'orgue monte : l'avion. (*VN*, pp.166-167)

（リヴィエールは腕を組み、事務員たちの間を通り過ぎる。窓の前で彼は足を止め、<u>耳を澄まし、夢想する</u>。

　もし一つでも出発を延ばしたら、夜間飛行の意義は失われていた。しかし、<u>明日になれば彼を非難するだろう弱者たちに先んじて、リヴィエールは、夜の中に新しい乗組員を送り出したのだ。

　勝利……敗北……これらの言葉に意味はない。生命はこれらのイメージの下にあり、既に新しいイメージを用意している。人々を弱める勝利もあれば、人々を目覚めさせる敗北もある。リヴィエールが被った敗北は、恐らく真の勝利を近づけるための投資なのだ。進行する出来事だけが重要なのである。

　5分後には無線が寄港地に注意報を発しているだろう。1万5千キロメートルにわたって、生命のざわめきがすべての問題を解決してしまうだろう。

　既にパイプオルガンの音が立ち上がる。<u>飛行機だ</u>。）

　動詞の現在時制と「明日」《 demain »から、語りの視点は物語世界内的視点であり、リヴィエールを含む登場人物と同じ物語時間を共有していることが分かる。そして、この視点は登場人物リヴィエールではなく語り手に帰すべきものである。確かに、引用部の第二から第四段落（《 S'il avait suspendu un seul départ, [...] »から《 [...] aura résolu tous les problèmes. »）までは視点主体リヴィエールの内的独白と受け取ることも可能かもしれない。というのも、最初の段落に見られる動詞《 songer »は焦点化人物の思考や内的独白を導入することができるし、同じく動詞《 écouter »と上記引用部最後の一文における聴覚対象《 l'avion »との対応関係を考慮すると、その間の部分はリヴィエールの知覚や思考に対応するのではないかと思いたくなる。しかしながら、このくだりをリヴィエールへの内的焦点化と見なす解釈はうまく成り立たない。その理由として、まず、思考内容を導入しうる動詞《 songer »の後の改行により、後に続く部分が形の上で切り離されている点が挙げられる。もちろん、第二段落の最初の一文（《 S'il avait suspendu [...] »）をリヴィエールの思考を伝える自由間接話法と見なすことは不可能ではないが、

その後の部分についてはどうだろうか。たとえば第二段落の二つめの文では、リヴィエールが「しかし、明日になれば私を非難するだろう弱者たちに先んじて、この私は、夜の中に新しい乗組員を送り出したのだ」と自画自賛していると考えられるのだろうか。だが、内的独白や思考内容と捉えるには文体があまりに大仰であるし、仮にこの言葉がリヴィエールのものだとすると、彼は自分の力を誇示する『南方郵便機』のエルランのような自惚れ男ということになってしまう[70]。したがって、引用箇所の「視点」はリヴィエールではなく語り手に帰すべきであろう。すると、動詞の時制や時の副詞「明日」が示すとおり、語り手は出来事の渦中に位置する物語世界内的な立場から語っていることになる。

また、上記の引用箇所を登場人物リヴィエールに帰すことで彼が自画自賛する人物になってしまうという解釈上の問題から逆に見えてくるのは、リヴィエールを称えることが語り手の重要な役割の一つとして挙げられるということである。語り手は、物語も終わりに近い第22章からはっきりと姿を現し、「リヴィエールは、最悪の時にも、電信から電信へと、その幸いなる歩みを続けたのである」(*VN*, p.165)と主人公を称えている。そして最終章では、「リヴィエールが被った敗北は、恐らく真の勝利を近づけるための投資なのだ」(*VN*, pp.166-167)、「偉大なるリヴィエール、勝利者リヴィエール」(*VN*, p.167)と、さらにはっきりした賞賛の言葉を献げているのだ。これらの例から分かるように、顕在化した語り手の機能の一つはリヴィエールを称えることにある。では、なぜ彼を称えるのに三人称的語り手が必要とされるのだろうか。もし物語世界内にリヴィエールを理解し賞賛する者がいたとすると、誰にも理解されない孤独な闘士という（幾分かロマン主義的な）主人公のイメージが台無しになるからではないか。というのも、リヴィエールの「孤独な闘士」というイメージは作中で繰り返し強調されているからである。たとえば「今夜のように、リヴィエールは孤独だと感じたことがあるが、直ちにそうした孤独の豊かさを見出したのである」(*VN*, p.132)、あるいはまた「支持者を持たず、ほとんど非難に晒されながら、リヴィエールはいまや孤独な闘いを続けていた」(*VN*, p.143)といった具合であり、リヴィエールの行動＝闘いは、誰にも理解されず孤独であるだけにいっそう英雄的なものとなるのだ。そして、彼の孤独を乱すことなく彼の行動を理解し称えるためには、物語

---

70 「エルランが自らを強いと考えるには、強い観念が彼を通っていくのを感じ、彼のうちに強い態度が生まれるのを感じれば十分である。それから、うっとりして彼は自分の像から少し離れ、自分を眺めるのである。」(*CS*, p.56)

世界外の存在、すなわち異質物語世界的な語り手が必要とされるのである。三人称的語り手の第一の機能は共同事業としての夜間飛行を描き出すことにあるが[71]、第二の機能は孤独な主人公を称えることなのである。

ところで、リヴィエールを称えるために語り手が顕在化すると、それによって物語のタイプが変化することになる。三人称物語である点は変わらないが、人物視点から語り手視点へと移行し、「三人称・語り手視点」の物語となる。この物語タイプはリントヴェルトの類型論によると「叙事的ジャンル」に相当するが、この類型とジャンルの対応関係は、『夜間飛行』についてはきわめて妥当であるといえよう。なぜなら、物語の終わりで語り手の顕在化（語り手視点への移行）と主人公＝英雄リヴィエールの賞賛が同時に生じており、それによって物語はまさに「英雄や偉業を称えることを目的とする」叙事的ジャンルに接近しているからである[72]。叙事詩の語り手はふつう歴史や伝説上の英雄を扱い、物語世界外的な時間的立ち位置、すなわち出来事完了後の時点から物語るのが一般的だが、『夜間飛行』終盤の語り手は、物語内容における現在時点、つまり出来事の渦中の現在から語っている。先ほどの引用箇所の一部をもう一度見てみよう。

S'il avait suspendu un seul départ, la cause des vols de nuit était perdue. Mais, devançant les faibles, qui <u>demain</u> le désavoueront, Rivière, dans la nuit, a lâché cet autre équipage.

Victoire... défaite... ces mots n'ont point de sens. La vie est au-dessous de ces images, et déjà prépare de nouvelles images. Une victoire affaiblit un peuple, une défaite en réveille un autre. La défaite qu'a subie Rivière est <u>peut-être</u> un engagement qui rapproche la vraie victoire. L'événement en marche compte seul.

(*VN*, pp.166-167)

（もし一機でも出発を延ばしたら、夜間飛行の意義は失われていた。しかし、<u>明日になれば彼を非難するだろう</u>弱者たちに先んじて、リヴィエールは、夜の中に新しい乗組員を送り出したのだ。

勝利……敗北……これらの言葉に意味はない。生命はこれらのイメージの下にあり、

---

71 次の拙論を参照。藤田義孝「『夜間飛行』における複数視点」『フランス語フランス文学研究』、第85-86号、2005, pp.292-305.
72 *Le Grand Robert* による « épopée »（叙事詩）の定義には « le but est de célébrer un héros ou un grand fait » とある。*Le Grand Robert*, 2ᵉ éd., Le Robert, 1990.

既に新しいイメージを用意している。人々を弱める勝利もあれば、人々を目覚めさせる敗北もある。リヴィエールが被った敗北は、恐らく真の勝利を近づけるための投資なのだ。進行する出来事だけが重要なのである。)

　動詞の時制と「明日」から、語りの視点は物語世界内的視点であり、出来事の渦中の現在時点にあることが分かる。また、語り手は未来について「恐らく」と推測で語ることしかできず、主人公の最終的勝利を断言することができない。したがって、語り手は物語世界内的であるとともに非－全知である。語り手は異質物語世界的＝三人称的でありながら、一人称的語り手に近づいているということができるだろう。

　このような語り手のステータス変化を分かりやすく捉えるため、シュタンツェルの提案した円形図表を参照してみよう[73]。この円形図表は三つの対立軸から構成されている。すなわち、登場人物の世界と語り手の世界の「一致／不一致」（等質物語世界的／異質物語世界的の対立に対応）、語りにおける「内的視点／外的視点」（「内的視点」＝内的焦点化または情報制限、「外的視点」＝焦点化ゼロまたは全知）、そして、支配的な物語視点が語り手にあるのか視点主体人物＝映し手にあるのかという「語り手／映し手」の対立である。シュタンツェルはこれら三つの対立軸を組み合わせ、三つの物語類型＝ジャンルを含む形で次のような円形図表にまとめ上げた[74]。

73　Japp Lintvelt, *Essai de typologie narrative, op.cit.*, pp.144-149.（原著は Franz K. Stanzel, *Theorie des Erzählens*, Vandenhoeck & Ruprecht, 1979）

74　シュタンツェルの円形図については Japp Lintvelt, *Essai de typologie narrative, op.cit.*, p.147に引かれた図を参照した。なお、ここでは説明を分かりやすくするため、①〜⑥の番号を付加した。

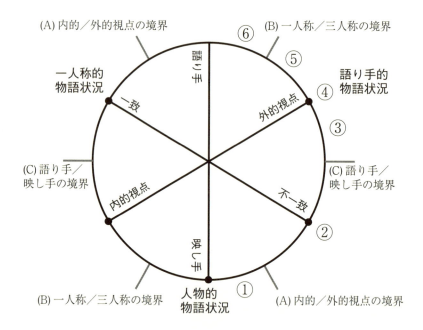

　図によれば、登場人物に焦点化されたくだりは①の「人物的物語状況」（リントヴェルトの三人称・人物視点）に相当し、語りの視点主体となる登場人物＝「映し手」の存在が支配的特徴ということになる。境界線(A)が内的視点か外的視点かの分水嶺となるため、外的焦点化や焦点化ゼロのくだりは、語り手と登場人物の世界の「不一致」＝異質物語世界性によって特徴付けられる②の箇所に対応する。境界線(C)は、人物視点か語り手視点かの区別を示すものであるから、③に該当する語りは、語り手が多少とも控えめに物語に介入する箇所に相当するだろう[75]。しかし、物語終盤では、語り手は顕在化してリヴィエールを賞賛し、語りのモードは④「語り手的物語状況」（三人称・語り手視点）から、「一人称」（等質物語世界）と「三人称」（異質物語世界）の境界線(B)の手前、すなわち⑤まで変化することになる。したがって、『夜間飛行』における語りのモード（叙法）は、語り手が完全に「映し手」（物語視点主体人物）の背後に姿を消した①、

---

75 『夜間飛行』において語り手が介入するのは、既に見たとおり、視点主体人物が知覚・認識しえないものを明らかにするとき、リヴィエールの行動の否定的側面に留保をつけるとき、あるいはロビノーの思考や台詞に読み手がミスリードされないよう注意を喚起するときである。

そして②の「不一致」の状態から、③→④→⑤と「一致」の方向へ近づいていくのである。ただし、語り手と登場人物の世界が「不一致」である異質物語世界の範疇を越えることはない。

2.4.2. 加速の効果

①②から③④⑤へという語りの叙法の変化は物語終盤、とりわけ最後の二つの章（第22および23章）で生じている。このように比較的短い範囲で叙法が大きく変化することで、語りに加速の効果が生まれる。というのも、速度とは時間単位あたりの変化を表すものであり、物語は疑似時間的連続体と捉えることができるからである[76]。物語終盤での加速効果は、ファビアン遭難後の航空便会社における物事の「減速」と対照をなしている。

> Les secrétaires qui préparaient les papiers du courrier d'Europe, sachant qu'il serait retardé, travaillaient mal. [...] Les fonctions de vie étaient ralenties. « La mort, la voilà ! » pensa Rivière. Son œuvre était semblable à un voilier en panne, sans vent, sur la mer. (*VN*, p.160)
> （ヨーロッパ便の書類を用意する事務員たちは、出発が遅れると知っているので、仕事ぶりが悪かった。（中略）生命の機能が緩慢になっていた。「これが死というものだ！」とリヴィエールは思った。彼の事業は、風もなく海で立ち往生する帆船のようだった。）

遭難の報せはこのように「生命のはたらき」を減速させる。ここで、物事の減速は凪で立ち往生する帆船に喩えられ「死」と同一視されているが、それは「我々にとっては生きるか死ぬかの問題だ。鉄道便や船便に対して昼間に稼いだ距離を、夜ごとに失っているのだから」(*VN*, p.142) とリヴィエールも述べるように、飛行機事業の存在意義は他の交通機関に比べて速度で勝ることであり、その優位を失うことはまさに事業としての死活問題だからである。こうして、物語終盤での「速度／運動＝生命」および「減速＝死」という等式にしたがい、夜間飛行は死との闘いという象徴的な意味合いを帯びることになる。

76　Gérard Genette, *Figures III*, *op.cit.*, pp.77-78.

Et Rivière luttera aussi contre la mort, lorsqu'il rendra aux télégrammes leur plein sens, leur inquiétude aux équipes de veille et aux pilotes leur but dramatique. Lorsque la vie ranimera cette œuvre, comme le vent ranime un voilier, en mer. (*VN*, p.161)
（リヴィエールもまた死に対して闘うだろう。彼が電信にその十全な意味を返し、夜勤組にその不安を、操縦士たちにその劇的な目的を返すときに。風が海上の帆船を蘇らせるように、生命がこの事業を再び活気づけるときに。）

夜間飛行の継続を命ずるリヴィエールによって物事は再び生命を吹き込まれ、動きと速度を取り戻す。このように、語りのモードの大きな変化によってもたらされた加速の効果は、リヴィエールによって取り戻される物事の「速度」に対応しているのである。そして語り手は、取り戻された「速度」が失われることのないよう、物語世界内的な視点を採用するのだ。というのも、物語世界外的な視点では、出来事を完了の視点から、固定化され死んだ時間として物語ることになってしまうからである。だからこそ『夜間飛行』の語り手は、進行中の出来事と同じ時点に位置づけられた語りの現在に視点を取り、「リヴィエールが被った敗北は、<u>恐らく</u>真の勝利を近づけるための投資なのだ」(*VN*, pp.166-167) と、物語の終わりを開かれた状態で残すのである。下線部の「恐らく」« peut-être » が示すとおり、未来を知らない視点に立つ語り手は、リヴィエールを称えながらも彼の最終的な勝利を断言することができない。というのも、もし「進行する出来事だけが重要」(*VN*, p.167) なのだとすれば、語り手はまさに最終的な結末にたどり着くことをこそ避けなくてはならないからである。終わりを拒絶する姿勢は非常にはっきりしており、語り手は「勝利」や「敗北」といった総括的な言葉さえ使うまいとする。

Victoire... défaite... ces mots n'ont point de sens. La vie est au-dessous de ces images, et <u>déjà</u> prépare de nouvelles images. (*VN*, p.166)
（勝利……敗北……これらの言葉に意味はない。生命はこれらのイメージの下にあり、<u>既に</u>新しいイメージを用意している。）

ここでは、下線部「既に」« déjà » という表現において語りの時間と出来事の時間が交差・逆転し、語りの叙法変化によるものとは異なるもう一つの加速効果

が生じている。物語の最初では出来事は半過去と単純過去で語られ、出来事は語りに対して過去に置かれていたが、物語終盤では出来事の時間が加速されて語りと同時点に追いつくだけでなく、ついには上記引用部の « déjà » において語りの時間を追い越すことになる。なぜなら、語り手が「勝利」や「敗北」といった言葉で出来事を形容するやいなや、常に進展を続ける生命によって出来事の性質は「既に」変化しているため、使われた言葉は現実に対応しなくなる、すなわち言葉は出来事に対して常に遅れてしまうからである。このように絶え間なく変化し未来を準備しつつある「今」を語りにおいて表現するには、物事を完了の相で捉える過去時制ではなく、現在時制をベースとした物語世界内的視点を採用する必要があったのである。

このように、『夜間飛行』の終盤にかけては、死と同一視された「減速」に対する戦いが問題となる。速度を失うことは、他の輸送手段との競争に敗れた飛行事業の終わりを意味するからだが、夜間飛行継続を命じるリヴィエールの力によって、物事は生命の証と見なされる「速度」を取り戻す。そのとき、語られる出来事だけでなく、語り自体にも二つの加速効果が加わる。一方は、三人称・人物視点から三人称・語り手視点へという急速な語りのモード変化によるものであり、もう一方は、語りと出来事の時間関係の逆転による効果である。とりわけ、語られる出来事が語りに追いつく同時性の効果においては、出来事の時間と語りの時間の混同、すなわち転説法が大きな役割を果たし、あたかも生命の力がリアルタイムに事物の進展や変化を生み出しているかのような印象を読み手にもたらす。というのも、語りの加速効果は、物語を紡ぎ出す語りの現在と、未来を紡ぎ出す出来事の現在が混同された唯一の「今現在」において生じているからだ。こうした語りの効果があるからこそ、創造的な生命の力が絶え間なく現在を変化させ、「進行中の出来事」から未来が生まれ出るというテーゼが物語の読み手に説得力をもって伝わるのである。

2.4.3. 語り手の機能の変化

「進行する出来事だけが重要である」という宣言の後、あたかも未来が現在から生まれたかのように、動詞の時制は未来形に移行する。

> Dans cinq minutes les postes de T.S.F. auront alerté les escales. Sur quinze mille kilomètres le frémissement de la vie aura résolu tous les problèmes. (*VN*, p.167)

（5分後には無線が寄港地に注意報を発しているだろう。1万5千キロメートルにわたって、生命のざわめきがあらゆる問題を解決してしまうだろう。）

　生命力を礼賛する叙事的で予言的な語り手の声に、飛び立つ飛行機の荘重な「パイプオルガンの響き」が伴奏のように重ねられる（VN, p.167）。このように語り手が「偉大なリヴィエール」と生命力を共に称えているのを見ると、結局のところ語り手はどちらを本当に称えたいのかという疑問が生じるかもしれない。だが、リヴィエールとは、その寓意的な名前が意味するとおり生命力の体現者であり、両者は同一なのである。つまり、リヴィエール（Rivière）とは「川」（rivière）のことであり、既知の領域である「大地」から未知なる「海」（＝飛行士たちにとって危険な「夜」のメタファー）を目指す絶え間ない運動を表す名前なのだ[77]。したがって、語り手の役割は、リヴィエールが体現する生命力を称えることに他ならない。

　ただし、語り手がこうした役割を果たすためには、単に生命力の礼賛を表明すればよいというわけではない。『夜間飛行』があくまで物語テクストである以上、それにふさわしい語りの表現形式が求められるからだ。だからこそ、語り手は「進行する出来事だけが重要だ」というテーゼを示した後、二つの時間に関わる転説法を用いて「進行する出来事」の時間が語りの時間に追いつくさまを読み手に示し、そうした語りの効果によって、絶え間ない変化をもたらす生命の創造力が「勝利」や「敗北」といった言葉を追い抜いていくという主張に説得力を与えているのだ。そして、生命の速度が断定や固定化によって失われないようにするため、語り手は非−全知の物語世界内的語り手となり、物語の終わりを未来へ開かれたままにする。語り手の顕在化によって物語は叙事的ジャンルに接近し、生命力を賛美するという語り手の役割は、語りの内容と形式の両面において見事に果たされることになるのである。

　したがって、語り手のステータスの変化は、物語を通じて語り手の機能が変化することに対応している。物語全体における語り手の主な機能は、複数の人物によって遂行される共同事業としての夜間飛行を描き出すことであり、だからこそ情報制約を受けない三人称的語り手が必要とされた。そのため、語り手は基本的に「三人称・人物視点」の物語類型どおり控えめで潜在的であり、語りの視点主

77　前掲拙論「アレゴリーとしての『夜間飛行』」参照。

体人物の背後に姿を隠していることが多い（シュタンツェルの円形図表における位置①と②）。ただし、時には語り手が物語に介入して読み手を導いたり語り手自身の価値観を表明することもあり（円形図表の位置③）、さらに物語終盤では語り手がはっきりと姿を現してリヴィエールおよび彼が体現する「生命」の力を称えている（位置④）。顕在化した語り手は、物語を紡ぎ出す語りの源泉として、新たな出来事を紡ぎ出す創造的な生命力とアナロジーの関係に置かれているのだ。語り手は語りと出来事を同時点に置き、物語の結末を未来へ開かれたままにすることで、最終的には全知ではなく物語世界内的な一人称的（等質物語世界的）語り手に近づいている（位置⑤）。つまり、語り手は「三人称・人物視点」タイプに適した全知の物語世界外的語り手から、未来を知らない物語世界内的な語り手へと変化しており、それは語り手に求められる役割の変化に対応しているのである。『夜間飛行』の語り手の主要な機能は、最初は共同事業に従事する複数の登場人物を描くことにあるが、最後には創造的な生命の力を称えることにある。

物語タイプ	語り手のステータス	語り手の機能
三人称・人物視点	物語世界外的・全知	共同事業に従事する複数の人物描写
三人称・語り手視点	物語世界内的・非－全知	創造的な生命力の賛美

　語りの主目的が複数の人物描写から生命力の礼賛へと移り変わっていることから、物語内容は多かれ少なかれ抽象化しているといえよう。だが、興味深いことに、こうした物語内容の抽象化に対応するのは、全知の物語世界外的語り手による客観的で俯瞰的な語りではなく、逆に物語世界内的語り手による一人称物語に近い語りなのである。抽象度の高い内容を客観的・俯瞰的ではない視点から語るのは、一見すると内容と語り形式の乖離のように思えるが、実際はまさにその逆であり、生命の力を称えるためにこそ物語世界内的な語りが必要とされたのである。なぜなら、問題となるのは抽象概念としての生命ではなく、ベルクソン的意味における生命[78]、すなわち「意識と同じく持続であり運動であり絶え間ない創造であるところの」生命だからである[79]。そして、このような生命力を表現するた

---

[78] サン＝テグジュペリを含む同時代の文学におけるベルクソン哲学の重要性については、稲垣直樹『サン＝テグジュペリ』清水書院、1992, pp.189-190参照。
[79] *Larousse du XXe siècle*, t.1, Librairie Larousse, 1928, p.662 の « Bergson » の項目より。

めに物語世界内的な語り手の意識が必要とされるわけは、意識が生命と同じく「持続的な創造であり新しさの絶え間ない噴出」としての持続に他ならないからである[80]。このように、『夜間飛行』の終盤においては、ベルクソン的生命と意識との結びつきが、転説法という二つの時間の混同、すなわち生命力によって進行する出来事の時間と、語り手の意識によって紡がれる語りの時間との混同によって巧みに表現されているのだ。

2.5. まとめ

結局のところ、なぜ『夜間飛行』では三人称的語り手が選ばれたのだろうか。一人称的語り手と比較した場合、三人称的語り手には二つの特徴がある。第一に、物語世界内に居場所を持たないこと、第二に、それゆえ物語世界の物理的制約に縛られないことである。

三人称的語り手の第一の特徴は、主人公リヴィエールを孤独な闘士として描き出すために活かされているといえよう。物語世界内に居場所を占める一人称的語り手の場合、その存在が登場人物の関係に影響を及ぼすため、物語上の不具合となる可能性がある。たとえば仮に、『夜間飛行』の一人称的語り手として、リヴィエールの理解者であり知人であるような人物を想定してみよう。このような語り手は、物語世界内に存在すること自体によって、孤独な闘士としての主人公像を台無しにすることになる。理解者＝語り手に打ち明け話をするようなリヴィエールは、誰にも理解されず孤独に闘うリヴィエールほどには強くも英雄的でもないし、そもそも個人的な弱みや秘密を打ち明けることはリヴィエール自身が「ばかげた弱さ」として批判していることである。視察官ロビノーは操縦士ペルランと友人になろうとして自分の趣味が地質学であることを彼に打ち明けるが（*VN*, p.127）、リヴィエールはこうした行為を「君は上に立つ者だ。君の弱さは馬鹿げている」（*VN*, p.129）と辛辣に非難する。リヴィエールの偉大さが、そうした弱さや誘惑に屈せず孤独な闘いを貫く姿勢にある以上、語り手であろうがなかろうが、リヴィエールの内面や心理を打ち明け話として聞く人物は物語世界内に存在すべきではないのである。

こうした問題を回避するため、たとえばリヴィエールの書簡や日記の編纂者といった立場の人物を語り手に登用するなど、物語の主な筋に対してさらに周辺的

---

[80] Henri Bergson, *La pensée et le mouvant*, P.U.F., « Quadrige », 1990[1938], p.9.

な位置づけの一人称的語り手を用いる方法も考えられよう。このような仮説から直ちに明らかになるのは、物語自体が異質物語世界性を要求しているということである。というのも、周辺的な一人称的語り手とは、先に見たシュタンツェルの円形図表においては一人称と三人称の境界線付近である⑥に位置づけられるからである。いずれにせよ、周辺的な語り手を採用することは問題の本質的な解決になりえない。たとえ手紙であっても他者に弱みを見せることは孤独な闘士にふさわしくないし、行動の人として描かれる主人公が詳細な日記をつけることに時間を費やすとは考えにくいからだ。そして、さらに致命的なことには、書簡や日記の編纂者という立場からは出来事を事後的な視点で捉えることしかできず、「進行する出来事」の重要性を説く物語にはまったく適していないのである。

では、物語全体をリヴィエールに語らせるという方法ではどうだろうか。じっさい、もし『夜間飛行』において誰か一人の登場人物を語り手として選ぶとすれば、それは主人公リヴィエールをおいて他にはないであろう。彼は郵便飛行事業の支配人として多くの情報を得られる立場にあり、しかも彼の認識力・洞察力は非常に優れているため、他の登場人物、たとえば検査官ロビノー、従業員、飛行士とその妻たちのことも理解し物語ることができるからだ。しかし、それほど慧眼なリヴィエールであっても、やはり『夜間飛行』の語り手は務まらないのである。その点を理解するには、『南方郵便機』の一人称的語り手「私」が、ベルニスの手紙や打ち明け話という情報源にもかかわらず、キャップ・ジュビーにいる地上の「私」と、フランスからの航路にいる機上のベルニスとの物理的距離のせいで情報過剰の問題を解決できなかったことを思い起こせば十分であろう。そのうえ、『夜間飛行』においては描写すべき操縦士は一人ではなく、ファビアン、ペルラン、アスンシオン機操縦士、ヨーロッパ便操縦士と計4名もいるのである。リヴィエールがいかに優れた洞察力を持っていたとしても、物理的制約を受ける登場人物である以上、これら4名の飛行士の仕事ぶりを詳しく物語ることは不可能である[81]。このように、一人称的語り手では物理法則に基づく情報制約が大きすぎて複数の操縦士が活躍する共同事業＝夜間飛行を物語ることができないた

81　物理的制約に加え、リヴィエールはストイックに上司の役割に留まり、飛行士たちと親交を結ぶことを自分にもロビノーにも禁じているため、彼らの仕事ぶりを業務報告以上に詳しく聞くことができない。その点において、リヴィエールが飛行士の活躍を物語る役割を果たすのは、飛行士ベルニスの親友として打ち明け話を聞ける立場にあった『南方郵便機』の語り手「私」の場合より、いっそう困難なものとなる。

め、物理的制約に縛られない三人称的語り手が選ばれたのである。

　『夜間飛行』の語り手は、当初は三人称・人物視点の類型どおりであり、語りの前面にはほとんど姿を現さない。だが、既に見たように、語り手はロビノーに対して距離を取るコメントを加えたり、彼が寓意的機能を果たすときにだけ同調的な「協和音」の語りを用いたり、あるいはリヴィエールの行動がもたらした結果の否定的側面については断定を避けるなどしており、決して無色透明で中立不偏な存在ではない。語り手は舞台の前面にこそ登場しないが、いわば楽屋裏で仕事をしているのだ。そして、物語終盤になると語り手は顕在化し、公然とリヴィエールを褒め称える。語り手が特に賞賛するのは、遭難にもかかわらずリヴィエールが夜間飛行の継続を命じて物事に「速度」を取り戻したことである。航空便事業において速度を失うことは他の輸送手段との競争に敗れて滅ぶことを意味するため、「速度」を取り戻すことは航空郵便事業にとって文字通りの死活問題となるからである。

　リヴィエールの命令によって物事が「速度」を取り戻すとき、語りにおいて二つの加速効果が見られる。一つは、「三人称・人物視点」から「三人称・語り手視点」への比較的急な物語叙法の変化であり、もう一つは語りの時間と出来事の時間の一致による加速感の演出である。物語の冒頭から出来事の時間は語りの時間よりも過去に位置していたが、物語の終わりでは、転説法的な現在時制によって語りの時間と出来事の時間が混同された上、創造的な生命の力が絶え間なく改変する現実に対して言葉は常に遅れているという主張により、出来事が語りを追い越すことになる。このような「進行する出来事」の目覚ましい加速効果は、語りの生成点である語りの現在と、これから起こる出来事の生成点である出来事の現在が混じり合った唯一の「今」において生じており、この転説法的現在が、未来を創造する生命の力に満ちあふれた「今」を共有しているかのような印象を読み手に与えるのである。

　以上から、『夜間飛行』において三人称的語り手が選択された理由は二つあったことが分かる。第一に共同事業としての夜間飛行を描くこと、第二に孤独な主人公を称えることである。物語冒頭から全知の物語世界外的語り手として複数の人物を描きつつ、物語終盤では生命の力を称えるという役割変化に伴い、語り手

2. 『夜間飛行』分析

のステータスを変化させている。進行する「生命の生成力」を称えるため[82]、最終的に語り手は、未来を生成する出来事の現在と物語を生成する語りの現在が混同された転説法的現在に立って物語る。こうした同時性の効果が、ミシェル・オートランが指摘するように読み手に唐突な印象を与えかねないものであり、「新しい形式を追求する創作者の焦燥」に由来するものだとしても[83]、問題はそうした形式の追求が何を目指していたかを理解することであろう。『夜間飛行』を物語形式という観点から見るなら、「三人称・人物視点」という19世紀的三人称小説の形式を踏襲していると思えるかもしれない。だが、物語終盤の転説法的語りから明らかになるのは、『夜間飛行』という作品がベルクソン的な意味における「リアル」を追求した、いわばベルクソン的リアリズム小説だということである。

> 現実であるものとは、改めて言うが、変化に沿って我々が取り上げる単なる瞬間にすぎない複数の「状態」ではない。そうではなく、現実とは流れであり、移行の継続であり、変化それ自体なのである[84]。

「持続」の本質である「変化の連続性」をその変化そのものにおいて描くために、サン゠テグジュペリは転説法的現在を用いたと考えられる。つまり『夜間飛行』の終盤においては、ベルクソニスムという思想やテーマが語り形式自体に織り込まれているのである。

ところで、登場人物や出来事の背後に隠れていた『夜間飛行』の語り手が、最後に物語る主体の意識として蘇ることは、「実際の知覚とは独立して、いつでも自在に思い出を呼び起こすことのできる」一人称的語り手の登場を予告するとはいえないであろうか[85]。今までに経てきた体験や子ども時代の思い出を自在に想起して物語る一人称的語り手、それは次なる作品『人間の大地』の語り手「私」に他ならない。

82　Henri Bergson, *L'évolution créatrice*, P.U.F., « Quadrige », 1989 [F. Alcan, 1907], p.167.
83　Michel Autrand, « Vers un nouveau roman : *Pilote de guerre* de Saint-Exupéry », *Roman 20-50*, n° 29, juin 2000, p.29.
84　Henri Bergson, *La pensée et le mouvant, op.cit.*, pp.7-8.『夜間飛行』終盤における語り手の断定(「勝利……敗北……これらの言葉に意味はない。生命はこれらのイメージの下にあり、既に新しいイメージを用意している。(中略)進行する出来事だけが重要なのだ」(*VN*, pp.166-167))との類似性は明らかであり、ベルクソンの影響を見て取ることができよう。
85　*Ibid.*, p.181.

3.『人間の大地』分析

3.1. 物語構造の概観

『人間の大地』(*Terre des hommes*, 1939)の語りは、語り手「私」の存在感によって特徴付けられ、リントヴェルトの「一人称・語り手視点」に対応する。時も場所も様々なエピソードが語られるが、物語を開いて閉じるのも、話の節目を形作るのも、回想する語り手「私」の視点であるため、全体として見れば語り手視点が支配的であるといえる。複数の時間を行き来する語りは錯時法をもたらすことになるが、それは『南方郵便機』の場合とは大きく異なる。『南方郵便機』の場合、発信時刻が明記された電文や、思い出話を後説法として導入する際の言葉(「最初の休暇」、「二ヶ月前」、「10歳の時」など)といった時間的指標を手がかりに、読み手は元の時間順序を再構成することができる。これに対して『人間の大地』では、元の記事原稿を作品としてまとめる際に時間的指標が故意に消し去られたため、時間順序の再構成は困難である[86]。こうした時間指標の削除について、フランソワーズ・ジェルボは次のように指摘している。

> 年代に関して行われた操作がまず目を引く。サン=テグジュペリは、テクストを位置づける日付を、ごく少数しか残していない。(中略)多くの場合、冒険談の慣習に反して、日付の記述はわざと曖昧にされている[87]。

年代や日付が明示されていない幾つかのエピソードについては、それらがいつのものか、言及された出来事をもとに読み手が推測できるものもあるが[88]、そのためには物語テクスト外の伝記的・歴史的な知識が必要である。たとえば、作者によるスペイン内戦のルポルタージュは1936年から1937年にかけて行われたとい

---

[86] 日付や時間指標はすべてが消去されたわけではなく、たとえば第1章は « C'était en 1926. » (*TH*, p.173)と始まっている。だが、こうした時間指標は『人間の大地』においてはまれであり、出来事の時間的順序を再構成する手がかりとなるものではない。
[87] Françoise Gerbod, « Notice », *Œuvres complètes*, t.I, *op.cit.*, p.995.
[88] *Ibid.*, p.995.

った伝記的事実を知っておく必要があるのだ。しかし、物語テクストを完結し独立した構成物として読もうとするなら、テクスト内の指標だけで出来事を時系列どおりに再構成することは事実上不可能となる。したがって、テクスト内在論（構成主義）の立場に立つなら、『人間の大地』における錯時法（anachronie）は空時法（achronie）へ向かうものと見なしえよう[89]。ただし、物語における一切の時間指標が消し去られているわけではない。計量可能で客観的な時間指標には確かに乏しいが、エピソードごとに常に語りの現在へと回帰することにより、語りの現在（語り手の立脚する事後的現在）が一種の時間的定点として機能している。つまり、『南方郵便機』の時間はジグザグを描いていたが、『人間の大地』の時間は、いわば物語る「私」の現在を中心とした螺旋の動きであるといえるだろう。定点への回帰を伴いつつ、物語は進展していくからである。計量可能で客観的な時間は『人間の大地』において時間指標とはなりえず、語られる出来事の展開、すなわち物語の時間は一人称的語り手「私」によって支配されているのである。

　物語の「速度」についていえば、「物語内容の時間は比較的長い」とされる「一人称・語り手視点」物語のパターンに沿ったものとなっている。というのも、語り手による出来事の要約的語りは「シーン描写より倹約的であり、一般的に比較的長い期間にわたる物語を可能とする」ためである[90]。じっさい語り手「私」は、子ども時代の思い出、ラテコエール社での初仕事、自分や飛行士仲間の冒険について物語っており、それだけで三十年ほどの時間幅をカバーしている。物語の速度は、語り手が人間を宇宙的尺度から判断しようとする第四部「飛行機と惑星」においてもっとも増大し、たとえば「こうして私は、驚くべき時間短縮により、星の降雨計の上で、この緩慢な炎の雨に立ち会ったのである」(*TH*, p.206)といった形で読み手に強い印象を与える。これは物語速度増大の極端な例ということができる。「この緩慢なる炎の雨」という比喩表現が、ほんの数語の間に、数百年あるいは数千年もの長きにわたる隕石の落下を凝縮して物語っているからである。こうした形式面での物語速度の増大は、「炎の雨」という表現の内容面における極端なまでの緩慢さ（数百年を要する隕石の「雨」）と対照を成してい

---

[89] 空時法（achronie）とは、語られる出来事の時間関係を示す指標が少ないか存在しないために、事実上、一切の時間関係と無縁になり、出来事が日付も年代も持たないと見なしうるような錯時法のことである。Gérard Genette, *Figures III, op.cit.*, p.119.
[90] Japp Lintvelt, *Essai de typologie narrative, op.cit.*, p.93.

ることから、読み手には、驚くべき要約によって凝縮された遥かな時間の印象がもたらされるのだ。物語速度の大きさは、語り手の視点の及ぶ範囲が非常に広大であることの反映であり、そのため『人間の大地』は、宇宙的視点を備えた叡智の書といった様相を帯びるに至っている。しかも、作品の冒頭に掲げられたのが「大地は我々について万巻の書よりも多くを教える」という言葉であったことから、語り手「私」は、物理的制約に縛られた一人称的語り手でありながら、行動を通じて大地から学んだ真理を伝達する者として、ある意味では「全知の」三人称的語り手以上に強力な知的権威を最初から持つことになるのである。

登場人物＝語り手という制約を逆に活かした「真理の伝達者」というエートスは[91]、一人称物語としての情報提示に説得力があって初めて成り立つ。体験に基づく真実が語られているという印象を与えられなければ、「私」は単に信頼できない語り手となってしまうからだ。ただし、それは語られる内容が確かに作者の実体験に基づくものかどうかといった伝記的事実とは異なるレベルの問題である。アカデミー・フランセーズが本作に「小説」として賞を与えた点を見ても、本作において評価されたのはノンフィクションとしての真実性ではなく、むしろ事実性の問題を脇へ置いて成り立つ読み手への説得力や訴求力であることがうかがわれよう。それゆえ、我々はテクスト内在論の立場で分析を進め、伝記的・歴史的な予備知識のない読み手に「本当らしさ」の印象を与える語りの仕組みを検討する。

3.2. 物語情報制御の問題

『人間の大地』が一人称物語である以上、語り手が自分以外の人物の体験について語る際には情報源を明らかにして情報の正当性を示す必要がある。本作でも正当化の根拠となるのは、『南方郵便機』など他の一人称物語と同じく、言葉での伝達と体験の共有である。ただし、『南方郵便機』においては情報源も共通体験もベルニスが相手だったが、『人間の大地』において情報伝達が問題となるのはギヨメとスペイン人伍長の場合であり、共通体験が問題となるのは同僚の飛行士たちの場合である。

---

[91] エートスとは、話の説得力に影響を及ぼす話者についてのイメージである。本論では物語情報の信頼性を支える語り手の性質という意味合いで使用する。Ruth Amossy, et al., *Images de soi dans le discours – La construction de l'ethos*, Delachaux et niestlé, 1999.

3.2.1. 証言

　ギヨメの挿話は第2章「僚友たち」の第2節で、スペイン人伍長の挿話は第8章「人間」の第2節で語られ、それぞれプレイアード版で約7ページ、約6ページを占めている。『南方郵便機』ではベルニスの手紙も情報伝達の重要な媒体であるが、『人間の大地』では、手紙や書物など書き言葉の媒体も、又聞きや噂話のように間接的な口頭伝達も、明示的な情報源として扱われることはない。ギヨメとスペイン人伍長、いずれの挿話においても情報伝達は「私」への打ち明け話によってなされており、いわば口頭での直接伝達が特権化されているといえよう[92]。つまり、証言＝言葉だけでなく、情報源となる人物との関わりなど、証言が伝えられるコンテクストも重視されていると考えられる。そのことを裏付けるように、ギヨメとスペイン人伍長、いずれの挿話においても、証言に先立って「私」が証言者の身体観察を行うくだりがあり、それが証言伝達と合わさることで読み手に対する説得の効果を上げている。そこで我々は、ギヨメとスペイン人伍長の挿話を分析するにあたり、まず身体観察について検討し、次に証言伝達のくだりを分析する。

3.2.1.1. ギヨメの身体観察と証言

　ギヨメが生還した当日の夜、「私」は寝室で彼に付き添い、二人きりの状態で証言を聞くことになるが、証言の前に、語り手は証言者の身体観察を物語る。

　J'observais ton visage noir, tuméfié, semblable à un fruit blet qui a reçu des coups. Tu étais très laid, et misérable, ayant perdu l'usage des beaux outils de ton travail : tes mains demeuraient gourdes, et quand, pour respirer, tu t'asseyais sur le bord de ton lit, tes pieds gelés pendaient comme deux poids morts. (1) Tu n'avais même pas terminé ton voyage, tu haletais encore, et, lorsque tu te retournais contre l'oreiller, pour chercher la paix, alors (2) une procession d'images que tu ne pouvais retenir, une procession qui s'impatientait dans les coulisses, aussitôt se mettait en branle sous ton crâne. Et elle défilait. (*TH*, p.193)

　（僕は、当たって熟れすぎた果物のように腫れ上がり、黒くなった君の顔を観察した。

---

[92] 例外と言えそうなのは各地の空港同士や飛行機を結ぶ電文であるが、「私」以外の登場人物に関する物語情報の取得という観点からは外れるため、本論では扱わない。

君はとても醜く、みすぼらしく、君の見事な仕事道具を使えなくなっていた。君の両手はかじかんだままで、息をつくために君がベッドの縁に腰をかけると、凍傷になった君の両脚が死んだようにぶら下がっていた。(1)君はまだ、君の苦難の旅を終わってさえいなかった。君はまだ息を切らしていた。そして、君が枕の上に安息を求めて寝返りをうつと、(2)とたんに、抑えきれない幻影の行列が、楽屋でしびれを切らしていた行列が、君の頭蓋の裏側で、たちまち動き出し、ぞろぞろと通り過ぎていくのだった。)

引用前半の下線部ではギヨメの顔と手足が描写され、後半の下線部(1)では、ギヨメの喘ぎや苦しみを見て取った「私」が、彼の旅はまだ終わっていないと判断している。「私」は、ギヨメの身体についての情報収集と総合によって認識力を強化し（累積戦略→包括戦略）、下線部(2)ではギヨメの頭の中での出来事さえ見通している。このように「私」は、証言者の言葉に先立ち、まず身体の観察によって情報を得ているのだ。ギヨメが語り始めた後も、証言はしばらく背景にとどまり、「私」は自分の観察したことを語り続ける。

(1)Boxeur vainqueur, mais marqué des grands coups reçus, (2)tu revivais ton étrange aventure. Et tu t'en délivrais par bribes. Et (3)je t'apercevais, au cours de ton récit nocturne, marchant, sans piolet, sans cordes, sans vivres, escaladant des cols de quatre mille cinq cents mètres, ou progressant le long de parois verticales, saignant (4)des pieds, des genoux et des mains, par quarante degrés de froid. (*TH*, p.194)
((1)勝ったものの、ひどい打撃の跡の残ったボクサーのような君は、(2)その奇妙な冒険を生き直していた。君は断片的に、それを話してくれた。(3)君の夜語りを聞きながら、僕にはありありと君の姿が見えたものだ。君がピッケルもザイルも食料も持たず、4500メートルの高い峠を越えていき、または絶壁に沿って氷点下40度の寒気の中を、(4)足も膝も手も血まみれにして渡り歩く姿が。)

語り手は、下線部(1)で冒険の痕が刻まれたギヨメの身体を示し、下線部(2)と(3)で物語るギヨメの様子を描き出している。ただし、ギヨメの語り行為を示すのは「夜語り」(récit nocturne)の一言だけで、「生き直す」(revivre)や「見える」(apercevoir)など体験や知覚に関わる動詞が用いられ、下線部(4)では再び証言者の身体に言及される。つまり、語り手は証言の言葉自体よりも、物語る身

体としてのギヨメを総合的に捉え、彼が「生き直す」体験に迫ろうとしているのだ。

こうした身体観察の語りは、物語内容のレベルでは登場人物「私」の情報収集に対応するが、語りのレベルで見れば、物語情報と理解者「私」のエートスを説得的に提示する戦略といえる。ギヨメの身体情報を集める累積戦略、そして情報の総合による認識力強化と包括戦略への移行によって、語りにおける情報量の増大が、「私」の洞察の深まりとして説得的に提示されている。このように、「私」がギヨメの身体観察を通じて洞察力を強化し、彼の体験に迫ろうとする姿勢が示されているからこそ、続く打ち明け話のくだりで「私」が彼の言葉から言葉以上のものを理解しても、読み手に唐突な情報過剰の印象を与えることがないのである。

語り手「私」は、身体観察によって情報を集めた後、「君は僕にこんな奇妙な告白をした」(*TH*, p.194) としてギヨメの証言を詳しく引用する。物語の真実性を高めるには、語り手が忠実な伝達者となって情報源＝証言者ギヨメの言葉を尊重しなくてはならないはずだ。だが、ギヨメが歩くことを諦めようとする話の山場においては、証言伝達に語り手「私」の声が介入している。

> « J'ai fait ce que j'ai pu et je n'ai point d'espoir, pourquoi m'obstiner dans ce martyre ? » Il te suffisait de fermer les yeux pour faire la paix dans le monde. [...]
>
> Tes scrupules mêmes s'apaisaient. Nos appels ne t'atteignaient plus, ou, plus exactement, se changeaient pour toi en appels de rêve. Tu répondais heureux par une marche de rêve, par de longues enjambées faciles, qui t'ouvraient sans efforts les délices des plaines. <u>Avec quelle aisance tu glissais dans un monde devenu si tendre pout toi ! Ton retour, Guillaumet, tu décidais, avare, de nous le refuser.</u> (*TH*, p.195)
>
> (「僕はできるだけのことはした。それにもう助かる希望もない。それなのに、なぜいつまでもこの苦しみを続けるのか？」 この世界に平和をもたらすのに、君はただ目を閉じるだけでよかった。(中略)
>
> 君の懸念までが落ち着いた。すでに僕らの呼ぶ声は君には届かなくなっていた。もっと正確に言うと、それは君にとって夢の中での呼び声になっていた。君は幸福な気持ちで、夢の歩みでそれに応えた。楽な大股の足取りが、何の苦もなく、君に平野を歩く甘美さをもたらした。いかに悠々と君が滑り込んでいったことか、君にこれほど

優しくなった世界の中へ！　ギヨメ、君は吝嗇にも、僕らに対して君の帰還を拒もうと決めたのだった。）

　引用部最初の段落はギヨメの言葉の引用で始まっているが、物語内容のレベルでは彼の内的な声あるいは思考に対応するものである。それに続くくだりは、導入動詞を欠くものの、ギヨメの語ったことを「私」がパラフレーズした間接話法、すなわち「内容の間接的パラフレーズ」に対応するといえよう。ギヨメにしか知りえない情報が語られており、またこのくだり全体が打ち明け話というコンテクストの中にあるからである。この間接話法においては、もとの発話者であるギヨメの声と、それをパラフレーズして伝える語り手の声とがいわば二重になっていると考えられるが、遭難時のギヨメの心理について情報を持っているのはギヨメであるから、原則的に考えれば語り手の声が支配的になることはないはずである。また，ギヨメが対話相手に対する二人称 « tu » で呼ばれていることから、ここで「私」は読み手に対する語り手として振舞うのではなく、ギヨメの話の聞き手としての役割を強調していると考えられる。

　しかしながら、下線部分は既に視点も情報もギヨメのものとはいえず、語り手「私」の言葉としか考えられない。下線部を一人称に書き換えると「ギヨメ、僕は吝嗇にも、君たちに向かって僕の帰還を拒もうと決めたのだった」となるが、自分に対して「ギヨメ」と呼びかけるのは発話としてあまりに不自然だからである。したがって下線部は、純粋に語り手「私」自身の声だといえる。このように上記引用部においては、語りが進むにつれて「私」の声が支配的となっていくのだ。情報を持たなかったはずの「私」が物語情報の源となっている以上、結果的に「私」の持つ情報量が増大していることになる。

　遭難時のギヨメの心理を「私」が語ってしまうのは明白な情報過剰であるが、読み手は、むしろ「私」が打ち明け話を聞きながらギヨメの心理を理解する過程に立ち会っているかのような印象を受ける。この印象は、二人称 « tu » を用いた間接話法における発話の二重性、すなわち、ギヨメの「私」に対する発話と、語り手の読み手に対する語りの二重性によって作り出されている[93]。

	発話者	聞き手
物語内容（histoire）のレベル	証言者ギヨメ	登場人物「私」
物語状況（narration）のレベル	語り手「私」	読み手（聞き手）

証言伝達の間接話法における「声」の二重性

　上の表から分かるとおり、先の引用のくだりにおいて、「私」はギヨメの打ち明け話の聞き手、およびそれを読み手に伝える語り手という二つの役割を同時に果たしているが、« tu » が読み手ではなくギヨメを指すことから、打ち明け話の聞き役としての役割の方が重視されていることが分かる。つまり、間接話法の打ち明け話においては、「私」がギヨメの話を聞く過程と、読み手に伝えられる物語情報の増大が並行して生じており、それゆえ読み手は、語り手「私」がギヨメの話を聞きながら理解を深めていったという印象を受けるのである。このように、「私」が打ち明け話を聞きながら相手の内面を理解していく過程が二人称の間接話法によって擬似的に再現されているため、雪中を行くギヨメの心理を「私」が物語るという情報過剰は読み手にとって受け入れやすいものとなる。情報の根拠を示すだけでなく、情報を得る過程を読み手にいわば追体験させることで物語の説得力を増すとともに、「相手の心理を理解する親密な聞き手」という語り手のエートスが形作られているからである。

3.2.1.2. スペイン人伍長の身体観察と証言

　証言伝達のもう一つの例であるスペイン人伍長の挿話においても、語り手は証言報告に先立って証言者の身体を描写している。ただし、ギヨメの場合と異なり、その機能は「私」の洞察力強化ではなく、伍長の目覚めに比喩的な意味の次元を付け加えることにある。

　　Ainsi le sergent reposait-il, (1) <u>roulé en boule, sans forme humaine</u>, et, quand ceux qui vinrent le réveiller eurent allumé une bougie et l'eurent fixée sur le goulot d'une

---

93　物語論の枠組においては、語り手（narrateur）と対になるのは聞き手（narrataire）であって読み手ではない。抽象的モデルとしての読み手に対応するのは、テクストに内包された作者である。Japp Lintvelt, *Essai de typologie narrative, op.cit.*, pp.30-32参照。しかし、『人間の大地』を分析するにあたっては、聞き手と読み手を区別することにあまり意味がないと思われるので、ここでは物語の受け手を「読み手」と呼んでおくことにする。

3.『人間の大地』分析

bouteille, ₍₂₎je ne distinguai rien d'abord qui émergeât du tas informe, sinon des godillots. D'énormes godillots cloutés, ferrés, des godillots de journalier ou de docker.

　Cet homme était chaussé d'instruments de travail, et tout, sur son corps, n'était qu'instruments : ₍₃₎cartouchières, revolvers, bretelles de cuir, ceinturon. Il portait ₍₄₎le bât, le collier, tout le harnachement du cheval de labour. On voit au fond des caves, au Maroc, des meules tirées par des chevaux aveugles. Ici, dans la lueur tremblante et rougeâtre de la bougie, ₍₅₎on réveillait aussi un cheval aveugle afin qu'il tirât sa meule. (*TH*, p.272)

（こうして伍長は休んでいた。₍₁₎丸くなり、人間の姿をなくして。起こしに来た兵たちが、蝋燭に火をともし、瓶の口にさしたとき、僕には最初、₍₂₎その不定形の塊から、軍靴が出ていることしか分からなかった。鋲を打ち、鉄を巻いた、大きな軍靴。日雇い人夫か荷揚げ人夫のどた靴。
　この男は作業用具を身につけていて、彼の身体に装備されているものは何もかもが道具にすぎなかった。₍₃₎弾薬盒、拳銃、革の肩つり、革帯。彼は₍₄₎荷鞍も、枷も、耕作用の馬の用具一式を身につけていた。モロッコの地下蔵の奥では、盲目の馬が引く挽き臼が見られる。ここでは、蝋燭の赤っぽく揺れる火影のもとで、挽き臼を引かせるために、やはり₍₅₎一頭の盲いた馬を起こそうとしていたのだ。）

　語り手は、下線部(1)で眠る伍長を不定形なかたまりとして提示し、(2)で彼の軍靴を換喩的に描き出す。(3)では伍長が身につけている装具が列挙され、(4)で装具一式が馬具一式にたとえられた後、(5)で伍長に馬のメタファーが適用されている[94]。装具の列挙（累積戦略）を契機にイメージのレベルで物から動物へ移行した伍長は、最後に目覚めて「人間が現れるのは、ここだ。人間が、ここで論理の予想を裏切るのである。伍長は微笑んでいたのだ！」(*TH*, p.273) と「人間」に到る。ここには、眠る身体と目覚めた意識の対立が見られ、眠る肉体は物や動物にすぎないが、意識が目覚めると人間が現れて論理の予測を超えるという

94　馬のイメージは目覚めの直前の場面にも現れる。「僕らは彼のベッドに腰掛け、中の一人が腕を優しく彼の首の後ろに回し、微笑みながら、この重い頭を持ち上げた。それは、心地よく暖かい馬小屋で、互いに首を撫で合わせている馬たちの優しさのようだった。」(*TH*, p.273) 眠れる伍長が友情に満ちた手で抱かれ「人間」へと目覚めるこのくだりは、作品化する際に元のルポルタージュ原稿《 Madrid 》に加筆された部分である。《 Notes et variantes », *Œuvres complètes*, t.I, *op.cit.*, p.1058.

テーゼが確認できる[95]。

また「私」は、眠る伍長を見ながら、「彼はこの、不安のない、とても幸福な眠りを味わっているように見えた」(*TH*, p.272) と眠りの平穏について思いをめぐらせる。そして、自分がリビア砂漠で遭難したときの目覚めの苦痛や[96]、罰で休日に補習を受ける児童の目覚めを語っている[97]。こうして語り手「私」は、伍長の安らかな眠りと辛い目覚めについて推論を物語るが、それは目覚めた伍長の微笑みによって裏切られ、「私」は「この誘惑はいったい何だろう？」(*TH*, p.273) と問うことになる。この問いは、スペイン人伍長の話が語られる第8章第2節の真ん中に位置しており、伍長の証言を含む後半部を、問いに対する答え探求のパートとして位置づけている。つまり、挿話の中核となるこの問いを準備することが、前半部における身体観察と省察の主な役割なのである。したがって、伍長の挿話における身体観察は、他者の体験に迫るために洞察力強化を担っていたギヨメの例とは異なり、いわば論証的なレトリックとしての役割を担っているといえよう。

ただし、証言に基づいて他者の体験を物語る手法という点で見るなら、ギヨメとスペイン人伍長のエピソードは語りの上で共通の特徴を備えている。すなわち、情報源としての打ち明け話、そして二人称代名詞を用いた間接話法の活用である。スペイン人伍長の挿話では、次のように大過去を用いた後説法の形で証言＝打ち明け話への言及がなされる。

(1) J'avais reçu déjà tes confidences. Tu m'avais raconté ton histoire : petit comptable (2) quelque part à Barcelone, tu y alignais autrefois des chiffres sans te préoccuper beaucoup des divisions de ton pays. Mais un camarade s'engagea, puis un second, puis un troisième, et tu subis avec surprise une étrange transformation : tes occupations, peu à peu, t'apparurent futiles. Tes plaisirs, tes soucis, ton petit

---

95 後に3.2.3.1.節で見るとおり、ギヨメの挿話でも身体の誘惑に打ち克つ精神・意識というテーマが見られ、彼が疲労と睡魔に打ち勝つ前には「牛」という動物の比喩が用いられている。「奇跡のような瞼を少し閉じさえすれば、もはや衝撃も落下も、肉離れも焼け付く冷たさも、牛のように、荷車より重くなった命の重量を引きずることもなくなるのだった。」(*TH*, p.195)

96 「僕は伍長を見つめながら、自分自身の目覚めの辛さについてずっと思いを巡らせていた。また始まる喉の渇きと、太陽と、砂について」(*TH*, p.273)

97 「このように学校の鐘は、日曜に、罰課を受ける子どもをゆっくり目覚めさせるのだ」(*TH*, p.273)

3. 『人間の大地』分析

confort, tout cela était d'un autre âge. Là ne résidait point l'important. Vint enfin la nouvelle de la mort de l'un d'entre vous, tué du côté de Malaga. Il ne s'agissait point d'un ami que tu eusses pu désirer venger. Quant à la politique elle ne t'avait jamais troublé. (3) Et cependant cette nouvelle passa sur vous, sur vos étroites destinées, comme un coup de vent de mer. (*TH*, p.274)

((1) 僕は既に君の告白を聞いていた。君は僕に身の上話をしてくれた。(2) バルセロナのどこかの、貧しい出納係として、君は以前、数字を並べていたのだった。君の国の内戦状態などはあまり気にもかけずに。ところが、最初の仲間が志願した。ついで第二の仲間、ついで第三の仲間が。すると君は、自分が不思議と変わってきていることに驚いた。君の仕事が次第にくだらなく思われてきた。君の喜びも、君の心配事も、君の小さな安楽も、すべてが昔のもののように感じられてきた。そこに重要なものはなかった。そして最後に、君の仲間の一人がマラガ付近で戦死したという知らせがやって来た。その仲間は、君が復讐を思い立つような友人というわけではなかった。政治については、それが君の心を乱したことは一度もなかった。(3) それなのに、この報せは、君たちの上を、君たちの狭い運命の上を、海の風のように吹き過ぎたのだ。)

　情報源を明示して物語情報を正当化する二つの導入文（下線部 (1)）で二人称の « tu » と「打ち明け話」という言葉が使われ、以降が証言者の言葉であることを明らかにしている。その上で語り手は、打ち明け話を、マクヘイルのいう「内容の間接的パラフレーズ」という形で間接的に提示する[98]。読み手に対する情報伝達という点で見れば、語り手「私」は情報源である伍長と読み手の間で媒介の役割を演じることになる。読み手に伝わる情報を最大とするには、語り手は伍長の言葉をすべて直接話法で引用すべきであろうが、実際には打ち明け話の内容をパラフレーズしているため、元々の情報量を減少させていると考えられる。こうした情報量の減少は「バルセロナのどこか」という表現（下線部 (2)）に見て取れよう。というのも、スペイン人伍長が自分の住所を「バルセロナのどこか」と言ったはずはなく、情報をぼかしているのは語り手だと考えられるためだ。情報の媒介たる語り手が、伍長の住む場所についての正確な情報を覆い隠してしまっているのである[99]。

　しかし、語り手による情報の媒介という図式は最後まで続くわけではない。間接話法が進んで下線部 (3) に至ると、証言者＝伍長ではなく語り手「私」に帰す

98　ジュネットの紹介したマクヘイルの話法分類については注45を参照。

べき言葉が現れる。「限られた運命」というのは、その運命の外側に立つ者でなければ不可能な言い方であり、これを「我々の限られた運命」とスペイン人伍長が言ったとは考えにくい。この点を確認するため三人称を一人称に置き換えてみると、「それなのに、この報せは、僕たちの上を、僕たちの狭い運命の上を、海の風のように吹き過ぎたのだ」という形で、伍長の発言としては不自然なものになる。この発話の視点は、「狭い運命」の外部に立ち、「海」に比較しうる広大な領域を知っている者の視点だからである。さらに語り手は、伍長が自身を捉えた真理を言葉にすることができないと断言してもいる（*TH*, p.274）。したがって、引用部最後の下線部は語り手自身の声であると考えられよう。下線部 (3) では媒介役だったはずの語り手「私」は、自らが物語情報の源となっているのだ。つまり、上記引用部において観察されるのは、伍長の打ち明け話の間接話法から、語り手による洞察の報告へと滑り込んでいく語りなのである。

　物語情報という点から見ると、最初は情報の媒介でありフィルターであると思えた語り手が、伍長の内面に生じた変化を彼以上に説明できるほど洞察力に富んだ観察者として現れることになる。引用部冒頭では、「バルセロナのどこか」という表現が示すとおり、語り手は証言者より少ない情報しか持たないことを示していたが、間接話法が進むと、最終的に語り手は伍長自身も気づかない心理的変化を明るみに出している。つまり、情報量に関して明らかな関係の逆転が見られるのである。

　ここでも、ギヨメの例と同じく、二人称を用いた間接話法における声の二重性が活かされ、「私」が打ち明け話を聞いて相手を理解する過程を擬似的に再現した語りとなっている。ただし、重要な相違点として、「君」（tu）だった人称代名詞が下線部 (3) では「君たち」（vous）に移行しており、「理解」の対象が話相手個人から複数の相手へと拡大されている。このような一般化に基づく情報の過剰提示は、次に見る「体験の共有」の場合にも観察される傾向である。

99　スペイン人伍長が正確な住所を言わず、単にバルセロナに住んでいるとしか言わなかった可能性はあるが、いずれにせよ「バルセロナのどこかに住んでいる」と発言したはずはなく、それゆえ「どこか」（quelque part）という言葉は語り手に帰すべきものである。この一言が情報を減少させるわけではないが、伍長の正確な住所についての情報が欠けていることを明示することで、彼が大都市にいわば埋もれるように、匿名の存在として平凡に暮らしてきたことを暗示する機能を持つ。伍長の匿名性については次の拙論参照。藤田義孝「『人間の大地』における証言報告―ギヨメとスペイン人伍長のエピソード分析―」、*GALLIA*, no.47, 2008, p.98.

3.2.2. 体験の共有

『人間の大地』において体験の共有が問題となるのは、既に触れたとおり、「私」の同僚や先輩である飛行士仲間について語られる場合である。語り手「私」は、第一部「航空路線」の冒頭で見習い飛行士としての自らの体験を物語っている。「今度は僕が、同僚たちのように、郵便機を操縦する栄誉を得る前に若手がそこで受ける修練を受ける番だった」(*TH*, p.173) とあるが、下線部から明らかなように、語り手は最初から既に共通の体験を語ろうとしているのであって、個人的な固有の体験を語ろうとしているのではない[100]。語られる体験は飛行士たちに共通のものであり、また波線部「修練」« noviciat » によって、飛行士の共同体は、宗教的共同体にたとえられるような精神的価値を帯びていることが暗示されている。「私」の体験を、飛行士たちの体験の系譜に組み入れる「今度は自分が」« à mon tour » という表現は、冒頭から繰り返し現れる。たとえば「ついに今度は僕が、支配人のオフィスに呼ばれる夕べが来た」(*TH*, p.174)、「夜明けが来たら、今度は僕が、乗客の責任を負い、アフリカ便の責任を担う番なのだ」(*TH*, p.175) といった例や、次の引用箇所がそれにあたる。

> Une demi-heure plus tard, assis sur ma petite valise, j'attendais à mon tour sur le trottoir luisant de pluie, que l'omnibus passât me prendre. Tant de camarades avant moi, le jour de la consécration, avaient subi cette même attente, le cœur un peu serré. Il surgit enfin au coin de la rue, ce véhicule d'autrefois, qui répandait un bruit de ferraille, et j'eus droit, comme les camarades, à mon tour, à me serrer sur la banquette, entre le douanier mal réveillé, et quelques bureaucrates. (*TH*, p.177)
> (三十分後、小さな鞄の上に腰を下ろして、今度は僕が、雨に濡れて光る歩道で会社のマイクロバスが迎えに来るのを待っていた。僕以前にも多くの僚友が、今日のような聖別の日に、少し胸の迫る思いで、この待機を体験したのだ。バスはようやく街角にその姿を現した。ギシギシ音を立てる昔の交通車両が、僕も僚友たちと同じように、今度は自分が、眠りから覚めきらない税官吏と数人の事務員の間に挟まって、その腰

---

[100] 『人間の大地』第一部における « je » と « nous » の交代についてはマリア・パリウカが指摘している。Maria Pagliuca, « « Je » et « nous »». La métamorphose du sujet dans *Terre des hommes* de Saint-Exupéry », *Annali dell'Istituto Universitario Orientale. Sezione romanza*, XXXIX, 1997, pp.513-531. ただ、パリウカの論では主語の交代が観察・指摘されるに留まり、物語における機能分析が行われていない点が惜しまれる。

掛けに席を占める権利を持つのだった。）

　引用箇所中には、「今度は自分が」« à mon tour » が二度繰り返され、宗教的価値を持つ語である「聖別」« consécration » も見て取れる。「僕以前にも多くの僚友が」という表現と動詞の大過去によって飛行士たちによる数多くの先例が既にあったことが示され、「じっさい、既に僕たちのうちの何人にとって、このバスが最後の避難所となったことだろう？」（TH, p.179）と、それが悲劇的な歴史でもあったことが語られる。このように、見習い飛行士「私」の体験談には何度も繰り返された飛行士たちの歴史が挿入される。つまり、ここでは単起法（singulatif）の物語に括復的な後説法（analepse itérative）が入り込むことにより、個別の体験談のただ中において、「歴史」への参照と繰り返しによる一般化が同時に生じているのだ。

　さらに二重下線部においては、飛行士たちが共有するとされる体験の性質が変わっており、外的・身体的な体験ではなく内的・心理的な体験が問題となっている。飛行士たちは客観的に同じ研修を受けたというだけでなく、同じ内的体験をも生きたとされるのである。見習い飛行士「私」の内的体験は飛行士たちに共通のものとして提示され、それゆえ語り手「私」は、自分自身の体験のみならず、飛行士仲間たちの体験をも一般化した形で語りうることになる。

　　Chaque camarade, ainsi, par un matin semblable, avait senti, en lui-même, sous le subalterne vulnérable, soumis encore à la hargne de cet inspecteur, naître le responsable du Courrier d'Espagne et d'Afrique, [...].
　　Chaque camarade, ainsi, confondu dans l'équipe anonyme sous le sombre ciel d'hiver de Toulouse, avait senti, par un matin semblable, grandir en lui le souverain qui, cinq heures plus tard, abandonnant derrière lui les pluies et les neiges du Nord, répudiant l'hiver, réduirait le régime du moteur, [...]. (TH, p.178)
　　（どの僚友もみんな、こうして一度は、こんな朝に、あの主任の不機嫌にまだ晒されているか弱い部下という外見の下、自分自身の中に、スペイン・アフリカ便の責任者の生まれるのを感じたものだ。（略）
　　どの僚友もみんな、こうして一度は、トゥールーズの暗い冬空の下で有象無象の一群に埋もれつつ、こんな朝に、自分の中に5時間後には北方の雨と雲を後にし、冬を見捨てながらエンジンの回転を抑える支配者が成長するのを感じたものだ。）

語り手はもはや登場人物「私」に固有の体験を語っているのではなく、大過去による後説法で時間を遡行しつつ、「どの僚友もみんな」« chaque camarade »という一般化表現で飛行士の共通体験を語っている。それでも読み手が話の断絶を感じないのは、「こんな朝に」« par un matin semblable » という状況への言及を語り手が一種の物語的蝶番として利用しつつ、「私」固有の体験と飛行士の共通体験の話を「こうして」« ainsi »という語で類似性において結び付けているためである。ここでは二重下線部において、単なる心理への言及よりさらに踏み込み、飛行士に共通の内的体験がどういうものであるかが説明されている。それから再び物語は、初飛行の朝の「私」の体験談へと戻ってくる。

　　Ainsi ce matin-là, à l'aube de mon premier courrier, je me soumettais <u>à mon tour</u> aux rites sacrés du métier, et je me sentais manquer d'assurance à regarder, à travers les vitres, le macadam luisant où se reflétaient les réverbères. (*TH*, p.179)
　　（こうしてこの朝、僕の最初の郵便飛行の夜明けに、<u>今度は僕もまた</u>、<u>飛行士という職業の神聖な儀式</u>を受けていたのだ。そして僕は、街灯の火影を反映して光るアスファルトを窓のガラス越しに見て、心許ない気持ちになっていた。）

　先ほども見た「こうして」（ainsi）が、ここでは「飛行士たち」の一般性から「私」の固有性へ回帰する助けとなっている。また、「今度は自分も」（à mon tour）、宗教的価値を帯びた表現（rites sacrés du métier）など、既に見られた要素が確認される。そして話を締めくくるにあたり、語り手は、「私」と飛行士たちを一括して人称代名詞「我々」（nous）で指し示す。

　　Ainsi se déroulait <u>notre</u> baptême professionnel, et <u>nous</u> commencions de voyager. Ces voyages, le plus souvent, étaient sans histoire. <u>Nous</u> descendions en paix, comme des plongeurs de métier, dans les profondeurs de <u>notre</u> domaine. (*TH*, p.180)
　　（このように<u>僕たち</u>飛行士の洗礼式は行われ、<u>僕たち</u>は旅立つのだった。こうした空の旅は、多くの場合、平穏無事なものだった。<u>僕たち</u>は安らかに、たとえば、プロの潜水夫のように、<u>僕たち</u>の領土の深部へ降りてくるのだった。）

　こうして見習い飛行士としての初飛行を語った後、語り手は精神的で神聖な価

値を帯びた職業共同体の成員として自らを位置づける。「私」が飛行士の共通体験を証言する資格は、飛行士見習いの体験談を語りうることそれ自体によって正当化されることになる。なぜなら、見習いを終えた者は飛行士の共同体に属しているはずだからである。語り手は、このような証言者の資格に基づき、「私」と飛行士たちを含む「我々」の名のもとに一般化された形で飛行士たちの体験を物語るのである。

  Et cependant, <u>nous avons tous connu</u> les voyages, où, tout à coup, à la lumière d'un point de vue particulier, à deux heures de l'escale, <u>nous avons ressenti</u> notre éloignement comme nous ne l'eussions pas ressenti aux Indes, et d'où nous n'espérions plus revenir. (*TH*, p.181)
(しかしながら、<u>僕たちの仲間は全員</u>体験したことがあるのだ。不意に、特殊な観点の光によって、寄港地から2時間の場所なのに、なんて遠くに来てしまったのかと<u>僕たちが感じる</u>空の旅。たとえインドへ行っていたとしても感じられないほどの遠さの感覚を覚え、もはや生きては帰れまいと覚悟した空の旅を。)

  <u>Lequel d'entre nous n'a point connu</u> ces espérances de plus en plus fragiles, ce silence qui empire de minute en minute comme une maladie fatale ? <u>Nous espérions</u>, puis les heures se sont écoulées et, peu à peu, il s'est fait tard. (*TH*, p.188)
(<u>僕たちの間に、誰か一人でも</u>体験したことのない者があるだろうか。ますます細っていくあの希望の気持ちを、命取りの病気のように刻々と悪化していくあの沈黙を?<u>僕たちは希望を抱いていた</u>。それから時が流れるにつれ、少しずつ手遅れになっていった。)

上記引用部分には、「感じる」« ressentir »、「希望する」« espérer » が示すように、他の飛行士たちの内面に関わる情報が含まれている。これは普通、打ち明け話など何らかの手続きを経なければ一人称的語り手の知りえない事柄である。ところが、まさに情報過剰の疑いが生じそうなところで語り手は、二重下線部のように飛行士集団の同質性と体験の均質性を強調し、いわば自らの権威を読み手に押し付ける。
 このように、初めての郵便飛行の体験を語りながら、語り手「私」は、飛行士

の共同体のイニシエーションにおける共通体験を証言している。語り手が証言するのは単なる職業体験や職業共同体ではなく、精神的体験と精神的共同体なのである。語り手は繰り返し内的体験に言及し、宗教的イニシエーションの言葉を用いて職業研修に精神的価値を与えているからである。研修の物語は、語り手自身が飛行士の職業的・精神的共同体に帰属することを証拠立て、それゆえ飛行士の共通体験を証言する資格と権威を保証する機能を持つ。その結果、語り手の権能は強化され、「僕たちの間に、誰か一人でも体験したことのない者があるだろうか」「僕たちの仲間は全員体験したことがある」と一般化され情報過剰の傾向を帯びた断定によって、共通体験における飛行士たちの同質性・均質性を強調することが可能となるのだ。

3.2.3. 物語における情報過剰

　語り手「私」が他の人物の内面を語るときに情報を正当化する二つの手段、すなわち言葉での伝達と体験の共有に基づく語りの例を検討してきたが、そのような箇所においてさえ情報過剰への傾向が確認された。本節ではまず、そうした二種類の情報過剰、すなわち、二人称で語られる言葉での伝達と、一人称複数で語られる体験の共有における情報過剰を検討する。それから第3のタイプとして、三人称を用いてフィクションのモードで登場人物の内面が語られる情報過剰を分析し、最後にこれらとは異なる第4のケースとして、情報過剰が異化効果によって物語を構造化している例を検討する。

3.2.3.1. 証言伝達における情報過剰

　既に指摘したとおり、語り手「私」はギヨメの雪中行軍を語りながら、話のもっとも重要なポイントではギヨメの言葉に依拠せず自らの声で物語っていた。問題となるのは、ギヨメがまさに眠気の誘惑に負けて歩き続けることを諦めようとするくだりである。

> Nos appels ne t'atteignaient plus, ou, plus exactement, se changeaient pour toi en appels de rêve. Tu répondais heureux par une marche de rêve, par de longues enjambées faciles, qui t'ouvraient sans efforts les délices des plaines. (1)<u>Avec quelle aisance tu glissais dans un monde devenu si tendre pout toi ! Ton retour,</u>

Guillaumet, tu décidais, avare, de nous le refuser.

　₍₂₎ Les remords vinrent de l'arrière-fond de ta conscience. Au songe se mêlaient soudain des détails précis. « Je pensais à ma femme. Ma police d'assurance lui épargnerait la misère. Oui, mais l'assurance... » (*TH*, p.195)
(すでに僕らの呼ぶ声は君には届かなくなっていた。もっと正確に言うと、それは君にとって夢の中での呼び声になっていた。君は幸福な気持ちで、夢の歩みでそれに応えた。楽な大股の足取りが、何の苦もなく、君に平野を歩く甘美さをもたらした。₍₁₎いかに悠々と君が滑り込んでいったことか、君にこれほど優しくなった世界の中へ！　ギヨメ、君は吝嗇にも、僕らに対して君の帰還を拒もうと決めたのだった。
　₍₂₎気がかりが意識の奥底からやって来た。夢想の中に、突然はっきりした細部が混じり込んだ。「僕は妻のことを考えていた。保険があるから妻が生活に困ることはないだろう。それはそうだが、保険は……」)

　下線部 (1) において、語り手は遭難中のギヨメの内面を理解した立場で呼びかけており、情報過剰は明白である。語り手の声は、それまでの雪中の歩行の辛さ(「衝撃も、落下も、肉離れも、焼けつく冷たさも（中略）、もはやなかった」(*TH*, p.195)) と対照をなす誘惑の甘美さを、「幸福な」、「夢の」、「楽な」、「何の苦もなく」といった言葉で何度も強調しているが、情報過剰を引き起こすほどに誘惑の力を強調してみせるのはいったいなぜだろうか。
　まず、物語の興味を増して読み手を引き付けるという理由が考えられる。「敵対者」としての誘惑が強ければ強いほど、ギヨメの勝利は意義深く、物語は興味深いものとなるからである[101]。しかし、誘惑の力を強調するだけなら語り手の声は必要ではない。実際、「状況があまりに絶望的だったので、ちょっと検討してみただけで、僕は横になって眠ろうかと思ったほどだった。眠ることが、どれほどの誘惑だったことか！」と睡魔の誘惑を語るギヨメの証言がタイプ原稿には存在していた[102]。にもかかわらず、作家はギヨメの言葉を原稿から削除した上、情報制約に違反してまで証言報告に「私」の声を介入させているのだ。それは一体なぜだろうか。下線部 (1) の感嘆文から分かるように、介入する語り手の声は感

101　グレマスによる物語の行為項モデルでは、「敵対者」(opposant) は「主体」(sujet) の目的達成を邪魔する存在である。Gerald Prince, *Dictionary of Narratology, op.cit.* の « actantial model » の項 (p.2)、および Adam, J.-M., *Le texte narratif*, Nathan, 1994, p.19 を参照。
102　« Notes et variantes », *Œuvres complètes*, t.I, *op.cit.*, p.1028.

情的かつ主観的なものである。試みに、叙情性を排除する形で下線部 (1) を書き換えてみると、「君は、君にこれほど優しくなった世界の中へ悠々と滑り込んでいった。君は僕らに対して君の帰還を拒もうと決めた」となって、「感情的な声／中立的描写」という語りのトーンにおける対立が失われ、下線部 (2) における段落替えが不自然なものになる。段落を替えるには、普通なら「だが」« mais »といった接続詞が入るべきところだが、逆接の接続詞を用いると、たちまち先の展開、すなわちギヨメが誘惑に打ち克ったことが読み手に分かってしまう。しかし、小さな気がかりがもたらした驚くべき結果は、2段落先で「ひとたび立ち上がると、君は二晩と三日歩いた」(TH, p.195) と明かされるまで伏せておく必要がある。なぜなら、この意外性は単なる話のスパイスではなく、「人間は論理の予見を裏切る」という重要なテーゼを証明する事例に他ならないからだ。そのため、下線部 (1) と (2) の間で決定的な変化を示しながら、しかも読み手には先を読ませないようにしなくてはならない。だからこそ、下線部 (1) で語り手の感情的な声が物語の山場に読み手の注意を引きつけながら、段落替えと同時に「やって来た」« vinrent »と単純過去を導入し、語りのトーンを変えることで物語の転機を作り出しているのである。

　語り手の声が介入するのが、睡魔という身体的誘惑との対決時であることから、身体に対する精神の勝利というテーマも読み取れる。このテーマは、証言を終えて眠るギヨメを「私」が眺める場面で明示的に現れる。

Tu t'endormais enfin, ta conscience était abolie, mais de ce corps démantelé, fripé, brûlé, elle allait renaître au réveil, et de nouveau le dominer. Le corps, alors, n'est plus qu'un bon outil, le corps n'est plus qu'un serviteur. Et, cet orgueil du bon outil, tu savais l'exprimer aussi, Guillaumet : [...] (TH, p.196)
(君はようやく眠りについた。君の意識は今休止していた。だが、この傷ついて萎えて焼けただれた肉体から、君の意識は目覚めと共に蘇り、またしてもこの肉体を制御しようとしている。そのとき、肉体は良き道具でしかなく、従僕でしかなくなるのだ。この良き道具の誇りを、ギヨメ、君は見事に表現した。)

そして語り手はギヨメの言葉を引用し、目覚めていた精神と眠っている身体を対置してみせる。このエピソードを締めくくるキーワードは「彼の偉大さは自分に責任があると感じたところにある」(TH, p.197) とあるように「責任感」であ

るが、エピソードの語りに織り込まれていたのは「論理の予測を裏切る人間」、「身体に対する精神の優越」という二つのテーマだった。つまり、証言伝達に語り手の声が介入して情報過剰を引き起こすのは、一人称物語の制約を守ることより、これら二つのテーマを効果的に伝えることを優先した結果と見なすことができるだろう。

スペイン人伍長のエピソードにおいては、情報過剰は二人称複数代名詞 « vous » による一般化によって引き起こされる。

> J'avais reçu déjà tes confidences. Tu m'avais raconté ton histoire : petit comptable quelque part à Barcelone, tu y alignais autrefois des chiffres sans te préoccuper beaucoup des divisions de ton pays. Mais un camarade s'engagea, puis un second, puis un troisième, et tu subis avec surprise une étrange transformation : tes occupations, peu à peu, t'apparurent futiles. Tes plaisirs, tes soucis, ton petit confort, tout cela était d'un autre âge. Là ne résidait point l'important. Vint enfin la nouvelle de la mort de l'un d'entre vous, tué du côté de Malaga. (1) <u>Il ne s'agissait point d'un ami que tu eusses pu désirer venger. Quant à la politique elle ne t'avait jamais troublé.</u> (2) <u>Et cependant cette nouvelle passa sur vous, sur vos étroites destinées, comme un coup de vent de mer.</u> Un camarade t'a regardé ce matin-là :
>
> « On y va ?
>
> – On y va. »
>
> Et vous y êtes « allés ». (*TH*, p.274)

(僕は既に君の告白を聞いていた。君は僕に身の上話をしてくれた。バルセロナのどこかの、貧しい出納係として、君は以前、数字を並べていたのだった。君の国の内戦状態などはあまり気にもかけずに。ところが、最初の仲間が志願した。ついで第二の仲間、ついで第三の仲間が。すると君は、自分が不思議と変わってきていることに驚いた。君の仕事が次第にくだらなく思われてきた。君の喜びも、君の心配事も、君の小さな安楽も、すべてが昔のもののように感じられてきた。そこに重要なものはなかった。そして最後に、君の仲間の一人がマラガ付近で戦死したという知らせがやって来た。(1)<u>その仲間は、君が復讐を思い立つような友人というわけではなかった。政治については、それが君の心を乱したことは一度もなかった。</u>(2)<u>それなのに、この死の報せが、君たちの上を、君たちの狭い運命の上を、海の風のように吹き過ぎたのだ。</u>その朝、一人の仲間が、じっと君を見つめて言った。

3.『人間の大地』分析

「行こうか？」
「行こう」
そして君たちは「行った」のだった。)

　下線部(2)において、語り手は少なくとも二人以上の人物、すなわち伍長とその仲間（たち）について断定を行っている。直喩表現のため下線部(2)の意味は明示的ではないが、「それなのに」« Et cependant » によって伍長の心理が語られた下線部(1)と結び付けられているため、心理的な含意があると考えられる。伍長以外の人物の証言は無いので、彼の仲間（たち）の受けた心理的影響に関する断定は情報過剰ということになる。ただし、この情報過剰は下線部(2)以降のくだりで巧みに「自然化」される[103]。伍長と仲間が交わした問いと答え（« On y va ? – On y va. »）の対称性により、二人はまるで鏡像のように似通っているという印象が作られる。また、極端に短い会話によって、彼らがわずかな言葉で分かり合えることも暗示される。こうして語り手は、伍長とその仲間が互いに似た存在であることを印象づけ、下線部(2)の一般化＝情報過剰は事後的に「自然化」されて読み手の違和感を封じてしまうのである。

　伍長個人の心理的変化と伍長たちの兵隊志願は証言に支えられた情報だが、語り手はこれら二つの事実を虚構の因果関係で結びつける。そこで当然のように生じる疑問は、一体どのような共通の動機が彼らを駆り立てたのかということである。語り手は直ちに答えを与えず、読み手を他のエピソードへと誘導していく[104]。そのため、読み手は問いを一時棚上げにし、答えを求めて話を先に読み進めなくてはならない。語り手はこのように、情報過剰的な断定から生じる疑問への回答を比喩表現の意味的曖昧さによって先送りすることで、読みへの動機付けを図っているといえよう。

　したがって、いずれの挿話においても、情報過剰は物語の主題ならびに読み手の牽引効果と深く関わっていることが分かる。ギヨメの場合は、話の山場に読み手の注意を引きつけながら「論理の予測を裏切る人間」というテーゼを効果的に

---

103 「自然化」とは、ロラン・バルトによれば「（もっぱら言語的なものである）一次体系においては、因果関係は文字通りのものであり自然である。[...]（神話的）二次体系においては、因果関係は人工的で偽りのものであるが、いわば「自然」の運搬車に紛れ込むのだ」という。Roland Barthes, *Le Mythe, aujourd'hui* [1957;1970], *Œuvres complètes*, t.1, Seuil, 1993, p.699.

104 語り手は鴨の渡りの話やガゼルの話をし、それからリオ・デ・オロでの飛行士仲間との体験を物語っている（*TH*, pp.274-276）。

物語るために、そしてスペイン人伍長の場合は、彼とその仲間を行動に駆り立てる動機の解明を話の牽引要因とするために情報過剰が活用されているのだ。このように、情報過剰が話の展開上の鍵となることから分かるのは、『人間の大地』がまさに一人称物語の制約の先へ向かおうとする物語であり、単なる事実報告を超えたところにヒューマニズムの「真理」を打ち立てようとするテクストだということである。

3.2.3.2. 体験の共有における情報過剰

既に見たとおり、第一部冒頭で語り手が「私」固有の体験を飛行士の共通体験に結び付ける際には一般化の傾向が見られたが、物語情報の制約を越えようとする手法という観点からこれを捉え直すと、情報過剰を「自然化」する語りの技巧が明らかになる。初めての郵便飛行の朝の体験を物語りながら、語り手「私」は、彼個人の固有の体験を証言するに留まらず、飛行士仲間に共通の体験を語っていた。同じ飛行会社の操縦士たちが、郵便機を任される前に同じ研修を受けることはきわめて当たり前であり、そのため語り手は、「僕以前にも多くの僚友が、今日のような聖別の日に、少し胸の迫る思いで、この同じ待機を体験したのだ」(*TH*, p.177)と断定している。飛行士たちが皆「この同じ待機」を行ったのは確かであろう。空港に行くにはバスを待たなくてはならないのだから。だが、語り手はここに「少し胸の迫る心地で」と心理的要素を付加することによって情報制約を越えようとする。ここでの情報過剰は軽微なもので、読み手にほとんど気づかれないかもしれない。危険を伴う初仕事を前にして、人が多少の緊張や不安に囚われることは非常にありそうだと感じられるためである。しかし、飛行士仲間が飛行の前に感じることを次のように語るとき、語り手はさらに大きな情報制約違反を犯している。ただし、「どの僚友もみんな、(中略) 自分自身の中に、スペイン・アフリカ便の責任者の生まれるのを感じたものだ」や「どの僚友もみんな、こうして一度は、(中略) 自分自身の中に (中略) 支配者が成長するのを感じたものだ」(*TH*, p.178) と要点だけ引用すると情報過剰はあまりに明白だと思われるが、本来の文脈で見ると制約違反は実に巧妙に自然化されている。

> Chaque camarade, ainsi, par un matin semblable, avait senti, en lui-même, sous le subalterne vulnérable, soumis encore à la hargne de cet inspecteur, naître le

3. 『人間の大地』分析

responsable du Courrier d'Espagne et d'Afrique, naître celui qui, trois heures plus tard, affronterait dans les éclairs le dragon de L'Hospitalet... qui, quatre heures plus tard, l'ayant vaincu, déciderait en toute liberté, ayant pleins pouvoirs, le détour par la mer ou l'assaut direct des massifs d'Alcoy, qui traiterait avec l'orage, la montagne, l'océan.

　Chaque camarade, ainsi, confondu dans l'équipe anonyme sous le sombre ciel d'hiver de Toulouse, avait senti, par un matin semblable, grandir en lui le souverain qui, cinq heures plus tard, abandonnant derrière lui les pluies et les neiges du Nord, répudiant l'hiver, réduirait le régime du moteur, et commencerait sa descente en plein été, dans le soleil éclatant d'Alicante. (*TH*, p.178)
（どの僚友もみんな、こうして一度は、こんな朝に、あの主任の不機嫌にまだ晒されているか弱い部下という外見の下、自分自身の中に、スペイン・アフリカ便の責任者の生まれるのを感じたものだ。3時間後には、稲妻の閃く中でオスピターレの竜と対峙し、4時間後には、その竜を征服して、全権を持ち完全な自由裁量で、海上から迂回するか、それともアルコアの山塊に直接向かっていくかを決定して、嵐と山と海を相手に駆け引きをする人間の生まれ出るのを感じたものだ。
　どの僚友もみんな、こうして一度は、トゥールーズの暗い冬空の下で有象無象の一群に埋もれつつ、こんな朝、自分自身の中に、5時間後には北方の雨と雲を後にし、冬を見捨てながらエンジンの回転を抑えて、真夏のアリカンテの燃えるような太陽の中で降下を始める支配者が成長するのを感じたものだ。）

　下線部は、他者の心理状態への言及があるため情報過剰といえるが、状況描写あるいは説明に対応する二重下線部と互い違いに、まるで織り合わせるように並置されている。そして、それぞれの段落は、語り手による事後的な予言に対応する長い関係詞節（波線部）で終わっている。語り手はそこで、各々の飛行士が飛行中に体験するであろうことを先回りして（先説法的に）述べているが、この予言的な物言いは語りの時点より過去のもので、条件法が示すとおりの過去未来である[105]。しかも波線部で語られる飛行が、何時間後にはどこで何をしているなど非常に正確で具体的であるため、読み手は、語り手「私」には既にこうした飛行経験があり、その経験に基づいて語っているという印象を抱く。つまり上記引用

105　条件法＝過去未来が示すとおり、これはジュネットのいう「内的先説法」（prolepse interne）となる。Gérard Genette, *Figures III*, *op.cit.*, pp.106-109.

箇所において、情報過剰のくだりは事実に基づく（という印象を与える）叙述の間に埋め込まれることで巧みにカムフラージュされているのだ。

このように語り手は、他者の内面への言及、物語内容の精神的な次元への移行、一般化を伴う断定などから生じる情報過剰を、職業的研修という共通体験の自然さの上に精神的な含意を重ね合わせる語りによって巧妙に「自然化」し、読み手に受け入れさせてしまうのである。

3.2.3.3. フィクション的語りにおける情報過剰

言語伝達や共通の体験といった根拠なしに、つまり多少ともあからさまな冗説法によって内面が明かされているのは、モール人や奴隷について語られる場合である。その際、語り手は相手のことを「（実際に）知っている」« connaître » と言い、たとえばモール人たちについて「だが、僕は彼ら未開の友のことをよく知っている」(*TH*, p.222)、奴隷たちについて「僕は他の奴隷のことも知っていた」「僕はこれらの奴隷のことを知っていた」(*TH*, p.228) といった形で情報を正当化しようとするが、それは根拠の提示というより語り手の権威づけにすぎない。語り手は「知識・経験を持つ者」というエートスだけを根拠にモール人たちや奴隷の内面を描いてみせる。

> Mais je les connais bien, mes amis barbares. Ils sont là, troublés dans leur foi, déconcertés, et désormais si prêts de se soumettre. Ils rêvent d'être ravitaillés en orge par l'intendance française, et assurés dans leur sécurité par nos troupes sahariennes. (*TH*, p.222)
> （だが、僕は彼ら未開の友のことをよく知っている。彼らはいま信仰が揺らぎ、戸惑い、もはや心から帰順する気になっている。彼らはフランス軍経理部から大麦の支給を受け、フランスのサハラ部隊によって安全を保証されたいと願っている。）

上の引用後半部で提示されているモール人たちの内面についての情報は、告白など言語による伝達がなければ本来知りえないはずのものである。また、「彼らは神がその狂気の沙汰に飽きる時を待とうと思っていた。吝嗇な神だから、すぐに後悔するはずだ」(*TH*, p.222) と内的焦点化を伴った明らかな冗説法によってモール人たちの思考が表現された箇所も見られる。奴隷についても同様に情報過剰を伴うフィクション的語りが観察される。

3.『人間の大地』分析

Parfois l'esclave noir, s'accroupissant devant la porte, goûte le vent du soir. Dans ce corps pesant de captif, les souvenirs ne remontent plus. <u>À peine se souvient-il de l'heure du rapt, de ces coups, de ces cris, de ces bras d'homme qui l'ont renversé dans sa nuit présente.</u> (*TH*, p.229)
(時折、黒人の奴隷が扉の前にうずくまり、夕べの風を味わっていることがある。この虜囚の重苦しい身体の中には、思い出はもう上ってこない。<u>誘拐されたときのことも、現在の闇の中に彼を突き落とした男の拳骨や、叫びや、腕をかすかに思い出すにすぎない。</u>)

　いかに語り手が奴隷たちのことを熟知していようと、下線部は情報の過剰提示であり、一人称物語の語り手に可能な範囲を越えている。少なくとも下線部の「拳骨」« ces coups »、「叫び」« ces cris » といった表現においては部分的に内的焦点化されていると考えられるが、語り手以外の人物への内的焦点化は、ドリット・コーンによればフィクション固有の語りのモードに属するものである[106]。
　こうした情報過剰の傾向は、モール人のエル・マムーンとムヤヌ、奴隷のバルクなど、固有名を持つ人物に対しても同様に観察される。エル・マムーンの場合、協力的だった彼が突然フランス人士官を殺害した動機が、内的焦点化を伴うフィクション的語りによって明らかにされている。

　Et cependant (1)l'histoire d'El Mammoun fut celle de beaucoup d'autres Arabes. (2)Il vieillissait. Lorsque l'on vieillit, on médite. (3)Ainsi découvrit-il un soir qu'il avait trahi le dieu de l'Islam et qu'il avait sali sa main en scellant, dans la main des chrétiens, un échange où il perdait tout.

　Et, en effet, qu'importaient pour lui l'orge et la paix ? Guerrier déchu et devenu pasteur, voilà qu'(4)il se souvient d'avoir habité un Sahara où chaque pli du sable était riche des menaces qu'il dissimulait, où le campement, avancé dans la nuit, détachait à sa pointe des veilleurs, où les nouvelles, qui racontaient les mouvements des ennemis, faisaient battre les cœurs autour des feux nocturnes. (5)Il se souvient d'un goût de pleine mer qui, s'il a été une fois savouré par l'homme, n'est jamais

---

106　ドリット・コーンは、ノンフィクションである歴史的記述には内的焦点化という語りのモードが存在せず、それがフィクションとノンフィクションの語りを分ける違いであると述べている。Dorrit Cohn, *Le propre de la fiction*, Seuil, 2001 [原著1999], p.183, pp.187-188.

oublié. (*TH*, p.223)
(だが、(1)エル・マムーンの話は、他の多くのアラブ人の事例でもあった。(2)つまり彼は年老いたのだ。老いると人は考える。(3)こうして彼は、ある夕べに気づいたのだ。自分がイスラムの神を裏切ったこと、自分がキリスト教徒を相手に、何もかも失う契約を結び、その手を汚してしまったことを。
　じっさい、大麦や平和が彼にとってどれほどのものだろう？　衰えて羊飼いに成り下がった戦士の彼は、今や(4)思い出す。かつて彼が住んだサハラは、砂のひだ一つ一つが、豊かな脅威を隠していたこと。夜間に前進する野営が、最前線に夜警兵を配備していたこと。敵の行動を知らせる報告が、かがり火の周りで人々の胸を躍らせていたことを。(5)彼は、人が一度味わったらけっして忘れることの出来ない大海原の味を思い出すのである。)

　まず下線部 (1) で、エル・マムーンの例が特殊ではなく他の多くのアラブ人も同じことをしていると述べ、事例に一般性を与えている。続く下線部 (2) ではさらに一般化を推し進め、「歳をとると人は物思いに耽る」という一般論に基づく推論を行い、下線部 (3) の「こうして」« ainsi » でそれをエル・マムーンの例に適用している。この推論を足がかりとして、語り手は彼の内面を描き出す。下線部 (4) 以降は内的焦点化に近い語りで、さらに下線部 (5) では「人」« l'homme » と一般化された人間心理という形で、彼の内面の出来事が提示されている。彼がフランス人士官を殺害する直前の心理が語られるくだりにも同じ傾向が見られる。

　　Alors, pour que les tribus abâtardies soient rétablies dans leur splendeur passée, alors pour que reprennent ces poursuites, qui seules font rayonner les sables, il suffira du faible cri de ces chrétiens que (1)l'on noiera dans leur propre sommeil...
　(2)Encore quelques secondes et, de l'irréparable, naîtra un monde...
　　Et (3)l'on massacre les beaux lieutenants endormis. (*TH*, pp.223-224)
(そして、衰退した部族にかつての威光を取り戻し、唯一それだけが砂漠を輝かせる追跡を再開するには、((1)人が) このキリスト教徒たちを本来の眠りに沈める際の微かな苦痛の叫びだけで十分だろう……。(2)あともう数秒間、そうしたら、取り返しのつかない出来事から、新しい世界が生まれるだろう……。
　こうして (3)人は、睡眠中の立派な中尉たちを殺害するのである。)

下線部 (2) と直前の中断符からも分かるように、ここでは犯行直前のエル・マムーンの内面の声が語られるという、一人称物語には本来ありえない語りのモードになっている。特徴的なのは下線部 (3) に見られる「人」« on » で、ここではエル・マムーンという個人ではなく、一般化された「人」の内面が問題になっている。つまりこれは、エル・マムーンのフランス人士官殺害という個別的行為のうちに、普遍的な人間心理が働いていることを示そうとする語りなのだ。ここではフィクション的語りへの移行と、個人から人間へという一般化が同時に起こっていると考えられる。

ムヤヌというモール人の例においても同様の傾向がうかがえる。モール人の一般的な態度について体験に基づく知識を持つ「私」は、通訳を介して伝えられるムヤヌの言葉から彼の考えを推し量り、そこからモール人たちの思考を明らかにしようとする。対話場面では、ムヤヌが何事か語り、「私」は通訳を務めるモール人のケマルに「彼は何と言っている？」と尋ね、彼が「こう言っています」と答えるパターンが三度繰り返されるが、伝えられるのは「ボナフがルゲイバのラクダ千頭を奪った」「我々は明日ボナフに対して進撃する。小銃300丁」「おまえには飛行機と無線があり、ボナフがいる。だが、おまえには真理がない」(*TH*, pp.224-225) といった言葉であり、そこに相手の心理や思考を明らかにできる情報は含まれていないように思える。だが、ムヤヌのエピソードに先立って、「小銃300丁の部隊の準備を整えると、彼らのうちの何と多くの者が、僕に向かって繰り返したことか。「あんたたちフランス人は運が良い。歩いて百日以上もかかるところに国があって……」と」(*TH*, p.221) とモール人たちがフランス人を侮っていることが一般的な事柄として紹介されており、「私」はその知識にも依拠しながら「僕には何事か察しがついていた。(中略) 見えない船を艤装しているようだ」(*TH*, p.224) と推測を重ねる。そして、ケマルの洩らした「ボナフは強い」という一言から「僕にはもう彼らの秘密が分かる」(*TH*, p.225) と断言し、「ムヤヌは、かつてないほどに自分の気高さを感じており、僕を軽蔑で圧倒する」(*TH*, p.225) とムヤヌの心理を明かすばかりか、ついには彼個人でなく「モール人たち」と一般化した形で「彼ら」の考えを語るのである。

Il[=Bonnafous] reviendra, pensent les Maures. Les jeux d'Europe ne pourront plus le contenter, ni les bridges de garnison, ni l'avancement, ni les femmes. Il reviendra, hanté par sa noblesse perdue, là où chaque pas fait battre le cœur,

comme un pas vers l'amour. (*TH*, p.226)
(ボナフは帰ってくるだろう、とモール人たちは思っている。ヨーロッパの賭け事も、士官室のブリッジも、昇級も、女たちも、彼を満足させることはできまい。彼は帰ってくるだろう。失った気高さに魅せられ、一歩一歩の歩みが、恋に向かう足取りのように胸を高鳴らせるこの砂漠へと。)

後半部は内的焦点化に近い形で「彼ら」の視点から語られている。「私」は自分の知識や洞察をもとに他人の考えを推し量り、最終的には「彼ら」の内面を直接的に描くというフィクション固有の語りに到達しているのだ。フィクション化と一般化が同時進行する過程はバルクのエピソードにも見て取れる。奴隷のバルクをフランス人たちが買い戻して解放するエピソードで、彼が餞別として持たされたお金をすべて使ってしまうくだりである。

Abdallah le[=Bark] crut « fou de joie ». Mais <u>je crois qu'il ne s'agissait pas</u>, pour Bark, de faire partager un trop-plein de joie.
Il possédait, puisqu'il était libre, les biens essentiels, le droit de se faire aimer, de marcher vers le nord ou le sud et de gagner son pain par son travail. <u>À quoi bon cet argent...</u> <u>Alors qu'il éprouvait, comme on éprouve une faim profonde, le besoin d'être un homme parmi les hommes, lié aux hommes.</u> (*TH*, p.235)
(アブダラは、彼が「喜びのあまり気が変になった」と思った。だが、<u>僕が思うに</u>、バークが有り余る喜びを分かち与えたわけではなかったのだ。
彼は自由の身だったから、人間の本質的財産、愛される権利も、北や南へ好きに歩いていく権利も、働いてパンを稼ぐ権利も持っていた。だったら、<u>こんな金が何になるのか……</u>。<u>そして彼は、深い飢えのように、人間たちの中の一人の人間、人間たちに結ばれた人間になりたいという欲求を覚えたのだ。</u>)

最初の段落には「僕は思う」« je crois »とあり、バルクについての語りが「私」の推測だと分かるが、次の段落ではバルクの内的な声と考えられる言葉が現れ、他者の内面に踏み込んだフィクション的語りのモードに入っている。そして最後の二重下線部では、人称代名詞 « on »と、3回繰り返されている「人間」« homme »という言葉から分かるように、人間の普遍的な精神的欲求という観点からバルクの行動の動機が明らかにされている。つまり、語り手は自分の推測から出発し、

対象となる相手の心理を相手の視点から理解して、そこに作用する普遍的な人間の心の動きを明らかにしようとしているのだ。そのとき語りは一人称物語の規範を抜け出してフィクションの領域に踏み込み、三人称的な内的焦点化を経た後、普遍的なテーゼに至るのである。

3.2.3.4. その他の情報過剰

情報過剰といういわば一人称物語のコード違反については、読み手に違和感を感じさせないよう様々な形で物語情報の正当化が行われていることを確認してきた。だが、本節で取り扱うのは、違反の「自然化」を志向した語りとは逆に、敢えて唐突さの印象を与えることで重要な機能を果たす冗説法の例である。問題の箇所は第一部の途中に現れる。

> Et, brusquement, m'apparut le visage de la destinée.
> <u>Vieux bureaucrate, mon camarade ici présent, nul jamais ne t'a fait évader et tu n'en es point responsable. Tu as construit ta paix à force d'aveugler de ciment, comme le font les termites, toutes les échappées vers la lumière.</u> (*TH*, pp.179-180)
> (不意に、運命の姿が僕の前に現れた。
> <u>老いた事務員、今の僕の仲間よ、今まで何も君を解放してはくれなかったが、それは君の罪ではない。君は、シロアリたちがするように、光へのあらゆる出口をセメントで塞ぐことで君の平和を築いてきた。</u>)

下線部は何の根拠付けもない唐突な「啓示」であり、しかもその唐突さがわざわざ「不意に」« brusquement » という語によって明示されている。つまり、これはスムーズな受容を狙った今までの例とは逆に、異化作用を狙った語りであると考えられる。見習い飛行士としての体験を語り始めて間もなくこのような異化効果を用いることの意味は、物語の最終章を読むとき明らかになる。

> Et voici que je me souviens, dans la dernière page de ce livre, de ces bureaucrates vieillis qui nous servirent de cortège, à l'aube du premier courrier, quand nous nous préparions à muer en hommes, ayant eu la chance d'être désignés. (*TH*, p.283)
> (今、この本を終わろうとして、僕は思い出す。操縦士に指名される機会を得て、僕たちが一人前になろうとしていた時、あの最初の郵便飛行の夜明けに、僕たちのお供

の役を務めてくれたあの老事務員たちを。)

　つまり、物語終盤で結論に向かうための一種の導線として、冒頭に登場した「老いた官吏」のイメージが利用されているのである。このくだりを含む段落は*Paris-Soir*掲載時には存在していなかったことがプレイアード版の注に記されているが[107]、作品構造を考えるなら、『人間の大地』という物語を閉じる機能を担うこのくだりが、諸原稿を一つの作品にまとめ上げる段階で加えられたことは明白であろう。第8章に至って第1章のエピソードを読み手に思い出させるために、冒頭では敢えて情報過剰の唐突さを際立たせて強い印象を与え、物語を閉じるための布石としているのだ[108]。このように『人間の大地』においては、一人称物語のコード違反さえ、物語を構造化する語りの技巧として活用されているのである。

3.3. 語り手と登場人物の関係

　一人称物語において語り手と登場人物の関係を考察するには、語り手「私」と登場人物「私」を区別し、語り手「私」が登場人物との関わりを述べている箇所を検討する必要があるだろう。そこで、まず語りの機能という観点から、語り手と登場人物のもっとも基本的な関係、すなわち「語り-語られる」関係について検討する。一人称物語において「語り-語られる」関係は決して自明ではなく、「その人物のことをなぜ語るのか」という語りの動機付けが求められるからだ。そして、時間的な観点から、体験する過去の「私」(=登場人物)でなく、現在の「私」(=語り手)が回想・想起する人物についても検討する。

3.3.1. 語られる人物

　『人間の大地』には、ある人物のことを「語る」という表現は意外に少なく、「私」が明示的に特定の人物について証言すると述べるのはギヨメの挿話が唯一の例である。「ギヨメ、君について話をしようと思うが、君の勇気や操縦士とし

107　« Notes et variantes », *Œuvres complètes*, t.1, *op.cit.*, p.1061.
108　他に物語を開いて閉じる構造として、冒頭断章の「遠く平野のあちこちで輝く、これらの灯りのいくつかと繋がり合おうと試みる」(*TH*, p.171)と、第8章第3節末の「僕たちは夜の中に、橋を架けなくてはならない」(*TH*, p.282)との対応関係が指摘されている。« Notice », *ibid.*, p.1002.

ての優秀さをしつこく強調して君を困らせたりはするまい」(*TH*, p.190) と、彼は最初から特別な存在とされ、虚栄心に無縁な彼の勇気や業績は改めて語るに及ばないという。そして「私」は、ギヨメについて語る動機を「僕はかつて君の冒険を称えた話を読んだことがあるが、この本物に忠実でないイメージについては、前からきちんと話をしておきたいと思っていた。(中略) ギヨメ、皆は君のことを知らなかったのだ」(*TH*, p.191) と述べている。「私」は、彼をよく知るいわば身内の立場から、世間的な誤解（誤った美化・賞賛）に対抗して語ろうとするのである。「私」はギヨメと親しいがゆえに信頼できる証言者として自らを提示しており、親しさや共感が他者理解の基盤となっていることが分かる[109]。そして「私」は「ギヨメ、これから僕の思い出を証言として語ろう」(*TH*, p.191) と思い出を語り始める。証言の動機は、親友を誤解されたくないという個人的な感情に基づくものであり、そのため、友情と共感に基づく理解者、友情に厚い語り手「私」というエートスが形作られる。

「私」の個人的動機に基づく証言という点では老家政婦の例も同様であろう。「ああ！　あなたにはちゃんと1ページを割かなくてはいけない。最初の旅から帰ったとき、マドモワゼル、僕はあなたが針を手にしているところに再会したのだった」(*TH*, p.208) と個人的な思い入れの強さを示す感嘆詞と「1ページ」という表現によって、語り手「私」は、懐かしい人の思い出の記録者として提示される。

また、スペイン人伍長の挿話を導入する前、語り手は「その点について僕が多くを学んだスペインでの一夜のことを語っても、₍₁₎<u>話の主題から逸れることにはならないだろう。</u>₍₂₎<u>僕は幾人かのことを語りすぎたが、皆のことが語りたいのだ</u>」(*TH*, p.270) と、語られる人物一般に対する態度を表明している。下線部 (1) では論証目的に言及しているが、下線部 (2) で「皆のことを語りたい」理由については明らかにされない。にもかかわらず、語り手が「皆のことを語りたい」動機は、論述の客観性を保証するといった論証上の目的によるものではないと読み手には感じられる。物語を通じて形作られたエートスのおかげで、友情や親愛の

109　そのため、親しみや思い入れを表す呼びかけは、相手を理解したことを示す指標として機能することになる。たとえば、既に見たギヨメの挿話における呼びかけ « Ton retour, Guillaumet, tu décidais, avare, de nous le refuser. » (*TH*, p.195) で、「私」はギヨメの内面を理解した者として呼びかけている。同情の意味合いを含む呼びかけとしては、モーリタニアの小要塞で出会った伍長のエピソードがあるが、詳細は 5.3.1. 節を参照。

情に厚い語り手「私」が全員に対して公平でありたいと願っているのだと理解されるのである。

このように、物語を通じて提示される「私」とは、語られる人物に対する親愛の情の証言者であり、忠実な友であり、真理の追求者でありながら共感に基づく理解者であり、親しい人々に対して公平であろうとする語り手なのである。

3.3.2. 回想される人物

語り行為への言及がなくとも、語られる出来事に対する時間的距離が示され、「私」が語りの現在時点に立っていることが明らかなら、そのとき「私」と語られる人物との関係は、出来事レベルではなく語りレベルにおけるものと考えられよう。たとえば、「ある日ビュリが帰還したときのことを僕は思い出す。彼はその後、コルビエール山中で亡くなった」(*TH*, p.173)という例では、関係詞節の単純過去「亡くなった」(qui se tua)が語られる過去に対応し、主節の現在形「思い出す」(Je me souviens)が語りの現在に対応しており、語り手は出来事との時間的距離を強調することでノスタルジーの印象を作り出している。同様の例として、やはり事故死した飛行士であるレクリヴァンに関する思い出が挙げられよう。

> Ce vieil omnibus a disparu, mais son austérité, son inconfort sont restés vivants dans mon souvenir. [...] Et je me souviens d'y avoir appris, trois ans plus tard, sans que dix mots eussent été échangés, la mort du pilote. Lécrivain, un des cent camarades de la ligne qui, par un jour ou une nuit de brume, prirent leur éternelle retraite. (*TH*, p.178)
> (この古ぼけたマイクロバスは、今ではもうなくなってしまったが、その厳つさと居心地悪さは、僕の思い出にはっきり残っている。(中略)そして僕は思い出す。あの車の中で、三年後、十語にも満たない会話で、操縦士レクリヴァンの死を知らされたときのことを。彼もまた、濃霧の一日か一夜に永久の引退をしてしまった、航空路線の百の僚友の一人だった。)

語り手は、想起の基点となる語りの現在に立つことで、一次物語である初飛行体験との時間的距離を強調している。そしてレクリヴァンの死を、一次物語の三年後の出来事として現在から回想するという、いわば過去未来完了の語りによっ

て、彼の死は、既に定められた未来となる。こうした運命性と時間的距離感があればこそ、引用部最後の「永遠の引退」が非常に効果的な表現となり、失われて帰らぬ者を悼む回想者＝語り手「私」のエートスが成立するのである。懐古的な回想者という点では、第5章「オアシス」の最終部も典型的な例といえよう。

  Aujourd'hui, je rêve. Tout cela est bien lointain. Que sont devenues ces deux fées ? Sans doute se sont-elles mariées. Mais alors ont-elles changé ? [...] <u>Mais un jour vient où la femme s'éveille dans la jeune fille.</u> [...] <u>Alors un imbécile se présente.</u> [...] <u>On lui donne son cœur qui est un jardin sauvage, à lui qui n'aime que les parcs soignés. Et l'imbécile emmène la princesse en esclavage.</u> (*TH*, p.213)
（今日、僕は夢のように思い出す。こんなこともすべて今では遠い昔だ。あの二人の妖精はどうなっただろうか？　恐らく結婚しただろう。だとしたら、変わってしまっただろうか？（中略）<u>ところがある時、娘の中に女が目覚める。</u>（中略）<u>するとそこへ、一人の愚か者が現れる。</u>（中略）<u>天然の花園のような自分の心まで彼に与えてしまう。彼は手入れの行き届いた公園しか愛せないというのに。こうして、愚か者が王女を奴隷として連れ去るのだ。</u>）

語り手「私」は、回想＝語りの現在に立って時間的距離を強調しながら、「二人の妖精」のその後を想像している。しかし消息に関する情報がないため、必然的に二人の後日談は、下線部のような一般論の形を取ったフィクションとなり、最後には「囚われの姫君」というイメージに接続される。つまり、妖精が囚われの姫君になるという形で、おとぎ話のイメージから始まった物語が再びおとぎ話の世界に回収されることになる。ここで語り手は、昔話のアーキタイプを媒介として「私」の個人的なノスタルジーを一般的なノスタルジーに接続し、回顧的語りに一般的な昔話の性質を付与することで広範な読み手の懐古的心情に訴えかけているのである。こうして「私」は、遠い過去にあって今は失われたものを懐かしみ悼む語り手のエートスをいっそう強化することになる。

3.3.3.「私」のエートスの射程
　このように「私」は、語りや回想により、物語内容(histoire)のレベルだけでなく物語行為(narration)のレベルにおいても登場人物との間に親密な関係を作り上げるとともに、語られる人物に対する友情や親愛の情の証言者であり、共感に

基づく理解者であり、過ぎ去った者を懐かしみ悼む回想者としてのエートスを築いている。ここまでの論述においては、個々のエピソードが語り手のエートス形成に貢献する模様を捉えてきたが、逆に考えるなら、語り手のエートスとは物語の一部で局地的な効果を持つだけでなく、個々のエピソードを超えて物語全体に及ぶマクロ的射程を持つことが分かる。その傍証となりうるのが、第3章冒頭部の語りの書き換えである。

ギヨメのエピソードにあてられた第2章第2節は、彼への親しい呼びかけで開かれ、親密な二人称で語られるが、最後にはギヨメが三人称となる「私」の内省的なモノローグで閉じられている。ところが、次の第3章冒頭は、既にギヨメの居る場面ではないにもかかわらず、再び二人称による対話的形式の語りで開始される。

> Qu'importe, Guillaumet, si tes journées et tes nuits de travail s'écoulent à contrôler des manomètres, à t'équilibrer sur des gyroscopes, à ausculter des souffles de moteurs, à t'épauler contre quinze tonnes de métal : les problèmes qui se posent à toi sont, en fin de compte, des problèmes d'homme, et tu rejoins, d'emblée, de plain-pied, la noblesse du montagnard. (*TH*, p.198)
> （ギヨメ、たとえ君の勤務の日と夜が、高度計を見張ったり、ジャイロで機体の平衡を保ったり、エンジンの呼吸を聴診したり、15トンの金属を支えたりする仕事のうちに過ぎ去るとしても、それがいったいなんだろう。君に課せられる問題は、つまるところ、人間の問題なのだ。そして君は雑作もなく、たちまち山人の気高さに到達してしまう。）

このように第3章もギヨメへの呼びかけによって導入されているが、元になった*Paris-Soir*紙の記事においては、「操縦士の勤務の日と夜が……」と該当箇所は三人称になっている[110]。これがギヨメへの呼びかけを伴う二人称に書き換えられたことにより、ギヨメが中心だった前章からの話題のつながりが活かされ、親密な語りのトーンも維持されることになった。前章の終わりで一旦は「私」による論証的モノローグに移行したことを考えると、次の章でもモノローグのまま三人称的語りを続けることもできたかもしれない。しかし、やはり書き換えは妥当だ

---

110 « Notes et variantes », *Œuvres complètes*, t.I, *op.cit.*, p.1030.

ったのである。仮に元の記事をそのまま用いたとしたら、論証的モノローグという形式面での連続性は保たれるかもしれないが、読み手には語りの調子が急に変わったように感じられるだろう。なぜなら、友情や個人的親密さに基づいて語っていた「私」が、たちまち飛行士という職業の客観的解説者に変わってしまうからだ。この思考実験からも分かるように、二人称を伴う呼びかけは、親密な語りの雰囲気をその場で局地的に作り出すというより、「個人的で親密な語り手」というエートスの成立と密接に結びついている。だからこそ、二つの章を繋ぐためには局地的な語り形式の維持(たとえば内省的な一人称モノローグ)ではなく、親密な語り手による二人称語りが必要とされたのである。ここから明らかになるのは、語り手のエートスが物語の結合機能を持つということに他ならない。それは、これから我々が見ていくように、本作における一人称的語り手「私」の重要な機能の一つなのである。

3.4. 物語における一人称的語り手「私」の機能
3.4.1. 物語の連辞的結合機能

語り手のエートスがマクロ的射程を持つことから、語り手には、個々のエピソードを一つの物語に束ねる機能があるといえる。先に見た例では、第2章第2節と第3章を明示的につなごうとする表現はなく、ギヨメに対する親密な語り手のエートスのみを媒介とする緩やかなつながりが両者を結んでいたが、もちろん語り手は、複数のエピソードを明示的な仕方でつなぐこともできる。本節では、『人間の大地』において、あるエピソードを語った後に別のエピソードを導入する際、語り手が明示的に物語の連辞的つながりを保証している箇所を取り上げ、その特徴を検討したい。語り手がそれまでと異なるエピソードを導入するとき、大きく分けて「私」は三通りの立場で現れる。すなわち、想起者、語り手、書き手である。

第一の、想起者としての「私」のあり方は、序文とも序章ともつかず、いわばパラテクストとテクストの中間にあるような冒頭の断章から既に「僕の目にはいつも、アルゼンチンを初めて飛んだ夜の光景が焼き付いている」(*TH*, p.171) と明示されている。この「飛行体験の想起者」というエートスは、「私」の初めての郵便飛行体験や飛行士仲間について語られる第1章と第2章において個別のエピソードを導入する際に活かされる。たとえば、「僕はまた、人が現実の世界の境界を越えてしまう時の一例を思い出す」(*TH*, p.181)、あるいは「不帰順地帯で

過ごした一夜の経験も [金では買えない]。その思い出が蘇る」(*TH*, p.189) といったくだりがそうである。また、既に見たように語り手は、亡くなった飛行士仲間や、その死の報せを回想する「私」としてビュリ (*TH*, pp.173-174) やレクリヴァン (*TH*, pp.178-179) の話を導入していた。「私」が想起する飛行士体験には、亡き僚友の思い出も結びついているのである。さらに、想起者としての「私」には「砂漠での夢想者」という属性も見られる。たとえば、「私」は「鉱物の地層の上では、夢想は一つの奇跡だ。僕はある夢想のことを思い出す」(*TH*, p.206) と砂漠での夢想を回想したり、砂漠において「変貌した砂漠の前で、僕は子ども時代の遊びを思い出す」(*TH*, p.236) と子ども時代を回想しているが、このときの想起は単なるノスタルジーではなく、砂漠という特別な場所での一種の奇跡として扱われている。

　このように、話のつなぎ手としての想起者「私」は、飛行体験の想起者から砂漠での夢想者に変化するが、それは当然ながら作品の章立てに対応している。すなわち、「私」は第1章「航空路線」と第2章「僚友」では飛行体験の想起者であり、第4章「飛行機と地球」や第6章「砂漠で」においては砂漠での夢想者となるのである。このように、エピソード間をつなぐ「埋め草」の箇所に現れる「私」のエートスを検討すると、作品の章立てが再現されることになる。

　第二の立場、すなわち話をつなぐ語り手として「私」が現れるのは、第5章「オアシス」の冒頭である。「<u>今までたくさん砂漠の話をしてきたので、さらにその話を続ける前に、とあるオアシスのことを語りたいと思う。僕の目に浮かんでくるそのオアシスは、サハラ砂漠のどこか奥深くにあるのではない</u>」(*TH*, p.209) というときの下線部は、これまでの語り自体をふり返る自己言及的な後説法であるから、「私」は物語行為に自覚的な語り手として登場している。オアシスは、最初から砂漠において想起されるイメージとして提示されており、実際に語られるのも砂漠に実在するオアシスではなくアルゼンチンでの一夜の宿の思い出であるため、「オアシス」とは実のところメタファーにすぎない。

　　Je raconterai une courte escale quelque part dans le monde. C'était près de Concordia, en Argentine, mais c'eût pu être partout ailleurs : le mystère est ainsi répandu.

　　J'avais atterri dans un champ, et je ne savais point que j'allais vivre <u>un conte de</u>

fées. (*TH*, p.209)
(僕は、世界のどこかにある場所での、つかの間の滞在について語ろうと思う、それはアルゼンチンのコンコルディアという場所だったが、他のどこであっても別にかまわない。それほどまでに、神秘は至る所に広がっている。
　僕は、とある野原に着陸した。自分がこれからおとぎ話を経験しようなどとは思いもよらなかった。)

　こうして「私」は、直前の章での「奇跡のような夢想者」から「おとぎ話」体験の語り手、すなわち「驚異」(le merveilleux) の語り手へと移行していく。「私」は、いわば特権的な「奇跡」体験の証言者となるのである。語り手は第6章「砂漠で」の最終部分において、次章では砂漠での遭難体験を物語ると告げる。

　Le désert ? Il m'a été donné de l'aborder un jour par le cœur. Au cours d'un raid vers l'Indochine, en 1935, je me suis retrouvé en Égypte, sur les confins de la Libye, pris dans les sables comme dans une glu, et j'ai cru en mourir. Voici l'histoire. (*TH*, p.236)
(砂漠？　一度僕は、いきなりその真っ直中に乗り込んだことがあった。インドシナへの著距離飛行の途中、1935年のこと、僕はエジプトで、リビア砂漠の境に近い奥地で、とりもちに捕まったように、砂漠に捕まった。その時僕は死ぬものと覚悟した。その話というのは、こうだ。)

　そして次の第7章で語られるのは、砂漠でベドウィンに救われるという奇跡的な生還の物語であり、「私」が気高き普遍的「人間」を見出す特権的な体験である。つまり、「私」の証言する特権的な「奇跡」体験の頂点なのだ。このように「私」は、「驚異」や「奇跡」に類する希少で珍しい出来事の語り手として話をつないでいく。
　第三の立場、すなわち書き手として「私」が明示的に登場するのは、想起された夢想の途中で、「ああ！　あなたにはちゃんと1ページを割かなくてはいけない。最初の旅から帰ったとき、マドモワゼル、僕はあなたが針を手にしているところに再会したのだった」(*TH*, p.208)と老家政婦の思い出話を導入するときが最初である。ここで「私」は、単なる回想者というより、ページを費やして個人的な思い出を証言する記録者となっている。また、砂漠のただ中で砦を守る老伍

長のエピソードについて「僕はある本でこの話をしたことがあるが、それは作り話ではなかった（mais ce n'était point du roman.)」(*TH*, p.216) というように、「私」は実話を証言する本の書き手を自認している。物語終盤では、本の書き手としてのステータスがいっそう明示的なものとなる。

> (1)Tout au long de ce livre j'ai cité quelques-uns de ceux qui ont obéi, semble-t-il, à une vocation souveraine, qui ont choisi le désert ou la ligne, comme d'autres eussent choisi le monastère ; mais (2)j'ai trahi mon but si j'ai paru vous engager à admirer d'abord les hommes. (*TH*, p.270)
> ((1)この本を通じて僕は、絶対的な召命に従って、他の者なら修道院を選ぶように、砂漠や航空路線を選んだように思われる(1)人々の例を語ってきた。だが、もし僕がまず人間を褒め称えるよう勧めていると見えたなら、(2)僕は自分の目的を裏切ったことになる。)

> (3)Je ne m'écarte point de mon sujet si (4)je raconte une nuit d'Espagne qui, là-dessus, m'a instruit. (5)J'ai trop parlé de quelques-uns et j'aimerais parler de tous. (*TH*, p.270)
> (その点について僕が多くを学んだ(3)スペインでの一夜のことを語っても、(4)話の主題から逸れることにはならないだろう。(5)僕は幾人かのことを語りすぎたが、皆のことが語りたいのだ。)

下線部 (1) の「この本を通じて」という一言は、物語行為自体をふり返る自己言及的後説法であり、「私」の書き手としてのステータスを明確に示すものだ。単に「私」が書き手であるということだけでなく、「今」そのように述べている箇所が当該の本の終章部分であることをも明示しているからである。また、下線部 (2) と (4) から、「私」は個別的事例の記録者ではなく、本の主題の一貫性に配慮する書き手であることも分かる。ただし、下線部 (3) や (5) に見られるように動詞「語る」«raconter» «parler» も併用されていることから、「私」は依然として語り手でもある。下線部 (5) では、下線部 (1) のように「幾人かの人」«quelques-uns» について語る選択的な抽出（ないし個別化）戦略から、網羅的に全員のことを語ろうとする累積戦略への転換が宣言されている。話の進め方に言及している点で、やはり語り行為に自覚的な語り手のエートスが確認できる。

3. 『人間の大地』分析

　このように「私」は、飛行士体験の想起者、砂漠での夢想者、奇跡的体験の語り手、思い出や実話の記録者、そして主題の一貫性に配慮する本の書き手として、数々のエピソードを一本の物語につないでいく。物語を通じての「私」のエートスの移り変わりは、ここに並べたように単線的なものではないが、最初は飛行士体験の想起者だった「私」が、最後に書き手の「私」に到達する点は注目に値しよう。さらに、物語の最終部分においては、「私」は書き手としてのエートスを保ったままで飛行士体験の想起者にも回帰している。

　　Et voici que je me souviens, dans la dernière page de ce livre, de ces bureaucrates vieillis qui nous servirent de cortège, à l'aube du premier courrier, quand nous nous préparions à muer en hommes, ayant eu la chance d'être désignés. (*TH*, p.283)
　　(今、この本を終わろうとして、僕は思い出す。操縦士に指名される機会を得て、僕たちが一人前になろうとしていた時、あの最初の郵便飛行の夜明けに、僕たちのお供の役を務めてくれたあの老事務員たちを。)

　下線部に見られるメタ物語的な言及から、「思い出す」が意味する遡行は、時間遡行であると同時に物語遡行でもあることが分かる。つまり「私」は、本の書き手であると同時に飛行士体験の想起者でもあるという形で、物語冒頭における「私」のエートスに再び立ち戻っているのだ。ここで物語が円環的に閉じられる印象を作り出しているのは、下線部のメタ物語的な物語終了予告と、情報過剰の異化作用でマークされた人物＝老官吏への再言及だけではない。語り手「私」のエートスが物語序盤のそれに回帰する点も一つの要因と考えられよう。というのも、第3章冒頭が三人称から二人称へ書き換えられたことから分かるように、語り手のエートスが作り出す物語の統一感は、個々のエピソードを超えたマクロ的射程を持つからである。したがって、ここでの「私」は、エピソードを導入する想起者として物語言説を連辞的につなぐと同時に、物語序盤のエートスに立ち戻ることによって、言説上では遠く離れた要素を物語全体の中に統合していると考えられる。

3.4.2. 物語の範列的統合機能
　前節で見たとおり、一人称的語り手「私」は、複数のエピソードを連辞的につなぐだけでなく、物語言説上に散らばった要素をまとめることで物語に一貫性を

与える機能も持つ。『人間の大地』の語り手が物語言説上で隣接しない要素を範列的に統合する際には、老官吏の例からも分かるように、登場人物が鍵となっている。『人間の大地』には「私」が出会ってきた様々な人物が登場するが、大きく分けるならば、主に第1章「航空路線」、第2章「僚友たち」においてギヨメ、メルモス、ビュリといった飛行士仲間のことが語られ、第6章「砂漠の中で」においてモール人や奴隷のことが語られる。そして、第7章「砂漠の真ん中で」において、遭難した「私」と整備士プレヴォーは、ギヨメのエピソードに支えられて歩き続け、砂漠の民に救われることになる。つまり、物語構造という点ではギヨメの体験談が「援助者」の役割を負っているのである[111]。たとえば、砂漠で進むべき方向を「それがアンデス山中でギヨメを救った方角だったというただ一つの理由で」東北東と定めたり (*TH*, p.247)、脱水症状で幻聴が聞こえると、「雄鳥の声が聞こえたとき、僕はまさしく彼の話を思い出す」 (*TH*, p.267) と、やはり幻聴で鶏の声を聞いたというギヨメの話を想起したりしている。こうしてギヨメの例に支えられ歩き続けた「私」とプレヴォーは、遂に一人のベドウィンに出会って救われるが、彼は全人類を代表する博愛の体現者として現れる。

> Tu es l'Homme et tu m'apparais avec le visage de tous les hommes à la fois. [...] Tu es le frère bien-aimé. Et, à mon tour, je te reconnaîtrai dans tous les hommes.
> (*TH*, p.268)
> (君は「人間」であり、一度にすべての人間の顔で僕の前に現れる。(中略) 君は愛すべき兄弟だ。そして僕の方もまた、今度は君をあらゆる人間のうちに認めるだろう。)

だが、このベドウィンは、全人類を代表する前に、砂漠の民の代表と見なすことができよう[112]。だとすれば、彼との出会いは、象徴的なレベルにおいて「我々」飛行士仲間と「彼ら」砂漠の民との出会いを意味することになり、「我々」が「彼ら」を代表するベドウィンに救われたことによって、両者はもはや第6章「砂

---

111 グレマスによる物語の行為項モデルでは、「援助者」(adjuvant) は「主体」(sujet) の目的達成を手助けする存在である。Gerald Prince, *Dictionary of Narratology, op.cit.* の « actantial model » (p.2) の項、および Adam, J.-M., *Le texte narratif, op.cit*, p.19 を参照。
112 第6章「砂漠の中で」で語られたモール人はサハラ砂漠の住人であり、ベドウィンはリビア砂漠の住人であるから、両者は正確には同じ民とはいえない。しかし、第6章と第7章が同じ「砂漠」の語でくくられている以上、両者を「私たちが砂漠で出会った他者」という共通項において捉えることには一定の妥当性があると考えられよう。

漠の中で」において語られたような外交的関係ではなく、真の人間愛によって結ばれることになるだろう。

　さらに、第8章「人間たち」において語り手は、「我々」にも「彼ら」にも共通の、ある本質的な感情、「我々の中のよく分からない本質的欲求を満たしてくれる、我々の知らなかった充足感」(*TH*, p.269) の何たるかを明らかにしようとし、「僕は幾人かのことを語りすぎたが、皆のことが語りたいのだ」(*TH*, p.270) と述べてスペイン人伍長のエピソードに移行するが、ここには物語視点戦略の変化が端的に表れている。なぜなら「幾人かについて語る」ことは模範性志向の抽出戦略に対応し、「皆について語る」ことは網羅性志向の累積戦略に対応するからである。じっさい語り手は、「では、この誘惑はいったい何だろうか？」(*TH*, p.273) と問うた後、洞察力を強化するのではなく、次々に事例を取り上げ、認識範囲を拡大することによって答えを見出そうとする。語り手はメルモスとのパリでの一夜の思い出を語り、「伍長よ、君は命をかけるに値するような、どんな宴に招かれたのか？」(*TH*, p.274) と再び伍長に問いを差し向ける。そして伍長の打ち明け話を報告した後、鴨の渡りの話やガゼルの話をしてから「そして僕たちには、いったい何が欠けているのだろうか」(*TH*, p.275) と人間の問題に立ち戻り、「伍長よ、君はここで何を見つけて、もう君の運命を裏切るまいと感じたのか？　それはきっと、眠れる君の頭を起こした兄弟の腕や、同情ではなく共感する優しい微笑みだろうか？」(*TH*, pp.275-276) とまたも伍長に問いかけている。それから語り手は、「僕たちは、当時まだ帰順していなかったリオデオロを二機編隊で飛んでいたとき、こうした結びつきを体験した」(*TH*, p.276) と仲間と過ごした自分の体験を物語り、最後には伍長が兵役に志願した動機を次のように理解するに至る。

　　Pourquoi t'aurait-il plaint, sergent, celui qui te préparait pour la mort ? Vous preniez ce risque les uns pour les autres. On découvre à cette minute-là cette unité qui n'a plus besoin de langage. J'ai compris ton départ. (*TH*, p.276)
（伍長、死に向かって君に身支度をさせたあの兵士が、どうして君を憐れむことがあっただろうか。君たちはその危険を互いに、互いのために引き受けているのだから。この瞬間、人はもはや言葉を必要としない結びつきを見出すのだ。僕は君の出発を理解した。）

以上の引用文と下線部を見てみると、語り手「私」は、伍長を「君」« tu »で、伍長と彼の仲間を「君たち」« vous »で、そして語り手自身と仲間を「僕たち」« nous »で呼ぶといった形で対話的人称代名詞（一人称・二人称）を使い、これらの人物を結び合わせていることが分かる。これらの人物は最終的には言葉を越えた「人」« on »に包含されることになり、そこで初めて「私」は伍長の動機を理解するのだ。スペイン人伍長のエピソードによって、語り手「私」は飛行士仲間の「僕たち」とスペイン兵士たちの「君たち」を結び合わせ、普遍的な「人」に至ることができたのである。
　このように、第7章では、二人称で呼ばれたギヨメの挿話が「援助者」として機能し、「私」とプレヴォーがベドウィン人に出会うのを助けることで、「我々」飛行士と「彼ら」砂漠の住人との出会いを提喩的・象徴的なレベルで実現する。そして、第8章では、やはり二人称で呼ばれたスペイン人伍長の挿話において、人称代名詞を駆使した語りが「我々」を他の人々へと拡大し、最後には伍長とその仲間を含んだ普遍的な「人」« on »に到達する。『人間の大地』では、一人称複数による共通体験、二人称による証言伝達、三人称によるフィクション的語りといった形で様々な人物の心理が語られるが、それらの人物はすべて第8章「人間たち」において人称代名詞« on »の指し示す普遍的人間像へ収斂することになるのである。

3.5. まとめ

　以上から、『人間の大地』の一人称的語り手「私」には、大きく分けて三つの役割があることが分かる。すなわち、「人間」を目指す普遍的欲求というフィクションを説く役割、さまざまなエピソードを束ねて一つの作品に構成する役割、そして、登場人物たちを親しい語りのもとに結び合わせる役割である。
　第一の役割について言えば、『人間の大地』において他者の心理や内面についての物語情報を支えているのは言語伝達と体験の共通性という正当化の根拠だけではなく、証言伝達における身体観察や間接話法の二重性を利用した語り、「私」の体験を「我々」飛行士の共通体験として一般化する語り、情報過剰を「自然化」や権威づけによって受け入れさせる語りなど情報提示の説得力を増す技法に加えて、さまざまな形で権威づけられた語り手のエートスであった。それらはすべて他者の内面を説得的に解き明かすための語りの技巧ということができるが、その際、内面を語る対象人物が誰であるかによって、物語情報の扱いと語りのモ

ードに関して相違が見られた。飛行士仲間、ギヨメ、スペイン人伍長らは一人称複数または二人称で呼ばれ、情報正当化の根拠があり、一般化への傾向は比較的弱く、語りのモードはノンフィクションに近い。これに対してモール人や奴隷は三人称で呼ばれ、情報正当化の根拠に乏しく、一般化への傾向が強くて語りのモードはフィクションに近い。ただし、いずれの場合にもフィクション化への傾向が見て取れる。一人称複数の場合、「私」の体験に基づいて飛行士全員の内的体験を語るのは情報の過剰提示であるし、また二人称の場合、スペイン人伍長一人の打ち明け話をもとに複数の相手に起こったことを語ってしまうことも厳密には事実報告とはいえない。三人称で扱われるモール人や奴隷の場合は、内面の叙述そのものがフィクションの語りのモードであり、それに加えて「彼ら」や「人間」といった一般化への傾向が顕著である。これら三つのケースにおいて情報過剰と一般化の顕著なくだりをまとめて見ると、「どの僚友も、こうして同じような朝、自分の中にスペイン・アフリカ便の責任者が生まれ出るのを感じていた」(*TH*, p.178)、「どの僚友も、こうして同じような朝、自分の中に支配者が育ちゆくのを感じていた」(*TH*, p.178)、「しかしこの知らせは君たちの上を、君たちの狭い運命の上を、海風のように吹き過ぎた」(*TH*, p.274)、「彼は、ひとたび人間が味わうと決して忘れることの出来ない大海原の味を思い出す」(*TH*, p.223)、「そして彼は、深い飢えのように、人間たちの中の一人の人間、人間たちに結ばれた人間になりたいという欲求を覚えたのだ」(*TH*, p.235)といった具合であり、これらをまとめるならば、「人間は狭い運命を抜け出して『海』を目指し、人間たちとの繋がりの中で偉大な自分自身に生まれ変わろうとする普遍的な欲求を抱いている」ということになろう[113]。語りがフィクションのモードに近づく個所では、このようなヒューマニズムのテーゼが語られているのだ。つまり『人間の大地』において一人称物語の制約を超えようとする傾向は、ヒューマニズムの追求

---

113 『人間の大地』における「海」は、人間への脅威(「人間の土地にしっかり根付いた我が家にいると皆が思っている街の入り口では、この、幅100メートルの水たまりが、海の鼓動に脈打っているのだ。」(*TH*, p.204))と人間の解放(「人は他の意識を発見することで解き放たれる。人はにっこり微笑んで互いの顔を見る。解放され、海の広大さに感嘆する囚人のように。」(*TH*, p.190))を象徴する両義的なイメージである。また、「この知らせは君たちの上を、君たちの狭い運命の上を、海風のように吹き過ぎた」(*TH*, p.274)および「彼は、ひとたび人間が味わうと、決して忘れることの出来ない大海原の味を思い出す」(*TH*, p.223)によれば、「海」は狭い運命から人を誘い出すものであり、「ひとたび味わうと決して忘れられない」ものだという。つまり人間は、脅威や危険にも拘わらず解放を求めてやまない存在とされている。

と軌を一にするものと考えられる。だとするなら『人間の大地』とは、語り手「私」が体験または見聞した個別的事実に立脚しつつ「人間の普遍的欲求」を説く物語テクストだといえるのではないか。この見方は、作品の成立過程にまつわるフランソワーズ・ジェルボの指摘とも符合する[114]。元々の記事に見られた具体的日付や周辺人物の固有名は削除され、それによって「ヒロイックな逸話は歴史性から切り離され、『人間』にとって意義ある物語となった」[115]。つまり『人間の大地』は、事実性や歴史性を捨象し普遍性を目指すテクストとして生まれ、「人間の普遍的欲求」という一種の虚構を説くために、説得力を支える語りの技巧および語り手のエートスを必要としたのである。

　語り手のエートスは、物語情報の正当性を権威付けによって保証するだけではない。時も場所も登場人物も様々に異なるエピソードをつなぎ合わせ、作品としてまとめ上げているのは語り手「私」の視点とエートスである。第3章冒頭が二人称でギヨメに呼びかける語りに書き換えられたことからも分かるように、語り手は単に「埋め草」によってエピソードを連辞的につなぐだけではなく、そのとき提示する語り手自身のイメージによって、読み手におけるエピソードの受け取り方を規定する。それゆえ、語り手は話の移り変わりに応じて、飛行士体験の回想者、砂漠での夢想者、奇跡的体験の証言者など、読み手の目に映る役割を変化させつつ、最後には作品の統一的なテーマに配慮する書き手として現れると同時に、物語冒頭における語り手のエートス、すなわち飛行体験の回想者に立ち戻ることによって物語を完結させる役割を担うのである。

　そして、『人間の大地』における論証的意図が物語の魅力を損なわず、説かれる「人間の普遍的欲求」というフィクションが空疎な一般論に陥らないのは、語りを通じて確立された、「友情に篤く人々と親しく交流する人物」という語り手のエートスによる。語られる登場人物たちは単なる論証の例ではなく、「私」が共に生き、親しく呼びかけ、懐かしく思い出す相手であり友人たちである。だからこそ『人間の大地』は、フランソワーズ・ジェルボの指摘するように、「友愛の具体的な形」を説得的に提示することができたのである。

　　ばらばらになった世界に、サン=テグジュペリは、自分が操縦士仲間と生き

114　Françoise Gerbod, « Notice », *Œuvres complètes*, t.I, *op. cit.*, pp.995-996.
115　*Ibid.*, p.996.

た体験を通じて、具体的な友愛の形を提案したのである。(中略) 仲間と兄弟の友愛を。(中略) この言葉は『人間の大地』の本質を成すものである。作中ではスペイン人伍長の挿話において、元記事の「マドリード」には存在しなかった場面が描かれる。伍長が友情に満ちた腕に抱かれ、優しい微笑みに迎えられる場面である[116]。

　元原稿から加筆されたスペイン人伍長の挿話における一場面のように、ヒューマニズムに具体的な形を与える際にはフィクションとして構築された部分が少なからず存在する。いわば美化され理想化された思い出語りが、ヒューマニズムのテーゼに理論的な説得力というより読み手を引きつける魅力を与えているのだ。
　ただし、物語を開く言葉は「大地は人間についてあらゆる書物より多くを教える」であり、物語を閉じる言葉は「粘土の上を精神の風が吹くとき人間は作られる」であった。つまり、物語に枠を与える語り手のエートスは、人間愛を説く飛行体験の回想者である以前に、箴言を発する叡智の伝達者なのである。語り手は、冒頭句では大地における行動から得られる真理を書物より上位に位置づけながら、結局はそうした真理を書物＝言葉として伝達しようとする。その点において『人間の大地』の説く「行動主義」は、内容にふさわしい表現形式を備えているとは言い難い。
　語り形式という点で見るなら、登場人物「私」＝過去の「私」、語り手「私」＝現在の「私」という物語状況自体は伝統的な「一人称・語り手視点」物語そのものである。ただし、18世紀的な枠小説においては、「枠」部分の役割は物語内容の信憑性を読み手に訴えることにあり、これに対して『人間の大地』では読み手に対する訴えかけそのものが最終的に物語の主眼となるため、物語内容より物語行為のほうが重視されている点において枠小説や伝統的な一人称物語とは一線を画するといえよう。
　しかし、『夜間飛行』の語り手が主張したとおり「進行する出来事だけが重要」なのだとすれば、『人間の大地』の語りは、魅力的ではあるにせよ、現実に対して力を持たないということになろう。読み手に人間愛を説く語り手「私」の行動は、既に過去のものだからである。次の作品『戦う操縦士』において「一人称・人物視点」の語りが採用され、「今」まさに行動の最中にある「私」の視点が支

116　*Ibid.*, pp.999-1000.

配的となった理由の一つが、そこにあるといえるのではないだろうか。

4.『戦う操縦士』分析

4.1. 物語構造の概観

　『戦う操縦士』は、サン゠テグジュペリ大尉と呼ばれる「私」が、ナチス・ドイツ占領下のフランス北部へ偵察飛行任務に向かい、アラス上空での対空砲火の中で新たな認識に目覚めて帰還する物語である。形式面では「一人称・人物視点」に分類され、出来事の渦中にある登場人物「私」への焦点化が基調となる語りのモードである。つまり、現在の語り手「私」が過去の登場人物「私」の行為を回想する形ではなく、出来事の渦中にある登場人物「私」に内的焦点化された語りが中心となっている。人物視点の物語は一般にミメーシスの度合いが高くなるため、あまり長い物語時間を扱うには適さないが、『戦う操縦士』もその例に洩れず、話の筋となる偵察飛行任務から真夜中の会議場面までは、午後から真夜中までの、最長でも十数時間の出来事にすぎない。その意味で、「速度」について特記すべき点は見られない。また「順序」に関しても、全体として出来事の進行は基本的に順序どおりであり、特に何らかの目立った時間操作（錯時法）が用いられているわけではない。ただし、「私」の想起や予感に基づく後説法と先説法は、以下に見るとおり、話の主軸となる物語シークエンスを構成する上で重要な役割を果たしている。

　『戦う操縦士』の原題である « pilote de guerre » は従軍パイロットのことであるから、作品名が既に飛行任務を物語内容として指し示すことになる。ところが読み手の予想に反して、物語冒頭で偵察飛行任務が話題に上るやいなや直ちに任務の無意味さが繰り返し主張される。偵察飛行で得た情報は司令部に伝えられることがないと断言され、「偵察飛行」は主要シークエンスとしての役割を果たせなくなってしまう。そのとき任務の無意味さを説得的に印象付けるのは、語り手「私」と登場人物「私」の混同という語りの仕掛けである。一人称物語においては一般に、出来事の事後にいる現在の語り手「私」のほうが過去の登場人物「私」よりも物事を「よく知っている」あるいは「多くを知っている」と考えられるが[117]、『戦う操縦士』では、冒頭から「たぶん私は夢を見ている。私は中学校にいる。私は15歳だ」(*PG*, p.113)と情報や時間関係が曖昧にされ、徹底した人物

視点で語られるため、両者の違いが見えにくい。現在形を基調とする「一人称・人物視点」物語形式のため、読み手には過去の登場人物「私」と現在の語り手「私」の間にあるはずの隔たりが読み取れず、主張される「任務の無意味さ」を、あたかも語り手による最終見解であるかのように受け取ってしまうのである。

　こうして、本来なら主要シークエンスを構成するはずの偵察飛行任務は、早々と報告価値性を否定されてしまう[118]。それに代わるシークエンスは「もし生きていたら、よく考えるために夜を待とう」(*PG*, p.119)、「私の真理はばらばらで、それらを一つずつ眺めることしかできない。もし生きていれば、よく考えるために夜を待とう」(*PG*, p.119) と繰り返される未来形＝先説法によって準備され、第1章を締めくくる次の一文において明確に開かれることになる。

> (1) J'attendrai la nuit, si je puis vivre encore, (2) pour m'en aller un peu à pied sur la grand-route qui traverse notre village, enveloppé dans ma solitude bien-aimée, afin d'y reconnaître (3) pourquoi je dois mourir. (*PG*, p.120)
> ((1) もし、まだ生きていられれば夜を待とう。(2) 我々の村を横切る街道を少し歩いていき、愛する孤独に包まれて、(3) 自分が死ななくてはならない理由をそこに認めるために。)

　下線部 (1) は既に見た「生還したら考えをまとめる」の繰り返しだが、具体的な行動として村を散歩しながら瞑想に耽ることが下線部 (2) で示され、下線部 (3) の問いが立てられることで「任務遂行に意味を見出す」という新たなシークエンスが開かれる。偵察飛行＝行動の第1シークエンスに対して、行動の意味を探求する第2シークエンスは任務完了後の夜に完結することが予告されており、以降はこれが物語を導く主軸となる[119]。繰り返される「生きて帰れたら」という

117　Japp Lintvelt, *Essai de typologie narrative, op.cit.*, p.90.
118　報告価値性（reportability）とは、物語内容となる出来事に語られる価値を与える性質のこと。物語価値性（tellability）と同義。Gerald Prince, *A Dictionary of Narratology, op.cit.* の « reportability »（p.81）および « evaluation »（p.28）の項を参照。
119　ただし、二つのシークエンスは « reconnaissance » という鍵概念でつながっている。第1シークエンスにおける「偵察」(reconnaissance) は、第2シークエンスにおいては意味の「認識」(reconnaissance) へと転換を遂げており、この場合の「認識」とはアリストテレスのいうアナグノーリシスに相当するという。Olivier Odaert, « Une résistance littéraire, Les enjeux narratifs de *Pilote de guerre* », in *Pilote de guerre — L'engagement singulier de Saint-Exupéry* [actes du colloque de Saint-Maurice-de-Rémens, 28 et 29 juin 2012], Gallimard, 2013, p.73.

表現から分かるように、任務遂行は意味探求のシークエンスを戦死によって頓挫させてしまう危険性を持つが、偵察機がアラス上空で対空砲火に晒された時、「私」は「十年の瞑想より多くを学んだ」のであり (*PG*, p.205)、無意味と思えた任務遂行＝行動こそが「悟り」に到る鍵だったことが明らかになる。ただし、任務遂行によって「私」が変化することについては、「私はまた心の奥底では、任務を果たさなければ、一種のひどい居心地悪さ以外に何一つ期待できないことが分かっていた。それはまるで必要な脱皮に失敗したようなものだ」(*PG*, p.132) と伏線が用意されている。任務を拒否することは「必要な脱皮に失敗したようなもの」であって、不条理と見える任務に従事するのは自己の「生まれ変わり」のためであることが予め明言されているのだ。アラス上空で新しい認識に目覚めた「私」は、後説法によって「悟り」以前の「私」の言葉を取り上げ、否定や修正を加えることで二つの「私」を差別化する。詳しくは後に4.4.2.節で取り上げるが、もっとも顕著な例としては、「私はこの瞬間まで自分だったものをすべて否定する。考えていたのも私ではないし、感じていたのも私ではない。それは私の身体だったのだ」(*PG*, p.192) と、過去の思考も体験も「私」ではなく「私の身体」のものにすぎなかったとして否定するくだりが挙げられよう。

対空砲火をくぐり抜けた後、偵察任務からの帰還については、帰還後に「私」のすることが「私は今晩、泊めてもらっている家の農夫を驚かせてやろう」(*PG*, p.129) と先説法で予告され、後に「私は農夫に、計器の数を尋ねてみた」(*PG*, p.206) と予定が果たされたことを告げる後説法が現れるという形で省略的に扱われる。こうして、先説法と後説法の組み合わせによって第1シークエンスが閉じられ、「私」は無事に帰還したことになる。そして、中断されていた第2シークエンスは「私は、私の村と、この対話をしようと決めていた」(*PG*, p.208) と前半部の先説法に呼応する後説法によって再開される。シークエンスを開いた問いに対しては、任務遂行によって新しい認識に目覚めた「私」が答えを見出し、自分が何のために命がけで戦うのかを理解することで第2シークエンスも閉じられることになる。このように、『戦う操縦士』の物語シークエンスは二重化されており、第1シークエンスの重要性を剥奪する上では二つの「私」を曖昧にする叙法と態が、そして二つのシークエンスを開いて閉じるときには先説法と後説法が活用されているのである。

4.2. 物語情報制御の問題

　一人称的語り手が他者について語るとき、物語情報の根拠となるのは一般に証言か共通体験のいずれかである。『戦う操縦士』の場合、証言としては飛行部隊の戦友であるサゴン、ペニコ、ガヴォワルの3名と、爆撃による生き埋めから生還したスペイン人の言葉が引用されている。ただし、これら4名のうちペニコとガヴォワルの証言は、彼らの心理や思考を明らかにするためというより、「我々」の共通体験を裏付ける証言として扱われている。つまり、『戦う操縦士』における共通体験は、他者についての情報を正当化する手段ではなく、証言によって正当化されるべき対象なのである。本節では、言語による情報伝達の例としてサゴンとスペイン人の挿話を分析し、続いてペニコとガヴォワルの証言を「我々」の共通体験との関連において検討する。

4.2.1. 言語による情報伝達

　『戦う操縦士』における戦友の証言報告としてはサゴン、ペニコ、ガヴォワルのものが挙げられるが、『人間の大地』におけるギヨメのように詳細な証言はサゴンの例だけである。第8章の終わりで敵機に追跡された危機的場面の後、「こうして、数分間、私は生きて帰れないと思った。しかし、自分のうちに、髪を白くするというあの焼けつくような恐怖は見当たらなかった。そして私は、サゴンのことを思い出す」(*PG*, p.138) と「私」は死に直面した人間の反応に関する通念を否定し、サゴンのことを思い出す。ここで「私」は、話をつなぐ語り手としてではなく、行動の渦中にある登場人物の想起という形でエピソードを導入している。証言報告は第9章から次のように開始される。

> 　Je le revois avec précision, couché dans son lit d'hôpital. Son genou a été accroché et brisé par l'empennage de l'avion, au cours du saut en parachute, mais Sagon n'a pas ressenti le choc. Son visage et ses mains sont assez grièvement brûlés, mais, tout compte fait, il n'a rien subi qui soit inquiétant. Il nous raconte lentement son histoire, d'une voix quelconque, comme un compte rendu de corvée. (*PG*, p.138)
> 　(病院のベッドに横たわっている彼の姿がまざまざと目に浮かぶ。彼の片膝は、パラシュートで飛び出す際、尾翼にぶつかって骨折したが、サゴンはその衝撃に気づかなかった。顔や両手にもかなりの火傷を負っていたが、結局のところ、命には別状なく

てすんだ。彼はゆっくりと、まるで雑役報告でもするように、ぼそぼそした声で体験を話してくれた。)

　まず証言の場面が病室と特定され、足の骨折や顔と手の火傷など証言者の身体状態が語られるが、ギヨメの場合のように、身体から内面にまで肉薄しようとする洞察や視点戦略はみられない。簡潔に必要な情報が述べられた後にサゴンの直接話法が導入されるが、注目すべきは、危うく死を逃れた生還者の証言に通常期待されるような劇的な感情表現が一切排除されていることである。たとえば足を折ったのに「サゴンはその衝撃に気づかなかった」、負傷はしたが「命には別状なくてすんだ」、証言のトーンも「まるで雑役報告でもするように、ぼそぼそした声で」といった具合である。そして実際にサゴンの証言には、話を劇的に盛り上げようとする意図は皆無である。なぜなら、次の引用の下線部 (1) や (4) に見られるように、彼がこだわるのは体験を正確に語ることだからである。

　　(1) Sagon fait la moue. Il pèse la question. Il estime important de nous dire si ça flambait beaucoup ou pas beaucoup. Il hésite :
　« Tout de même... c'était le feu... Alors je leur ai dit de sauter... »
　　(2) Car le feu, dans les dix secondes, change un avion en torche !
　« J'ai ouvert, alors, ma trappe de départ. J'ai eu tort. Ça a fait appel d'air... le feu... J'ai été gêné. »
　　(3) Un four de locomotive vous crache dans le ventre un torrent de flammes, sept mille mètres d'altitude, et vous êtes gêné ! Je ne trahirai pas Sagon en exaltant son héroïsme ou sa pudeur. Il ne reconnaîtrait ni cet héroïsme ni cette pudeur. Il dirait : « Si ! Si ! j'ai été gêné... » (4) Il fait d'ailleurs des efforts visibles pour être exact. (*PG*, p.139)

(　(1) サゴンは唇をとがらせる。彼は問題を吟味する。火がたくさん出ていたかどうかを報告することが重要だと考える。彼は言いよどむ。
　「とにかく……燃えていたので……それで脱出するよう言いました……」
　　(2) 火は、十秒後には機体を松明に変えてしまうからだ！
　「それで、脱出口を開けました。これが悪かった。空気を呼び込んでしまって……火が……。困ってしまいました。」
　　(3) 機関車の火室から、7千メートルの上空で、ほとばしる炎を腹目がけて吐きかけ

られたようなものだ。それなのに、困ってしまうという！　ここで私は、彼の勇気や慎みを褒め、サゴンを裏切ったりはするまい。彼はそんな勇気や慎みには覚えがないというだろう。そして繰り返すだろう。「いえいえ！　本当に困ったんです……」と。(4)それに彼は、正確であろうと目に見える努力をしているのだ。)

　この引用箇所で興味深いのは、まず下線部 (1) においてサゴンの心理が語られている点であろう。下線部 (4) によれば、サゴンが唇をとがらせるのは正確に語ろうとする努力の証ということになるが、「私」以外の人物の心理を断定的に述べるのは情報過剰であるから、ここでサゴンという人物は幾分かフィクション化されているといえる。じっさい、上記引用に見られるさまざまな効果は、すべてサゴンのフィクション化、キャラクター化という観点で説明することができる。危機的な出来事を訥々と語るサゴンの口調が中断符を多用した直接話法で再現され、彼の生真面目な性格を伝えている。さらにまた、物事を単純な言葉で簡潔に物語るサゴンの口調は、下線部 (2) や (3) のように感嘆符を伴った語り手の強調表現とのギャップによって、彼の生真面目さとマイペースぶりをいっそう際だたせている。つまり、サゴンの証言伝達は、報告される出来事以上にサゴンという人物の個性を浮き彫りにし、その特徴を明確に描き出す役割を果たしているのだ。だからこそ、「これこそまさにサゴンだった。いつもより普通の、ありのままのサゴン。ちょっと当惑し、深淵の上で、困って足踏みしているサゴンこそが彼自身だったのだ」(PG, p.140) と炎上する飛行機の上でもサゴンの本質は変わらなかったという言葉にも、「サゴンはサゴン自身しか知らなかった」(PG, p.141) という結論にも説得力が生まれることになるのである。

　そして、サゴンのエピソードの後、「私」は想起というよりも考察の続きとして「私はスペインで、数日の作業の後、爆撃で潰された家の地下蔵から一人の男が救出されるのを見た」(PG, p.141) とスペインで目撃した事例を物語る。救出されたスペイン人の台詞も証言として引用されるが、「はい、長い軋み音が聞こえていました……」「私はずいぶんと気をもみました。長かった……ええ、本当に長かった……」「私は腰を痛めていました。とても痛くて……」（いずれも PG, p.141）などサゴンの例に比べると言葉が短く断片的で、情報量にも乏しい。だが、直接話法で伝えられる台詞には、短くシンプルな言葉と中断符の多用など共通の特徴が見られる。さらに、証言者の性格についても、「この実直な人物は、我々にその実直な人物のことしか語らなかった。彼はとりわけ、なくしてしまっ

4.『戦う操縦士』分析

た自分の腕時計のことを我々に話した」(*PG*, p.141) と、実直な人物 « brave homme » という点でサゴンと共通の特徴が付与されている。このスペイン人もまた、瓦礫の下敷きになるという危機的状況下でも普段から愛着のある持ち物に執着するという点において、やはり実直な人物であり続けるという。

> Et certes, la vie lui avait enseigné la sensation du temps qui s'écoule ou l'amour des objets familiers. Et il se servait de l'homme qu'il était pour ressentir son univers, fût-ce l'univers d'un éboulement dans la nuit. (*PG*, pp.141-142)
> (確かに彼は人生において、時間の流れる感覚や身の回りのものを愛することを学んできたのだ。そして彼は、彼の世界を感じる上で、彼がそうあったところの人間を活かしたのである。その世界というのが、暗闇に包まれた瓦礫の世界であったにせよ。)

「私」が彼の内面に踏み込み、断定的に語っている点で情報過剰＝フィクション化の傾向を指摘することができる。このように、スペイン人もサゴンも、証言の内容以上に、直接話法で再現される証言の仕方によって実直な人物として提示されており、危機的状況においても変わらない彼らの性格を描き出す際に情報過剰が生じていることが分かる。

だが、戦友サゴンと被災したスペイン人の挿話が単に彼らに固有の体験談に過ぎないとすれば、語られた事例は普遍性を持ちえない。そこで「私」はサゴンの例を物語る際、人間が一度に意識しうる範囲の狭さと、死の危険に直面して時間を持て余す感覚の二点について、自らの体験との重ね合わせを行い、話の普遍性を保証しようとする。サゴンは炎上する機体から脱出する前、ひどい火傷を負ったにもかかわらず火の熱さを証言していないが、それについて「私」は「意識の領域がとても小さいことを私はよく知っている。それは一度に一つの問題しか受け付けないのだ」(*PG*, p.139) と述べ、読み手を二人称 « vous » で引き込んでの「殴り合い」というたとえ話と「私」自身の体験を語っている。

> Si vous vous colletez à coups de poing, et si la stratégie de la lutte vous préoccupe, vous ne souffrez pas des coups de poing. Quand j'ai cru me noyer, au cours d'un accident d'hydravion, l'eau, qui était glacée, m'a paru tiède. Ou, plus exactement, ma conscience n'a pas considéré la température de l'eau. Elle était absorbée par d'autres préoccupations. La température de l'eau n'a laissé aucune trace dans mon

souvenir. Ainsi la conscience de Sagon était-elle absorbée par la technique du départ. (*PG*, p.139)
（あなたが殴り合いをしていて、けんかの手順に気を取られていると、殴られても痛くない。私が水上機で事故を起こして、溺死すると思ったとき、氷のような水が私には生ぬるく感じられたものだ。もっと正確に言うと、私の意識は水の温度を考えなかったのだ。なすべき他のことに意識を奪われていたのである。水の温度は私の記憶に痕跡一つ残さなかった。サゴンもまた、脱出の方法に意識を奪われていた。）

　ここでは、話に信憑性を与えるため、他の誰かの事例ではなく対話人称である一人称の「私」と二人称の「あなた」« vous » が例に引かれており、語りの焦点が物語内容（histoire）から物語行為（narration）の水準へ移行していることが見て取れる。偵察機を操縦しながらサゴンのことを想起していたはずの登場人物「私」は、読み手を説得しようとする語り手「私」に変貌しているのである[120]。そして、死の危険に直面した人間の感覚について語る際には、サゴンの話を「私」自身の体験に基づく実感によって裏打ちする。

Ce que nous signifiait Sagon, c'est qu'il n'éprouvait aucun désir. Il n'éprouvait rien. Il disposait de tout son temps. Il baignait dans une sorte de loisir infini. Et, point par point, je reconnaissais cette extraordinaire sensation qui accompagne parfois l'imminence de la mort : un loisir inattendu... <u>Qu'elle est bien démentie par le réel l'imagerie de la haletante précipitation !</u> (*PG*, p.140)
（サゴンが我々に言おうとしていたのは、彼は何の欲も感じなかったということである。彼は何も感じていなかった。彼は自分の時間をすべて自由にできた。彼は一種の無限の余暇に浸っていたのだ。そして私には、間近に迫った死が時として伴うこの驚くべき感覚が、逐一よく分かるのだった。思いがけない余暇の感覚……。<u>息詰まる性急さという絵空事は、現実によって何と見事に否定されることか！</u>）

　下線部から分かるとおり、このくだりにはサゴンの話の信憑性を増し、教訓の普遍性を保証するという目的以外に、「死の危険に直面した人間」に関する通念、すなわち「危機における切迫感」という紋切り型を体験に基づいて否定するとい

---

[120] ここでの機能とは異なるが、行動する登場人物であるはずの「私」が読み手に向けて論証的語りを行うのは、大部分が戦争の理不尽さを説くためである。4.4.1.2. 節を参照。

う明白な論証的意図が見られる。同様に、危機的状況下における錯乱という通念も「我々の目をくらまそうと作家たちが考え出す、あの激しい錯乱状態というのは、一体どこで見当たるのか？」(*PG*, p.141) と否定され、そうした通念の作り手としてフィクション作家が批判されている。こうした語りの論証的性質から、やはり「私」は語り手としての性格を強めているといえるが、同時に「私」は偵察機の高度を確認する会話を同乗のデュテルトルと交わすなど (*PG*, p.141)、あくまで任務遂行中の登場人物であるという基本的立場を崩さない。そして、思索を続ける「私」はサゴンの例を「我々」や人間へと拡大し、「人間は常に人間だ。我々は人間だ。そして、私の中において、私は私自身にしか出会ったことがない。サゴンはサゴン自身しか知らなかったのだ」(*PG*, p.141) と危機的状況に置かれても人間は人間であり、自分は自分でしかないという結論に至る。「我々」は危機的な状況下において突如変貌するわけではなく、見出すのは常に我々自身であるというのだ。

　このように、『戦う操縦士』の証言報告においては、証言内容だけでなく証言者の個性・性格が重視されており、人物の内面や心理を明らかにするフィクション化によって証言者の人物像がはっきりと提示されている。それは「危機的な状況下で人間が見出すのは自分自身である」というテーゼを説得的に示すためであり、さらに「私」は証言を自分の体験によって裏付け、読み手を引き込んでたとえ話をするなどして言説の論証性を強めていくため、ややもすると証言報告は単にテーゼを支える根拠にすぎないように見えるかもしれない。だが、実のところは「危機的な状況下で人間は自分自身を見出す」というテーゼ自体が、アラス上空で危険にさらされた「私」が真の自己に目覚めるという物語展開の予告なのであり、それゆえテーゼを支える証言報告も物語性を支える一要素となっているのだ。このように論証が物語性に参入する関係は、ちょうど語り手＝登場人物「私」が、証言の説得力を増すために論証的言説を紡ぎながら、再び任務遂行中の登場人物に立ち戻って物語内容＝出来事の展開に参入し、登場人物と語り手の両面において物語性を織り成していることとアナロジーの関係にあるといえよう。このように、証言伝達の説得力を増すための直説話法や人物造形も、そこで「私」が果たす論証的な語り手としての役割も、主要な物語展開の布石となる命題を提示し、作品の物語性を保証するという点では類似の機能を果たしているのである。

4.2.2. 体験の共有

『戦う操縦士』においては、「我々」の共通体験は他の人物に関わる情報を正当化する手段ではなく、逆にガヴォワルやペニコの証言によって正当化されている。物語の冒頭部では、「今は五月の終わりで、我々は全面的な撤退と敗走の最中にある。(中略)三週間で、我々は23のうち17の部隊を失った」(*PG*, p.114)と、「我々」の置かれた状況が示され、明白な負け戦における偵察飛行の遂行によって多数が戦死している状況下で「私」は前日のガヴォワルとの会話を思い出す。「戦争の後で分かるさ」という「私」の言葉に、ガヴォワルは次のように応える。

  « Vous n'avez tout de même pas la prétention, mon capitaine, d'être vivant après la guerre ? »
  Gavoille ne plaisantait pas. <u>Nous savons bien que l'on ne peut faire autrement que de nous jeter dans le brasier, si même le geste est inutile. Nous sommes cinquante, pour toute la France.</u> (*PG*, p.115)
  (「大尉殿、しかし戦後まで生きていられるなんて大それた望みは、まさかお持ちじゃないでしょう？」
  ガヴォワルは冗談を言っているのではなかった。<u>我々は、たとえその行為が無意味だとしても、我々を猛火の中に投げ入れるしかないことをよく承知している。我々はフランス全土に対して50名なのだ。</u>)

下線部で「我々」の認識が語られているが、直後の一文から、「我々」とは「私」とガヴォワルだけではなく33-2飛行部隊の50名を指すことが分かる。つまり、ガヴォワルの言葉は「我々」全員の共通認識を裏付ける一例として扱われているのだ。そして、後のくだりでは「我々」全員が犠牲的任務を受け入れているという一般化された断定が現れる。

  Qui songe à se plaindre ? A-t-on jamais entendu répondre autre chose, chez nous, que : « Bien mon commandant. Oui mon commandant. Merci mon commandant. Entendu mon commandant. » (*PG*, p.115)
  (誰が不平を言おうと思うだろうか？ 我々のところで、「結構です、隊長殿。はい、隊長殿。ありがとうございます、隊長殿。了解しました、隊長殿」以外の返答をかつ

て聞いたことがあるだろうか？）

　反復される従順な応答によって「我々」の態度の一般性が導かれ、先ほど断定された「我々」の共通認識を支える傍証のように機能している。このように物語冒頭では、飛行部隊の「我々」が置かれた共通の状況と、それに対するガヴォワルの証言および戦友たちの応答を提示することにより、犠牲的任務を受け入れ死を覚悟している「我々」に共通の認識と心理が語られる。また、ペニコの場合、仲間全員について一般化された断定を裏付けるように、「私は不整合のただ中にいて、それでも勝者のようである。任務から帰還して、こうした勝者を自分のうちに抱かない戦友がいるだろうか？　ペニコ大尉は私に今朝の飛行を語ってくれた」(*PG*, p.203) と証言が引用されている。さらに次の引用でも、やはり「我々」の共通体験に関する一般化が正当化されているが、そこで根拠として提示されるのは、言語伝達ではなく言葉の不在である。

　　Qui s'habillerait dans l'exaltation ? Personne. Hochedé lui-même, qui est une sorte de saint, qui a atteint cet éclat de don permanent qui est sans doute l'achèvement de l'homme. Hochedé, lui-même, se réfugie dans le silence. Les camarades qui s'habillent se taisent donc, l'air bourru, et ce n'est point par pudeur de héros. Cet air bourru ne masque aucune exaltation. Il dit ce qu'il dit. Et je le reconnais. (*PG*, p.134)
　　（誰がはやり立つ思いで身支度をするだろうか？　そんな者は誰もいない。一種の聖人であるオシュデ、おそらく人間の完成といっていい、絶え間ない献身の境地に達したオシュデ自身でさえ、沈黙の中に避難している。したがって、身支度をする戦友たちは、不機嫌な表情で押し黙っているが、それも英雄の慎みからではない。その不機嫌な顔は、はやり立つ思いなど隠してはいない。その意味は見たとおりなのだ。私にはそれがよく分かる。）

　一般化された断定を支える事例として、戦友の中でも模範的存在とされるオシュデが引き合いに出され[121]、彼でさえ沈黙を守っているのだから、仲間たちも皆一様に押し黙っていると述べられる。そして、引用部最後のように、仲間を理解

121　オシュデの模範性については4.2.3.4.節参照。

している「私」のエートスが物語情報の正当性を支えることになる。

　このように、『戦う操縦士』において「我々」の共通体験は物語情報を正当化する手段ではなく、ガヴォワルやペニコの証言、オシュデの沈黙といった根拠によって正当化される対象なのである。そして「我々」について一般化された断定の根拠は、仲間を理解する語り手「私」のエートスだけであるように見える。じっさい、「33-2飛行部隊は我が家だ。私には、我が家の者たちのことが分かる。私はラコルデールについて思い違いをすることはない。ラコルデールは私について思い違いをすることはない」(*PG*, p.198) と語られるように、「私」と飛行部隊の仲間たちは互いに理解し合っているとされ、戦友の理解者「私」のエートスが提示されている。だが、ここで興味深いのは、「私」が仲間を理解するだけでなく、その逆も成り立つという「我々」の理解の相互性である。語り手「私」は戦友によって理解される者でもあるため、読み手の理解が得られなくとも、戦友には分かってもらえる事柄がある。たとえば、「私」は敗軍の兵であるにもかかわらず勝利の感覚を持っており、それを言葉では正当化できないが、飛行部隊の「我々」は皆同じ感覚を共有しているという。

> Certes, nous sommes déjà vaincus. Tout est en suspens. Tout s'écroule. Mais je continue d'éprouver la tranquillité d'un vainqueur. [...] Je suis semblable à Pénicot, Hochedé, Alias, Gavoille. Nous ne disposons d'aucun langage pour justifier notre sentiment de victoire. (*PG*, pp.208-209)
> （確かに、我々は既に敗者である。すべては未決定だ。すべては崩れていく。だが、私は勝者の落ち着きを感じ続けている。（中略）私はペニコ、オシュデ、アリアス、ガヴォワルに似ている。我々は、我々の勝利の感覚を正当化するどんな言葉も持たない。）

　ここでは、言葉で正当化できない勝利の感覚を共有する戦友たちが、いわば真実の保証人として引き合いに出されている。つまり「我々」の共通体験は、「私」が他者の心理を語るための手段ではなく、「私」自身の言葉を正当化するための支えなのである。既に見たペニコの証言も、任務から帰還すると誰もが自らのうちに勝者を抱くという「我々」の共通体験を支える形で引用されていたが、その共通体験はというと、「私は何もかも不整合であるのに、勝者のようである」(*PG*, p.203) という「私」の言葉を裏付ける役割を果たしている。このように、

『戦う操縦士』における共通体験とは、「私」が他者を語る手がかりではなく、「私」と他者の共通点を一般化したものでもない。「私」が「我々」に関する情報を正当化するのではなく「我々」が「私」の経験を正当化するのであって、「我々」の共通体験こそが語り手「私」の言葉の正当性・真実性を支える根拠となっているのだ。

4.2.3. 情報過剰による制約違反（三人称的フィクション）

『戦う操縦士』において「私」以外の人物の思考や心理が明確な根拠なく語られる例としては、まず物語の序盤から中盤にかけて、負け戦の最中にあるフランスの全般的な混乱や混沌とした状況が描かれるくだりが挙げられよう。そこでは三人称的フィクションの叙法で、避難民や兵士たちが一種の群像として描かれている。また、「私」が所属する飛行部隊の隊長アリアス、戦友のラコルデールやオシュデについても情報過剰の語りが見られる。以下ではこれらの事例を順に検討し、情報過剰の語りが物語において果たす役割を明らかにする。

4.2.3.1. 敗戦下の状況：兵士と避難民、司令部と隊長

ドイツ軍が侵攻してくるので村は次々に放棄され、避難民の果てしない行列が道に溢れている状況で、「私」たちがカフェの女将にコーヒーはあるかと尋ねると彼女は目元を拭うが、それは同情や悲しみの涙ではなく、「彼女はもう疲労で涙を流しているのだ。彼女は、1キロメートルごとにいっそうおかしくなっていく行列の疲弊に、もう自分が呑み込まれていると感じている」(*PG*, p.167) と、疲労による涙だと述べられる。下線部は彼女の心理が明かされる点で情報過剰であるが、ここでは泣くという情緒的な反応が疲労の結果として説明されることから、感情的反応の欠如が浮き彫りとなっている。そして、道を埋め尽くす避難民もやはり感情の欠如によって特徴づけられる。

> Et véritablement je ne puis concevoir comment ils se débrouilleront pour survivre. L'homme ne se nourrit pas de branches d'arbre. Ils s'en doutent eux-mêmes vaguement, mais s'épouvantent à peine. (*PG*, p.170)
> （実際のところ、彼らが生きていくためにどうやっていくのか私には想像できない。人間は木の枝を食べることはできない。彼ら自身も薄々気づいてはいるが、ほとんど不安を覚えてはいないのである。）

「彼ら」避難民の心理が語られる下線部は明白な情報過剰であり、そこで語られる心理状態の特徴は認識力と恐怖心の欠如である。恐怖心の欠如は、敵機による機銃掃射や爆撃の噂に対する避難民の反応が語られる次のくだりにも見て取れる。

> Mais la foule ne s'en effraie pas. Elle me paraît même un peu vivifiée. <u>Ce risque concret lui paraît plus sain que l'engloutissement dans la ferraille.</u> (*PG*, p.170)
> (しかし、群衆は恐れない。それどころか私には少し活気づいたように見える。<u>彼らには、この具体的な危険のほうが、鉄くずに呑み込まれるより健全だと思われるのだ。</u>)

最初の一文では外部から観察可能な「恐れ」という反応の欠如について述べられ、次の文には「私」の観察と推測の « paraître » が見られるが、最後の下線部は「彼ら」(集合的な « la foule »)の視点に焦点化された語りであり、フィクション化が段階的に進行していることが見て取れよう。以上のように、情報過剰を伴って描かれる心理状態の共通点は、同情や恐怖といった感情の欠落、ならびに状況認識能力の欠如である。つまり語り手は、現状が把握できず感情的反応も失われるという人々の心理的混乱を、情報過剰を伴って克明に語ることにより、敗戦下の混沌とした状況を説得的に描き出しているのだ。

現状把握の曖昧さや恐怖心の欠如という点では兵士たちもまた同様である。避難民の流れに逆らって戦場に向かおうとする兵士たちは非難され、「戦争してるんだ……」と弁明するものの、「彼らにはもう自分の言っていることがよく分からない。彼らにはもう自分が戦争をしているのかどうかもよく分からない」(*PG*, p.173) と自分の行動に確信が持てないでいることが語られる。任務遂行を諦めた逃亡兵たちもまた、「彼らは、常にばかげたこうした噂以外に、よその世界のことを何も知らない」(*PG*, p.175) と状況が分かっていないことが三人称的フィクションの形で断定的に語られている。次の例においてはっきりと述べられるのも、やはり兵士たちが自分の行動の意味を把握できないということである。

> Et <u>ces soldats ignorent, dans la peine qu'ils se donnent, s'ils sont des héros, ou s'ils sont passibles du conseil de guerre.</u> Ils ne s'étonneraient guère d'être décorés. Ni d'être alignés contre un mur avec douze balles dans le crâne. Ni d'être démobilisés.

Rien ne les étonnerait. Ils ont franchi depuis longtemps les limites de l'étonnement. (*PG*, p.174)
(これらの兵士たちは、わざわざ苦労しておいて、自分が英雄なのか、それとも軍法会議の被告なのかも分かっていない。彼らは飾り立てられても驚かないだろう。壁に向かって並べられ、頭に12発の弾丸を撃ち込まれても、動員解除されても驚かないだろう。彼らは何にも驚くまい。彼らはずっと前から、驚きの限度を超えてしまっているのだ。)

兵士たちは自分の行動がどう評価されるのか分からず、もはや何にも驚かないと断定的に述べられている。何事にも無反応になった兵士たちは、避難民と同様のアパシー状態に陥っているのだ。次の例ではさらにフィクション化が顕著であり、兵士たちの願いが彼ら自身の視点から語られている。

(1) Ils souhaitent confusément la paix, c'est exact. (2) Mais la paix, à leurs yeux, ne représente rien d'autre que le terme de cette innommable pagaille, et le retour à une identité, fût-elle la plus humble. (3) Tel ancien cordonnier rêve qu'il plantait des clous. En plantant des clous il forgeait le monde.

Et, s'ils s'en vont droit devant eux, c'est par l'effet de l'incohérence générale qui les divise les uns d'avec les autres, et non par horreur de la mort. (4) Ils n'ont horreur de rien : ils sont vides. (*PG*, p.175)
((1)彼らがぼんやりと平和と望んでいることは確かである。(2)しかし、彼らにとって平和が意味するところは、このどうしようもない無秩序の終わりであり、どんなに慎ましくとも何らかの身分への回帰に他ならない。(3)ある靴職人は釘を打つことを夢見る。釘を打ちながら、彼は世界を作り上げるのだ。
彼らが闇雲に突き進んでしまうのも、彼らを互いに引き裂く全般的不整合のせいであり、死への恐怖からではない。(4)彼らは何も恐れない。彼らは空虚なのだ。)

兵士たちの願望に言及される下線部(1)では、副詞「ぼんやりと」« confusément »が彼らの自覚や意識化の不十分さを示している。その願いが下線部(2)ではフィクション的に彼らの視点から描き出され、下線部(3)ではフィクション化がさらに進行して靴修理人という架空の寓意的人物が提示される。そして、下線部(4)において、やはり兵士たちが「何も恐れない」ことが断言されている。

このように、避難民や兵士たちに関する情報過剰の語りは、彼らが自分の置かれた状況を把握できず、曖昧な予期や願いしか持てないまま、もはや恐怖も感じないアパシー状態にあることを明らかにしている。これに対して、司令部や隊長に関する情報過剰の語りが描き出すのは、まったく異なる心理状態である。彼らは自分が発する指令の無意味さについて、きわめて自覚的であるとされるのである。たとえば、戦略上意味のない危険な任務を命じる司令部は、その指令の無意味さを自覚しているという。

> Le commandant rechigne parce que ces ordres sont absurdes. Nous le savons aussi, mais l'état-major le connaît lui-même. Il donne des ordres parce qu'il faut donner des ordres. (*PG*, p.116)
> （隊長は渋っている。命令がばかげているからだ。我々はそれを知っているが、司令部自身にもそれは分かっている。司令部が命令を出すのは、命令を出さなくてはならないからである。）

　命令の無意味さの認識は根拠の提示なく断定され、隊長と「我々」隊員、そして命令を出す司令部の共通認識として強調されている。隊長アリアスの場合も、「こんな提案が馬鹿げていることを隊長は百も承知だ」（*PG*, p.120）と自分の言動の無意味さを自覚しており、また兵士たちの置かれた状況もよく理解しているため、逃亡兵たちを軽蔑することができないという。たとえば「この者たちが、よそで今日なお死を受け入れている者たちとまったく同じ人間であることをアリアスはよく承知している」（*PG*, p.156）、あるいは「アリアスには兵士たちの考えることがよく分かっている」（*PG*, p.156）、「アリアスは逃亡兵たちを軽蔑しない。彼は、自分の良き答えで常に足りていたことをあまりによく知っているのだ」（*PG*, p.156）というように、隊長アリアスの場合は「知っている」「知りすぎている」ことが情報過剰を伴って繰り返し強調されており、「知らない」「分からない」ことが強調されていた避難民や兵士たちの場合とは対照的である。

　このように、負け戦のもたらす全般的な混沌が語られる際、避難民や兵士たちについては彼らが状況を把握できず無感情に陥っていることが、また、司令部や隊長については指令や戦闘行為の無意味さを自覚していることが、それぞれ情報過剰を伴う三人称的フィクションの叙法で描かれている。つまり、フランスの混乱した状況を克明に描き出す「私」は、一人称的語り手としては過剰な認識力に

より、まるで三人称的語り手のように報告者の役割を果たしているのだ。だが、そのように報告される全般的な混沌と無意味さも、報告を行った「私」自身も、後に悟りを得た「私」によって完全に否定されることになる。避難民や兵士、司令部などに関わる三人称的な情報過剰の語りは、負け戦がもたらす全般的な無意味さという物語前半の主張を裏付ける語りであって、それゆえ「私」が行動の意味を取り戻したときには、「私は証人という仕事がいつも大嫌いだった」(*PG*, p.199)という形で、三人称的報告という語り自体が明確に否定されるのである。

4.2.3.2. 隊長アリアス

飛行部隊の隊長アリアスについては、その心理や思考を「私」が物語るに留まらず、彼に焦点化されていると思われるほど三人称的な語りさえ見受けられる。ただし、アリアスの内面を明らかにする情報過剰の語りに先立ち、「私」は類推や推測によって彼の心情を推し量っている。隊長アリアスは「私」たちに偵察飛行を命ずるとき、「もし、どうしても気が進まなければ、この任務は……」とあたかも任務を拒否できるかのような奇妙な提案を付け加えるが、「私」はその理由を次のように推測する。

<u>Le commendant sait bien qu'une telle proposition est absurde.</u> Mais, quand un équipage ne rentre pas, on se souvient de la gravité des visages, à l'heure du départ. On interprète cette gravité comme le signe d'un pressentiment. On s'accuse de l'avoir négligée. (*PG*, p.120)
(<u>こんな提案が馬鹿げていることを隊長は百も承知だ。</u>だが、乗組員が帰還しなかったとき、人は彼らの出発時の険しい表情を思い起こす。このときの表情の険しさは悪い予感のしるしだったのだと解釈する。そして人は、それに気づかなかった自分を責めることになる。)

下線部の情報過剰の後、「人」« on » を主語とする一般論が提示され、隊長が奇妙な提案をする動機が推測されていく。一般論の後で、「私」は任務から帰らなかった戦友イスラエルのことを想起する。彼は危険な任務を引き受けたとき一言も文句を言わなかったが、彼の鼻はまるで不満を表明するかのように赤くなっていたという。そして「私」は、「もし私がイスラエルの出発を命ずる立場だったら、この鼻のイメージが非難のように長らく私につきまとったことだろう」(*PG*, p.121)と「自分だったら」という仮定に立ってアリアスの心理を理解しようとし、「恐らくそれゆえに、隊長は予感に苛まれる者を任務に行かせることを好まないのだ」(PG, p.121)と推測の形で結論を述べている。このように任務を受ける場面では情報過剰はそれほど顕著ではなく、アリアスの心理はあくまで「私」の推測として語られる。だが、「私」たちが任務に向かおうとする際には、アリアスが「我々」をどのように捉えているかが断定的に語られている。

  Nous sommes des objets de l'incohérence générale. (1) Nous ne sommes pas, pour lui[=Alias], Saint-Exupéry ou Dutertre, doués d'un mode particulier de voir les choses ou de ne pas les voir, de penser, de marcher, de boire, de sourire. [...] (2) Si j'étais affligé d'un tic, Alias ne remarquerait plus que le tic. Il n'expédierait plus, sur Arras, que l'image d'un tic. [...]
  (3) Il ne s'agit point ici du commandant Alias mais de tous les hommes. (PG, p.123)
 (我々は全般的不調和の対象である。(1)我々は彼にとって、物事をある角度から見たり見なかったりする固有の見方や、考え方、歩き方、飲み方、ほほえみのやり方を持ったサン゠テグジュペリやデュテルトルではない。（中略）(2)もし私が痙攣に悩まされていたら、アリアスはその痙攣しか気に留めないだろう。そのとき彼がアラス上空に派遣するのは、痙攣のイメージでしかないだろう。（中略）
  (3)これは隊長アリアスだけではなく、あらゆる人間がそうなのである。)

 下線部(1)は情報を正当化しうる根拠のない断定であり、下線部(2)は仮定法ではあるが、下線部(1)の前提を受け入れた上での仮定になっている。さらに下線部(3)では話が一般化され、アリアスだけでなく誰もがそうであると述べられる。つまり、アリアスによる「我々」の捉え方がフィクションの叙法で語られた上で一般化されており、負け戦のもたらす混乱した状況が人間の精神に与える影響を一般論として述べるための呼び水となっているのである。
 逃亡兵に対するアリアスの態度が語られる場面では情報過剰＝フィクション化がいっそう顕著であり、次のくだりなど三人称小説の一部と見紛うばかりである。

  Le commandant Alias, en fin de compte, rentrait en poche son revolver, ce revolver

4.『戦う操縦士』分析

ayant pris tout à coup, <u>à ses propres yeux</u>, un aspect trop pompeux, comme un sabre d'opéra-comique. <u>Alias sentait bien que</u> ces soldats mornes étaient des effets du désastre, et non des causes.

　<u>Alias sait bien que</u> ces hommes sont les mêmes, exactement les mêmes que ceux qui, ailleurs, aujourd'hui encore, acceptent de mourir. (*PG*, p.156)
（隊長アリアスは、結局、拳銃をポケットに戻した。この拳銃が突然、<u>彼自身の目に</u>、オペラコミックのサーベルのような、あまりに大げさなものに映ったからである。アリアスは、これらの無気力な兵士たちが、敗北の原因ではなく結果であることを<u>強く感じていた</u>。

　この者たちが、よそで今日なお死を受け入れている者たちとまったく同じ人間であることを<u>アリアスはよく承知しているのだ</u>。）

　下線部に見られるとおり、引用箇所ではすべての文に情報過剰が含まれ、フィクション化の傾向が非常に強い。また、アリアスが兵士たちの内面を見通すかのように、逃亡兵たちの心理まで明らかにされている。

　Alias connaît bien ce que pensent les soldats. <u>Ils pensent aussi :</u>
　« Ça ne compte pas... »
　Alias rentre son revolver et cherche une bonne réponse. (*PG*, p.156)
（アリアスには兵士たちの考えがよく分かっている。<u>彼らもまたこう考えているのだ</u>、「どうだっていい……」と。
　アリアスは拳銃をしまい、良い返答を探す。）

　下線部はアリアスの知っている逃亡兵たちの心理であるから、いわばフィクション語りの中のフィクション化である。「私」がアリアスの知っている「兵士たちの心理」を物語るため、「私」とアリアス、そしてアリアスと兵士の間で、情報過剰が二重になっているのだ。人物の内面が根拠なく語られるフィクション化の傾向は、アリアスや逃亡兵だけでなく飛行部隊の全員にも適用される。

　Alias ne méprise pas les fuyards. <u>Il sait trop bien que sa bonne réponse a toujours suffi. Il accepte lui-même la mort. Tous ses équipages acceptent la mort.</u> (*PG*, p.156)
（アリアスは逃亡兵たちを軽蔑しない。彼は、自分の良き返答で常に足りていたこと

をあまりによく知っている。彼自身、死を受け入れている。彼の部隊は全員が死を受け入れているのだ。)

以上のように、「私」はまず推論を踏まえてアリアスの内面を推し量るが、やがて三人称的な語りによって、アリアスの視点から兵士や隊員たちについての一般的叙述を行っている。つまり、負け戦における軍や部隊の置かれた状況を物語るため、語り手はアリアスの視点を参照基準として選択していると考えられる。その傍証として、「拳銃をポケットにしまったアリアスのように、私も戦闘を放棄する兵士たちを裁くまい」(*PG*, p.175) とあるように、逃亡兵に対するアリアスの態度が「私」の行動規範となっている点を指摘することができよう。アリアスが「知りすぎている」とされるのは逃亡兵の心理であるから、彼は逃亡兵も含めて兵士たちの心理をよく理解している人物として提示されており、さらに隊長を始め隊員の全員が死を受け入れているという断定から、アリアスの下における飛行部隊の結束の強固さが浮き彫りとなる。「私」が彼の視点を状況描写の参照基準とするのも、隊員の一人として隊長に寄せる信頼ゆえであると理解されよう。したがって、アリアスに関する三人称的叙述は、敗軍の状況を描き出すと同時に、飛行部隊の連帯と信頼関係を明らかにする役割を果たすといえるだろう。

4.2.3.3. 戦友ラコルデール

飛行部隊の操縦士ラコルデールについては、彼が着陸に失敗した後の隊長アリアスとのやり取りが、一種の寸劇のような形で想起されている。

Lacordaire, vieux pilote, je le revois. ⑴ Il attendait les reproches d'Alias. Il espérait les reproches d'Alias. Des reproches violents lui eussent fait du bien. Cette explosion lui eût permis d'exploser aussi. Il se fût, en ripostant, dégonflé de sa rage. Mais Alias hochait la tête. ⑵ Alias méditait sur l'avion ; il se moquait bien de Lacordaire. Cet accident n'était, pour le commandant, qu'un malheur anonyme, une sorte d'impôt statistique. Il ne s'agissait là que d'une de ces distractions stupides qui surprennent les plus vieux pilotes. Elle avait été infligée injustement à Lacordaire. Lacordaire était pur, hors cette bévue d'aujourd'hui, de toute imperfection professionnelle. (*PG*, p.198)

(ベテランのパイロットであるラコルデールを、私は思い出す。⑴ 彼はアリアスの叱

4.『戦う操縦士』分析

責を待っていた。彼はアリアスの叱責を期待していた。厳しい叱責は彼に心地よいものだったろう。その爆発は、彼にも爆発の機会を与えただろう。反論しながら、彼は自分の憤懣をぶちまけられただろう。だが、アリアスは頭を振っていた。 ₍₂₎アリアスは飛行機に思いを巡らせており、ラコルデールのことは気にも留めていなかった。この事故は、隊長にとっては、匿名の不幸であり、一種の統計的課税にすぎなかった。問題となるのは、最もベテランのパイロットを襲うばかげた不注意の一つにすぎない。それが不当にもラコルデールに降りかかったのだ。ラコルデールは今日の大失敗の範囲外にいるのであり、彼に職業上の欠点はまったくないのである。)

下線部 (1) と (2) は明らかな情報過剰であり、特に下線部 (2) はアリアスの思考の論理をたどる内的焦点化のような語りで、フィクション化の傾向が顕著である。引用部全体は「私」の想起内容であるにもかかわらず、ラコルデールもアリアスも、ほとんど三人称小説における登場人物のようにその心理や思考が語られている。さらに、「私」はラコルデールの感情の動きを感知するという。

> Et je sentis monter d'un cran la rage rentrée de Lacordaire. Vous posez gentiment votre main sur l'épaule du tortionnaire et vous lui dites : « Cette pauvre victime... hein... comme elle doit souffrir... » Les mouvements du cœur humain sont insondables. Cette main tendre, qui sollicite sa sympathie, exaspère le tortionnaire.
> (*PG*, p.198)
> (私は、ラコルデールの押し込めた憤懣が一段上昇したのを感じた。あなたが拷問吏の肩に優しく手を置いて、こう言う。「かわいそうな犠牲者じゃないか……どれほど痛がっていることか……」 人間の心の動きは測りがたい。拷問吏の同情を促そうとする優しい手が、拷問吏を激昂させるのだ。)

拷問吏のたとえ話は下線部の情報過剰を正当化しうるものではなく、代わりに根拠として示されるのは「33-2飛行部隊は我が家だ。私には、我が家の者たちのことが分かる。私はラコルデールについて思い違いをすることはない。ラコルデールは私について思い違いをすることはない」(*PG*, p.198) という「我々」の相互理解の確信だけである。これは読み手に向けての物語情報の正当化という点では明らかに不十分であり、ここで「私」は読み手を説得する語り手ではなく、物語世界内に存在の基盤を持つ登場人物であることを意図的に選択していると考

えられる。つまり、ラコルデールについての情報過剰から明らかになるのは、論証や説得を通じて読み手の理解を得ることよりも登場人物として飛行部隊の「我々」の側に立つことを選ぶ「私」の姿勢なのである。

4.2.3.4. 模範的戦友オシュデ

　戦友オシュデについて語られる際には、ラコルデールの場合のような相互理解が表明されることはなく、情報の提示においてもある程度の留保が見られる。たとえば、「オシュデのような男が、どのように表現し行動するのか私には分からない」(*PG*, p.209) と、オシュデその人ではないが「オシュデのような人物」の具体的な発言や行動は「私」の予測しうるところではないという。また、オシュデの言葉を「私」が推測して語る際には、「もし誰かがオシュデに「証人たちが見ているから君は任務に行かねばならない」と主張したら、オシュデはこう答えるだろう。「それは誤りです。証人を見ているのは私、オシュデです……」」(*PG*, p.180)、「本当の人間はこのように語る。オシュデは言うだろう、「私には責任がある」と」(*PG*, p.213) といったように、発話の仮想性を表す条件法 (« répondrait », « dirait ») が用いられる。だが、オシュデに関する情報でこのように留保が付けられるのは具体的な形を取る言葉や行為に限られ、彼の思考や行動原理など本来的には外部から把握できないはずの事柄は、逆に既知の情報として扱われている。たとえば「私」は、オシュデの代弁者であるかのように彼の内面の声を物語っている。

> Hochedé ne rejette pas la défaite sur d'autres que lui. Il se dit : « Moi, Hochedé, moi de France, j'ai été faible. La France de Hochedé a été faible. J'ai été faible en elle et elle, faible en moi. » Hochedé sait bien que, s'il se retranche d'avec les siens, il ne glorifiera que lui seul. (*PG*, p.212)
> （オシュデは敗北を自分以外の者のせいにすることはない。彼はこう考える。「私オシュデは、フランスの私は、弱かった。オシュデのフランスは弱かった。私はフランスにおいて弱く、フランスは私において弱かった」と。オシュデは、自分を同胞たちから切り離すことは、ただ我が身を誇るにすぎないことをよく知っているのだ。）

　これは、本来オシュデ以外の者には知りようもない彼の内面の声であるはずだが、「私」は何の情報源も示すことなく、オシュデの完全な理解者として彼の心

理あるいは思考を明らかにしている。また、次の例では村の鍛冶屋という寓意的人物像になぞらえることでオシュデの内面が「理解」され、オシュデ自身がほとんどフィクション化された寓意的人物と化していることが見て取れる。

> Je comprends pourquoi Hochedé fait la guerre sans grands mots, comme un forgeron qui forge pour le village. « Qui êtes-vous ? — Je suis le forgeron du village. » Et le forgeron travaille heureux. (*PG*, p.208)
> （私は、なぜオシュデが、村のために鍛冶をする鍛冶屋のように、大げさな言葉もなく戦争に従事するのかを理解する。「あなたは誰か？―私は村の鍛冶屋だ。」 そして鍛冶屋は幸せに働くのだ。）

このように「私」は、戦友オシュデのことを語る際、具体的な発言や振る舞いについては一定の留保をつけながらも、その行動原理や思考については情報正当化の手続きもなく断定的に物語っており、さらには「村の鍛冶屋」という寓意的人物像になぞらえることで、オシュデを一種のフィクション化された寓意的存在として描き出している。オシュデにおいてフィクション化とアレゴリー化の傾向が顕著に見られる理由は、戦友たちの中でも、とりわけ彼が模範的な存在だからである。「オシュデは我々の向かうところにもう到達している。私がたどり着きたいと願うところに」（*PG*, p.201）と「我々」全員にとっての模範的戦友であるオシュデは、「一種の聖人であり、恐らくは人間の完成といえる絶え間ない献身の見事さに到達したオシュデ」（*PG*, p.134）と模範的人間としても称えられ、「部隊のことを考えるとき、私はオシュデのことを考えずにはいられない」（*PG*, p.201）と述べられるほど、「私」にとって彼は部隊を代表する存在なのだ。つまり、オシュデは飛行部隊に「私」が見出す美点や価値を体現する人物とされ、それゆえに「私」は彼の行動原理を完全に理解したものとして物語るのである。それだけならば、単に「私」が人間の理想像をオシュデに投影して寓意化するという形で、語り手としての権能を独断的に振るっているとも考えられよう。だが、実のところ語りの構図はそれほど単純なものではない。なぜなら、最終的に寓意化されるのはオシュデだけでなく、「私」を含む部隊の「我々」全員だからである。物語が締めくくられるとき、「明日、我々は目撃者にとっては敗者であろう。敗者は沈黙せねばならない。種子のように」（*PG*, p.228）と、「我々」は沈黙する「種子」になる。「種子」のイメージについては「樹木を創り出すには一粒の種を

腐らせなくてはならないことを私はよく知っている」(*PG*, p.177) と述べられており、「我々」は種子のように自ら犠牲となって「樹木」という成果＝勝利をもたらす寓意的存在になるのである。つまり、オシュデは、行為や生き様といった物語内容＝出来事のレベルにおいて「我々」の模範となるばかりでなく、「我々」に先立って寓意化されている点においても、まさに「我々の目指すところにもう到達している」(*PG*, p.201) 存在なのだ。このように、情報過剰と寓意化をもって語られる登場人物オシュデは、「私」が仲間と共に行動＝犠牲を通じて意味ある存在となりゆく過程を、模範性と寓意性の両面において先導する役割を果たしているのである。

4.3. 語り手と登場人物の関係

登場人物ではなく語り手としての「私」と他の人物との関係を明らかにするには、物語内容と物語行為の水準を区別しなくてはならないが、「一人称・人物視点」物語である『戦う操縦士』において両者を峻別することは簡単ではない。語り手「私」と登場人物「私」の間に時間的隔たりがなく、両者を区別するのは物語行為に携わるかどうかという機能上の違いだけだからである[122]。逆に考えれば、語り行為を明示する表現がそのまま語り手「私」の存在を示す指標として機能するといえる。そこで我々は、語り行為を表す動詞や語彙が登場人物との関わりにおいて用いられている箇所を取り上げ検討する。

4.3.1. 語り得ない絆

作中において「語る」「言い表す」といった言表行為を指す動詞が用いられるのは、飛行部隊の仲間たちと親友ギヨメに言及するときであり、「私」は特に深い友情を感じている相手に関しては語り手として振る舞うことが分かる。しかも、その際に特徴的なのは、仲間に対する愛や友情については「語らない」「語る必要がない」という態度、すなわち語りに否定的な姿勢なのである。

> D'éprouver cet amour que j'éprouve à l'égard de mes camarades, cet amour qui n'est pas un élan venu du dehors, qui ne cherche pas à s'exprimer — jamais — sauf,

---

[122] 『戦う操縦士』において例外的に語り手「私」と登場人物「私」の時間的隔たりが明確に見て取れるのは、アリアスに関する次の注釈箇所である。« Nous entrons chez le commandant Alias. (Il commande aujourd'hui encore, à Tunis, le même groupe 2/33.) » (*PG*, p.115)

toutefois, à l'heure des dîners d'adieux. [...] <u>Mon amour du Groupe n'a pas besoin de s'énoncer.</u> Il n'est composé que de liens. Il est ma substance même. Je suis du Groupe. Et voilà tout. (*PG*, pp.200-201)
(戦友に対して抱くこの愛を感じる［権利を手に入れた］。この愛は外からやってくる興奮ではなく、<u>決して表現されることを求めたりはしない</u>——別れの晩餐のときを除いて。(中略)<u>部隊に対する私の愛は言葉にする必要がない</u>。それは絆だけでできている。それは私の本質そのものだ。私は部隊に属している。ただそれだけなのだ。)

「私」が飛行部隊の仲間たちに対して感じている「愛」、すなわち友情や連帯感は、言葉に表す必要がないという。なぜなら、それは「私」の本質を成す彼らとの絆に他ならず、言葉にするなら « Je suis du Groupe. »（私は部隊に属している／部隊から成っている）という一言に尽きるからである。部隊の一員であるオシュデと、「私」の親友ギヨメに関する次の例においても、やはり同様に「語る必要の無い友情」が問題となる。

C'est pourquoi j'aime Hochedé <u>sans éprouver le besoin de le lui dire</u>. Ainsi j'ai perdu Guillaumet, tué en vol — le meilleur ami que j'aie eu — et <u>j'évite de parler de lui</u>. [...] J'ai fait de Guillaumet un des compagnons de mon silence. Je suis de Guillaumet. (*PG*, p.202)
(だから私はオシュデを愛し、それを彼に言う必要を感じない。そのように、私は飛行中に死んだギヨメ——我が最良の友——を失った。<u>彼については語るまい</u>。(中略)私はギヨメを自分の沈黙の仲間にした。私はギヨメに属している。)

「私」は、オシュデへの友愛については語る必要が感じられないとし、ギヨメについては語ることを避けている。語り手「私」において、深い友情や愛は沈黙を志向することが分かる。また、「私」が部隊に属し／部隊から成る（« Je suis du Groupe. »）のと同じく、私はギヨメにも属し、ギヨメから成るという。そして「私」は、「私はギヨメに属し、ガヴォワルに属し、オシュデに属している。私は33-2飛行部隊に属している。私は自分の国に属している」（*PG*, p.202）と、本質的な絆で結ばれた愛の対象を、部隊の仲間から祖国にまで拡げていく。このように、「私」が最も深く愛する対象との関係は、言葉にすると « Je suis de... » というきわめて単純な表現に尽きてしまうため、本来的に語りの対象となりえない。こ

のように、AとBの関係を語るときに両者の関わりがあまりに緊密だと、それに費やすべき言葉がなくなってしまうという逆説は、オシュデの勇敢さに言及する際にも見られる。「私」にとってオシュデは、飛行部隊のことを考えるときには思い出さずにはいられないほどに、いわば隊長とは別の意味で部隊を代表するといえる存在だが、「私」は「戦場での彼の勇気を語ることはできようが、そうすると私は自分を滑稽だと感じるだろう」(*PG*, p.201)と述べた後、オシュデの人となりを説明しながらも「だからオシュデの任務については何も語るまい」(*PG*, p.201)と彼の武勇伝には触れようとしない。なぜなら、戦争に対するオシュデの態度は、「勇敢」という言葉が含意する外的な対立関係ではなく、「オシュデは、修道士が宗教に浸っているように戦争に浸っている」、「オシュデは自然と志願兵になる。彼はこの戦争「である」ということだ」(*PG*, p.201)というように、もっと内在的で本質的な関わり方だからである。「私」と飛行部隊の仲間や親友との関わりも、同じように緊密で本質的なものであるがゆえに多くの言葉で語る必要がなく、語るべきでもない。つまり「私」が最も深い愛について語り得ないのは、「私」自身が愛の対象とあまりに緊密に結びついてしまっているからであり、語り手としての機能が物語世界と「私」の結びつきによって制約されているのだ。このように、『戦う操縦士』においては、物理法則だけでなく、語り手「私」と物語世界との絆が、その緊密さゆえに物語情報を制限する。物語世界も登場人物も描写され語られる対象には留まらず、「私」が属し、「私」の本質を成すものである以上、一人称語りを本質的に制約する力を持つのである。

4.3.2. 登場人物への呼びかけ

部隊の仲間やギヨメのように語りにおける扱いが特徴的な人物は、物語においても重要な存在だと考えられる。そこで、ここでは語りの地の文で繰り返し呼びかけの対象となっている隊長アリアスと家政婦ポーラを取り上げ、その物語上の機能を明らかにしたい。ただし、彼らへの呼びかけに際しては語り手「私」の指標が見られず、行動する「私」の側面が色濃く出ているため、呼びかけは登場人物「私」によるものと考えられる。そのため、このような分析は、語り手と人物の関係を検討するという我々の目的にはそぐわないと思われるかもしれない。だが、既に見たとおり飛行部隊の仲間やギヨメに対する語り手 – 登場人物関係において顕著だったのは、語りに対する否定的な態度であり、「私」が語り手として彼らと関わることの不適切性あるいは不可能性である。そして、アリアスとポー

ラの場合、呼びかけがもっぱら登場人物「私」によってなされるということは、この二人もまた語り手ではなく登場人物としての「私」と密接に関わる存在だということである。だとするなら、登場人物に対する呼びかけに語り手の指標が見られない事実こそが、本作における一人称的語り手と登場人物の関係を陰画的に浮き彫りにしているということができよう。したがって、アリアスとポーラへの呼びかけを分析することは、まさしく我々の目的に適うのである。

　物語においてアリアスとポーラへの呼びかけが果たす役割が決して小さくないことは、物語言説上の配置を見れば明らかである。物語最大の山場はアラス上空の危機的場面における「私」の「悟り」だが、アリアスへの呼びかけは物語の前半と後半、すなわち「悟り」の前後に1箇所ずつ現れており、ポーラへの呼びかけは、偵察機がアラス上空に差し掛かる決定的な危機の直前で頻出している。

　まず、物語前半におけるアリアスへの呼びかけは、「悟り」以前の「私」が任務の無意味さを述べる文脈において、「何に気をつけるというのか、アリアス隊長？」という問いかけを三度繰り返す形でなされる。戦争に冒険など無いと語る「私」は「できるだけ気をつけるように！」というアリアスの台詞を引用し、「何に気をつけるというのか、アリアス隊長？　敵機は落雷のように襲ってくるというのに」(*PG*, p.143) と問い返し、敵機に気づく前に撃墜されるケースを説明して「何に気をつけるというのか、アリアス隊長？　我々が敵機と出くわしたとき、決断することなど何もなかった。敵機に気づくことさえなかったかもしれない」(*PG*, p.144) と再びアリアスに問いかける。そして、「何に気をつけるというのか、アリアス隊長？　真上から見下ろしても、動かない澄んだ水晶の下に、別の時代の置物が見えるだけだ」(*PG*, p.145) と、見るべきものは空にも地上にもなく、語るに足ることは何もないと「私」はいう。隊長アリアスは「彼は操縦士に対し、任務の教訓について執拗に尋ねる。彼は私にも尋ねるだろう」(*PG*, p.196) と報告を求めるが、「十分前、私は危うく死ぬところだったが、<u>語るべきことは何もない</u>。微少な蜂が通り過ぎるのを3秒間だけかいま見たという以外には」(*PG*, p.142)、「したがって高確率で戦死する危険はある。しかしながら、我々が生還者になったとしても、<u>語るべきことは何もあるまい</u>。」(*PG*, p.146) といった具合で「私」は任務の報告価値性を否定するのである。このように物語前半の呼びかけを支配するのは否定的で皮肉なトーンであるが、物語後半における呼びかけは、打って変わって熱烈な調子を帯びている。

J'ai bien changé ! Ces jours-ci, commandant Alias, j'étais amer. [...] Vous le premier, nous acceptions, me semblait-il, de jouer les morts pour les nécessités de la figuration. Ah ! commandant Alias, j'étais amer, je me trompais ! (*PG*, pp.202-203)
（私はすっかり変わりました！　アリアス隊長、このところ私は苦い思いを抱いていました。（中略）私には、我々があなたを筆頭に、端役が必要だという理由で戦死者の役を演じることを引き受けていたように思えていたのです。ああ！　アリアス隊長、私はそれを苦々しく思っていました。私は思い違いをしていたのです。）

　興味深いのは、物語前半の呼びかけと語りのトーンが対照的であるばかりでなく、前半における悲観的態度は間違いだったと明言されている点である。「私」は二人称でアリアスに呼びかけながら、「私にはあなたが、ひどく欺瞞的であるとさえ思えたのです」(*PG*, p.203) という否定的評価を撤回し、「しかし、アリアス隊長、あなたが正しかったのです」(*PG*, p.203) と自分の誤りを認める。なぜなら、「あなたは直観に従い、我々を勝たせようとするのではなく、それは不可能ですから、人間に成らせようとしていたのです。我々と同じくあなたも、任務で得られた情報は誰にも伝えられないだろうということをご存じでした。しかし、あなたは秘められた力を持つ儀式を守っていたのです」(*PG*, p.203) というように、任務遂行には人間的完成へ導くという隠された意味があり、アリアスにはそれが分かっていたとされるからである。「私が任務から持ち帰るものは報告書に書き記すことができない」(*PG*, p.197) と任務報告が不可能であることには変わりないものの、それは任務に報告価値性がないからではなく、決定的体験の本質が言葉を超えているからである。このように、アリアスに対する2箇所の呼びかけは対応関係にあり、そこでのアリアスに対する態度の落差は、「悟り」以前と以降の「私」の劇的な変化を反映しているのである。
　他方、ポーラに対する呼びかけにはこうした変化は見られず、彼女は「私」が常に親しみを込めて呼びかける存在である。偵察機がアラス上空にさしかかったとき、家政婦ポーラにまつわる平和な幼年期の思い出に「大尉殿、やつら、撃ってきてます」というデュテルトルの声が介入し、「私」は「ポーラ、敵が撃ってきてるよ！」(*PG*, p.182) と呼びかける。それ以降、「私」は二人称 « tu » で繰り返しポーラに話しかけ、彼女は子ども時代を呼び出す一種のマジックネームとなって、戦争という現実を子ども時代のおとぎ話的世界に変貌させる役割を果たしていく。

4. 『戦う操縦士』分析

  « Zigzaguez, capitaine ! »
  Ça, c'est un jeu nouveau, Paula ! Un coup de pied à droite, un coup de pied à gauche, on déroute le tir. Quand je tombais je me faisais des bosses. Tu me les soignais sans doute avec des compresses d'arnica. Je vais avoir fameusement besoin d'arnica. (*PG*, p.183)
  (「大尉、ジグザグ飛行を！」
  ポーラ、これは新しい遊びだよ！ 右を一踏ん張り、左を一踏ん張り、そうやって射撃をかわすんだ。木から落ちて、こぶをこしらえたっけ。あなたはたぶん、アルニカの湿布で手当してくれたんだろうね。僕は、これからアルニカがたくさんいるだろう。)

「私」はポーラへの語りかけによって子ども時代を呼び出し、戦争の過酷な現実を子どもの遊びに変化させるとともに、ポーラを全能の庇護者として蘇らせている。また、やはりポーラに話しかける形で、対空砲火をかいくぐって目的地へ向かう偵察任務が、子ども時代の「アクランの騎士」ごっこと同一視されている。

  Tu sais, Paula, dans les contes de fées de l'enfance, le chevalier marchait, à travers de terribles épreuves, vers un château mystérieux et enchanté. [...] Ah ! Paula, on ne trompe pas une vieille expérience des contes de fées ! [...]
  Je cours ainsi vers mon château de feu, dans le bleu du soir, comme autrefois... Tu es partie trop tôt pour connaître nos jeux, tu as manqué « le chevalier Aklin ». (*PG*, p.185)
  (ねえ、ポーラ、子どもの頃読んでもらったおとぎ話の中では、騎士は恐ろしい試練を乗り越えて、神秘的な魔法の城に向かって進んで行くのだったね。（中略）ああ！ポーラ、おとぎ話の古い経験は裏切れないものだね。（中略）
  僕はこうやって昔のように、青い夕暮れの中を炎の城に向かって駆けていく……。あなたは故郷に帰るのが早すぎたので、僕たちの遊びを知らない。「アクランの騎士」ごっこを知らないんだ。)

ここでは、戦争における任務という現実が、おとぎ話と混じり合った子ども時代の遊びと同質のものとして語られており、今の現実が過去の幻想と同列に置か

れることで、時間関係と虚実関係における二重のフィクション化が施されている。しかし、アラス上空でもっとも激しい対空砲火を前にしたとき、「私」はこうした虚実の混交による現実逃避的な戦略がもはや通用しないことを理解する。「私」は、「だが、全能のポーラがしっかり手を握ってくれている小さな男の子に対して、誰が何をできるだろう？　ポーラ、僕は盾のようにあなたの影を使ったんだ……」(*PG*, p.186) と過酷な現実に対する庇護者としてポーラに呼びかけていたことを認め、戦争の現実に直面せざるをえなくなる。その現実の渦中において決定的な転機が訪れ、「私」は真実の自己と任務の意味を見出すことになるのだ。このように、「私」はポーラへの呼びかけを通じて現実を子ども時代のおとぎ話に変貌させ、全能の庇護を得ようとする。その意味において、ポーラに対する「私」の呼びかけは、聖女に加護を求める祈りに近いといえよう[123]。

　このように、隊長アリアスへの呼びかけもポーラへの呼びかけも、任務に従事する登場人物「私」の精神的支点として機能していることが分かる。最初「私」はアリアスに向かって任務への懐疑を表明し、危機に直面するとポーラに庇護を求めるが、危機をくぐり抜けて「悟り」を得た後は、アリアスへの呼びかけを通じて任務の価値を確認している。反発と和解の対象として行動と成長を導くアリアスと無条件の庇護を与えてくれるポーラは、あくまで行動する「私」を支える存在であり、語り手による報告対象ではない。

　以上のように、『戦う操縦士』における語り手と登場人物の関係において特徴的といえるのは、「私」が明示的に語り手として他の登場人物と関わることがほとんどなく、関わる場合には語り手 – 登場人物関係自体が否定的に扱われるという点である。飛行部隊の仲間やギヨメは「私」の本質を成す存在であるから言葉を費やす必要がなく、アリアスとポーラは行動する「私」を支え導く者であるから語り手としての明示的な報告対象にはならない。こうした語り手 – 登場人物関係の欠如あるいは否定は、「私はいつも証人という仕事が大嫌いだった」(*PG*,

---

[123] ポーラへの呼びかけについて、トンタットは次のように述べる。「彼女は、この記憶の辿り歩きにおいて案内人の役を果たしており、調停者であり守護神であり、ほとんどあの世からの対話者である。」Thanh-Vân Ton-That, « Images et voix de l'enfance dans *Pilote de guerre* », *Roman 20-50*, no.29, juin 2000, p.54. トンタットの言う « presque d'outre-tombe » とは、時間的隔たりに加えて、実際に会ったこともなく「思い出の思い出」や「伝説」(*PG*, p.182) にすぎないポーラの実在性の希薄さや、ほとんど霊的存在のような虚構性を含意するといえよう。ポーラがあたかも守護聖女のように繰り返し呼びかけられる理由は、まさにそうした彼女の伝説的・フィクション的性格にあると考えられる。

p.199) と傍観者としての語り手の立場を拒絶し、「私は、存在するために、参加する必要がある」(*PG*, p.199) と仲間と共に行動することを選ぶ「私」の姿勢を反映するものといえるであろう。いわば『戦う操縦士』とは、語り手であることを拒みつつ語る「私」の物語なのである。

4.4. 一人称的語り手の機能

既に4.1.節で述べたとおり、『戦う操縦士』の主要な物語シークエンスはアラス上空における「私」の「悟り」である。アラス上空の場面で新しい認識を得た「私」が現れ、以前の「私」を否定するため、一人称的語り手「私」の機能を検討するには二つの「私」を分けて考える必要があるだろう。便宜上、悟り以前の「私」を「私1」、悟り以降の「私」を「私2」とする。そこに「語り手／登場人物」という機能上の対立軸を重ねると、登場人物「私1」、語り手「私1」、登場人物「私2」、語り手「私2」と、都合4種類の「私」を区別することができよう[124]。

ただし、物語を全体として見れば「一人称・人物視点」、すなわち「私」は任務を遂行する登場人物であって、明示的に語り手として現れる箇所は比較的限られている。では、一体どのような箇所で「私」は語り手として振る舞い、どのような機能を果たしているのだろうか。以下では、まず4.4.1.節において物語前半の登場人物「私1」について検討した後、「私1」が語り手として現れる箇所を取り上げる。続く4.4.2.節においても同様に、「悟り」以降に現れる登場人物「私2」のはたらきを検討した後、語り手「私2」が現れる箇所を分析する。そして4.4.3.節で、物語終盤における行動する「私」への回帰に注目し、物語がどのように閉じられるかを検討する。

---

[124] 物語全体を通して見れば、語られる内容や主張を最終的に引き受ける語りの審級は語り手「私2」であるから、物語内容の真実性という観点に立つならば、論者自身がかつて拙論においてそうしたように、語り手「私1」を捨象して「登場人物「私1」／登場人物「私2」＝語り手「私2」」という図式を用いることもできよう。藤田義孝「『戦う操縦士』における語りの問題—« figural »と« narratorial »の間で」『関西フランス語フランス文学』、第7号、p.58参照。ただし、本論では物語前半における「私」の機能の二重性を分析するため、登場人物「私1」と語り手「私1」を区別して扱うものとする。

4.4.1.「私1」の機能
4.4.1.1. 登場人物「私1」

　『戦う操縦士』冒頭は「たぶん夢を見ている。私は中学にいる。私は15歳だ」(*PG*, p.113) と始まり、まず読み手はこの「私」の位置づけに関して戸惑うことになる。15歳の頃のことを想起する「私」は、出来事の渦中にいる登場人物「私」なのか、事後的な回想と語りの時点にいる語り手「私」なのか、判断がつかないためである[125]。物語状況と時間関係をめぐる曖昧さが解消されるのは、隊長に呼ばれた「私」が「我々はたぶん任務に行くのだろう。呼び出されたのだから」(*PG*, p.114) と出来事の行く末を知らない登場人物として振る舞うときである。登場人物「私1」の視点は、結末への見通しが得られないという点で一種のサスペンス効果をもたらすといえるが、ミシェル・ケネルが指摘するとおり、作者と同じ « Saint-Exupéry » という名の登場人物＝語り手「私」が生還することは自明であるため、その効果はあくまで限定的なものに留まる[126]。

　いずれにせよ、明らかになるのは「私」が登場人物であるという物語状況だけであり、時間関係の曖昧さは依然として残される。一般に、一人称物語においては事の顛末を知る現在の語り手「私」のほうが過去の登場人物「私」より多くの情報を持つとされるが、『戦う操縦士』では、現在形による人物視点の語りによって両者の違いが見えにくくなる。登場人物「私」の視点を相対化しうる事後の語り手「私」の視点がいわば隠蔽されているため、物語冒頭に出てくる「私」、すなわち登場人物「私1」の一時的な見解が、あたかも絶対的で最終的な見解のような形で提示されることになるのだ。たとえば、最初の状況説明においては「だが、この戦争の終わりにおいて、他のあらゆる印象を凌駕する一つの印象が

---

[125] 作品冒頭部の « je » が読み手にもたらす困惑について、オートランは次のように指摘している。「物語を導く一人称の « je » が直接登場すると同時に、習慣的な問いかけが為される。これは自伝の « je » なのか、単なる便宜的形式にすぎないのか？ それは今後の物語展開によって正当化される選択なのか？ ためらいと不確定性が一挙に我々を襲う。こうした問いに少しずつ答えを見出すには、テクストを信頼しなくてはならない。」Michel Autrand, « Vers un nouveau roman : *Pilote de guerre* », *Roman 20-50*, no.29, juin 2000, p.32.

[126] 「犠牲的任務。ところで、同じ読者は、この作品の著者がアントワーヌ・ド・サン＝テグジュペリということ、彼が一人称で語っていること、彼が自分の体験を物語っていることを知っている。（中略）もし、この犠牲的任務の犠牲者が生還して体験を語れたのなら、任務は彼が恐れたほど犠牲的ではなかったことになる。行為への興味がなおざりにされているわけではないが、筋立てへの興味は放棄されているのだ。」Michel Quesnel, « La création chez Saint-Exupéry », *op.cit.*, p.17.

ある。それは、馬鹿げているという印象だ。我々の周囲で、何もかもが壊れている。何もかも崩れていく。それがあまりに全面的なので、死そのものさえ馬鹿げて見える」(*PG*, p.115) と「不条理」の一般性が強調され、「私」が従事する偵察任務についても「なぜなら、我々に要求される任務がまずもってくだらないからだ。日ごとにますますくだらないものになる。ますます残酷で、ますますくだらない」(*PG*, pp.118-119) と「無意味さ」が強調されるが、こうした主張はすべて語り手「私」の最終的見解と一致するかのように見えてしまう。登場人物＝語り手「私」をめぐる時制と人称の混同に加えて、読み手の側には敢えて両者の見解の不一致を想定すべき理由が見当たらないからである。

　さらに、任務が意味を失っているのは、そもそも「戦争」という体系が機能不全に陥っているためだという主張もなされる。道路が渋滞し、電話はつながらず、避難を繰り返す司令部の所在がつかめないため、偵察飛行で得た情報はどこにも伝えられず役にたたないという。司令部の発する命令が個々の戦闘行為や軍の構成員に意味と役割を与えて全体を組織立てる「戦争の図式」が成り立たないため、偵察飛行のみならずあらゆる任務が意味を失い、「我々が戦争を真似たゲームをしていることは極めて明白である。我々は警官と泥棒ごっこをしているのだ」(*PG*, p.133) というように、戦争の真似事しか残らないことになる。こうして、問題は「偵察飛行の無意味さ」から「戦闘行為全般の無意味さ」へと拡大される。「しかし、この敗走の悲劇は、行為からすべての意味を奪ってしまうところにある」(*PG*, p.155) と述べられるとおり、問題は戦争それ自体ではなく、蔓延する無意味さと不条理なのである。「無意味さ」は、語り手「私」と登場人物「私」の関係を曖昧にする語りによって絶対的に見える形で提示され、「戦争の図式」の否定によって一般的な様相のもとに提示されている。つまり、登場人物「私1」に焦点化された物語前半の語りは、人称と時制の曖昧さによって「不条理」を普遍化・絶対化した形で提示しつつ、任務の無意味さを徹底して強調することによって、問題の焦点を「戦争」から「戦争のもたらす意味の喪失」へとずらしているのだ。

4.4.1.2. 語り手「私1」

　戦闘や任務の無意味さを強調する視点は基本的に登場人物「私1」のものと考えられるが、「私1」は語り手として振る舞う場合もある。それは、物語価値性を否定することによって自らが物語伝達者であることを間接的に示す場合、そし

て、« vous » を用いた二人称語りで読み手に呼びかける場合である。

　まず、物語価値性に関して、「私1」は二つの物語シークエンスの有効性を共に危うくしかねないほどの否定的発言を行っている。偵察任務のシークエンスについては、任務自体の無意味さを主張するだけでなく、任務遂行における危機的体験にも報告価値はないと述べる。たとえば、敵機に撃墜される危険を体験した後、「私1」は「十分前、私は危うく死ぬところだったが、<u>語るべきことは何もない</u>（je n'ai rien à raconter）。微少な蜂が通り過ぎるのを3秒間だけかいま見たという以外には」(PG, p.142) と述べ、本当の危険を体験した者は生きて帰れないので証言はできないし、「我々が生還者になったとしても、<u>語るべきことは何もあるまい</u>（nous n'aurons rien à raconter）」(PG, p.146) という。さらに前線へと赴いても、「ドイツ戦線の真っ直中でも、<u>本当に語る値打ちがあると思われることは何も見当たらなかったし</u>（rien ne se révélait qui méritât véritablement d'être raconté）、さらに先では戦争が別様であると考える絶対的な理由もなかったのだから」(PG, p.186) と、語るに足ることは何もないという。このように「私1」は「語ることは何もない」« rien à raconter » という形で偵察任務の物語価値性を否定するが、それだけでなく、帰還後の散歩という第二の物語シークエンスの価値すら危うくしかねない発言を行うのである。任務帰還後の散歩において「私」が見出すはずの光景について、「たぶん私は自分が見るものについて<u>何も言うことがないだろう</u>（n'aurai-je rien à dire）。女性が美しいと思えるとき、私はそれについて<u>何も言うことがない</u>（je n'ai rien à en dire）」(PG, p.135) と述べ、「私は自分が理解されるという希望はまったく持たない。それは私にとってまったくどうでもいいことなのだ」(PG, p.135) と体験の伝達可能性を否定している。このように物語前半で物語価値性や伝達可能性を否定してみせることが語り手「私1」の機能の一つといえるが、そこには二つの側面が区別されよう。「語ることは何もない」« rien à raconter » という表現で物語価値を否定するのは、物語の重点を偵察任務から意味探求へと移すための布石であり、「言うことは何もない」« rien à dire » という表現で伝達可能性を否定するのは、行動＝体験の本質は言語化できないという語り手「私2」の主張の先取りである。つまり語り手「私1」は、「語ることは何もない／言うことは何もない」という含意の異なる二つの似通った表現を使うことで、意味探求のシークエンスと共に語り手「私2」への橋渡しも準備しているのである。

　また、読み手を指す二人称 « vous » を用いることで「私1」が語り手として現

れるのは、基本的に物語前半で戦争（負け戦）の理不尽や不条理が説かれるくだりである。たとえば、出撃前に任務の無意味さについて毒づく「私1」は、「ちょっと考えてもみてほしい（Je vous demande un peu）、誰も必要としていないし、我々が生き残って報告したところで、けっして誰にも伝達されないような情報のために、乗組員を犠牲にすることが理にかなっているのかどうか……」(*PG*, p.125) といった形で読み手の同意を取り付けようとする。あるいは、「あなたに7文字あげます。聖書から取った7文字です。それで聖書を再現してください！」(*PG*, p.172) と読み手に向かって挑発的に無理難題を提示してみせ、負け戦の混沌を整合的に記述することの不可能性を納得させようとする。また、戦争のせいで醜くなった者が醜さゆえに責められる理不尽を説くために、「愛していた女性がトラックにひかれたら、あなたはその怪我の醜さを批判しようとするだろうか？」(*PG*, p.177) と、たとえ話を持ち出して読み手に問いかける。さらに、負け戦の真実を伝えるという啓蒙的な立場から「敗走に絶望が見出されると考えているなら、あなたは敗走について何も分かっていない」(*PG*, p.180) と断定している。

その他にも語り手「私1」は、戦争の理不尽や不条理を説くために « vous » を取り込んだたとえ話を繰り返す。たとえば、戦争において自分の身体は自分のものではなく部品売り場にすぎないというたとえ話で、語り手は犠牲者の兵士を « vous » に設定している。

Car c'est encore un fait de guerre que ce corps devenu magasin d'accessoires qui ne sont plus <u>votre</u> propriété. L'huissier vient et réclame les yeux. Et <u>vous</u> lui cédez <u>votre</u> don de voir. L'huissier vient et réclame les jambes. Et <u>vous</u> lui cédez <u>votre</u> don de marcher. L'huissier vient, avec sa torche, et <u>vous</u> réclame toute la chair de <u>votre</u> visage. Et <u>vous</u> n'êtes plus qu'un monstre, lui ayant cédé, en rançon, <u>votre</u> don de sourire et de montrer <u>votre</u> amitié aux hommes. (*PG*, p.147)
（この肉体が、もはやあなた自身の所有物ではない小道具の置き場となるということもまた、戦争という現実の一つだからである。執達吏がやってきて、目を要求する。すると、あなたはものを見る能力を彼に引き渡すことになる。執達吏がやってきて、脚を要求する。すると、あなたは歩く能力を彼に引き渡すことになる。執達吏が松明を手にやってきて、顔の肉のすべてを要求する。身代金として、微笑んで友情を人々に示す能力を彼に引き渡した後、あなたはもはや怪物にすぎない。）

ここでは執拗なまでの二人称の繰り返しが、たとえ話の説得性を強化している。次の例も戦争の犠牲者が問題となるが、今度は戦争に協力を強いられる住民の立場である。十分間の射撃のために樹齢三百年の木々を切り倒す中尉に抗議する犠牲者は、ここでもやはり « vous » なのである。

> Vous lui dites :
> « Mes arbres ! »
> Il ne vous entend pas. Il fait la guerre. Il a raison. (*PG*, p.153)
> （あなたは彼に言う、「私の木が！」と。
> 彼は耳を貸さない。彼は戦争しているのだ。彼は正しい。）

ここでは « vous » を使った架空の会話が、例証と説得を目的とした一種の演劇的フィクションとして提示されている。また、戦争において偽りの平穏が続くと信じようとする心理について、語り手は「あなたには懲罰が科されているが、あなたを閉じこめる牢獄はまだ静かなままである。あなたはこの静寂にしがみつく」(*PG*, p.187) と、やはり « vous » を用いたたとえ話で説明している。

このように「私1」は、何度も « vous » を戦争の理不尽さに晒される者の立場に置いて語っている。説得的効果を上げるために繰り返されるこうした二人称語りは、行動する「私1」の声ではなく、負け戦の理不尽と不条理を説く語り手「私1」の論証的言説である。負け戦の理不尽を説く語り手「私1」の機能は、出撃前の悪態場面から既に見て取ることができる。

> Car je ronchonne absolument, mais sans aucun remords. J'ai bien raison ! Tout cela d'ailleurs n'a point d'importance. On traverse, à cet instant-là, le centre même de ce désert intérieur dont je parlais. Il n'est, ici, que des débris. (*PG*, p.126)
> （どうしたって文句が出て、後ろめさもない。これでいいのだ！　大体、こんなことはみんなどうだっていい。今のところ、皆が既に述べた内面の砂漠のただ中を横切っているところなのだ。ここには破片しかない。）

下線部から分かるように、ここでの「私」は、任務の無意味さに不平を言いながら偵察に赴く登場人物であると同時に、戦時の混沌や不条理を読み手に物語る語り手でもあるのだ。物語価値や語りに対して否定的な姿勢を示す語り手「私」

が、こと戦争の理不尽については説得性の高い論証的語りを積極的に行っていることから、物語前半における登場人物＝語り手「私1」の役割は、戦争や任務の不条理や無意味さを徹底して問題にする点において一貫していると見なすことができよう。

4.4.2.「私2」の機能
4.4.2.1. 登場人物「私2」

アラス上空の場面以降は、任務の無意味さを強調する「私1」に対して、新しい認識を得た「私2」が現れる。「私2」は登場人物として偵察機を操縦しながら、以前の「私1」の認識を取り上げて否定や修正を加え、二つの「私」を差別化する。そのとき引き合いに出されるのは、出発前に「私」が飛行服を着込みながら毒づく場面である。

> « Les états-majors, les états-majors, qu'ils aillent les faire, les missions sacrifiées, les états-majors ! »
> Car il est long le cérémonial de l'habillage, quand la mission apparaît comme désespérée, et que l'on se harnache avec tant de soin pour griller vif. (*PG*, p.125)
> （「司令部、司令部だと、連中が行けばいいんだ、捨て駒みたいな任務に、司令部の連中が！」
> というのも、任務が絶望的なものに思われ、行きながら焼かれるために面倒な思いをして装備を身につけるときには、身支度の儀式が長ったらしいからだ。）

この場面は、登場人物「私1」の誤った認識をシンボリックに表す指標として繰り返し言及される。たとえば、「身支度をしているとき、私は「最後の瞬間とはどのように訪れるのだろう」と自問していた。人生は常に、私が思い描いた幻影を裏切ってきたものだ」（*PG*, p.190）、あるいはここまで明示的ではないものの「出撃の際、私は与える前に受け取ることを要求していた。私の要求は空しいものだった」（*PG*, p.225）といった具合である。アラス上空での「悟り」の時にも、それまでの「私1」とは異なる「私2」の出現を示すため、「私が身支度をし、身体に由来する恐れを感じているとき、実は自分が下らないおしゃべりをしているに過ぎないと、どうして予想し得ただろうか？」（*PG*, p.192）と先の場面への言及が見られる。そして新しい「私」が登場すると、今までの「私」を単に自分

の身体にすぎなかったとして二人称で他者扱いし、その考えも体験も否定するのである。

 Mon corps, je me fous bien de toi ! Je suis expulsé hors de toi, je n'ai plus d'espoir, et rien ne me manque ! Je renie tout ce que j'étais jusqu'à cette seconde-ci. Ce n'est ni moi qui pensais, ni moi qui éprouvais. C'était mon corps. (*PG*, p.192)
（私の身体よ、おまえのことなどどうでもいい！　私はおまえの外に追い出され、もう希望も持たないが、私には何の不足もない！　私はこの瞬間まで自分であったものをすべて否定する。考えていたのも、体感していたのも私ではない。それは私の身体だったのだ。）

 この場面以降、「私1」は「私2」に取って代わられることになる。また、着替えの場面には「私は死んだ神に仕えるため身支度をしている」(*PG*, p.124)という一文も見られたが、これも「私2」によって「今日私は、自分には見ることの出来なかった神に仕えるため身支度をした」(*PG*, p.226)と修正される。さらに、「私2」は登場人物「私1」だけでなく、言語表現者としての「私1」も否定している。言語表現の可能性については「私1」自身が既に「だが、何もかもが混じり合っているときに、私の言葉の意味に再び生気を与えるにはどうすればいいのだろうか？」(*PG*, p.161)と疑念を表明していたが、「私2」は、いっそう明確に「今夜私は、自分の使っていた言葉がもはや本質に届いていなかったことに気づく」(*PG*, p.214)、「私は言葉を明確にしないままで、人間の共同体について語っていた」(*PG*, p.214)と断じており、「私1」の言葉は本質に届かない曖昧なものだったと述べている。こうして、「アラス以前／アラス以降」という形で二つの「私」をはっきりと差別化した後、「私2」はアラス上空での体験が持つ意味を明らかにしようとする。

 Il a fallu ce voyage difficile pour que je distingue ainsi en moi, tant bien que mal, l'individu que je combats de l'homme qui grandit. Je ne sais ce que vaut l'image qui me vient, mais je me dis : l'individu n'est qu'une route. L'homme qui l'emprunte compte seul. (*PG*, p.213)
（こうして、私が自分の中に、自分の敵として闘う個人と、成長する人間とを何とか区別できるようになるためには、この困難な旅が必要だったのだ。頭に浮かぶイメー

ジが妥当かは分からないが、私は思う。個人は道でしかない。そこを通る人間だけが重要なのだ。)

　任務のおかげで、「個人」あるいは「肉体」にすぎなかった「私1」と、「人間」につながる本質的な「私2」を自らのうちに区別することができたとして、任務遂行の意義が確認されている。次の引用においても同様に、アラス上空での対空砲火によって「私」の本質が明らかになったと述べられる。

> 　Je me dis « C'est le tir d'Arras... » Le tir a brisé une écorce. Toute cette journée-ci j'ai sans doute préparé en moi la demeure. Je n'étais que gérant grincheux. C'est ça, l'individu. Mais l'homme est apparu. Il s'est installé à ma place, tout simplement. Il a regardé la foule en vrac, et il a vu un peuple. (*PG*, p.215)
> (「アラスの砲火のおかげだ……」と私は思う。砲火が殻を破ったのだ。今日一日、私は自分の中に住まいを準備していたらしい。私は口うるさい管理人にすぎなかった。個人とはそうしたものだ。だが、そこに人間が現れた。それがごく単純に、私の代わりに住み着いたのである。人間はばらばらの群衆を眺め、そこに一つの国民を見て取った。)

　悟りを開いた「私2」の明晰さは、「私」という個人のうちに「人間」が現れたことによるものとされるが、それによって世界の捉え方が変化する。ばらばらの群衆だったものが人々として見えてくるように、世界を意味あるものと捉える視点の獲得こそ「人間」のはたらきによるというのである。「私」の変化の本質が、世界を統一的に捉えるヴィジョンの獲得にあることは、「私は何も発見していない。ただ、眠りから覚めるように、もはや見ることのなくなっていたものが再び見えるようになったのだ」(*PG*, p.216) という形でも述べられる。「私」は眠りから覚めるようにヴィジョンを取り戻したとされるが、認識の明晰性に対立する要素としてここに提示される「眠り」のイメージは、物語の最終章で「私」が置かれた状態を示す指標として再び登場することになる。

4.4.2.2. 語り手「私2」

　新しい認識を得た「私2」の語り手としてのはたらきが見て取れるのは、アラス上空での体験を伝える際の二人称語り、物語価値性の明確な否定、そして、物

語言説が登場人物の思考や独白を超えて詩的機能を帯びるくだりである。

既に見たように、物語前半では「私1」が戦争の無意味さや不条理を説くために « vous » を用いた二人称語りを多用していたが、アラス上空の場面では二人称語りの機能が一変する。たとえば、「私は衝撃の驚きを感じ、それから恐怖を、それから緊張のゆるみを感じてしかるべきか。とんでもない！（Pensez-vous !）そんな暇はないのだ！」(PG, p.194) における下線部は対空砲火の衝撃をどう感じるかについての意外性を強調する表現であり、負け戦の理不尽を説くものではない。そして「悟り」の渦中ともいえる箇所、すなわち肉体に縛られた「私1」を脱した新しい「私2」が語り始めるくだりでは、二人称が « tu » へと切り替わる。

　　Ton fils est pris dans l'incendie ? Tu le sauveras ! On ne peut pas te retenir ! Tu brûles ! Tu t'en moques bien. Tu laisses ces hardes de chair en gage à qui les veut. Tu découvres que tu ne tenais point à ce qui t'importait si fort. Tu vendrais, s'il est un obstacle, ton épaule pour le luxe d'un coup d'épaule ! Tu loges dans ton acte même. Ton acte, c'est toi. Tu ne te trouves plus ailleurs ! Ton corps est de toi, il n'est plus toi. (PG, p.191)
（君の息子が火に巻かれたとしたらどうだ？　君は息子を助け出すだろう！　誰も君を引き止めることはできない！　君は火傷する！　ところが、それを何とも思わない！　君はその肉体という衣装を、必要とする相手に担保として投げ出すのだ。その時君は、あんなにも自分にとって重要だったものにけっして執着していなかったことに気づく。もし障害があれば、肩の一押しを奮発するため、肩を売ってしまおうとするだろう！　君という人間は君の行為自体の中に宿っている。君の行為こそ君なのだ。もうそれ以外のところに君はない！　君の肉体は君のものだが、もはや君自身ではない。）

呼びかけられる相手との距離を縮める二人称 « tu » を用いた語りは、もはや論証によって読み手を説き伏せようとするのではなく、短文の積み重ねによるスピード感と感嘆符の多用による熱狂を伴う形で、「私2」の新しい世界観を一気呵成に示そうとする。啓示体験の急激さと、感嘆符が示す「私」の高揚感は、出撃前の「誰がはやり立つ思いで身支度をするだろうか？　そんな者は誰もいない」(PG, p.134) という蔓延した無気力感と好対照をなしている。このように、二人

称を用いた語りは、物語前半部では負け戦の理不尽を説く機能を果たしていたが、アラス上空の決定的体験においてその機能を一変させ、二人称も « tu » に切り替わって、啓示体験の突然性や意外性を熱烈な調子で伝えている。語りのトーンの劇的な変化が、「私1」から「私2」への急激な変化を雄弁に物語っているのだ。こうして、「悟り」以降は二人称による対話的論証が姿を消し、後に見るとおり、「私2」による内省的で詩的なモノローグへ移行することになる。

「私2」による物語価値性の否定については、物語前半で「私1」が、偵察任務は出来事に語る価値がなく、帰還後に見出すはずの光景は伝達不可能で語る意味がないため、どちらも「何も言うことはない」« n'avoir rien à dire/raconter » という形で物語価値を否定していた。だが、アラス上空で対空砲火に晒される体験を契機として物語価値と本質的価値が分離し、« n'avoir rien à dire/raconter » という表現の両義性が露呈するとともに、その含意が「語るに足らない」から「語り得ない」へと重心を移すことになる。

> Mais ces chocs, qu'il faut bien décrire, ne comptent pas. Ils tambourinent, sur une écorce, sur un tambour. [...] Le corps, on s'en fout bien ! Ce n'est pas lui qui compte... ça c'est extraordinaire ! (*PG*, p.190)
> （しかし、これらの衝撃は、語らなければならないが、重要なものではない。それらは皮の上、ドラムの上で音を立てる。（略）　身体のことなど、どうでもいい！　重要なのは身体ではない……これは驚くべきことだ。）

アラス上空の体験を語るには、対空砲火の衝撃を語らないわけにはいかず、その意味において対空砲火の衝撃が物語価値を持つことは疑いない。だが、それは本質的価値を持たないという。なぜなら、対空砲火の衝撃は身体に響くだけであり、身体など重要ではないとされるからである。こうして、物語価値と本質的価値の乖離が明らかになり、本質と一致しない言語の限界が露呈する。だからこそ、アラス上空の体験以降、言語の無力と限界が繰り返し指摘されることになるのである。たとえば、客観的には明らかに敗軍の兵士であるにもかかわらず勝者の落ち着きを感じているという「私」は、自分たちの勝利の感覚を言葉で正当化できないという。

> Les mots sont contradictoires ? Je me moque des mots. Je suis semblables à

Pénicot, Hochedé, Alias, Gavoille. Nous ne disposons d'aucun langage pour justifier notre sentiment de victoire. (*PG*, pp.208-209)
（言葉が矛盾している？　私には言葉などどうでもいい。私はペニコや、オシュデや、アリアスや、ガヴォワルに似ている。我々は、我々の勝利の感覚を正当化するためのいかなる言葉も持たない。）

なぜなら、「生は状態によってではなく、その歩みによって言語化されるものである」（*PG*, p.209）というように、勝利や敗北といった言葉は一時の状態を指す表現でしかないが、生は状態ではなく進展によってしか把握できないからだという[127]。そして「私2」は、「言葉による説明は、それが何であれけっして瞑想に取って代わることはできない。存在の統一性は言葉で伝えることはできないのだ」（*PG*, p.220）と、世界を意味あるものとして統一的に捉えるヴィジョンは言語伝達不能であると断言する。ここまできっぱりと言語の限界が宣言された以上、もはや「悟り」によって得たヴィジョンを伝えるために語ることは不可能となる。

Et, là où n'existe pas le sentiment de la patrie, aucun langage ne le transportera. On ne fonde en soi l'être dont on se réclame que par des actes. Un être n'est pas de l'empire du langage, mais de celui des actes. [...]
L'acte essentiel ici a reçu un nom. C'est le sacrifice. (*PG*, p.221)
（祖国への思いが存在しないところには、どんな言葉でもそれを持ち込むことはできないだろう。人が自らのうちに拠り所となる存在を築くのは、ただ行為によってのみである。存在は言語の領域ではなく、行為の領域に属するのだ。（中略）
本質的行為は、ここで一つの名を得た。それは犠牲である。）

このように言葉の無力を説き、「犠牲」という名の行動を称揚する「私2」は、物語終盤にかけて物語伝達者の役割を離れ、再び行動する登場人物に回帰しようとする。同時に、物語言説も伝達の媒体であることを止め、行動する「私」のための個人的なクレド（信条告白）に変化していく。物語言説の詩的機能が顕著となるのは[128]、まさにそのとき、すなわち「私2」が行動する登場人物へ回帰しよ

---

[127] 『夜間飛行』の終盤に見られた主張と同じである。2.4.2.節を参照。

うとする直前である。アラス上空での「悟り」以降、論証や説得を目指す語りは姿を消し、物語終盤では、散歩する登場人物「私」の思考にしては不自然なまでに整った詩的リフレインを伴うモノローグが支配的となる。

> Ma civilisation, héritant de Dieu, a fait les hommes égaux en l'homme.
> Je comprends l'origine du respect des hommes les uns pour les autres. [...]
> [中略：以下同様の書き出しが2回]
> Ma civilisation, héritière de Dieu, a fait ainsi, de la charité, don à l'homme au travers de l'individu.
> Je comprends la signification profonde de l'humilité exigée de l'individu. [...]
> [中略：以下同様の書き出しが2回] (*PG*, pp.218-220)
> (私が属する文明は、神より受け継がれ、「人間」のうちに人間たちを平等となす。
> 私は、人間たちがお互いに払う敬意の由来を理解している。(中略)
> 私が属する文明は、神より継承されたもので、このように個人を通して「人間」に愛徳を贈ったのである。
> 私は、個人に求められる謙虚さの深い意義を理解している。(後略))

中略箇所を含めると「私が属する文明は、神より受け継がれ」« Ma civilisation, héritant de Dieu » が3回、「私が属する文明は、神より継承されたもので」« Ma civilisation, héritière de Dieu » が3回、「私は理解している」« Je comprends » が6回というリフレインが形作られており、ここまで詩的機能が強化されたモノローグは、もはや登場人物「私」の内的思考とは考え難い。じじつ「私」は、「だが私は自分が見たものを覚えておきたい。覚えておくために、私には単純な信条告白が必要だ」(*PG*, p.226) と、この後の言説を、ヴィジョンを記憶に留めるための個人的なクレド（信条告白）と位置づけている。一種の覚え書きとしての信条告白が必要となる理由は、既に序盤から「私」が「私は誰も口にしない明白な事実にショックを受ける。精神の活動はとぎれとぎれなのである」(*PG*, p.123) と述べているとおり、精神活動が間歇的なものであり恒久的ではないからである。そして、ヴィジョンは知性ではなく精神 (esprit) によってしか捉えられないため、「悟り」によって得られたヴィジョンもやがて忘れられ失われてしまう。だから

128　詩的機能については、たとえば次を参照。Jean-Louis Chiss, Jacques Filliolet, Dominique Maingueneau, *Linguistique française - Communication, syntaxe, poétique*, Hachette, 1992, p.19.

こそ「私」は、「消えてしまうかもしれない感情の意味を、急いで捉えなくてはならない」(*PG*, p.215)、つまりヴィジョンを形に留めなくてはならないのだ。そのために第27章の終わりに現れるクレドは、やはり詩的なリフレインを伴うものである。信条告白は「私は、個人に対する「人間」の優位を守るために闘う——個別的なものに対する普遍的なものの優位と同じように」(*PG*, p.226) と始まり、「私は「人間」のために闘う。その敵に対して。だがまた、私自身に対しても」(*PG*, p.227) と終わるまでプレイアード版で1ページに満たないが、その間に « je combattrai » と « je crois que » がそれぞれ5回ずつ繰り返され、詩的効果を作り出している。ここで問題となる詩的機能は、テクストに美的価値を与えるだけでなく、一連の言葉を記憶に留めるのを助けるという中世以来の韻文本来のはたらきであって、美的鑑賞のためではなく実践的で「行動主義的」な詩的機能が発揮されていると考えられる。この詩的な信条告白は、いわば語り手「私2」の遺文である。というのも、クレドに見られる明朝の任務への言及や « je combattrai » という未来形によって、「私」は再び「行動する私」という « figural = actoriel » な属性を取り戻しつつあるからである[129]。

　このように、語り手「私2」は、最初は二人称語りで「悟り」体験を伝えようとするが、やがて言語の限界を明らかにし、最後には物語言説を伝達の媒体から行動のための信条告白に変えてしまう。つまり、物語上で見た語り手「私2」の機能は、「私」が語り手としての役割を離れ、行動する登場人物に回帰する筋道を整えることだといえよう。明晰な精神とヴィジョンを備えた語り手「私」はクレドと共に姿を消し、行動する登場人物「私」に回帰する。それゆえ最終章における「私」は、次に見るとおり、もはや知覚も認識も限定された一登場人物にすぎないのである。

4.4.3. 行動する「私」への回帰

　最終章となる第28章では、33-2飛行部隊の面々が集まった真夜中の作戦会議室が舞台となっており、隊長アリアスはもちろん、オシュデ、ペニコ、ガヴォワル、ラコルデールといった人物が総出演する。この場面において、他の仲間と共にいる「私」は登場人物の一人にすぎない。「私」は他の人物を外面からしか捉

---

[129]　終盤にかけての「私」は、単に登場人物に回帰するというよりも「語る私」に対立する「行動する私」としての側面を強めていくため、ここではジュネット提案の « figural » よりも「行為」の意味合いを含むリントヴェルトの « actoriel » の方がふさわしく思われる。

えておらず、それまでのモノローグとは異なって、場面中には「私」と他の登場人物との対話が多く直接話法で出てくる。つまり、場面内での発話に関する限り、「私」も他の登場人物も同じ水準に置かれているわけで、既に「私」は特権化された語り手ではないことが分かる。この最終章では、「私は戦友たちのところに帰った。我々は命令を受けるため、全員が真夜中に集まらなくてはならなかった。33-2飛行部隊は眠気に襲われている」(*PG*, p.227) と最初から眠気 (sommeil) に言及されていることも注目に値する。ここで第一義的に問題となるのは、もちろん「部隊は三日間寝ておらず、トランプの城のように立っている」(*PG*, p.227) とあるとおり肉体的な疲労と睡魔であるが、「眠り」は精神の明晰さ =「目覚め」に対立するイメージでもあった[130]。したがって、眠気への言及は、精神の明晰さが失われていることの暗示でもあると考えられよう。じっさい、前の章では透徹したヴィジョンに基づいて文明論を展開していた「私」が、最終章ではひどい眠気に捉われ、戦友ヴェザンの「ひどい終わりになるぞ！」という発話に「何がひどく終わるって？」と聞き返し、「戦争だよ！」との返答に、さらに次のように尋ねて呆れられる。

  Je me renfonce dans mon sommeil. Je réponds vaguement :
  « ...Quelle guerre ?
  — Comment : "Quelle guerre" ! » (*PG*, p.228)
（私は眠りの中に身を沈める。私はぼんやり答える。
「……何の戦争？」
「なんだって、『何の戦争』だと！」）

睡魔に囚われた「私」の知力・理解力が及ぶ範囲は、もはや話の文脈を把握できないほどに狭まっているのだ。また、「私は首をソファの背もたれにもたせかける。ソファを見つけたからだ。私も眠り込んでいた」(*PG*, p.228) といった即物的なトートロジーも、最終場面における「私」の愚鈍さと知覚・認識範囲の縮小をよく示している。こうした知覚・認識の狭さと即物性は、「かくして、任務に出撃する私は、ナチズムに対する西側諸国の戦いのことなど考えていない。私

---

130 「私は何も発見していない。ただ、眠りから覚めるように、もはや見ることのなくなっていたものが再び見えるようになったのだ」(*PG*, p.216)

が考えるのは身近で些末な事柄だ。(中略) それから、私の手袋のことを。手袋はいったいどこにある？　私は自分の手袋をなくしてしまった」(*PG*, p.124)とマッチや手袋を失くして探す出撃前の「私1」にも見られた特徴である。さらに、「ああ！　ポーラ、もし飛行部隊にもチロル出身の子守がいたら、33-2部隊は全員、とっくに寝床についてるだろうに！」(*PG*, p.228)とポーラへの呼びかけが再び現れ、アラス上空の「悟り」直前に見られた一種の退行願望が復活している。このように、最終章における「私」は、明晰さを失い、眠気と退行願望に捉われた登場人物にすぎないのである[131]。

最後に、司令官アリアスが基地の撤収と部隊の移動を告げ、物語は締めくくられる。

　　　Nous ne dirons rien. Nous assurerons le déménagement. Lacordaire seul attendra l'aube pour décoller, afin de remplir sa mission. Il rejoindra directement, s'il en revient, la nouvelle base.

　　　Demain, nous ne dirons rien non plus. Demain, pour les témoins, nous serons des vaincus. <u>Les vaincus doivent se taire. Comme les graines.</u> (*PG*, p.228)
　(我々は何も言うまい。我々は基地の移転を引き受けるだろう。ラコルデールだけが、任務のために夜明けを待って飛び立つだろう。生還したら、彼は新しい基地に直接合流することになっている。
　　明日もまた、我々は何も言うまい。明日、我々は目撃者にとっては敗者であろう。<u>敗者は沈黙せねばならない。種子のように。</u>)

物語世界を覆い尽くさんばかりだった「私」のモノローグは「我々の沈黙」に到達し、そこで物語は閉じられる。「沈黙」を告げて物語言説が終わるという形で、語りはいわば二重の意味で閉ざされることになる。物語を締めくくる「語りの否定＝沈黙」のうちに残されるのは、「明日」という時間指示によって物語言説の先へ開かれた物語時間、そして「種子」のイメージである。「種子」については、「樹木を創り出すには一粒の種を腐らせなくてはならないことを私はよく

131　登場人物と語り手、および「私1」と「私2」の区分をあえて用いるなら、最終章の「私」は登場人物「私1'」といったところであろうか。行動に意味を見出す明晰な「私2」とは明らかに異なり、眠りや退行願望など「私1」と共通する特徴を持つが、「悟り」以前の「私1」とまったく同一とは考えられないためである。

知っている」(*PG*, p.177)、また、「私が疑い得ない唯一の勝利とは、種子の力の中に宿る勝利だ。黒土のただ中に蒔かれた種子は、それでもう勝利者である。だが、小麦に宿るその勝利に立ち会うには、時の流れを経なくてはならない」(*PG*, p.209)と述べられていることから、物語の最後に暗示されているのは、「種子の腐敗＝犠牲」を通じて目指される「勝利」であることが分かる。その「勝利」へと導くのは言葉ではなく、語りの外側へ開かれた時間の中で継続される「犠牲」という名の行動なのだ。だからこそ、「私」もまた語り手であることを離れ、登場人物として行動の領域へと立ち返らなくてはならなかったのである。

そして、物語の最後で示されるのは、物語言説の外へ広がる潜在的シークエンスの存在である。それは、二つの物語シークエンス「偵察飛行」と「意味探求」の前提となる「戦争（負け戦）」のシークエンスである。「負け戦」は物語開始時から初期状態として存在し、基本的に変化や展開が見られないまま、終盤まで前景化されることなく背景に留まっている。だが、物語の最後で、暗示的な形ではあれ「種子」のイメージに内包された「勝利」が問題となるとき、「負け戦」はシークエンスとして展開する可能性を帯びて活性化するのである。ただし、読み手は、その展開と結末が語られるのを聞くことはない。シークエンス「負け戦」の解決は物語の外側へ、言葉が有効性を失う沈黙と行動の領域へ委ねられているからである。「勝利」を目指す物語シークエンスを始動させるのは、「種子」のイメージと開かれた時間を与えられた読み手の役割となるだろう。

4.5 まとめ

「偵察任務の遂行」と「任務の意味探求」という二つのシークエンスによって構成された物語を俯瞰すると、アラス上空の時点で生じた決定的な不可逆変化が物語において最も重要な出来事であることが分かる。『戦う操縦士』をミニマル・ストーリーに還元するなら、「任務遂行は無意味だった→私はアラス上空で悟りを得た→任務遂行には意味がある」という形になるはずであり[132]、『失われた時を求めて』を「マルセルは作家になる」という一言に還元してみせたジュネットに倣えば[133]、『戦う操縦士』は「私は任務の意味を見出した」と要約されるだろう。外的な出来事のレベルでは、たとえば戦況の変化など状態変化をもたらす事

---

[132] ミニマル・ストーリーとは二つの状態と一つの事象だけを報告する「最小の物語」である。Gerald Prince, *A Dictionary of Narratology, op.cit.* の « minimal story »（p.53）の項を参照。
[133] Gérard Genette, *Figures III, op.cit.*, p.75.

象が存在しないため、ミニマル・ストーリーを構成しうる出来事は「私」の認識のレベルにしかない。だからこそ、物語前半の様々な要素が、『戦う操縦士』の物語性を保証する第二シークエンス「任務の意味探求」を準備しているのだ。

　任務の意味を見出すには、最初は任務が無意味であることが前提となる。そのため「私1」は、冒頭から登場人物として任務に毒づくばかりでなく、二人称で読み手に呼びかける語り手として、負け戦における戦闘行為の無意味さや不条理を説得的・論証的に説いている。また、意味の喪失は単に「私」や所属部隊だけの問題ではなく、もっと全般的な現象であることが示されるが、その際には、避難民や逃亡兵たちの内面描写を伴うフィクション化された三人称小説的な語りのモードが採用されるとともに、混乱する軍や兵士の状況を捉える視座として、やはりフィクション化されたアリアスの視点が活用され、無意味さの蔓延を説く「私1」の参照基準として機能していた。こうして、負け戦における全般的な無意味さは、語り手「私1」による二人称語りおよび三人称小説的なフィクション語りによって繰り返し主張され、「意味を見出す」という主要物語シークエンスの前提を構築しているのである。

　さらに、物語前半においては、主要シークエンスの展開も予告されている。「私」が本質的自己を見出して世界が意味を取り戻すこと、そして、その体験の本質は言葉では伝えられないということが予め語られているのだ。無意味と思える任務でも、これを遂行せずに逃げるのは「必要な脱皮に失敗したようなもの」(PG, p.132)であると述べられ、任務を通じた「私」の変化が暗示されるとともに、たとえ極限状況に置かれても人は自分以外の者にはなれないことが強調される。「私」は、サゴンとスペイン人の証言報告において、二人を危機的状況下でも変わらず素朴で実直な人物として提示し、どんな時でも自分は自分でしかありえないと結論づける。つまり、任務を通じて「私」が変わるということは、今までとまったく違う新しい「私」に生まれ変わることではなく、本質的な自己の（再）発見なのである。そうして「私」は世界に再び意味を見出すことになるが、その「回心」の本質は言葉では伝えられないということもまた物語冒頭で既に予告されているのだ。ただし、それは事後的に分かることであって、前半部を読む限りでは、出来事の渦中にいる全知でない「私」の語りのせいで、展開の予告は漠然とした「私」の予感として示されるに留まっている。だが、それが周到な布石であることは、物語前半でも後半でも用いられる「言うことは何もない」という言葉の意味の二重性からも明らかである。この表現は、物語前半では偵察報告

に物語価値はないという意味で用いられるが、物語後半になると、アラス上空での「悟り」という物語中で最も重要な出来事が本質的に伝達不能であるという逆説を示すに至る。語ることの不可能性に直面した「私2」は、言葉伝達を諦めて「行動する私」に回帰することになるが、それは単なる「私」個人の状態変化ではなく、「行動する我々」への再帰属であり「我々の絆」の再発見に他ならない。

　飛行士を中心とした共同体である「我々」の絆の存在は、物語全体を通じて主張されているが、興味深いのは、『戦う操縦士』における「我々」は、体験の共通性によって物語情報を正当化する根拠ではなく、逆に証言伝達によって正当化されるべき対象であって、語りを通じて一種のフィクションとして構築されているという点である。三人称物語である『夜間飛行』には語り手を含む「我々」は見られないが、『南方郵便機』と『人間の大地』においては「我々」の共通体験が物語情報を正当化していた。ところが『戦う操縦士』においては、まず物語前半でガヴォワルやペニコによる個別の証言をもとに、「我々」の絆と体験の共通性が語られる。これは『人間の大地』にも見られた一般化＝フィクション化の語りであるが、物語も後半に差し掛かるとフィクション化の傾向はさらに強くなり、「我々の絆」に根拠を与える証言者であるはずのラコルデール、オシュデといった人物がフィクション化やアレゴリー化されて提示されるに至る[134]。そして語り手は、「我々」の絆は言葉で正当化することはできないと宣言するのである。

　このように、「私」が行動の意味および「我々の絆」を見出す物語とは、言葉や論証が効力を失う物語と表裏一体の関係にあり、両者が一体となって主要シークエンスを構成していることが分かる。だからこそ、フィクション化・一般化された視点から負け戦の理不尽を説いた語り手「私1」も、「悟り」以降の内省的モノローグと詩的クレドを紡いだ語り手「私2」も、最後には語りを否定して登場人物「私」に回帰し、「我々の沈黙」に至るのである。ただし、それと同時に物語を締めくくる種子のイメージが暗示的に読み手を行動へと誘うため、「我々の沈黙」とは行動と連帯への雄弁な呼びかけでもある。物語において言語化できない本質が行動を通じて絆を見出すことにある以上、読み手にもまた言葉でなく行動が求められることになるのだ。つまり、『戦う操縦士』とは、内容と語りの両面において「報告」を拒絶し否定する物語なのである。内容面については、第

---

[134] かつての拙論では、これを語り手の権能強化（認識力の増大）と捉えて分析を行った。藤田義孝「『戦う操縦士』における語りの問題—« figural » と « narratorial » の間で」、前掲論文、pp.58-61参照。

1シークエンスを構成する偵察自体が「報告」を前提として成り立つ任務であるにもかかわらず、その報告が何の役にもたたないことが物語冒頭から強調され、また「私」は、操縦士にも報告を求める隊長アリアスに対し「どうしてアリアスはこんなにも容赦がないのか？」(*PG*, p.197) と困惑を表明するとともに「私が任務から持ち帰るものは、報告書には書き記すことができない」(*PG*, p.197) と体験の報告不能性を明らかにし、さらには「私はいつも証人という仕事が大嫌いだった。参加しないのなら、私はいったい何者だろうか？」(*PG*, p.199) と証人の役割を拒絶している。そして、語りの面においては、登場人物＝語り手であった「私」が « figural » と « narratorial » の間を振幅しつつ、最後には « figural » へ回帰して語り手＝報告者の役割を放棄するに至る過程と、「沈黙」で閉じられる物語の終幕そのものが、「報告」の否定を意味していよう。同時に、語り＝報告による「語り手と聞き手」「報告者とその受け手」という役割分担も否定され、言葉ではなく行動を通じた「我々」への連帯が呼びかけられる。このように、『戦う操縦士』は、「報告」の否定を通じて « témoin »（時事的にはアメリカ）の行動を促そうとするテクストなのである。

ただし、『戦う操縦士』の語りは、単に時事的な執筆目的に適しているというだけではない。最後に「私」が向かおうとする先が「我々」という複数性を帯びた沈黙＝行動であったことから、行動を通じた人間の連帯というテーマも浮かび上がってくる。これは、サン＝テグジュペリ作品に繰り返し登場する主要テーマのひとつに他ならないが、それが語りの構造に組み込まれている点が我々の関心を引きつける[135]。なぜなら、テーマこそ共通であっても、語りにおけるその具体的な現れ方は作品ごとに異なるからである。その比較検討は本論の最終章に譲るが、いずれにせよ『戦う操縦士』の物語戦略は、「私」が飛行部隊の仲間と共に「我々」として沈黙と行動の領域に立脚し、語りの否定を通じて読み手に行動への参入を呼びかけるところにあることを確認しておこう。その際に連帯の核となるのは、読み手の参入に先立って物語世界内に確固として存在する飛行部隊「我々」の絆なのである。

---

[135] これほど周到に語りの技巧に織り込まれたにもかかわらず、行動を通じた人間の連帯といった主要テーマの重要性と普遍性が理解を得られなかったとするなら、『戦う操縦士』が時事的にしか読まれない傾向に対してサン＝テグジュペリが示したという苛立ちも当然だったことが理解されよう。ステイシー・シフ、檜垣嗣子訳『サン＝テグジュペリの生涯』新潮社、1997, p.399参照。

5.『星の王子さま』分析

5.1. 物語構造の概観

　『星の王子さま』は一人称物語であり[136]、全体として見れば、過去の出来事を回想し物語る「私」の視点が支配的となる「一人称・語り手視点」に当てはまる[137]。このタイプの物語では語り手の視点が現在と過去を自由に行き来できるため、比較的長い時間を扱うのに適しており、じっさいに作中では6歳のときの思い出に始まって、6年前に砂漠で王子と過ごした一週間、そして回想する現在の語り手「私」について語られていることから、扱われる物語時間の幅は大きいといえる。しかも「絵本」であるためテクストの分量が少ないことを考えると、「物語時間の長さ÷物語言説の長さ」であるところの「速度」はさらに大きくなるため、その点では物語類型どおりの特徴を備えているといえよう。だが、読み手の側には、それほど長い間の出来事を短時間で読み終えたという印象は残らない。なぜなら、物語で最終的に重要となるのは、王子の思い出を読み手に打ち明ける「私」の語りに他ならず、出来事の時間と語りの時間が一致することで時間感覚のミメーシス効果が生まれるからである。出来事の時間と語りの時間を揃えるのではなく、語りそのものが出来事になることで、読み手は語り手の時間を共有することになるのだ。

　「順序」についていえば、物語のマクロ構造に錯時法を見て取ることができる。一次物語の中核を成すのは6年前の遭難における「私」の体験であるが、そこには、三人称モードで語られる王子の1年以上にわたる旅の話が入れ子の形で含まれている。王子の旅は「私」と砂漠で出会う前の出来事だから、物語は時間を遡って後説法の形を取る。したがって、一次物語の基本的な順序は「2-1-3」となる。このように、6年前の遭難が語られる第2章から第26章までを一次物語と見

---

[136] *Le Petit Prince* の « prince » を「王子」と訳すことには問題がないわけではないが、本論では分かりやすさのため、内藤濯訳によって定着した呼称である「王子」を採用する。« prince »を「王子」と訳すことの問題については片木智年『星の王子さま☆学』慶應義塾大学出版会、2005, pp.19-23を参照。

[137] 『星の王子さま』の語り手が用いる一人称を訳するなら「私」よりも「僕」のほうが適当かと思われるが、本論では用語の統一のため「私」と表記する。

なし、幼少期の思い出が語られる第1章および語り手の「今」が語られる第27章をその「枠」と見なすならば、全体の基本的な時間順序は次のように図式化することができよう。

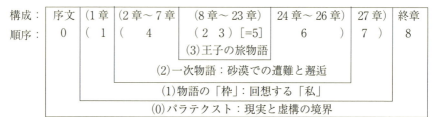

0：物語時間の開始前　1：「私」が6歳の幼年期　2：王子の故郷と旅立ち　3：王子の地球での経験　4：「私」の遭難と出会い　5：親密な「空白の」3日間　6：王子との別れ　7：回想する語り手「私」の現在　8：物語を閉じる語り手「私」の現在

　つまり、物語は三重の「枠」構造を持っていることになる。普通のおとぎ話であれば一次物語となるはずの王子の旅物語は、「私」の物語に縁取られた二次物語として扱われ、王子の体験は三人称物語の形で一人称物語に嵌め込まれているが（順序2〜3）、王子が体験を語る場面そのものは物語中に出てこない。三人称物語として伝えられる王子の旅の話は、作中では語られない順序5の時点にあたる「空白の3日間」に王子が「私」に語って聞かせた内容に対応している。つまり王子の旅物語は、物語内容のレベルでは順序2〜3に対応し、物語行為のレベルでは順序5に対応しているのである[138]。このように、王子の物語は、物語内容と物語行為の二重性を活用する形で登場人物「私」の一次物語に埋め込まれ、さらに回想する語り手「私」の「枠」に収められた上、物語の書き手「私」のパラテクストに縁取られている[139]。かくして王子の物語は、「私」の一人称語りによって三重に取り巻かれていることになる[140]。
　ところが、このように手の込んだ一人称語りの枠を用意しておきながら、語り

138　これは、『南方郵便機』の第二部全体が、第一部の終わりでベルニスが想起しようとする休暇中の出来事に想起内容のレベルで対応すると同時に、想起行為の持続という点で第三部冒頭にもつながっていくという想起内容と想起行為の二重性と同じ構造を持っている。

139　5.4.2.節において我々が明らかにするとおり、構造的にも形式的にも対応関係にある順序0と順序8には、そこで語る「私」の位置づけについての意図的な捻れが存在し、それが物語受容において決定的な役割を果たしている。

5.『星の王子さま』分析

手は次のように告白している。

> J'aurais aimé commencer cette histoire à la façon des contes de fées. J'aurais aimé dire :
> « Il était une fois un petit prince qui habitait une planète à peine plus grande que lui, et qui avait besoin d'un ami ... » (*PP*, p.246)[141]
> (僕はこの物語を、おとぎ話のように始めたかったのです。こんなふうにお話ししたかったのです。
> 「むかしむかし、小さな王子さまがいました。自分よりちょっとだけ大きな星に住んでいて、友だちを欲しがっていました……」)

　本当ならおとぎ話の伝統的なスタイルである三人称物語として語りたかったという語り手「私」の言葉は、単なる「大人たち」批判や、物語の受け手と想定されている「子どもたち」への言い訳以上の意味を持っている。なぜなら、語り手は、敢えてこのような言い訳をしてまで、子ども向けの特権的な語り形式とされる三人称体を放棄したことになるからである。語り手はその理由を、「僕は僕の本を軽々しく読んで欲しくないからです。こうして王子さまの思い出を話すのは、僕には本当につらいことなのです」(*PP*, p.246)と説明し、最後に「僕はたぶん、少し大人のひとみたいになっているのです。僕は歳をとってしまったに違いありません」(*PP*, p.247)と現在の自分を顧みている。つまり、語り手「僕」は、もはや子どもとはいえない自分自身の心痛を理解してもらうために、純粋に子ども向けの語り形式である三人称体を捨てて一人称体を採用したのである。三人称語りが子どものためのおとぎ話形式であるとするなら、一人称語りは大人のための物語形式ということになるだろう。

　では、三人称体のおとぎ話を信じられる子どもではなくなった大人の読者に対

140 　小島俊明は、『星の王子さま』のキツネが王子に贈った「肝心なことは目に見えない」という「秘密」が、王子から語り手「私」に、「私」から読み手に、読み手から他の誰かに、と次々に贈り継がれていく構図を指摘しているが、「秘密」の贈与が三重の枠構造の各水準に対応する点を考え合わせると、その作品構造との関係がいっそう理解しやすくなるであろう。小島俊明『星の王子さまのプレゼント』中公文庫、2006, pp.172-173.

141 　本論における *Le Petit Prince* (1943) の引用はすべて *Œuvres complètes*, t.2, *op.cit.* 所収の版によるが、各章の始めの単語がすべて大文字で表記されている点についてのみ、読みやすさを優先して最初の一文字のみを大文字とする通常の表記に変更している。

して、三重の「枠」構造を伴った一人称物語形式は一体どのように機能し、どのような効果を上げるのだろうか。三人称物語から一人称物語への変更によって語り手は物語世界の中に登場人物として居場所を得るが、同時に物語情報という点で制約を受け、登場人物との関係、および読み手との関係という点でも変化を蒙ることになる。そこで本章では、物語情報制御の問題、語り手と登場人物の関係、そして読み手に対する語り手のエートスを検討し、物語において一人称的語り手「私」の果たす役割を明らかにする。なお、作中の挿絵についても分析を行うため、以下では通し番号をつけて挿絵を識別する（p.245の挿絵一覧を参照）。

5.2. 物語情報制御の問題

　『星の王子さま』という物語は、「私」が砂漠の真ん中で異星からやってきた王子に出会うという点で、明らかにおとぎ話や妖精物語の様相を帯びている。しかし、語り手「私」はあくまで現実世界の住人であって、王子のように星から星へ旅をしたり動植物と話したりする能力は持ち合わせていないため、やはり一般的なリアリズム小説と同様に物語情報という点で制約を受けることになる。マリー＝ロール・ライアンのいう最小離脱法則により、特に断り書きや記述のない属性や性質については一般に現実世界の法則が物語世界でも通用すると見なされるからである[142]。したがって、語り手「私」がキツネやバラなど動植物を含む様々な登場人物の内面を物語るには、何らかの手段で情報を得る必要があり、その情報がどのように得られたか、つまり「私」が登場人物として情報源といかなる関係を取り結んだのかという点がまず問題となる。第二に、本作では挿絵が物語を支える不可欠の要素であり、しかも語り手「私」は挿絵の描き手でもあるとされているため、物語情報としての挿絵についても考慮する必要があろう。そこで我々は、語られる情報と挿絵の示す情報が、作中でどのように根拠づけられ正当化されているかという問題を以下の5.2.1.節で取り上げ、続いて、それらの情報がどのように一人称物語の制約に抵触し、情報過剰を起こしているかという点について5.2.2.節で検討する。

5.2.1. 語られる情報の取得：言語伝達

　王子とは違って普通の人間にすぎない語り手「私」が物語情報を得るには、や

---

[142] Marie-Laure Ryan, *Possible worlds, artificial intelligence, and narrative theory, op.cit.*, pp.51-53.

はり体験の共有か言葉での伝達に頼らざるをえない。だが、一次物語の開始時点、すなわち砂漠での邂逅場面では互いに初対面の「私」と王子の間には予め共有された過去の体験が存在しないため、実際に物語情報を正当化する根拠となりうるのは言葉での情報伝達に限られる。では、語り手「私」はどのようにして王子から話を聞き、情報を得たのだろうか。

　語り手＝登場人物「私」が持つ王子についての情報は、話を聞くことによってゼロから次第に増えていったと考えられるが、物語序盤においては、「こうして僕は王子と知り合ったのです」(*PP*, p.241)、「こうして僕は、二つ目のとても大事なことを知りました」(*PP*, p.244)、「こうして、三日目に、僕はバオバブの悲劇を知ったのです」(*PP*, p.247) と、まさしく「私」が王子のことを理解していく過程そのものが主な物語内容となっている。また、王子との最初の接触においては、「僕は、雷に打たれたように、飛び上がりました。僕は目をごしごしこすって、よく見てみました」(*PP*, pp.237-238)、「それで僕は、現れた人物を、驚きでまん丸な目で見つめました」(*PP*, p.238)、「あんまりにも不思議だと、逆らう気にもならないものです」(*PP*, p.238) など「私」の驚きを示す表現がくり返し現れるが、この驚きは「私」が王子について持つ情報量がゼロであることの証といえよう。王子は「私」にとって最初は理解不能な存在なのである。砂漠の真中に突然現れた王子が一体どこから来たのかという謎に対して、「私」は王子の「じゃあ、君も空から来たんだね！　どの星から来たの？」(*PP*, p.242) という言葉に手がかりを見出すものの、答えを得ることができない。

> J'entrevis aussitôt une lueur, dans le mystère de sa présence, et j'interrogeai brusquement :
> « Tu viens donc d'une autre planète ? »
> Mais il ne me répondit pas. (*PP*, p.242)
> （彼がどうしてここにいるのかという謎について、たちまち小さな手がかりを見つけた気がして、僕は不意に尋ねてみました。
> 「じゃあ、君は他の星から来たんだ？」
> でも、彼は答えませんでした。）

　こうして最初の情報獲得の試みは、「私」の性急な質問に王子が答えないため失敗してしまう。そのため「王子がどこから来たのか分かるまで、長い時間がか

かりました」(PP, p.241) という次第になる。同様の表現は他にも見られ、「王子がたまたま口にした言葉から、少しずつ、分かってきたのです」(PP, p.241)、「僕は王子の星について、旅立ちについて、旅の途中について、日ごとに少しずつ知っていきました」(PP, p.247)、「ああ！ 小さな王子、僕にはこうして、少しずつ君のささやかで憂いに満ちた生活のことが分かってきたんだ」(PP, p.252) といった表現によって理解に必要な時間の長さが強調されている。「性急な」質問が失敗する所以である。王子は質問に答えないばかりか「僕の友だちは、けっして説明をしませんでした」(PP, p.247) というわけなので、理解には時間だけではなく、「だから僕は、それについてもっと知ろうと努力しました」(PP, p.242)、「僕ひとりでこの問題を理解しようとして、僕は一生懸命頭を使いました」(PP, p.248) と、理解しようとする努力も必要となる。王子のことを理解する助けとなるのは、「今度もまた、ヒツジのおかげでした。王子は、重大な疑いにとらわれた様子で、突然僕に尋ねたのです」(PP, p.247)、「5日目に、やっぱりヒツジのおかげで、王子の生活の中の秘密が僕に分かりました」(PP, p.253) とあるように「私」が描いたヒツジの絵である。ヒツジが何度も話のきっかけとなり、そのおかげで「私」には王子のことが徐々に分かってくるのだ[143]。

このように「私」が王子を徐々に理解する過程は5日目に大きな転機を迎える。バラのトゲの話をめぐって王子と「私」が言い争った後、「僕はまもなく、この花についてもっとよく知るようになりました」(PP, p.256) と理解のプロセスが加速し、語りのモードもそれまでとは異なったものになる。上の文で始まる第8章からは王子に関する物語情報が飛躍的に増え、一人称体の語りにいわば三人称体が混じり始めるのである。たとえば第8章では上の一文の後、バラと王子との出会いがほとんど三人称物語のように語られ[144]、さらに第9章の途中からは、ほぼ完

---

[143] なぜヒツジの絵が王子さまの理解にとってこれほど重要なのか。物語テクスト内在論の立場からは、作中で述べられる重要な教訓を物語のレベルで裏付けるためだ、という答え方が可能だろう。キツネは「君がバラのために失った時間のおかげで、君のバラはとても大事なものになっているんだ」(PP, p.298) と説いているが、ヒツジの絵とは、まず最初に「私」が王子さまのために無償で失った時間の産物であり、だからこそ王子さまと親しくなるために役立つと考えられる。

[144] 第8章の終わりは「ある日、王子は僕に打ち明けました。「僕はバラの言うことなんか聞いちゃいけなかった。花の言うことは絶対に聞くもんじゃないよ。」」(PP, p.259) という王子の告白で閉じられ、以降の三人称的パート全体が王子さまからの聞き伝えという体裁を取るが、中間部では三人称物語のようにバラやビジネスマンといった登場人物の内面が語られている。5.2.3.1. 節を参照。

全な三人称体で王子の出発と6つの小惑星への旅が語られていく。その後、地球の解説をするために第16章から第17章冒頭にかけて語り手が出てくる以外には、王子の経験がずっと三人称体で語られ、そして第24章で、物語は再び登場人物「私」の存在する一人称体に再接合される。

> Nous en étions au huitième jour de ma panne dans le désert, et j'avais écouté l'histoire du marchand en buvant la dernière goutte de ma provision d'eau :
> « Ah ! dis-je au petit prince, ils sont bien jolis, tes souvenirs, mais je n'ai pas encore réparé mon avion, je n'ai plus rien à boire, et je serais heureux, moi aussi, si je pouvais marcher tout doucement vers une fontaine !
> — Mon ami le renard, me dit-il...
> — Mon petit bonhomme, il ne s'agit plus du renard ! (*PP*, p.302)
> (砂漠に不時着して8日目となり、僕は商人の話を聞きながら、水の蓄えの最後の一滴を飲みました。
> 僕は王子に言いました。「ああ！ 君の思い出はすてきだよ。だけど僕はまだ飛行機を直してないし、もう飲み水もない。僕も、ゆっくり泉の方へ歩いて行けたらどんなに幸せかと思うね！」
> 「友だちのキツネが言うにはね……」
> 「なあぼうや、もう問題はキツネじゃないんだよ！」)

ここでは日付が遭難から8日目になっており、バラの花をめぐって「私」と王子が言い争った5日目から3日が経過している。つまり、三人称モードで語られてきた王子の旅の物語は、この3日間で彼が「私」に語って聞かせた話に対応する形になっているのだ。徐々にしか知りえなかった王子のことが5日目から8日目にかけて急速に明らかとなり、この3日間を二人が親密に過ごしたことが分かる。だが、二人の親密な様子は直接語られることがない。王子が詳しい思い出話をしたという事実から間接的に分かるだけなのである。この語られない、いわば「空白の」3日間は、後に挿絵の問題を考えるとき、とりわけ大きな意味を持つことが明らかになる。

「私」と王子が親しくなる過程は、このように最初の5日間は徐々に進行し、続く3日間で急速に進展する。そして「私」が王子と親しくなるにつれ、読み手には多くの情報が与えられていくのだ。つまりこの過程は、物語内容の面では

「私」と王子が親しくなっていく様子を物語りつつ、形式面では読み手に対する物語情報を緩急をつけて制御し、読み手にとって王子を親しい存在にしているのである。また、最初は時間をかけて徐々に親密さ＝情報量が増していき、やがてそのテンポが加速するという過程は、作中の重要な教訓に対応すると考えられる。キツネは王子に「飼いならす＝親しくなる」方法を次のように説いているからである。

> — Il faut être très patient, répondit le renard. Tu t'assoiras d'abord un peu loin de moi, comme ça, dans l'herbe. [...] Mais, chaque jour, tu pourras t'asseoir un peu plus près... » (*PP*, p.295)
> （キツネは答えました。「とても辛抱強くなくちゃいけない。君は、最初は俺から少し離れて、こんなふうに草の中に座るんだ。（略）でも毎日、だんだん近くに座れるようになるだろう……。」）

下線部の表現から、親しくなる過程は時間をかけて徐々に進行することが分かるが、これはまさに物語冒頭から「私」が王子のことを知っていく過程に対応している。キツネの教訓が読み手の心に残るのは、普遍的な真理が簡潔に述べられているという理由だけでなく、それが物語のレベルで説得力を持つように構成されているからでもある。つまり読み手は、「私」が王子と時間をかけて親しくなる物語を既に見ているため、その過程を要約的に表現したキツネの教訓を受け入れやすくなっているのだ。その意味において、物語序盤の緩急を伴う物語情報制御は、まさに読み手を「飼い慣らす」語りの仕掛けといえるだろう。

5.2.2. 物語情報と挿絵

一般に物語テクストにおいて、挿絵が情報として問題になることは稀である。ほとんどの場合、物語の挿絵とはテクストの伝える物語内容を補足ないし補助するものでしかなく、挿絵を誰がどのように描いたかという問題は編集やパラテクストに関わる事柄にすぎない。しかし、語り手「私」が挿絵の描き手でもあるとされる『星の王子さま』については、挿絵を物語情報の観点から検討することが可能であり、物語分析にとって有意義でもある。なぜなら、作品の冒頭から絵を描くという行為そのものが主題化されており、絵が物語を立ち上げ、物語を導く要因として機能しているからである[145]。では、作中において、挿絵はどのよう

な情報を物語の読み手に提供するのだろうか。

5.2.2.1. 物語における挿絵の位置づけ

挿絵を物語の構成要素として捉えようとするとき、最初に必要となるのは物語における挿絵の位置づけを見定めることであるが、テクスト中にその手がかりを見出すことは必ずしも容易ではない。語りの言葉であれば、たとえば地の文で断定的に語られる事柄は一般に物語世界内の事実を表し、「～は思った」という表現を伴う内容は登場人物の主観を表すといった形で、物語言説の示す内容を物語情報として位置づける手がかりが与えられているのが普通である。ところが、挿絵についてはそのような約束事、すなわち挿絵の示す内容を物語情報として読み解くための「文法」が必ずしも確立されていない。物語本文から引かれた言葉が挿絵に添えられることによって、その挿絵の示す内容が物語のどの場面に対応するかが指示されていることはあるが、すべての挿絵にそうした引用文や説明がついているわけではない。『星の王子さま』においても、何の説明文も付加されず、本文中にも言及が見られない挿絵が大部分である。だが、中には物語内容に深く関わり、キャプションが付加されたり、物語の本文中で言及されたり、さらにはどのように描かれたかという経緯まで語られている挿絵も存在する。そうした言葉による付加情報の有無に基づいて挿絵を分類したものが次の図表である。

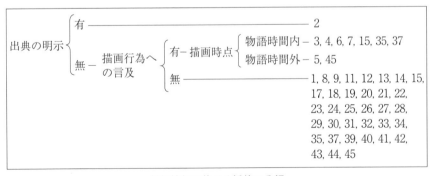

付加情報に基づく挿絵の分類

---

145 『星の王子さま』の絵はテクスト内だけでなくテクスト外においても物語を立ち上げる要因であった。作品成立においては絵が物語に先行しており、一説では執筆のきっかけもサン＝テグジュペリの落書きであったという。作品成立の経緯については三野博司による次のまとめを参照されたい。三野博司『『星の王子さま』の謎』論創社、2005, pp.8-9.

図表から明らかなように、大部分の挿絵については、描かれた経緯に関する付加情報が見られない。したがって、そうした付加情報を持つ挿絵（2, 3, 4, 5, 6, 7, 15, 35, 37, 45）は、物語において特別な意味を持つことが分かる。なかでも位置づけが特殊なのは挿絵2であり、これは作中で唯一「私」以外の描き手による絵とされている。挿絵2のオリジナルは「私」が6歳のときに読んだ『ほんとうにあった話』(*Histoires vécues*) という本の挿絵であり、『星の王子さま』に収められたのはその写しであるという。したがって、挿絵2の表す内容（獣を呑み込むボア）については物語情報の問題が生じないと考えられる。なぜなら、そこに描かれたものが真実かどうかという問題は、『ほんとうにあった話』という書物の真実性を問うことになるからである[146]。

　描画行為に言及のある残りの挿絵は、いつ描かれたかという点で大きく二つに分けることができる。物語時間外に描かれたと考えられるのは挿絵5と挿絵45であり、挿絵5については「これが、後になって、僕が一番上手に描けた王子の肖像画です」(*PP*, p.238)、挿絵45については「これは前のページのと同じ風景ですが、みなさんによく見てもらうためにもう一度描きました」(*PP*, p.321) という言及が見られることから、いずれも物語時間の後、つまり王子との別離後に描かれたと考えられる[147]。興味深いのは、これら二つの挿絵が、物語における王子の最初と最後の姿に対応している点である。表紙の絵や扉絵となる挿絵1を除けば、物語中で最初に王子の姿が読み手に提示されるのは挿絵5によってであり、

---

[146] もちろん、そんな本が実際にあったのかという問い、あるいはその写しが正確なのかどうかという問いを立てることはできるが、それは典拠を示す語り手「私」の信頼性の問題であって、挿絵2が示す情報が、物語世界内で「私」が経験し得た現実と整合的であるかどうかという観点ではない。したがって、いずれにせよ挿絵2に関する物語情報の問題は生じないことになる。

[147] 読み手への意識が明示された挿絵45が物語時間外に描かれたことは明白であるが、挿絵5については「後になって」をどのように解するかという点で議論の余地がありうる。仮に挿絵5（王子の肖像）がバオバブやキツネの絵と同様、「私」と王子が親しく過ごした3日間に描かれたのだとすれば、物語時間内に描かれた挿絵5には情報過剰の問題が生じないことになる。しかし、「一番上手に描けた肖像画」という最上級表現と、続く言い訳のくだり（「でも僕の絵は、もちろん、本物ほど素敵ではまったくありません。それは僕のせいではないのです」(*PP*, p.238)）から読み取れるのは、挿絵を提示する「私」が物語の表現者＝描き手として最善を尽くしたという弁明である。実際に時間をかけて何枚も描いてみたのでなければ「一番上手に描けた肖像画」という最上級表現は使えないはずであるから、やはり「私」は砂漠での遭難時ではなく遭難から帰還した後、すなわち物語時間外に王子の肖像画に取り組み、試行錯誤を重ねた結果、もっとも上手く描けた挿絵5を完成したと考えるのが妥当であろう。

また、物語最後の絵である挿絵45は、挿絵44との対比効果によって、無人の砂漠の風景に、そこには居ない王子の姿を浮かび上がらせる。最初と最後の挿絵はまた、物語中における「私」と王子の出会いと別れの場面にも対応している。挿絵5は、遭難した「私」が初めて王子と出会う場面に対応する「事後に描かれた」肖像画であり、挿絵45は、王子と別れた最後の風景を事後的な回想の形で読み手に示すものである。つまり、王子との出会いも別れも、語り手＝描き手「私」の事後的な視点を伴う挿絵に支えられており、王子と過ごした日々の物語全体が、語りと挿絵の両面において「私」の回顧的視点に縁取られていることになる。王子と「私」の一次物語を縁取る「枠」は、語りだけでなく挿絵によっても構成されているのだ。

　物語時間内に描かれた絵をさらに分類するなら、挿絵3と4、そして残りの挿絵6、7、15、35、37の二種類に大別されよう。挿絵3と4は「私」が6歳のときに描いたという象を呑み込んだ大蛇ボアの外側と内側の絵で、「私」の絵描きとしての出発点であるとともに挫折のしるしであり、『星の王子さま』という物語全体を貫く「教訓」的主題（見えないものを見ること）を端的に象徴する絵である[148]。残りの挿絵は、「私」が王子と出会って別れるまでに描いた3頭のヒツジの絵（挿絵6）、箱の絵（挿絵7）、バオバブの絵（挿絵15）、キツネの絵（挿絵35と37）である。ヒツジと箱の絵は、第2章で「私」が王子に初めて出会ったときに彼の求めに応じて描いたもので、一次物語である「私」と王子の物語を始動させる起点であり、「私」が戸惑いながら絵を描く様子が語られている。バオバブの絵は「それで、王子の指示にしたがって、僕はこの星の絵を描きました」(*PP*, p.250)と王子の指示にしたがって「私」が描いたことが明言されている。そして、キツネの絵については、絵を描く場面こそ作中には出てこないが、「私」と王子が井戸を見つけて水を飲んだ後の場面に、手がかりとなる次のような会話が見られる。

　　Je sortis de ma poche mes ébauches de dessin. Le petit prince les aperçut et dit

---

148　ボアの二枚の絵と作品主題との関わりについては、たとえば次を参照。小島俊明『星の王子さまのプレゼント』、前掲書、p.26. 藤田尊潮『『星の王子さま』を読む』八坂書房、2005, pp.57-63. なお、『『星の王子さま』を読む』の p.62 に示された対応図式は分かりやすいが、「青いキツネ」氏が自身のウェブサイトで指摘するとおり、図5と図6が逆になっている。http://www.lepetitprince.net/sub_shoshi/shoshiLPP.html#fujita-2（2015年8月17日参照）

en riant :

« Tes baobabs, ils ressemblent un peu à des choux...

— Oh ! »

Moi qui étais si fier des baobabs !

« Ton renard... ses oreilles... elles ressemblent un peu à des cornes... et elles sont trop longues ! » (*PP*, pp.307-308)

（僕はポケットからスケッチブックを出しました。王子はそれに気がついて、笑いながら言いました。

「君の描いたバオバブって、ちょっとキャベツに似てるね……。」

「ええっ！」

僕はバオバブの絵にはすごく自信があったのに！

「君の描いたキツネも、耳がね……ちょっと角みたいだ……それに長すぎるよ！」）

　ここで王子は、スケッチブックを取り出した「私」に向かい、キツネとバオバブの絵（下書きのスケッチ）についてコメントしている。キツネの絵が描かれた経緯については作中に何の説明もないが、王子がバオバブの絵にも言及していることから、キツネの絵もバオバブの絵と同様に、王子の話を聞きながら「私」が描いたことが推測できる仕掛けになっている。

　ところで、物語時間内に描かれた絵のうち、挿絵3と4は絵描きとしての「私」の起点であるとともに、物語最後の二つの絵（挿絵44と45）と暗黙のうちに呼応している。挿絵6と7は「私」と王子の関係の始まりを画する絵であって、特に挿絵7（箱の絵）は、5.3.2.節で述べるとおり、王子との絆の象徴として物語の最終章で重大な意味を持つことになる。つまり、物語時間内に描かれ、その経緯が語られている絵は、三重の枠構造を持つ物語全体をいわば構造的に支えているのだ。

　だとするなら、物語中で描かれたことに言及されているバオバブとキツネの絵（挿絵15、35、37）も物語の構造面において重要な役割を担っていると考えられるが、それは一体どのような役割だろうか[149]。5.1.節の物語構成図を見ると、興味深いことが分かる。挿絵3および4は挿絵44および45と呼応して物語全体の枠組みとなり、挿絵6と7は最終章（第27章）と呼応することで一次物語（「私」と王子の物語）の枠組みとなっているが、挿絵15（バオバブの絵）は挿絵35および37（キツネの絵）と対になり、王子の語る二次物語を内に収めていること

が見て取れる。では、バオバブとキツネの絵が二次物語(王子の旅物語)の枠組みとなることには一体どのような意味があるのか。

　バオバブの絵については、二次物語に入る前に、王子と親しくなった時を先取りする先説法の形で「ある日、王子は僕に、地球の子どもたちの頭によく入るように、がんばって立派な絵を描き上げないかと勧めてきました」(PP, p.250)と言及されている。王子がバオバブの絵を描くよう促したのは「ある日」(un jour)となっているが、これは5.2.1.1.節で見たとおり、明示的に語られない親密な3日間のいずれかの日だと考えられる。二次物語の後では、それまで一度も言及されなかったキツネの絵がいつのまにか描かれているものとして提示されるが、読み手は同じ箇所で言及されているバオバブの例から、キツネの絵も同様に「私」が王子の話を聞きながら描いたのだろうと推測することができる。だが、さらに重要なのは、バオバブとキツネの話が物語言説上に占める位置関係である。物語時間の上で考えるなら、バオバブの絵が描かれたのは「空白の」3日間のうちの「ある日」であり、キツネの絵も同様である。ところが、バオバブの絵の話は二次物語の前に、キツネの話は二次物語の後に置かれていることから、王子の話を元に「私」が絵を描くことは、たまたま起こった単起的な出来事ではなく、王子による旅の思い出語り全体を通じてなされた反復的な行為であるという印象が生まれる。旅物語の前に「私」は王子の勧めでバオバブの絵を描いており、旅物語の後では既にキツネの絵も仕上げている、という物語言説上の配置によって、「空白の」3日間とは、王子が旅の思い出を語り、それを聞きながら「私」が絵を描いて過ごした親密な時間だったことが暗示されるのである。

　以上のように、描かれた経緯が語られる挿絵の機能分析から明らかになるのは、回想的な「私」の語る枠物語、「私」と王子の一次物語、そして王子が語る二次物語と、三重の枠構造を持つ物語は、そのすべてが「絵を描く」という行為によって縁取られていることである。このように、語りと挿絵の両面において三重の枠構造を備えた『星の王子さま』では、物語と挿絵が、内容やテーマだけでなく構造面においても緊密な関係で結ばれているのである。

149　作品の「教訓」という観点からすれば、バオバブとキツネがきわめて重要であることは改めて言うまでもない。バオバブの場合はわざわざ断り書きがつけられ、絵の完成度の高さは警告の緊急性に比例するものだと述べられ(PP, p.250)、また、キツネは王子に人生の真理を伝え、星への帰還を決意させる点で物語の転機を提供する存在である。だが、ここで我々が注目したいのは内容や主題における意義や役割ではなく、物語を構造化する挿絵の機能である。

5.2.2.2. 挿絵の提示する情報

　語り手＝描き手「私」による挿絵を物語における情報として捉える場合、問題となるのは、絵が「私」の目撃した対象を正確に描いているかどうかである。たとえば、表紙絵としても使われる挿絵9（小惑星に立つ王子の絵）は、「私」が目撃できるはずのない情景を描いているので、物語情報の正しさという点では問題を含むことになる。ただし、「時に描写的であり、時に風刺的であり、特に象徴的である挿絵は、視線を変えながら絵の見方を増やしていき、現実の様々なレベルに結びつく」とアニー・ルノンシアが述べるとおり[150]、本作の挿絵は物語世界内の現実描写に留まるものではなく、そもそも情報の正確さを問うことに意味がない挿絵、すなわち情報の正当性が最初から問題とならない挿絵も少なくない。

　たとえば扉絵となる挿絵1は「私は思う」（Je crois qu[e]）に始まるキャプションと共に提示されているため、最初から「私」による想像図であることが分かる。また、挿絵2は他の本の挿絵を引き写したものとされており、挿絵3、4、6、7は、最初から作り物の「絵」として描かれているため、物語世界内の現実と照合して正確さを問うことには意味がない[151]。物語世界内の現実を反映しないという点では、挿絵13、21、36、39も同様であるが、これらの絵はさらに微妙な問題を含んでいる。挿絵13（象が積み上げられた小惑星の絵）は、「象なら積み上げなくちゃだめだね……」（*PP*, p.248）という王子の台詞をいわば図解したものであり、物語世界内の事実とは最初から何の関わりもない。バラを襲うトラが描かれた挿絵21も、「爪をもったトラがやって来るかもしれないわ！」（*PP*, p.258）というバラの言葉をイメージ映像として示すにすぎず、やはり情報としての正当性は問題にならない。同様に、挿絵36に描かれた狩人はキツネの語りに登場するだけの存在であり、挿絵39の泉は王子が夢想する泉にすぎないと考えられる[152]。そのため、これらの挿絵については、物語情報としての正当性がそもそも問題となりえない。

---

[150]　Annie Renonciat, « Un livre pour enfants ? », in Alban Cerisier, éd., *Il était une fois... Le Petit Prince*, Gallimard, « Folio », 2006, p.30.

[151]　ただし、厳密に考えるなら、挿絵7は物語時間内に「私」が描いた絵のオリジナルではなく、その写しであるはずだ。箱の絵のオリジナルは、王子に渡してしまったはずだからである。したがって、物語時間内に描かれた絵の現物ではないという意味においては、挿絵7には情報の正確性の点で問題が残るということはできよう。

そこで、上記以外の挿絵、すなわち、物語世界内においてフィクションや想像ではなく「現実」を描いたと考えられる挿絵のみを対象とし、描かれた「現実」が誰の体験に基づくものかという観点から分類すると次の表のようになる。

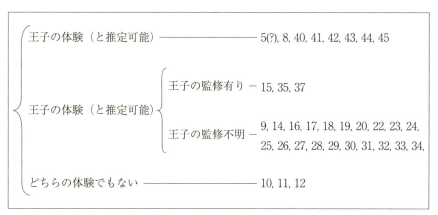

挿絵に描かれた情報は誰の体験に基づくか

　一人称物語において語られる出来事は、原則として「私」の、あるいは「私」と関わりのある登場人物の体験に基づいているはずである。目撃者も体験者もいない出来事を描写できるのは「全知」の三人称的語り手だけだからだ。したがって、『星の王子さま』の挿絵に描かれた情景も、基本的には「私」か王子いずれかの体験に基づくと考えられる。例外といえるのは小惑星B612を発見したトルコの天文学者の絵（挿絵10, 11, 12）で、これは登場人物の体験というより、物知りの解説者である語り手「私」のエートスに立脚した情報提示である[153]。

　絵に描かれた情景が「私」の目撃や体験に基づく場合、基本的には物語情報という点で問題がないと考えられるが、上の表でも「推定可能」と留保をつけたとおり、挿絵によっては物語内の特定の出来事（＝登場人物の体験）との関連を確

152　もちろん、物語世界内には狩人も泉も存在するはずであるが、それらは物語テクストによって一次的「現実」として提示されていない。にもかかわらず、その視覚情報が挿絵として与えられていると考えるなら、これらの挿絵は語りに対して情報過剰であるということはできよう。ただし、これはテクストと挿絵を比較したときに、テクストが「現実」としては提示していないものを、挿絵は「現実」と「非現実」の区別ができないまま視覚イメージとして提示しているということにすぎない。
153　語り手「私」のエートスについては5.4.1.節参照。

定できないものがある。たとえば挿絵8（断崖のようなところから砂漠を見渡す王子）は、テクスト中の位置からすると第2章か第3章、すなわち「私」と王子が出会って間もないころの物語時間に対応すると考えられる。この絵はトラや狩人などの「イメージ映像」とは異なり、物語世界内の「実際の」情景を描いたものと思われるが、それが物語内のどの場面や出来事に対応するのか、「私」や王子のいかなる体験を反映した絵であるのか、正確には分からない。物語終盤の挿絵43と44も同様に、挿絵の配置から見て王子と別れる直前の情景と考えられるが、物語中のどの出来事、テクスト中のどのくだりに対応するのかは、やはり分からない。ただし、挿絵の置かれた周りのテクストから、描かれた情景は「私」が目撃ないし体験した場面と推測できるため、「私」の体験に基づく絵として分類した。以上のような留保をつけた上で、それでもなお物語情報の観点から問題となる絵は、「私」が「後になって」描いたとされる挿絵5（王子の肖像画）である。「私」が会った人物を描いたのだから情報の問題はなさそうだが、王子の衣装が問題である。正装し帯剣した王子の姿を「私」は一体いつ目撃したのだろうか。この問題は、後に5.2.3.2.節で情報過剰を扱う際に詳しく取り上げる。

　挿絵に描かれた事柄が王子の体験に基づく場合には、王子から「私」にどの程度の情報提供がなされたかが問題となるが、いずれにしても王子の見たものを「私」は見られないため、挿絵情報の正確さという点では疑わしいものとなる。絵の上手下手による実物との相違は別としても[154]、王子の話を聞いただけでは正確な絵を描くには不十分であろう。ただし、既に見たとおり、挿絵16（バオバブに占拠された星の絵）については明確に王子が絵の監修に携わっており (*PP*, p.250)、正確さの問題は生じないといえる。王子の指示によって描かれた以上、少なくとも描き手の勝手な想像による絵ではないことが保証されるからである。バオバブの例ほど明確ではないものの、挿絵36と38のキツネの絵についても、やはり王子と共に過ごした時間の間に描かれたことが分かっているため、絵を描くにあたっては幾分か彼の監修があったものと推測されよう。

　さらに推測を進めるなら、空白の親密な3日間に、「私」はバオバブとキツネ以外の絵も描いていたと想像される。親密な3日間の様子が敢えて語られず空白

---

[154] その点についても語り手＝描き手「私」は、「でも僕の絵は、もちろん、本物ほど素敵ではまったくありません。それは僕のせいではないのです」(*PP*, p.238)、「もちろん僕は、できるだけ本物に似せて描こうと努力します。でも、うまくいくかどうか、全然自信がありません」(*PP*, p.247) と繰り返し言い訳をしている。

のままであるからこそ、読み手にはこのような推定の余地が残されるのだ。二次物語の後、それまで一度も言及されなかったキツネの絵が突然話題になるのは、話に上らない他の絵も描かれていたはずだと読み手に補完的推測を行わせる仕掛けと考えられる。だとすれば、王子の監修があったかどうかが不明であり、情報を正当化できる根拠が提示されない大部分の挿絵についても、ある程度の正確さが保たれることになる。王子の旅物語を聞きながら「私」が絵を描いている間、王子本人が「私」の絵の出来栄えについてあれこれ口を出したと考えられるからである。「王子が挿絵の監修をしたはずだ」という推測が説得力を持ちうるのは、既に前節で見たようにバオバブとキツネの例が二次物語の「枠」を構成するためでもあるが、それだけでなく、王子がまさに絵描きになることを諦めた「私」に絵を描かせる存在だからである。王子は、まず砂漠において絵を求める声として立ち現れ、しかもヒツジの絵にあれこれと注文をつけて「私」に何度も描き直しをさせる。そして物語の最後で「私」と王子を結ぶのは、「私」が描いた箱の絵に他ならない。したがって、親密な「空白の」3日間に王子が「私」に旅物語の絵を描くよう求めたと推測することはきわめて自然なのである。

以上のように、『星の王子さま』においては、すべての挿絵にいちいち注釈を加えることなく、巧みな仕方で挿絵情報に一定の真正性が保証されている。王子は物語の最初から「私」に絵を描かせる呼び声として提示され、実際にヒツジやバオバブの絵を描かせていることから、王子の旅物語を縁取るバオバブとキツネの絵のエピソードだけで、読み手は残りの絵も伝え聞きに基づいて「空白の」3日間に描かれたはずだという推測に誘われるのである。

5.2.3. 情報過剰による制約違反

王子についての物語情報が、王子自身による旅の思い出語りに根拠を置くかぎりにおいて、一人称物語における語り手「私」の知の限界という制約は守られることになる。しかし、二次物語となる王子の旅物語が、いわゆる普通のおとぎ話と同じく三人称体、すなわちフィクションの叙法で語られるときには、語りにおいても挿絵においても部分的な情報過剰が見られる。

5.2.3.1. 語りにおける情報過剰

本作品の語りにおける情報過剰は、王子を情報源とする二次物語において、王子が知りえないはずの他の登場人物の心理や思考が語られたり解説されたりする

というパターンを取る。たとえば、二次物語の最初に置かれたバラのエピソードでは、次の引用のように、開花前のつぼみの中でのバラの行動や思惑など、王子には知り得ないように思われる事柄が語られている。

> Le petit prince, qui assistait à l'installation d'un bouton énorme, sentait bien qu'il en sortirait une apparition miraculeuse, mais la fleur n'en finissait pas de se préparer à être belle, à l'abri de sa chambre verte. Elle choisissait avec soin ses couleurs. Elle s'habillait lentement, elle ajustait un à un ses pétales. Elle ne voulait pas sortir toute fripée comme les coquelicots. Elle ne voulait apparaître que dans le plein rayonnement de sa beauté. (*PP*, p.257)
> （王子は、とても大きな蕾ができるのを見て、そこから奇跡のような花が現れるのを予感しました。ところが、花は美しくなるための準備をいつまでも続けて、緑の部屋に閉じこもったままでした。彼女は入念に色を選んでいました。ゆっくりと衣装を身にまとい、一枚ずつ花びらを整えました。ひなげしのようにしわくちゃで外に出たくなかったのです。輝くように美しく装うまで姿を見せたくありませんでした。）

また、旅立ちの日に王子がバラと別れる場面でも、「バラは、泣くところを王子に見られたくありませんでした。それほど誇り高い花だったのです……」（*PP*, p.262）とバラの心理が明らかにされる。これらは一見明白な情報過剰のように見えるが、こうした物語情報もすべて情報源＝王子に由来するのだとすれば、考えられる合理的な説明は、王子が「私」に思い出を語る際、当時のバラの行動や心理を洞察あるいは推測して物語ったというものであろう。というのも、王子自身が次のように、昔の自分はバラのことを分かってやれなかったと述懐しているからである。

> « Je n'ai alors rien su comprendre ! J'aurais dû la juger sur les actes et non sur les mots. [...] J'aurais dû deviner sa tendresse derrière ses pauvres ruses. Les fleurs sont si contradictoires ! Mais j'étais trop jeune pour savoir l'aimer. » (*PP*, p.259)
> （「あの頃、僕は何も分かっていなかった！　言葉ではなくて、振る舞いで彼女を理解すべきだったんだ。（中略）　彼女の見え透いた企みの裏に、優しさが潜んでいることに気づくべきだった。花っていうのはみんな裏腹なんだから！　でも僕はまだ若すぎて、彼女をどう愛したらいいか分からなかったんだ」）

5.『星の王子さま』分析

だが、「私」にバラとの思い出を物語る王子は、既に長い旅を経てキツネにも出会い、当時のバラの気持ちが理解できるほどに成長している。したがって、バラに関する見かけ上の情報過剰は、故郷の星にいたころは分からなかったバラの心情を推し量れるようになった王子の成長の証であり、そこには二次物語内の登場人物としての王子と、二次物語の語り手としての王子との間にある洞察力の差が反映されているのである。

ただ、いかに成長したとはいえ、やはり王子は王子であって、「大人たち」のことは理解できないはずである。ところが、王子が地球に来る前に訪れた6つの星の話においては、奇妙な星の住人である大人たちの考えや振舞いが解説されている。たとえば、最初の星の住人である「王様」に関して、次のような端的な説明が見られる。

> « Comment peut-il me reconnaître puisqu'il ne m'a encore jamais vu ? »
> Il[=le petit prince] ne savait pas que, pour les rois, le monde est très simplifié. Tous les hommes sont des sujets. (*PP*, p.263)
> (「まだ一度も僕に会ったことがないのに、どうして僕が分かるんだろう？」
> 王子は知りませんでした。王様たちにとって世界はとても単純にできていて、彼らには人間はみんな家来なんだということを。)

さらに「王様」の行動原理について、「というのは、王様は何よりも、自分の権威が尊重されることを望んでいたからです。王様は命令に背くことを許しませんでした。絶対君主だったのです。でも、とても善良な王様だったので、筋のとおった命令を出すのでした」(*PP*, p.263)と解説が加えられるが、はたして二次物語の情報源である王子が、このように「王様」の思考様式や行動原理を洞察して語ることができるだろうか。「うぬぼれ屋」についても、「というのは、自惚れ屋にとって、他の人間はみんな自分の崇拝者だからです」(*PP*, p.268)とその行動原理が明かされているが、これもバラの例と同じように、当時の王子には分からなかったことが旅物語をする王子には洞察可能になったと考えることができるだろうか。「ビジネスマン」の例を見る限り、こうした「解説」は王子によるものではないと思われる。次に引用するのは、勘定に余念のないビジネスマンに王子がしつこく質問するくだりである。

— Cinq cent un millions de quoi ? », répéta le petit prince qui jamais de sa vie n'avait renoncé à une question, une fois qu'il l'avait posée. (*PP*, p.272)
（「5億百万のなに？」と、いちど質問をすると、けっして諦めたためしがない王子は繰り返しました。）

　そして遂に諦めるビジネスマンの思考が「ビジネスマンは、静かにしていられる望みがないと観念しました」(*PP*, p.273) と語られるが、このくだりの過剰情報は王子の洞察力によるものとは考えにくい。なぜなら、王子が自身の頑固さを客観視した上で、ビジネスマン視点から自分のことを「平穏を乱す相手」として語る動機が見当たらず、王子の語る内容としては不自然だからである。だとすれば、物語情報の出所は語り手「私」しかありえない。つまり、語り手「私」は、情報源が王子であるはずの二次物語において「大人たち」のことを理解した解説者として振舞っていることになる。とりわけビジネスマンについては、「私」自身が王子に対して同じように振舞ったせいで、まさにビジネスマンを引き合いに出されて非難された経緯があるため[155]、大人としての実感や苦い体験に裏打ちされた「私」の語りに他ならないことがよく理解できるだろう。
　このように、バラに関する見かけ上の情報過剰は、二次物語の語り手である王子の精神的成長を反映したものであり、奇妙な星の住人＝大人たちに関する情報過剰は、「大人たち」の一員であるとともにその解説者である語り手「私」のエートスに基づくものである。つまり、本作品の語りにおいて情報過剰と見えるくだりは、単なるコード違反ではなく、話の語り手としての王子と「私」に関する情報を間接的に示すことで物語の説得力を増しているのだ。それは語られる出来事の事実性に関する説得力ではなく、物語る王子と語り手「私」の人物像を形作り提示することにおける説得力なのである。

5.2.3.2. 挿絵における情報過剰
　既に5.2.2.節で述べたとおり、描かれた経緯や情報源に関する言及を伴う挿絵

---

[155]「「君って大人みたいなことを言うんだ！」（中略）「赤ら顔のおじさんが住んでる星を知ってる。その人は花の香りをかいだことがない。星を見つめたことがない。誰も愛したことがない。彼は足し算以外のことは何一つしたことがないんだ。それで一日中、君みたいに繰り返すんだ、『僕はまじめな男だ！　僕はまじめな男だ！』って。それで自信たっぷりにふんぞり返ってるんだ。」」(*PP*, pp.254-255)

は少数であり、挿絵情報の正当性を示すことは困難であるが、他方、バオバブとキツネの事例から「私」が王子の話を元に絵を描いたことも分かっているため、他の絵も同様に描かれたとすれば、情報過剰の挿絵を特定することもまた困難である。

　その中で、物語時間外に描かれたと考えられる挿絵5（王子の肖像画）については、情報過剰の問題が比較的見えやすい形で現れているといえよう。肖像画が「後になって」、すなわち王子との別離後に描かれたとすれば、王子による監修や助言は無かったはずである。では、挿絵5に描かれた王子の正装し帯剣した姿を、描き手「私」は一体どのようにして知り得たのだろうか。挿絵5を除くと、作品全編を通じて王子は常にマフラーを首に巻いた薄いグリーンの軽装で描かれており、王子の正装については一言の言及も見られない。もちろん、読み手としては「空白の」3日間に「私」が王子から正装について話を聞いた可能性を想像することはできるが、テクスト中にその証拠は何もない。また、王子は「私」の問いに答えず、説明もしないことを考え合わせるなら、やはり王子の正装姿は「私」の想像による絵と考えるのが妥当であろう。したがって、挿絵5は、「私」が見たことのない王子の姿を描いている以上、明らかに情報過剰ということになる。ただし、「肖像画」という点を考慮するなら、情報過剰は必ずしも大きな問題とならない。肖像画とは単なる現実の引き写しではなく、とりわけ描かれる人物が王侯貴族である場合には、その人物を多かれ少なかれ理想化した姿で描くものだからである。

　だが、さらに根本的な問題は、情報として正当化できないにもかかわらず、なぜ「私」は王子を帯剣正装した姿で最初に読み手に提示するのかという点にある。理由として考えられるのは、それがもっとも「王子らしい」姿だからであろう。というのも、常に物語中で描かれるマフラーを巻いた姿では、砂漠で出会った少年が「王子」であることはまったく自明ではないからである。最初に提示されるのがマフラーを巻いた少年の絵だったとするなら、読み手は当然のように「この少年がどうして『王子』なのか？」という疑問を抱くはずである。だからこそ語り手＝描き手「私」は、王子をもっとも王子らしい姿、すなわち帯剣正装した肖像画の形で示すことによって、「砂漠で出会った少年は王子である」という結論を先取りしているのだ。王子が王子であることは、語りにおいては「こうして僕は王子と知り合ったのです」(*PP*, p.241) という形で、そして挿絵においては「後になって一番上手く描けた」肖像画という形で、いずれも先取りされた未

来の視点から回顧的に提示され、「私」が砂漠で出会った少年は何者なのかという大きな謎について予め読み手の疑問を封じ込めている。つまり、遭難した登場人物「私」と、後に出来事を回顧する語り手「私」の間の時間差と情報格差を利用することで、少年が王子であることがいずれ明らかになるという期待を読み手に抱かせつつ、身元証明を先送りしているのだ。王子が王子であることの手がかりは、後にバラの庭園のエピソードにおいて « grand prince » になれないと嘆く王子自身の台詞に見出され、そのとき登場人物「私」にも読み手にも、王子が « prince » であることが明らかになる。ただ、王子の帯剣正装した姿については最後まで何の情報も得られないが、後に見るとおり、物語終盤では王子の実在性という遙かに重大な謎が読み手を捉えることになるため、物語冒頭の些細な情報過剰はもはや問題とならないのである。

このように、挿絵まで一人称物語の情報制約に縛られる『星の王子さま』において情報過剰がさほど目立たないのは、挿絵についての物語情報や、挿絵自体の情報が巧みに制御されているからである。それがよく分かる例として、扉絵というパラテクスト的な位置に置かれた挿絵1、すなわち渡り鳥を利用して宇宙を旅する王子の絵を挙げることができよう。挿絵には「王子は星を立つときに、野鳥の渡りを利用したのだと僕は思います」(*PP*, p.230) と本文から引かれたキャプションがつけられ、「私」の想像図であることが示されているため、物語世界の「現実」を正確に反映しているかどうかは問題とならない。それより興味深いのは、草稿に残された次のような一節である。

> Ses yeux tombèrent sur le dessin des oiseaux qui l'emportaient. / — Ça, c'est le plus joli dessin, dit-il. Mais ce n'est pas tout à fait comme ça que j'ai voyagé / Il sourit d'un sourire qui me parut mélancolique / — Mais ça c'est mon secret. Maintenant tu dois travailler.[156]
> (王子は、彼を連れていく渡り鳥たちの絵を見下ろしました。「これは、いちばん素敵な絵だね」と王子は言いました。「でも、僕はこのとおりのやり方で旅したわけじゃないんだ。」 王子はにっこりしましたが、その微笑みは哀しげに見えました。「でも、それは僕の秘密だよ。君は仕事をしなくちゃ。」)

---

156 « Notes et variantes », *Œuvres complètes*, t.2, *op.cit.*, p.1369.

5.『星の王子さま』分析

　この草稿では、バオバブとキツネの絵にコメントする場面で王子が渡り鳥の絵（挿絵1）にも言及している。それと同時に、王子の帰還が物理的な肉体移動ではないこと、すなわち王子の肉体的な死ないし消滅が暗示されているが、我々にとって興味深いのは、バオバブとキツネの絵に情報の正当性のお墨付きを与えたのとは逆に、王子が渡り鳥の絵を情報として正しくないと述べていることである。だが、二次物語の情報源である王子に否定されると、渡り鳥の絵は物語の挿絵に採用される根拠を失ってしまう。そのため、作家は夢のある美しい挿絵を没にする代わりに王子の言葉のほうを削除したのだと考えられる。ただし、それでも「私」の想像図にすぎないものを、物語世界の「現実」を表す他の挿絵と同列に並べることには問題があるだろう。挿絵1を物語に対応した場所に置くとすれば、ふさわしいのは第9章であり、出来事の順序に従えば挿絵23の後に入るはずである。しかし、絵本において挿絵の説得力は非常に大きいため、たとえテクスト上で « je crois qu[e] » の留保があったにせよ、読み手には渡り鳥の絵も物語世界の「現実」と受け取られてしまう可能性が高い。すると、王子が星に帰るときも渡り鳥を利用するはずだという誤った期待を読み手に与えてしまい、物語の大きな謎であるとともに悲劇の要因でもある王子の星への帰還がインパクトを失ってしまうことになる。だからこそ、挿絵1は物語の中でも外でもない虚実の境界線上、すなわち扉絵の位置に置かれ、渡り鳥を使って星の世界を旅する王子の絵は、読み手を現実からフィクション＝物語世界へと誘う役割を担うことになったのである。

　また、『星の王子さま』のために描かれた絵のうち、かなり丁寧に描き込まれているにもかかわらず、物語情報という点で問題を生じるために挿絵として採用されなかったのではないかと推測される二種類の絵がある。どちらにも複数のデッサンや習作が見られるが、基本的な構図としては、砂漠に横たわる遭難した飛行士の絵（図版A）と、王子を前にしてハンマーを握る飛行士の右手が描かれた絵である（図版B）。

図版 A[157]

図版 B[158]

　どちらの絵にも共通しているのは、「私」自身の姿が絵の中に描き込まれている点である。しかし、考えてみればすぐ分かるように、もし「私」がスケッチの描き手であるならば、鏡でも見ないかぎり、「私」自身の姿を描き写すことはできないはずだ。ハンマーを握った右手ならば左手で写生することは可能かもしれないが、その場合、挿絵が表す物語世界の現実とは、飛行機の修理をする登場人物「私」ではなく、自分の手をスケッチする描き手「私」の姿である。つまり、「私」は王子の前で、飛行機を修理していたのではなく、ハンマーを握った自分の手をスケッチしていたことになってしまう。このように、「私」が挿絵の描き手と登場人物という二つの役割を兼ね備えているせいで、「私」自身の姿を絵に描き込むと挿絵情報と物語情報の間に齟齬をきたすという問題を避けることができないため、上記の二種類の絵は採用されることがなかったのであろう。

　以上のように、挿絵についても情報が吟味され、情報過剰が生じないよう配慮されている点を見ても、『星の王子さま』が理性的で懐疑的な「大人たち」のた

157　Antoine de Saint-Exupéry, *Dessins, Aquarelles, pastels, plumes et crayons* ©Gallimard 2006, p.283.
158　*Ibid.* ©Gallimard 2006, p.285.

めに書かれた物語であることが理解されよう。とりわけ、言葉では証明の難しい「砂漠で出会った少年は何者なのか」という序盤の大きな謎を、正装した肖像画という挿絵の説得力によって押し切り、挿絵の情報過剰は後の物語展開において補完されるかのように先送りしてみせるという語りと挿絵の二段構えによる情報制御は、「大人たち」にも「王子が王子である」ことを受け入れさせる巧みな仕掛けと言わねばなるまい。

5.3. 語り手と登場人物の関係

『星の王子さま』には、異星の住人や動植物を含めて様々な登場人物が姿を現すが、その中で語り手＝登場人物「私」と直接の関わりを持つのは実質的には王子だけであり、それ以外には「大人たち」や「同僚たち」といった集合的な形で扱われる相手しか存在していない。本作において語り手「私」と他の登場人物の関係を特徴付けるのは、まさにこのような物語世界内における関係の希薄さ、すなわち「私」の孤独である。

5.3.1. 登場人物への呼びかけ

語り手「私」は、物語内で唯一の親しい相手となる王子に対し、作中で一度だけ呼びかけを行っている。それは、「私」が初めて王子の内面の秘密に触れ得た出来事が語られる第6章においてである。

> Ah ! petit prince, j'ai compris, peu à peu, ainsi, ta petite vie mélancolique. Tu n'avais eu longtemps pour distraction que la douceur des couchers de soleil. (*PP*, p.252)
> （ああ！ 小さな王子、僕にはこうして、少しずつ君のささやかで憂いに満ちた生活のことが分かってきたんだ。君は長い間、夕暮れの穏やかさだけを気晴らしにしてきたんだね。）

上のように始まる第6章では、「でも、王子は答えませんでした」という最後の一文を除き、王子にはすべて二人称« tu »で呼びかけられている。この章だけが二人称で語られているのは、それまで意外性や驚きの対象でしかなかった王子が、「私」にとって初めて理解・共感可能な存在に変わったからだと考えられる。つまり第6章では、「私」が王子の内面を共感によって理解できたと感じられる

特権的な出来事が語られていることになるが、心理状態を表すキーワードは上記引用に見られる「憂いに満ちた」、そして「だってさ……とても悲しいときは、夕暮れが恋しくなるでしょ……」(*PP*, p.253) という告白に含まれる「悲しい」である。夕日だけが気晴らしであるような王子の憂鬱や悲しみに「私」は深い共感を寄せて二人称で呼びかけているのだ。別の作品ではあるが、『人間の大地』に見られる同様の呼びかけの例が傍証となりうるだろう。モーリタニアの小要塞で出会った伍長は、チュニスのブロンド美女に会いに行けず、ダカールで会った女性が黒人だったことが残念でならない。その無念に対して「私たち」が同情を覚えたとき、「軍曹よ、君の少し悔しそうで憂いを帯びた返答に、僕たちは君を抱きしめたくなった」(*TH*, p.217) と二人称による呼びかけが現れるのだ。呼びかけは登場人物「私」が伍長の感情を理解し同情した時点で発せられ、呼びかけ対象への共感と理解を示す指標として機能している。『星の王子さま』の例と共通するのは、どちらの呼びかけも女性＝花を想って孤独に暮らす男の憂鬱に対する深い同情と共感を表明しているところであり、孤独者の悲しみへの共感が他者理解の重要な契機となっていることが分かる。

　だが、第6章を除けば、『星の王子さま』には他に語り手の呼びかけは見られない。それは、語り手「私」が直接的に関係を結びうる登場人物の少なさ、すなわち物語世界における「私」の孤独を反映しており、その点において、たくさんの人々との思い出を持つ『人間の大地』の語り手とは大きく異なっている。しかも、『星の王子さま』の語り手「私」は、唯一の親友だった王子をも失い、改めてさらに深い孤独に陥ってしまう。そのため語り手は、理解者を求め、物語世界の外側に向かって呼びかけることになるのだ。つまり、『星の王子さま』とは、語り手と交流しうる他の登場人物がいないために、王子との関係が失われた失意と悲しみを、物語世界外の誰か＝読み手に伝えようとする物語なのである。

5.3.2. 語り手の描いたヒツジと登場人物の実在性

　語り手「私」が王子との物語を読み手に伝えようとするとき、最大の問題となるのは話の信憑性であろう。他に証人はおらず証拠もない状態で星からきたという不思議な王子の存在を読み手に信じさせるには、語り手は話の真実らしさに最大限の注意を払わなくてはならない。だからこそ、後に見るとおり、テクストが提示する語り手のエートスは博識な忠告者であり、読み手との信頼関係を結ぶ者となっているのだ。

しかし、語り手は物語の最後に至って「僕は王子のためにヒツジの口輪を描きましたが、そこに革紐を付け加えるのを忘れてしまったのです！ これでは、王子はどうしても口輪をヒツジに結びつけることができないでしょう」(*PP*, p.317)と王子に与えた口輪の絵とヒツジに言及し、王子とヒツジが同一水準に存在することを明言している。だが、そのヒツジとは「私」が描いた「箱の絵」の中に居るというヒツジであり (*PP*, pp.240-241)、それをつなぐための口輪や革紐も「私」の描いた絵にすぎない。砂漠での王子との出会いを「事実」と認めたとしても、「私」が自分で描いた絵の中の「見えないヒツジ」が王子と同じく実在すると信じているのは奇妙な話ではないだろうか[159]。もし、語り手の言うとおりヒツジが王子と同じ水準で物語世界に実在するとすれば、それは明らかに転説法、すなわち物語階層の境界侵犯となる。自分が描いた絵の中に「見えないヒツジ」の実在を信ずる語り手のふるまいを読者が「常識的」に判断するなら、「私」には妄想癖があると結論せざるをえないだろう。すると、「私」は「信頼できない語り手」ということになり[160]、結局は王子の実在まで疑わしいものとなってしまう。

王子とヒツジの存在をめぐる問いは、このように物語の信憑性に影響するだけでなく、話の結末と物語のジャンルをも左右することになる。『星の王子さま』という物語は、おとぎ話や妖精物語の様相を帯びているため、王子がヘビやキツネやバラと話ができることを読者は特に不思議とも思わない。しかし、語り手「私」にはそのような超能力が備わっていないため物事にも現実的に対処しており、最後には王子という超自然的要素が去ることによって、別離の悲しみを抱えた「私」は再び現実の世界に戻ってくる。これだけならば、物語世界では最終的に現実世界の法則が保持されるため、トドロフのいう「怪奇」ジャンルへの接近として理解できよう[161]。だが、実のところ問題はそう単純ではない。というのも、王子とヒツジの存在を読者がどのように受け止めるかによって、次のように三通りの物語解釈が可能だからである[162]。

---

[159] 箱の絵を描いた「私」自身が、箱の中のヒツジを見ることはできないと告白している。「でも僕は、あいにく、箱の中にヒツジを見ることができません。たぶん僕は、少し大人のようになってしまったのでしょう。僕は年を取ったに違いありません」(*PP*, p.247)

[160] 「信頼できない語り手」については、ウェイン・C・ブース、米本弘一・渡辺克昭・服部典之訳『フィクションの修辞学』水声社（書肆風の薔薇）、1991[原著1961]、pp.206-207, p.342参照。

[161] 三野博司、前掲書、pp.32-33；ツヴェタン・トドロフ、三好郁郎訳『幻想文学論序説』東京創元社、1999[初訳1975：原著1970]、p.66。

	王子	ヒツジ	物語の解釈	物語ジャンル
A	＋	＋	王子は実在し、星に帰った	「驚異」
B	＋	－	王子は実在し、消えた（死んだ）	「驚異」
C	－	－	王子は実在しなかった	「怪奇」

（＋：実在すると認める　－：実在すると認めない）
王子とヒツジの存在を読者がどう捉えるか

　解釈Aは、「でも僕には、彼が自分の星に帰ったことがちゃんと分かっています。というのも、日が昇ってみると、彼の身体はどこにも見つからなかったからです」(PP, p.317) という語り手「私」の言葉を文字どおりに受け止める、いわばハッピーエンドの解釈である。王子はヘビに咬まれて死んだのではなく、「私」がプレゼントしたヒツジを連れてバラの待つ故郷の星へ帰りました、というわけだ[163]。しかし、読者はこの幸せな解釈をすんなりと受け入れることができない。この解釈を採用すると、次のようなあからさまな転説法をも受け入れなくてはならないからである。

　　La muselière que j'ai dessinée pour le petit prince, j'ai oublié d'y ajouter la courroie de cuir ! Il n'aura jamais pu l'attacher au mouton. Alors je me demande : « Que s'est-il passé sur sa planète ? Peut-être bien que le mouton a mangé la fleur... » (PP, p.317)
　　（僕は王子のためにヒツジの口輪を描きましたが、そこに革紐を付け加えるのを忘れてしまったのです！　これでは、王子はどうしても口輪をヒツジに結びつけることができないでしょう。そこで僕は考えてみるのです。「王子の星では何が起こっただろう？　ひょっとして、ヒツジが花を食べてしまったかもしれない……。」）

　このくだりに示されているとおり、ヒツジや口輪が「私」の描いた絵の中の虚

162　「王子さま（－）、ヒツジ（＋）」という四番目の組み合わせは「ヒツジの実在を認めるが王子さまの実在を認めない」という立場になり、物語の整合的な解釈という点から妥当性を認めがたい。そもそも「私」がヒツジや箱の絵を描いたのは王子に頼まれたからである。したがって、可能な解釈は三通りに限定される。

163　ただし、ヒツジがバラを食べてしまうのではないかという悲劇的結末の可能性はなお残される。しかも、その結末の如何は読者の想像にゆだねられ、どちらとも決められない。いずれにせよ、「ハッピーエンド」でも「私」に別離の悲しみが残されることには変わりがない。

構的存在であること[164]、そしてヒツジと王子やバラがそれらと同じ水準で存在することを認めるなら、必然的に王子やバラも虚構の存在ということになってしまう。このように、言葉どおりの解釈Aを採用しようとするとヒツジが王子の実在性を危うくするという一種の罠が仕組まれているため、読者は素直に「ハッピーエンド」を選ぶことができない。

そこで、読者は解釈Bへと誘われるだろう。王子が実在したことは認めながら、それと同一水準で「見えないヒツジ」が実在するとは認めない立場、つまり、王子は確かに肉体を持って地上に実在したが、ヘビに咬まれることでヒツジと同じく不可視の霊的存在になったという解釈である。王子は物理的な空間移動によって星へ帰ったのではなく、肉体的な死によって地上から姿を消したというわけである。物語の解釈としては、転説法の問題を生じないこの解釈がもっとも分かりやすく整合的なものだろう。そして、解釈Aを選択できなかった読者は、王子が星へ帰ったという「ハッピーエンド」が絵に描かれた「見えないヒツジ」と同じく虚構でしかありえないことを知っているがゆえに、語り手「私」も（明言こそしないものの）王子の「死」を認めているはずだと考える。というのも、もし「私」が言葉どおりの「ハッピーエンド」を素朴に信じているとしたら、「私」は自分が描いた絵と現実を混同するほど妄想的な「信頼できない語り手」となり、読者は王子の実在をも疑うことを余儀なくされるからである。合理的な解釈Bを選ぶ読者は、語り手「私」もまた理性と合理性を備えているという前提に立ち、理性的な語り手ならば王子が連れて帰ったのは自分が描いた絵の中のヒツジにすぎないことを承知している。つまり、王子の旅立ちは単なる物理的な空間移動ではなく、此岸から彼岸への、別世界への旅立ちであることを知っているのだ。だからこそ、再会は叶わないと知りながら、それでも星空に王子の笑顔を感じたいという「私」の願いの切なさが際立つことになる。読者は、王子の無事の帰還が実は叶わぬ願いであり、そのことは語り手「私」にも分かっていると解釈して、星に帰った王子について思いをめぐらす「私」の話を切ない祈願体の物語として受け止めるのである。

解釈Cは、そもそも王子は実在せず、すべては砂漠で遭難した「私」の見た幻にすぎないという現実主義的な解釈である。この解釈は、読者が語り手「私」

---

[164] ただし、一般に記号の存在が指示対象の不在を証明するのとは異なり、『星の王子さま』の「見えないヒツジ」は直接には描かれていないため、「箱の絵」の存在が、実体としてのヒツジの確実な不在証明になるわけではない。

の認識をどう捉えるかによって、さらにC-A、C-B、C-Cと三とおりに分類されよう。解釈C-Aは、語り手「私」が両者の実在と無事の帰還を素朴に信じているという捉え方である。その場合、読者は、現実と虚構を混同する「私」が物語る妄想を外側から眺めることになるだろう。解釈C-Bは、語り手「私」が王子の実在を信じ、その「死」＝消失を受け入れているとする読み方である。この場合、解釈Bとの違いは、語り手「私」に対する読者の距離の取り方の差にすぎないが、実在しないものの喪失を嘆く「私」の姿は、読者の目にいっそう悲劇的（あるいは喜劇的）と映るであろう。解釈C-Cは、王子の存在を実は語り手「私」も信じていないという虚無的な解釈である。その場合、「私」はなぜ嘘と知りつつ虚構を物語るのかという動機が問題になるが、完全な虚言癖によるものでなければ、王子の幻があまりに現実味を帯びていたため、それが単なる夢だったとは信じたくない「私」による一種の自己欺瞞という解釈が可能であろう。いずれにせよ、解釈Cを採用する限り、読者から見て語り手「私」の置かれた状況は解釈Bの場合よりさらに悲劇的（あるいは喜劇的）なものとなる。なぜなら、「王子を失った」という喪失に、「王子は幻だった」という存在論的な喪失が加わることになるからである。たとえ語り手「私」が王子の実在を確信していても、二重の喪失の悲劇性には変わりがない。喪失の対象が虚構や幻だった場合、「そもそも喪失があったことを誰も認めてくれない」ことが悲劇の悲劇たる所以だからである。つまり、二重の喪失とは、愛する対象の喪失と、その喪失を理解し慰めてくれる共感者の喪失なのであり、別離の失意に「誰にも理解してもらえない」という孤独感が加わることなのだ[165]。

　このように考えるなら、遭難から生還した「私」が、王子の喪失を6年間誰にも打ち明けられなかった理由も見えてくる。それは、出会いと喪失があったことを誰にも認めてもらえないという絶望のためではないだろうか。理性的な「私」は、王子との邂逅と別離という「おとぎ話」は誰にも信じてもらえないと分かっていたからこそ、飛行士仲間にも王子のことを打ち明けられなかったのではないか。だとするなら、「大人のひとは誰一人として決して、それがそんなにも大事なことだと分かってくれないでしょう！」(*PP*, p.319) という第27章最後の言葉

---

[165] だが、あらゆる喪失は本質的に孤独な体験でしかありえず、かけがえのない相手を失った痛みは誰とも分かち合えない。それゆえ、王子さまという虚構の対象を失った語り手「私」の孤独と悲しみは、喪失体験における本質的孤独を明らかにする点で、とりわけ深い喪失を体験した孤独な読者の共感を呼びやすいのだろう。

も、単なる大人批判ではなく、共感者を得られないことが分かっている「私」の絶望と孤独の叫びと解することができるだろう。

　以上のように、解釈A・B・Cは三つの独立した解釈ではなく、互いに絡み合っていることが分かる。いずれの解釈も絶対的な優先権を主張できるわけではないが[166]、なかでも特異なのは、語り手「私」の言葉を文字通りに受け止める解釈Aである。一見して「ハッピーエンド」と思える解釈Aは、絵に描かれたヒツジがもたらす転説法のせいで、恐らくもっとも悲劇的な解釈C（二重の喪失）に通じている。それは、ヒツジの虚構性が王子をも虚構化してしまうからである。解釈Aは最初から不可能な解釈として差し出され、そのため読者は文字通りの解釈ではなく複層的な解釈へと導かれる。つまり、『星の王子さま』の第27章は、王子の消失を「死」という悲劇としてではなく、星への帰還という希望のある結末として提示しながら、それが虚構であり「私」の叶わぬ願望でしかないことも同時に示しているのだ。だからこそ結末の切なさが読者の胸に迫るのだが、その際にカギとなるのが虚構のヒツジなのである。逆にいえば、もし読者において「絵の中のヒツジと王子が同一水準で存在するのはおかしい」という「常識的」判断がはたらかず、解釈Aを素直に採用するほど「純真な」子どもが読者だったなら、王子が無事に故郷へ帰ったというのに、なぜ「私」がそんなにも悲しんでいるのかは分からないだろう。「私」の深い悲しみのわけは、ヒツジの転説法に気づいて素朴な解釈Aを退けるほど十分に理性的な大人の読者にしか理解できないのである。

　このように、語り手「私」は、物語の終わりで「王子が（絵に描いた）ヒツジを連れて帰った」と明言することにより、王子という登場人物の実在性ではなく、むしろその虚構性を露呈する。じっさい、ヒツジの存在と王子の存在は密接に関わりあっているのである。三野博司の指摘するとおり、王子は、まさにヒツジを求める声として顕現するのであり[167]、王子がヒツジを欲しがったことが王子の存在した証拠だとも述べられる[168]。王子のことが「私」に分かってくるのも

166　トドロフの区分によればAとBが「驚異」物語、Cが「怪奇」物語となるが、『星の王子さま』の結末はいずれとも決められない「ためらい」を生じる点で「幻想」物語に相当すると考えられる。なお、山崎庸一郎は三つの解釈間の決定不能性について次のように述べている。「王子さまは死んだのか？　自分の星に戻ったのか？　あえて言えば、王子さまそのものは存在したのか？　これらすべての問題は読者の想像にゆだねられていて、一般の物語のように種あかしはない」。山崎庸一郎『星の王子さまの秘密』彌生書房、1994, p.140.

167　三野博司、前掲書、p.25.

ヒツジを通じてであり[169]、さらに、物語のかなり早い段階（第4章）から王子が「ヒツジと共に去った」ことが明かされ (*PP*, p.246)、最後の第27章はヒツジをめぐる話で終わっている。まさしく王子はヒツジを求めて現れ、ヒツジによってその語りが引き出され、ヒツジと共に去ったのであり、まさに両者の存在は切っても切れない関係にあるといえよう[170]。

しかし、物語の終盤で王子と絵の中のヒツジを同じ存在として扱う語り手は、一歩間違えば「信頼できない語り手」と見なされ、物語全体が単なる作り話と受け取られることになりかねない。王子が星へ生還したという「ハッピーエンド」を信じた瞬間、ヒツジのせいで王子の存在自体が絵の中の虚構と化してしまうからである。つまり、ヒツジの存在は、王子にとってバラの存在を脅かすように、読者にとって王子の存在を脅かすのであり、物語世界と物語受容の両方のレベルで「大切なもの」の運命を左右するのだ[171]。にもかかわらず、ほとんどの読み手は、ヒツジの存在によって物語の真実性が損なわれるという印象を持たないだろう。それは一体なぜだろうか。

168　ただし、語り手による地の文ではなく、« vous » と呼びかけられる読者の仮想的な台詞としてである。「もしあなたが大人たちに「王子が存在した証拠は、彼が素敵で、彼が笑って、彼がヒツジを欲しがったことだよ。ヒツジを欲しがるってことは、その人が存在する証拠だ」と言ったとしたら、大人たちは肩をすくめて、あなたを子ども扱いするでしょう！」(*PP*, p.246)

169　次の拙論を参照。藤田義孝「『星の王子さま』における1人称的語り手の機能—物語情報の正当化という観点から」、*GALLIA*, no. 44, 2005, pp.34-35.

170　王子がこれほどまでにヒツジを求め、ヒツジと切り離せない存在として描かれる理由は、安冨歩の斬新な解釈によると、王子が、自分を精神的に支配し苦しめるバラからの解放者を求めていたからだという。安冨歩『誰が星の王子さまを殺したのか—モラル・ハラスメントの罠』明石書店、2014.

171　問題は、ヒツジが「箱の絵」としての記号的なあり方と、バラを食べるヒツジという実体的なあり方という両立しない二つの存在様態を併せ持つことで、本来なら交わるはずのない複数の世界（現実と虚構）を混同する契機となる点にある。逆に言えば、だからこそ「絵の中のヒツジ」は、此岸と彼岸、地上と天上、現実と虚構という存在論的に異なる二つの世界を媒介することができるとも考えられる。それはちょうど、宗教儀礼における供物としてのヒツジが、人間の世界と神の世界という二つの世界の橋渡しをするのと同様である。だからこそ、王子の出現と消失にはヒツジが深く関わるのであろう。多くの論者が言うとおり王子とイエス・キリストを同一視できるとするなら（たとえばルドルフ・プロット『星の王子さま』と聖書』パロル舎、1996）、ヒツジが王子に献げられた供物であることも容易に納得できるだろう。ただし、献げられるのは動物のヒツジではなく、絵の中の「見えない」ヒツジ、すなわち記号的（虚構的）で不可視のヒツジなのである。

5.4. 一人称的語り手の機能
5.4.1. 語り手のエートス

　語り手「私」が「信頼できない語り手」と見なされない理由の一つとして、物語を通じて構築されてきた語り手のエートスを挙げることができる。物語情報の信頼性を支える要因としては、まず「物知り」という性質があげられよう。「僕には、王子がやって来た星が小惑星 B612 だと信じるちゃんとした理由があります。この小惑星はたった一度だけ、1909年に望遠鏡で、トルコの天文学者によって観測されました」(*PP*, p.245) といった解説、あるいは「地球の大きさがどれくらいか分かってもらうために、こんな例を挙げてみましょう。電灯が発明される前には、六つの大陸をあわせて、46万2511人もの点灯夫の大部隊を配置しなくてはいけなかったのです」(*PP*, p.284) といった説明など、具体的な年代や数値によって物知りの語り手というイメージを形作っている。また語り手は、子どもに対する忠告者・助言者としての顔も持つ。たとえば、バオバブの危険について「説教臭い話をするのは好きではありません」(*PP*, p.250) と言いながら、危険を憂える気持ちから子どもたちに警告するのだという。とりわけ目に付くのは、大人たちに対する子どものための処世術ともいうべき助言であって、「大人たちには「10万フランの家をみたよ」と言わなくてはなりません」(*PP*, p.246)、あるいは「大人たちはこんなふうなのです。彼らを恨んではいけません。子どもたちは、大人たちをうんと大目に見てやらなくてはいけないのです」(*PP*, p.246) などの義務表現が語り手の助言者としての性格をよく示している。同様の例に「こんな面倒ごとに時間を使うのはおやめなさい。無駄なことですから。皆さんは僕を信じてくれますよね」(*PP*, p.285) という助言があるが、ここでは最後の一文により、語り手は年長者ぶって説教や忠告を押し付けるのではなく、子どもと想定された読み手との間に信頼関係を築こうとしていることが分かる。また、語り手は一方的に信頼を要求するわけではなく、読み手を信頼する姿勢も見せている。語り手「私」は、「この話はまだ誰にもしたことがありません。僕と再会した同僚たちは、僕が生きていたのを見てとても喜んでくれました。僕は悲しかったのですが、彼らには「疲れてるんだ……」と言いました」(*PP*, p.317) と、飛行士仲間にさえ語らなかった王子との出会いと別れを読み手に初めて明かしたといい、しかもそれは、「この思い出を話すのはとても辛いのです。僕の友だちが、ヒツジを連れて行ってしまってから、もう六年になります。今こうして彼のことを話すのは、彼のことを忘れないためです」(*PP*, p.246) と「私」にとって辛い打ち明け

話であるという。つまり語り手は、打ち明け話の相手である読み手を、かけがえのない王子の思い出を分かち合う存在として、それだけ深く信頼していることになるのである。

　こうして語り手は読み手との間に信頼関係、あるいは「打ち明け話に参加できない人たち」を排除した一種の共謀関係を作り上げる。排除されるのは当然「大人たち」である。たとえば、「大人たちは数字が好きです」(*PP*, p.245) と言っておいて、「でももちろん、生きるために大切なことが分かっている僕たちには、数字なんてどうでもいいですよね！」(*PP*, p.246) と「我々」と「大人たち」を対置してみせる。このように語り手「私」は、「大人たち」を排除しつつ聞き手を信頼して呼びかける語りによって、目に見えないヒツジの存在を信ずる側に読み手を抱き込んでしまうのである。そして、ヒツジの話の後、物語の終わりにあたって語り手は、読み手＝子どもは自分と同じく王子についての思い出を共有できるが「大人たち」には無理だと断じている。

　　Pour vous qui aimez aussi le petit prince, comme pour moi, rien de l'univers n'est semblable si quelque part, on ne sait où, un mouton que nous ne connaissons pas a, oui ou non, mangé une rose...

　　Regardez le ciel. Demandez-vous : « Le mouton oui ou non a-t-il mangé la fleur ? » Et vous verrez comme tout change...

　　Et aucune grande personne ne comprendra jamais que ça a tellement d'importance ! (*PP*, p.319)
（僕にとっても、同じように王子のことが好きな君たちにとっても、どこか知らない場所で、僕たちの知らないヒツジが一輪のバラを食べたか、食べなかったかで、宇宙はもう全然同じようには見えなくなるのです……。

　空を見てごらんなさい。そして考えてごらんなさい。「ヒツジは花を食べたのか、食べなかったのか？」と。すると何もかもが違って見えるでしょう……。

　そして、大人のひとは誰ひとり、けっして分からないでしょう。そうしたことが本当に大事なんだということを！）

　こうして語り手と読み手＝子どもは、「大人たち」の預かり知らぬところで、王子についての思い出を共有し、目に見えないものの価値を理解できる「我々」という共同体を作り上げる。この共同体は、たとえ物語が終わっても消えてなく

なることはない。

> Et, s'il vous arrive de passer par là, je vous en supplie, ne vous pressez pas, attendez un peu juste sous l'étoile ! [...] Alors soyez gentils ! Ne me laissez pas tellement triste : écrivez-moi vite qu'il est revenu... (*PP*, p.321)
> （もし、この場所を通りかかることがあれば、お願いですから、急がないで、星の真下で少し待っていてください！（中略）そうしたら、お願いです！　こんなに悲しんでいる僕を放っておかないで、すぐに手紙を書いて下さい。王子が帰ってきたと……。）

　数多い命令法や依頼表現が示すとおり、語り手は読み手に願いを託しており、そのため物語は開かれた形で終わることになる。王子の思い出と信頼関係によって結ばれた「我々」という共同体は、最後に語り手から読み手に託される願いによって、物語が終わった後も続くことになる。このように『星の王子さま』の語り手「私」は、物知りであり善意の忠告者・助言者であり、読み手に信頼を求め、読み手を信頼し続ける者として造形されている。語り手は、物語情報の根拠となる語り手のエートスや読み手との関係性を構築しながら、王子への想いによって結ばれた「我々」という共同体を作り上げ、最後には「手紙を書いて欲しい」という形で語りを双方向性へと開いていくのだ。その動的な語りによって、語り手「私」は読み手を味方に取り込み、ヒツジの転説法と王子の存在とを共に受け入れさせようとするのである。

5.4.2. 語り手と読み手の関係：物語世界と物語受容

　我々は前節において、ヒツジによる転説法を読み手に受け入れさせようとする語りの手法を検討したが、なぜ語り手が物語の終わりでヒツジに言及し、読み手に転説法を示してみせるのか、という問いにはまだ答えが得られていない。既に見たように、物語結末の解釈において解釈A（王子は故郷の星へ生還）から解釈B・C（王子は死んだ／存在しなかった）への道を開くことで「私」の悲しみの理由を読み取らせるという機能はあるにせよ、絵の中のヒツジと王子が同一水準の存在だと明言し、王子の虚構性を露呈してしまうことは、おとぎ話としては致命的ではないだろうか？　だが、実のところ、ヒツジが垣間見せる物語階層のズレは、読者に違和感を与えるだけではない。ヒツジと王子の存在を同列に扱う語

り手の姿勢は読者に奇妙なリアリティをもって迫るため、転説法ゆえに一度退けたはずの解釈 A が再びよみがえることになるのだ。

　語り手「私」が、絵の中のヒツジと王子を同列に扱うのは、物語世界のレベルにおいては確かに物語の階層侵犯である。だが、物語受容のレベル、すなわち読者の立場から見るなら、どちらも「私」が描いた絵の中の存在にすぎず、その点で両者が同じ実在性しか持たないことは改めて言うまでもないほど自明の事柄である[172]。『星の王子さま』という絵本の読者は、絵の中の存在を「本当」と見なす make-believe ゲームのルールを最初に受け入れ[173]、そのような「読み手」の役割を引き受けながら物語を読んでいるはずだ。そのような読者にとって、絵の中のヒツジの存在を信じようとする語り手「私」の姿勢を否定することはきわめて難しい。読者が「読み手」の役割を引き受ける限り、「絵の中のヒツジが存在するわけがない（だから王子も存在しない）」と考えることは、ほとんど構造的に許されないことである。というのも、「紙に描かれた存在を信ずる」ことを否定するなら、今まさに物語を読み終えようとする読書体験の前提自体が否定されてしまうからだ。

　だからこそ読者は、ヒツジと王子の存在を信ずる語り手「私」の態度を無碍に否定できず、むしろ同調的な立場を選びたくなってしまう。明白な転説法にもかかわらず、ヒツジと王子が同列に存在することを語り手「私」と共に信じたくなるのである。あえて転説法を示してみせる語り手「私」は、まさにそのような読者のコミットメントを求めているのだ。「実在の根拠があるから信じなさい」ではなく、「根拠のない虚構だからこそ自分と共に信じてほしい」という呼びかけを行っているのである。そして読者の側では、物語の終盤に至って「読み手」の役割を放棄し、自分の読書体験を無に帰してしまうよりは、語り手「私」と同じ視点を共有することを選びたくなる。自分が「本当」と受け止めてきた物語世界を単なる作り物として捨て去り、目に見えるものの価値しか理解しない「大人たち」の仲間入りをすることを望まない読者は、紙の上の「見えない」存在を信ず

172　王子さまの登場場面において、彼の存在は、まずヒツジを求める声として、次に「私」による絵として、「これが、後になって、僕が一番上手に描けた王子の肖像画です」(*PP*, p.239) というキャプションと共に提示されていることも注目に値しよう。王子さまの姿かたちは、最初から明示的に「私」が描いた絵として存在していたのである。

173　ケンダル・L・ウォルトンによれば、虚構作品の受容においては子どもの「ごっこ遊び」にたとえうる make-believe ゲームが成立するという。Kendall L. Walton, *Mimesis as Make-Believe*, Harvard University Press, 1990, pp.209-210, pp.214-215.

る共犯的な虚構契約を改めて結ぶことになるだろう。すると、転説法ゆえに選べなかったはずの解釈Aが、物語世界内の事実として整合的な解釈B・Cに対して、「敢えて信じ」、選び取るべき解釈として立ち現れ、三つの解釈がいずれとも決定不可能な形で並び立つのである。

　しかも、虚実の境界を越えようとする語りの仕掛けはそれだけではない。物語テクストの始まりと終わりを画する二つのパラテクスト、すなわち献辞と最終断章とが、やはり巧みに虚構と現実の境界を溶かしてしまうのである。三野博司が「「献辞」と章番号のない断章とが、そのあいだの第1章から第27章をはさみこむ形となっている」、「作者が読者に対しておこなった「言い訳」で始まったこの本は、語り手が読者に対して求める「お願い」で終わることになる」と指摘するとおり[174]、献辞と最終断章は形式的な対応関係にあり、しかも微妙なズレを含んでいる。送り手と受け手の関係を考えてみると、「作者から読者へ」と「語り手から読者へ」ということになり、本来階層的に異なるものが対応させられていることが分かる。この非対称な対応関係が物語受容にどう作用するのか、物語論の図式を用いて見てみよう。

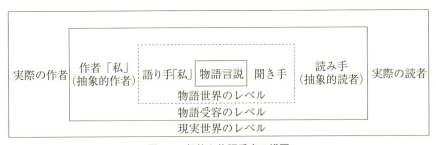

図1：一般的な物語受容の構図

　まず『星の王子さま』という書物を開き、献辞において作者「私」（抽象的作者）を前にした「実際の読者」は、「読み手」の役割を受け入れて物語受容レベルへ移行する。そして第1章へ進むと語り手「私」が現れ、読者は「聞き手」の役割を引き受けて物語世界へと入り込む。上図において点線で示した「物語受容／物語世界」の境界線が、テクスト内における現実と虚構の境目である。このように「聞き手」として物語世界（虚構世界）へ移行した読者は、物語が終われば

174　三野博司、前掲書、p.189, 191.

逆の道筋をたどって「聞き手→読み手→実際の読者」へ回帰し、「物語世界→物語受容→現実世界」と帰還を果たすはずである。

ところが、物語の最終断章に至るころには、『星の王子さま』の作者は完全に語り手「私」にすり替わり、同時に「物語世界→物語受容」への帰り道も見失われてしまう。作者「私」は献辞（物語受容レベル）において虚構世界への入口を示していたが、それに対応すべき出口は存在しないからである[175]。献辞と最終断章の捩れた対応関係が、このような仕掛けを作り出しているのだ。では、語り手「私」が作者「私」を乗っ取り、物語世界が物語受容レベルを侵食することで何が起こるのだろうか？　次の図式を見てみよう。

図2：『星の王子さま』終章における物語受容の構図

語り手「私」が作者と混同されると、聞き手と読み手の区別も失われ、図1において点線で示されていた「物語受容／物語世界」の境界が消失する。すると、最初に物語世界レベルの一段外側（＝物語受容レベル）にいた作者「私」と「読み手」（抽象的読者）が、もともとの物語受容レベルの一段外側、すなわち現実世界のレベルに投影されることになる。つまり読者は、「読み手」の役割から明確に解放されないまま物語を読み終えることになるのである[176]。

最終断章において「聞き手」は語り手「私」を慰めるよう頼まれるが、普通なら物語の終わりと同時に読者は現実世界へ回帰し、物語世界で負わされた義務か

175　したがって、献辞における作者「私」の長い「言い訳」には、虚構世界への入口を示してみせ、物語世界＝虚構に対する「現実」＝物語受容レベルの存在を印象づける機能があると考えられる。もし献辞に作者「私」が登場せず、単に「子どもだったころのレオン・ウェルトへ」という一言だけだったなら、虚実の境界が揺らぎ、これほど不思議な読後感は生まれなかったのではないだろうか。

らも解放されるはずである。しかし、『星の王子さま』の読者は、物語世界から離れた後もなお、どこかに慰めるべき誰かがいるという印象を拭いきれない。なぜなら、「慰めるべき友だち」は物語世界の中だけでなく、その一つ外側のレベル、すなわち物語受容のレベルにも存在していたからである。それは、「寒さに震えてお腹をすかせ」「どうしても慰めなくてはならない」「いちばんの友だち」(PP, p.233)、すなわちレオン・ウェルトである。普通の読者なら、物語の最後では恐らく献辞のことなど忘れてしまっているだろう。だが、明確には思い出せないからこそ、どこかにいたはずの「慰めるべき友だち」の印象は、いっそう強く読者の心に作用するのではないだろうか[177]。

　読者は、物語世界内の「聞き手」として、手紙を書いて慰めるべき語り手「私」という友を得た。そして物語世界を離れても、なお読み手としての役割を引きずったまま現実世界に回帰するため、どこかに慰めるべき誰かがいるという印象から逃れられない。なぜなら、物語世界の外側には、作者「私」が『星の王子さま』という作品を捧げて慰めようとする友がいたからである。そこで読者もまた、大切な誰かをエクリチュールによって慰めようという気持ちにとらわれるのだ。したがって、読者が語り手と作者を同一視した上で、実際の作者サン=テグジュペリその人の孤独や苦しみに思いを寄せ、彼を慰めたいという気持ちになるとしたら、その動機付けそのものが物語テクストの効果の一部でもあるだろう[178]。『星の王子さま』というテクストは「エクリチュールによって誰かを慰め

176　語り手と作者の仕組まれた混同がもたらす効果を確かめるため、たとえば次のように想像してみよう。最終断章の後に、再び作者「私」が登場する「あとがき」が存在したとするとどうだろうか。たちまち作品の不思議な余韻が台無しになることが予想できるだろう。作者「私」の再登場によって、物語世界と物語受容、すなわち虚構と現実の境目が区切り直され、読者は否応なく虚構世界の出口へ連れ出されてしまうからである。

177　もし献辞が「子どもだったころのレオン・ウェルトへ」という一言だけだったなら、物語を読み終えた読者は比較的穏やかに現実世界へ回帰できるのではないだろうか。というのも、手紙を書いて欲しいと頼んでいた語り手「私」は物語世界の住人にすぎず、「聞き手」の役割を離れた読者にはもはや関わりのない存在だからである。

178　『大人のための「星の王子さま」』と『『星の王子さま』の謎が解けた』という二つの関連書籍に副題のように添えられたキャプションが、それぞれ「愛の旅人サン=テグジュペリが本当に伝えたかったこと」、「サン=テグジュペリが本当に伝えたかったこと」ときわめて似通っているのも偶然ではなく、本作品の読者が構造的に語り手、あるいはそれと同一視された作者への共感と同情をかき立てられるためではないだろうか。鳥取絹子、北杜夫監修『大人のための「星の王子さま」』KKベストセラーズ、2000. 吉田浩『『星の王子さま』の謎が解けた』二見書房、2001.

る」という一種の使命感を掻き立てる力を持つように思われるが[179]、そのような効力も、我々が本論において見たような、物語受容レベルにまで仕組まれた語りの技巧と無縁ではあるまい。

5.5 まとめ

　以上のように、『星の王子さま』は語りと挿絵の両面において、回想する「私」の枠物語、「私」と王子の一次物語、王子が語る二次物語という三重の枠構造を持つ一人称物語となっており、それが大人たちにおとぎ話を信じさせる仕掛けとして機能している。おとぎ話の中核を成す王子の旅物語（二次物語）は、作中では語られない「空白の」3日間に王子が「私」に語って聞かせた内容に対応しているが、これをバオバブとキツネの絵のエピソードで縁取ることによって、他の挿絵も同様に描かれたのだろうという推測に読み手を導き、挿絵情報を全体として正当化することに成功している。また、バラや奇妙な星の住人たちに関するくだりは物語の情報過剰に見えるが、実は語り手としての王子と語り手「私」の人物像を浮かび上がらせることで、一次物語と「枠」物語の説得力を増しているのである。

　一次物語を構成する王子と「私」の出会いと別れも挿絵によって縁取られているが、とりわけ緻密な情報制御が要求される物語序盤において語り手＝描き手「私」は、砂漠で出会った少年は何者かという問題を、先説法による結論の先取りと正装帯剣した肖像画という挿絵の説得力で切り抜け、その解決を先送りするという語りと挿絵の連携によって「王子が王子である」ことを読み手に受け入れさせる。王子に関する物語情報は緩急を伴って制御され、読み手を徐々に「飼い慣らす」ように王子に近づけるとともに、二次物語におけるキツネの教訓をも準

---

[179] 日本では幸福や慰めを求める大人に向けて書かれた『星の王子さま』関連の本が多く見受けられるが、まさにそのままの書名を持つ『星の王子さまの幸福論』の序文には「幸せは星の王子さまが教えてくれる」という言葉が掲げられ、著者の渡邊健一は、あとがきで「私はこの本を、同じ時代に生きるすべての人への手紙という気持ちで書きました。祈るような気持ちといってもいいでしょう」と記している（渡邊健一『星の王子さまの幸福論』扶桑社、2000）。また、サン＝テグジュペリの言葉を抜粋してまとめた『サン＝テグジュペリ　星の言葉』の序文で、選者の斎藤孝は「疲れたとき、淋しいとき、自分が嫌いになりそうなとき――。そんなときに、この言葉たちがあなたの心を癒すことがあれば、こんな嬉しいことはありません」と述べている（斎藤孝選『サン＝テグジュペリ　星の言葉』大和書房、2006）。いずれも、『星の王子さま』のテクストが読み手に託す「言葉によって誰かを慰める」という「使命」をきわめて忠実になぞる戦略を取っていることが分かる。

備している。また、扉絵（挿絵1）や没になった下絵を見ると、『星の王子さま』では挿絵情報も注意深く吟味されており、理性的で懐疑的な「大人たち」のためにも書かれた絵本であることが分かる。物語世界において孤独であり、唯一の理解者だった王子を失った語り手「私」は、理解者を求めて物語世界の外側へ、すなわち読み手に向かって呼びかけるため、話の信憑性と説得力を必要とするからである。

　ところが、語りと挿絵の両面において物語の序盤から緻密な情報制御をしてきた語り手「私」は、物語の最後に至って、王子と絵の中の（描かれていない）ヒツジを同列の存在として扱ってみせる。このあからさまな転説法を前にした読み手は、物語の最後で「読み手」の役割を放棄し、己の読書体験を絵空事だったと認めるのではなく、語り手「私」と同じ視点を共有するよう求められる。そのとき、紙の上の「見えない」存在を信ずるという共犯的な虚構契約が改めて成立し、読み手は明白な転説法にもかかわらず、ヒツジと王子が同列に存在することを語り手と共に信じようとするのだ。敢えて転説法を示してみせる語り手「私」は、まさにそのようなコミットメントを求め、「根拠のない虚構だからこそ自分と共に信じてほしい」と読者に呼びかけているのである。

　このように『星の王子さま』という作品は、絵の中の「見えない」ヒツジと二つのパラテクストによって、物語世界だけでなく物語受容のレベルまで巻き込みながら読者に虚構世界の共有を促す、きわめてパフォーマティヴ（行為遂行的）な物語テクストである[180]。虚構をめぐる作者‐読者関係をも取り込んで仕組まれた『星の王子さま』の物語技法は、優れたストーリー・テラーであり、新しい表現を追求し続けた作家サン＝テグジュペリの到達点を示すものといえよう。それは19世紀的小説からの脱却という点で、やはり20世紀的な文学意識が反映された創作の営為であった。だが、たとえばジッドが『贋金つかい』において自己言及的に「書くこと」を主題化したのに対し、サン＝テグジュペリは『星の王子さま』において「絵を描くこと」を主題化するとともに、虚構が虚構として生成する現場、すなわち読者における物語受容とmake-believeゲームを物語テクストに織り込んだのである。それはまた、クノーやパンジェの「虚構内虚構」メタフィクション作品のように、物語が自らの虚構性を露呈することで一種の「丹精した

---

[180] パフォーマティヴ（行為遂行的）とはコンスタティヴ（事実確認的）に対立し、事物の状態報告ではなく現実（この場合は読者）にはたらきかける言表行為。J. L. オースティン、坂本百大訳『言語と行為』大修館書店、1993（第9版）［初版1978：原著1960］, pp.7-12.

砂山を壊す快」を提供する戦略とも異なっている[181]。『星の王子さま』の語り手は読者に対し、虚構をその儚さ、壊れやすさゆえに愛おしむ視点の共有を求めるのだ。語り手「私」は、絵の中のヒツジと同列に扱うことで王子の実在性の儚さ（＝虚構性）を垣間見せ、実在の根拠はない、だからこそ王子という儚い虚構を共有し、孤独な自分を慰めてほしいと呼びかける。そして読者は、読書体験を無に帰したくないという「読み手」としての動機から make-believe ゲームを更新し、「私」の切なくも儚い虚構物語を共有することを選びたくなるのだ[182]。『星の王子さま』の一人称語りが志向するのは、伝統的な三人称物語において慣例上「真実」と認められるスタティック（静的）な事実性ではなく、「手紙を書いて欲しい」という形で双方向性へ開かれるダイナミック（動的）な語りによる共同主観性であり、いわば読み手の行動主義なのである。

181　岩松正洋「転説法と物語論的パラドックス―クノー、パンジェ、クンデラの虚構内虚構」『フランス語フランス文学研究』、第75号、1999, p.72.
182　それゆえ、なぜとりわけ日本において『星の王子さま』という作品がかくも人気を博するのかという理由の一端も明らかになる。それは、作品の読後感を支配するのが共有された無常観だからである。絵に描かれた「見えない」ヒツジと同じ実在性しか持ちえない、壊れやすい虚構、儚い夢としての王子の物語を共に信じようとする共同主観的な無常観は、たとえば散りゆく桜を共に愛でる花見の心や俳句の精神にも通じるものではないだろうか。だからこそ、『星の王子さま』という儚い虚構物語は、これほどにも日本人の心を捉えて離さないのであろう。

結論

　このように物語形式の変化発展をたどってみると、サン＝テグジュペリにおける作家としての課題は、いかにして19世紀的な三人称物語形式から抜け出すかというところにあったように思われる。

　『飛行士』という断章しか残されていないため推測の域を出ないが、恐らくは全体が三人称小説形式だったと思われる『ジャック・ベルニスの冒険』は、一人称語りを付加することで『南方郵便機』として発表された。ベルニスの三人称物語に加えて導入された語り手「私」の機能は、運命の前に消え去る人間存在の儚さを無力で儚い人間の視点から提示することであり、一切の登場人物が語りから姿を消した後に残るのが郵便物の到着を告げる電文であったことから、儚い人間がどのように死に抗い、これを超えてゆくのかという『夜間飛行』のテーマへのつながりが見られる。さらに、一人称物語と三人称物語の奇妙な混交形式から見て取れるのは、伝統的な三人称小説形式でベルニスの失恋と脱出を語るだけでは飽き足らなかった作家による、新しい物語形式への強い探求心である。とりわけ、意識的に仕組まれた複雑な錯時法からは、「私」の回想や思い出語りといった主観的な時間の導入によって直線的で客観的な時間関係を攪乱しようとする意図が窺われる[183]。だが、本来は相容れないはずの一人称語りと三人称語りの強引な混交は、情報過剰や転説法といった様々な問題を生じることになった。

　そこで『夜間飛行』では、複数の人間が働く共同事業＝夜間飛行を描き、孤独な主人公を称えるために「三人称・人物視点」の物語形式が採用される。それは一見すると19世紀的小説形式の踏襲のように思えるが、『夜間飛行』においても新しい表現形式が模索されている。物語の最後で、生命の本質たる絶え間ない生成変化は言葉で捉えられないというベルクソン主義が宣言され、出来事を語りと同時点に置く転説法的な現在時制の語りによって、「全知」と思えた語り手は、出来事の結末を知らない一人称的語り手に近づくのである。こうして、完了した

---

[183] 稲垣直樹は、『南方郵便機』の複雑に分断された時間構造が19世紀的小説形式へのアンチテーゼとなっていることを指摘する。稲垣直樹、前掲書、pp.67-69.

過去の出来事を時間軸通りに物語る伝統的な三人称物語形式は放棄され、以降の作品はすべて一人称物語として書かれることになる。

「一人称・語り手視点」の『人間の大地』では、さまざまなエピソードを束ねて一つの作品に構成しつつ、人間の普遍的欲求という一種のフィクションを説き、人々を親密な語りのもとに結び合わせる語り手「私」が物語の中心的存在となっている。テクストを開いて閉じるのも、預言者や賢者の趣で語り手が示してみせる一種の箴言であり、語り手の権威が物語の隅々まで及んでいることが分かる。ただし、「大地は人間について万巻の書よりも多くを教える」という箴言風の冒頭句は、作品における主題と形式の矛盾を端的に示すものでもある。なぜなら、人間の真理を明らかにするのは書物でなく大地であると説きながら、『人間の大地』それ自体は真理を語る「叡智の書」であろうとしているからである。つまり、「行動」を通じて見出されるべき真理が、行動ではなく権威ある語り手の「言葉」によって伝達される点において、内容と形式が矛盾しているのだ。

そのため、『戦う操縦士』では「一人称・人物視点」の語りが採用され、行動の最中にある「私」の視点が支配的となる。『戦う操縦士』とは、語り手＝登場人物「私」が行動の意味と「我々の絆」を見出すと同時に、言葉や論証がその効力を失う物語である。「私」は偵察任務の報告＝伝達が無益であることを物語冒頭から強調しており、アラス上空で任務の意味を見いだした後、最終章では語り手の役割を離れて登場人物に回帰し「我々の沈黙」に到る。そして物語を締めくくる種子のイメージが読み手を行動へと誘い、「我々の沈黙」は行動と連帯への雄弁な呼びかけとなるのである。このように、語りを否定する語りによって行動を称揚する『戦う操縦士』は、物語の形式と主題の両面において「行動の文学」の名にふさわしい作品となっている。ただし、沈黙と行動の領域には飛行部隊の戦友たち＝「我々」という共同体が確固として存在するとされる。

ところが、『星の王子さま』においては、王子が存在した証が孤独な「私」の思い出にしか存在せず、物語世界内の「我々」の絆はきわめて儚い。だからこそ、共に王子の存在を信じる読み手の存在が物語成立の必須条件となり、理性的で懐疑的な「大人たち」にも「おとぎ話」を信じさせるため、巧みな情報制御を伴う語りと挿絵による三重の枠構造が採用されている。だが、物語の最後に至って、語り手は絵の中のヒツジと王子を同列の存在として扱う転説法を読み手に突きつける。そのとき読み手は、己の読書体験を無に帰したくないという動機から、明白な転説法にもかかわらず紙の上の「見えない」存在を信ずる虚構契約を

敢えて更新し、「私」の切なくも儚い虚構物語を共有することを選んでしまう。このように、『星の王子さま』においては、物語受容と虚構契約まで射程に収めた物語テクストが読み手の参入を強く要求しており、『戦う操縦士』における「行動の文学」が、いわば読書行為の「行動主義」へと一層ラディカルな発展を遂げているのである。小説のコードという慣例に基づいて「本当」であると認められる三人称物語の事実性に対し、『星の王子さま』の一人称的語り手「私」は、物語が物語として成立する虚構契約の過程に読み手を巻き込み、「虚構＝真理」を信ずる「我々」という共同体を形作る。つまり、サン＝テグジュペリによる一人称物語形式の選択とは、三人称物語のコードに基づく硬直した事実性を放棄し、最終的には一人称語りによる動的かつ共同主観的な真実性を選び取ったことを意味するといえるだろう[184]。

　我々の分析が明らかにしてきたのは、伝記的あるいは思想的側面がクローズアップされることの多いサン＝テグジュペリの、最初から最後まで語り形式にきわめて意識的な作家としての側面であった。だが、作家において思想的発展があるならば、その思想にふさわしい表現形式の発展も当然あってしかるべきであり、その意味において我々の分析は、文学において内容と形式は本来不可分のものであるという当たり前の事実を再確認したにすぎないといえるかもしれない。

　しかし、我々の研究がもたらした最大の成果は、両大戦間から戦後に至るフランス20世紀文学の中に、サン＝テグジュペリを従来とは異なる形で位置づけるための具体的で明確な手がかりを得られた点にあろう。ミシェル・オートランは、『アルテンブルクの胡桃の木』や『ウイーヌ氏』、『空の分割』、『戦う操縦士』といった作品において試みられた物語形式の新しさが理解されないまま、戦後に

---

[184] 三人称形式を脱却して一人称形式を選び、それをさらに発展させたサン＝テグジュペリが、最後の完結作品『星の王子さま』において、「大人たち」のために一人称語りを採用せざるを得なかったと、三人称物語へのノスタルジーとも取れる言葉を残していることは興味深い（*PP*, p.246）。もちろん、第一義的には子ども時代に親しんだおとぎ話形式へのノスタルジーを読み取るべきところではあろう。だが、*Le Navire d'argent*誌に掲載された三人称物語『飛行士』から作家としてのキャリアを開始し、絶えず新しい表現形式を追求して一人称語りを練り上げてきたサン＝テグジュペリが、シンプルな言葉で通じ合える一種の原始状態への憧れを表明していると考えるなら、「おとぎ話のように語りたかった」という件の言葉をさらに含蓄豊かに読むことができよう。なお、素朴な言葉による相互理解への憧れは、遺稿集『城砦』における、有名な庭師のバラのエピソードにも読み取ることができる。*Citadelle*, in *Œuvres complètes*, t.2, *op.cit.*, pp.830-832.

なって1950年代のヌーヴォー・ロマンの「新しさ」だけが過剰評価されてしまったことはヌーヴォー・ロマンにとっても不幸なことだったと述べている[185]。ヌーヴォー・ロマンが既存の小説形式との完全な断絶ではなく、むしろマルロー、ベルナノス、サンドラール、そしてサン=テグジュペリといった作家たちによる探求の延長線上にあることは、たとえば『戦う操縦士』が語りを否定する語りによって成り立つ物語である点を見ても明らかであろう。行動や冒険といった主題的な側面が注目されがちなサン=テグジュペリであるが、彼はフランス20世紀文学における作家として、戦後のヌーヴォー・ロマンに続く表現形式の探求者たちの間に確たる位置を占めているのだ。オートランは、『戦う操縦士』に関して次のように述べている。

> いずれにせよ、恐らくサン=テグジュペリは手探りで創作したのだろう。彼は小説の伝統を派手に拒絶してみせることも、自分が作るものの目新しさを華々しく宣伝することもない。彼のヌーヴォー・ロマンは、文学的に気づかれないままなのである[186]。

だが、この言葉は『星の王子さま』にこそ一層よく当てはまるように思われる。なぜなら、この「絵本」は世界中でもっとも読まれているフランス語の作品であるにもかかわらず、フランス20世紀文学の中で正当に評価され位置づけられているとはいえず、一種の例外として扱われることで、文学史的にはある意味で黙殺されているといっていい状況だからである[187]。リアリズムの伝統が強固なフランス文学界において、異星から来た王子の「おとぎ話」であるがゆえに幻想文学と見なされ、「絵本」という形態から児童文学の枠で捉えられるという形で、いわば作品が二重にマージナル化され、いわゆる正統派文学の範疇から除外されてしまうこともその要因の一つであろう。また、サン=テグジュペリは、飛行士としての経歴と、『夜間飛行』から『戦う操縦士』に至る作品の主題によって

---

185 Michel Autrand, « Vers un nouveau roman : *Pilote de guerre* de Saint-Exupéry », *op.cit.*, p.37.
186 *Ibid.*, p.38.
187 文学的主題の発展という観点であれば、『星の王子さま』をサン=テグジュペリの作品群の中に位置づけ、20世紀文学の他の作家たちとの共通点を指摘したPierre-Henri Simonによる論考が比較的早くから存在する。Pierre-Henri Simon, « À la rencontre du Petit Prince », in *Saint-Exupéry*, Hachette, 1970, pp.189-208.

「行動の文学」の担い手と見なされ、それゆえに虚構性の最たるものである「おとぎ話」=『星の王子さま』は、行動主義文学の王道から外れた偶発的作品と見なされがちである。鹿島茂は、ある対談の中で「限定された状況でひとつの奇跡としてこの作品が生まれたのではないかと思うんです。意図して書けるものじゃないですよ、この本は」と述べているが[188]、作家としての意識的な探求の外側に作品の成立と成功の秘密を見ようとする点では典型的な『星の王子さま』=偶発的特殊作品論といえよう。その観点によれば『星の王子さま』とは、アメリカ亡命という特殊な状況下に置かれた作者が、編集者に勧められたのをきっかけに、直接的な形では伝えられないメッセージを込めつつ気晴らしや慰めを求めて書いた作品であり、それがたまたま、正統派文学の王道を外れた「親しみやすさ」「単純さ」「純粋性」ゆえに、さらには作者自身の最期との符合という伝記的要因の影響ゆえに、期せずして絶大な人気を博した「奇跡のような」偶発的作品ということになる[189]。

しかしながら、我々の分析が明らかにしたとおり、『星の王子さま』は『戦う操縦士』の「行動主義的」な一人称語りをさらにラディカルに発展させた線上にある物語テクストであり、クノーやパンジエにも劣らないほどのメタフィクション作品である。ただし、そのメタフィクション性があまりにもさりげなく巧みなので、「ヌーヴォー・ロマン」としての『星の王子さま』の新しさは批評家や研究者にも見過ごされたまま、テクストが世界中の読者に及ぼした効果だけが我々の目に映っているのではないだろうか。そうした絶大な人気の理由を説明しようとするのが『星の王子さま』=偶発的特殊作品論や、作家の最期と作品を重ね合わせる『星の王子さま』=神秘主義的遺言論であるが、いずれの観点からも抜け落ちてしまうのは、処女作から最後の作品に至るまで作家サン=テグジュペリが試み続けた新しい表現形式の探求の歩みそのものである。彼の作品における語り形式の変化発展に注目した我々の研究は、まさしくそこに光を当てようとするものであり、本論の成果はサン=テグジュペリの作品群、とりわけ『星の王子さま』を、20世紀文学の流れの中に位置づけ直す手がかりの一つとなるであろう。我々

188　星の王子さまクラブ編『星の王子さまの本』宝島社、2005, p.26.
189　童話作家の吉田浩も、「彼の他の作品はすべて「行動の文学」と呼ばれるような男っぽい骨太な小説ばかりでした。つまり、彼にとっては『星の王子さま』こそが例外的な作品だったのです」と述べ、「では、なぜ彼が突然、童話を書く気になったのでしょう？」と、外的な偶発的要因によって例外的作品が成立したという話運びで作品成立のきっかけを紹介している。吉田浩、前掲書、p.195.

の研究が示したとおり、サン゠テグジュペリが残したのは冒険の文学であると同時に、文学の冒険でもあったのである。

『星の王子さま』挿絵一覧

番号	絵の内容	彩色	ページ	キャプション
1	宇宙を旅する王子（扉絵）	カラー	pp.230-231	« Je crois qu'il profita, pour son évasion, d'une migration d'oiseaux sauvages. »
2	獣を呑み込むボア	カラー	p.235	
3	象を呑んだボア（外観）	カラー	p.235	
4	象を呑んだボア（断面）	白黒	p.236	
5	正装した王子の肖像	カラー	p.239	« Voilà le meilleur portrait que, plus tard, j'ai réussi à faire de lui. »
6	三枚のヒツジの絵	白黒	p.240	
7	箱の絵	白黒	p.240	
8	断崖（？）に立つ王子	白黒	p.241	
9	故郷の星に立つ王子	カラー	p.243	« Le petit prince sur l'asréroïde B 612 »
10	B612を発見する天文学者	白黒	p.244	
11	トルコ衣装の天文学者	カラー	p.245	
12	スーツ姿の天文学者	カラー	p.245	
13	積み上げられた象	カラー	p.248	
14	バオバブを駆除する王子	カラー	p.249	
15	バオバブ	カラー	p.251	« Les baobabs. »
16	夕日を眺める王子	白黒	p.252	
17	バラ	カラー	p.255	
18	王子とバラ	白黒	p.257	
19	バラに水をやる王子	カラー	p.258	
20	バラに風よけを立てる王子	カラー	p.258	
21	トラに襲われるバラ	白黒	p.259	
22	バラに覆いをかける王子	白黒	p.259	
23	火山の掃除をする王子	カラー	p.261	« Il ramona soigneusement ses volcans en activité. »
24	王様の星	カラー	p.265	
25	うぬぼれ屋の星	カラー	p.268	
26	酒飲みの星	カラー	p.269	
27	ビジネスマンの星	カラー	p.272	
28	点灯夫の星	カラー	p.277	« Je fais là un métier terrible. »
29	地理学者の星	カラー	p.280	
30	砂漠に立つ王子	カラー	p.283	
31	王子とヘビ	カラー	p.287	« Tu es une drôle de bête, lui dit-il enfin, mince comme un doigt... »
32	砂漠の花	カラー	p.289	
33	山頂の王子	白黒	p.291	« Cette planète est toute sèche, et toute pointue et toute salée. »
34	バラ園の王子	カラー	p.292	
35	王子とキツネ	カラー	p.293	
36	狩人	カラー	p.296	
37	キツネと巣穴	カラー	p.297	« Si tu viens, par exemple, à 4 heures de l'après-midi, dès 3 heures je commencerai d'être heureux. »
38	腹ばいの王子	カラー	p.299	« Et, couché dans l'herbe, il pleura. »
39	泉	白黒	p.301	
40	王子と井戸	カラー	p.305	« Il rit, toucha la corde, fit jouer la poulie. »
41	塀の上の王子とヘビ	カラー	p.311	« Maintenant, va-t'en, dit il... je veux redescendre ! »
42	砂漠を歩く王子	白黒	p.315	
43	星の光と王子	白黒	p.316	
44	倒れる王子	カラー	p.318	« Il tomba doucement comme tombe un arbre. »
45	最後の風景	白黒	p.320	

参考文献

サン゠テグジュペリの作品

SAINT-EXUPÉRY, Antoine de, *Œuvres complètes* [édition publiée sous la direction de Michel Autrand et Michel Quesnel], Gallimard, « Bibliothèque de la Pléiade », t.1, 1994 ; t.2, 1999.

— *Dessins, Aquarelles, pastels, plumes et crayons*, Gallimard, 2006.（山崎庸一郎・佐藤久美子訳『サン゠テグジュペリ　デッサン集成』みすず書房、2007.）

DES VALLIÈRES, Nathalie, *Les plus beaux manuscrits de Saint Exupéry*, La Martinière, 2003.

サン゠テグジュペリに関する参考文献

ALBÉRÈS, René Marill, *Saint-Exupéry*, Paris : Albin Michel, 1961[1946].（R.-M. アルベレス、中村三郎訳『サン゠テグジュペリ』白馬書房、1970.）

BARBÉRIS, Marie-Anne, « *Le Petit Prince* » *de Saint-Exupéry*, Larousse, « Textes pour aujourd'hui », 1976.

BRIN, Françoise, *Étude sur Saint-Exupéry*, « *Terre des hommes* », Ellipses, « Résonances », 2000.

BRUMONT, Maryse, « *Le Petit Prince* », *Saint-Exupéry*, Bertrand-Lacoste, « Parcours de lecture, Collèges ; 61 », 1994.（マリーズ・ブリュモン、三野博司訳『『星の王子さま』を学ぶ人のために』世界思想社、2007.）

CADIX, Alain, éd., *Saint-Exupéry, le sens d'une vie* [nouvelle éd.], Cherche-Midi, « Ciels du monde », 2000[1994].

CATE, Curtis, *Antoine de Saint-Exupéry, laboureur du ciel* [éd. revue et augm.], traduit de l'anglais par Pierre Rocheron et Marcel Schneider, Grasset, 1994[*Antoine de Saint-Exupéry, his life and times*, 1970].

CERISIER, Alban, éd., *Il était une fois... Le Petit Prince*, Gallimard, « Folio », 2006.

CHADEAU, Emmanuel, *Saint-Exupéry*, Perrin, 2000.

CHEVRIER, Pierre, *Antoine de Saint-Exupéry*, Gallimard, 1949.

— *Saint-Exupéry : essai* [avec notes et documents de Michel Quesnel], Gallimard, « Pour une bibliothèque idéale ; 12 », 1971[1959].

Collectif, *Pilote de guerre — L'engagement singulier de Saint-Exupéry* [actes du colloque de Saint-Maurice-de-Rémens, 28 et 29 juin 2012], Gallimard, 2013.

Collectif, *Saint-Exupéry*, Hachette, « Génies et réalités », 1968[1963].

Comité de l'Association des amis d'Antoine de Saint-Exupéry, éd., *Cahiers Saint-Exupéry, 1*, Gallimard, 1980.

— *Cahiers Saint-Exupéry, 2*, Gallimard, 1981.

— *Cahiers Saint-Exupéry, 3*, Gallimard, 1989.

DELANGE, René, *La Vie de Saint-Exupéry*, Seuil, 1958[1948].

DES VALLIÈRES, Nathalie, *Saint-Exupéry, l'archange et l'écrivain*, Gallimard, « Découvertes Gallimard : Littérature », 1998.

DESCHODT, Éric, *Saint-Exupéry : Biographie*, Jean-Claude Lattès, 1980.

— *Saint-Exupéry*, Pygmalion, « Chemins d'éternité », 2000.

DESTREM, Maja, *Saint-Ex*, Éd. Paris-Match, « Les Géants », 1974.

DEVAUX, André A., *Saint-Exupéry et Dieu*, Desclée de Brouwer, 1994[*Saint-Exupéry*, 1965].

DREWERMANN, Eugen, *L'essentiel est invisible : une lecture psychanalytique du « Petit Prince »*, traduit de l'allemand par Jean-Pierre Bagot, Cerf, 1992[*Das Eigentliche ist unsichtbar. « Der Kleine Prinz » tiefenpsychologisch gedeutet*, 1984].

ESTANG, Luc, *Saint-Exupéry par lui-même*, Seuil, « Écrivains de toujours », 1956.

— *Saint-Exupéry*, Seuil, « Points Littérature ; 204 », 1989.（リュック・エスタン、山崎庸一郎（訳）、『サン＝テグジュペリの世界　星と砂漠のはざまに』、岩波書店、1990.）

FRANÇOIS, Carlo, *L'Esthétique d'Antoine de Saint-Exupéry*, Paris ; Neuchâtel : P., Delachaux et Niestlé, 1957.

FRANZ, Marie-Louise von, *Der ewige Jüngling. Der Puer aeternus und der kreative Genius im Erwachsenen*, München : Kösel, 1987. [« Der Kleine Prinz (Saint-Exupéry) », pp.17-150]（M-L・フォン・フランツ、松代洋一・椎名恵子訳『永遠の少年』紀伊國屋書店、1982.）

藤田尊潮『『星の王子さま』を読む』八坂書房、2005.

藤田義孝 « Le jeu temporel dans *Courrier Sud* de Saint-Exupéry », *GALLIA*, no.35, 1995, pp.78-84.

—「サン＝テグジュペリ『南方郵便機』における語りの技法—人称をめぐって—」『関西フランス語フランス文学』、第2号、1996, pp.34-43.

—「アレゴリーとしての『夜間飛行』」『フランス語フランス文学研究』、第75号、1999, pp.38-48.

—「『戦う操縦士』における語りの問題— « figural » と « narratorial » の間で」『関西フランス語フランス文学』、第7号、2001, pp.54-64.

—「『人間の大地』における物語情報—1人称体物語の制約を越えて」『関西フランス語フランス文学』、第10号、2004, pp.72-83.

—「『夜間飛行』における複数視点」『フランス語フランス文学研究』、第85-86号、2005, pp.292-305.

—「『星の王子さま』における1人称的語り手の機能—物語情報の正当化という観点から」、*GALLIA*, no.44, 2005, pp.33-40.

— « La fonction du narrateur hétérodiégétique dans *Vol de nuit* », *GALLIA*, no.46, 2007, pp.33-40.

—「『人間の大地』における証言報告—ギヨメとスペイン人伍長のエピソード分析—」、*GALLIA*, no.47, 2008, pp.93-100.

—「『南方郵便機』における一人称語り—物語情報の観点から」『西洋文学研究』（大谷大学

西洋文学研究会)、第27号、2007, pp.1-19.
――「ヒツジは実在するか?――『星の王子さま』という儚い虚構」『テクストの生理学』(柏木隆雄教授退職記念論文集刊行会編)、朝日出版社、2008, pp.343-354.
――「『戦う操縦士』における一人称語り――物語情報の観点から」『西洋文学研究』、第30号、2010, pp.52-76.
GALEMBERT, Laurent de, *La grandeur du Petit Prince*, Le Manuscrit, 2003.
HARRIS, John R., *Chaos, cosmos, and Saint-Exupéry's pilot hero. A study in mythopoeia*, Univ. of Scranton Press, 1999.
HIGGINS, James E., *The Little Prince. A reverie of substance*. New York : Twayne ; London : Prentice Hall International, 1996.
星の王子さまクラブ編『星の王子さまの本』宝島社、2005.
稲垣直樹『サン=テグジュペリ』清水書院、1992.
――『「星の王子さま」物語』平凡社新書、2011.
岩波書店編集部編『「星の王子さま」賛歌』岩波ブックレット No.176, 1990.
JOHN, S. Beynon, *Saint-Exupéry, « Vol de nuit » and « Terre des hommes »*, London : Grant and Cutler, « Critical guides to French texts ; 84 », 1990.
片木智年『星の王子さま☆学』慶應義塾大学出版会、2005.
甲田純生『「星の王子さま」を哲学する』ミネルヴァ書房、2006.
小島俊明『星の王子さまのプレゼント』中公文庫、2006 [『おとなのための星の王子さま』近代文芸社、1995 ; 同書 (改訂版)、近代文芸社、2000 ; 同書、ちくま学芸文庫、2002].
LA BRUYÈRE, Stacy de [SCHIFF, Stacy], *Saint-Exupéry, une vie à contre-courant*, traduit de l'anglais par Françoise Bouillot et Dominique Lablanche, Albin Michel, 1994.
LE HIR, Geneviève, *Saint-Exupéry ou la force des images*, Éd. Imago, 2002.
LHOSPICE, Michel, *Saint-Exupéry, le paladin du ciel*, France-Empire, 1994.
MEUNIER, Paul, *La philosophie du Petit Prince*, Carte blanche, 2003.
MIGEO, Marcel, *Saint-Exupéry*, Club des éditeurs, « Hommes et poètes de l'histoire ; 22 », 1958.
―― *Saint-Exupéry*, Liège : G. Thone ; Paris : Club du livre sélectionné, 1964.
―― *Saint-Exupéry*, Flammarion, « Grandes biographies », 1958. [version abrégée pour la jeunesse : *Saint-Exupéry*, Flammarion, « L'Aventure vécue », 1966.]
三野博司『「星の王子さま」の謎』論創社、2005.
宮田光雄『大切なものは目に見えない』岩波ブックレット No.387、1995.
水本弘文『「星の王子さま」の見えない世界』大学教育出版、2002.
MONIN, Yves, *L'Ésotérisme du « Petit Prince » de Saint-Exupéry*, Paris : Y. Monin, 1996 [*L'Ésotérisme du « Petit Prince »*, Nizet, 1975].
OUELLET, Réal, *Les Relations humaines dans l'œuvre de Saint-Exupéry*, Lettres Modernes, « Bibliothèque des Lettres Modernes ; 19 », 1971.

PAGLIUCA, Maria, « « Je » et « nous ». La métamorphose du sujet dans *Terre des hommes* de Saint-Exupéry », *Annali dell'Istituto Universitario Orientale. Sezione romanza*, XXXIX, 1997, pp.513-531.

PARISET, Jean-Daniel ; D'AGAY, Frédéric, *Album Antoine de Saint-Exupéry* [iconographie choisie et commentée], Gallimard, « Bibliothèque de la Pléiade : Album de la Pléiade ; 33 », 1994.

PHILLIPS, John, *Au revoir Saint-Ex*, Gallimard, 1994.

QUESNEL, Michel, *Saint-Exupéry ou la vérité de la poésie*, Plon, 1964.

RICHELMY, Michel, *Antoine de Saint-Exupéry : philosophe de l'action*, préface de Jean-Marie Conty, Lyon : Éd. lyonnaises d'art et d'histoire, 1994.

— *Antoine de Saint-Exupéry, 1900-1944*, Lyon : Éd. lyonnaises d'art et d'histoire, 2000[1994].

ROY, Jules, *Passion et mort de Saint-Exupéry*, préface de J.-C. Brisville, Julliard, 1964[*Passion de Saint-Exupéry*, Gallimard, 1951].

— *Saint-Exupéry*, Manufacture, « Les Classiques de la Manufacture », 1990.

— *Saint-Exupéry*, Bruxelles : La Renaissance du Livre, « Signatures », 1999.

ルドルフ・プロット『星の王子さまと聖書』パロル舎、1996.

—『星の王子さまと「心のきょう育」』パロル舎、2000.

SAINT-EXUPÉRY, Simone de, *Cinq enfants dans un parc*, éd. par Alban Cerisier ; avant-propos de Frédéric d'Agay, Gallimard, « Cahiers de la NRF », 2000.

斎藤孝選『サン゠テグジュペリ 星の言葉』大和書房、2006.

—『斎藤孝の天才伝 サン゠テグジュペリ』大和書房、2006.

SCHIFF, Stacy, *Saint-Exupéry. A biography*, New York : Da Capo Press, 1997[New York : Knopf ; London : Chatto and Windus, 1994].（ステイシー・シフ、檜垣嗣子訳『サン゠テグジュペリの生涯』新潮社、1997.）

TAVERNIER, René, éd., *Saint-Exupéry en procès*, Pierre Belfond, 1967.

鳥取絹子、北杜夫監修『大人のための「星の王子さま」』KKベストセラーズ、2000.

塚崎幹夫『星の王子さまの世界』中公新書、1982.

VERCIER, Bruno, éd., *Les critiques de notre temps et Saint-Exupéry*, Garnier, 1971.

WAGNER, Walter, *La conception de l'amour-amitié dans l'œuvre de Saint-Exupéry*, Frankfurt/Main et al. : Lang, « Publications universitaires européennes : XIII ; 212 », 1996. [Thèse Université Salzburg 1995]

渡邊健一『星の王子さまの幸福論』扶桑社、2000.

WEBSTER, Paul, *Saint-Exupéry. Vie et mort du Petit Prince*, traduit de l'anglais par Claudine Richepin, Félin, 2000[1993].

WERTH, Léon, *Saint-Exupéry tel que je l'ai connu*, Viviane Hamy, 1994.

山崎庸一郎『『星の王子さま』のひと』新潮文庫、2000[『サン゠テグジュペリの生涯』新潮選書、1971].

―『星の王子さまの秘密』彌生書房、1994.

柳沢淑枝『こころで読む「星の王子さま」』成甲書房、2000.

安冨歩『誰が星の王子さまを殺したのか―モラル・ハラスメントの罠』明石書店、2014.

吉田浩『『星の王子さま』の謎が解けた』二見書房、2001.

ZELLER, Renée, *La Grande Quête d'Antoine de Saint-Exupéry dans « Le Petit Prince » et « Citadelle »*, Alsatia, 1961.

サン゠テグジュペリに関する特集雑誌

『ユリイカ　サン゠テグジュペリ生誕100年記念特集』青土社、2000年7月号．

GOSSELIN-NOAT, Monique, éd., *Roman 20-50, Revue d'études du roman du XXe siècle*, no.29, juin 2000, pp.5-96. [« *Terre des hommes* et *Pilote de guerre* d'Antoine de Saint-Exupéry », études réunies par Monique Gosselin-Noat]

LE HIR, Geneviève, éd., *Antoine de Saint-Exupéry, Études littéraires* (Université de Laval, Québec), vol.33, no.2, 2001.

サン゠テグジュペリに関するウェブサイト（2015/08/17）

Antoine de Saint-Exupéry – Le site officiel –
http://www.antoinedesaintexupery.com/

About Saint-Exupéry : Bibliography, A bibliography of biographical works in French and English [bibliographie des ouvrages biographiques en français et en anglais sur Saint-Exupéry]
http://www.trussel.com/saint-ex/stexbib.htm

星の王子さま総覧
http://lepetitprince.net/

分析の方法論に関する文献

AMOSSY, Ruth, éd., *Images de soi dans le discours*, Paris ; Lausanne : Delachaux et niestlé, 1999.

オースティン、J. L.、坂本百大訳『言語と行為』大修館書店、1993（第9版）［初版1978：原著1960].

BAL, Mieke, *Narratologie*, Utrecht : HES Publishers, 1984.

BARTHES, Roland et al., *Poétique du récit*, Seuil, « Points : Essais », 1977.

BARTHES, Roland et al., *L'analyse structutale du récit*, Seuil, « Points : Essais », 1981 [*Communications*, 1966].

BARTHES, Roland, « Introduction à l'analyse structurale des récits », in *L'analyse structurale du récit, op.cit.*, pp.7-33.（ロラン・バルト、花輪光訳『物語の構造分析』みすず書房、1979.）

参考文献

ブース、ウェイン・C、米本弘一・渡辺克昭・服部典之訳『フィクションの修辞学』水声社（書肆風の薔薇）、1991[原著1961]。
CHISS, J.-L. ; FILLIOLET, J. ; MAINGUENEAU, D., *Linguistique française - Communication, syntaxe, poétique*, Hachette, 1992.
COHN, Dorrit, *La transparence intérieure*, traduit par Alain Bony, Seuil, 1981[*Tranparent Minds*, 1978].
— *Le propre de la fiction*, Seuil, 2001[*The Distinction of fiction*, 1999].
FONTANILLE, Jacques, *Les espaces subjectifs, introduction à la sémiotique de l'observateur*, Hachette, 1999.
— *Sémiotique et littérature, Essais de méthode*, P.U.F., 1999.
GENETTE, Gérard et al., *Théorie des genres*, Seuil, « Point : Essais », 1986.
GENETTE, Gérard, *Figures III*, Seuil, « Poétique », 1972.（ジェラール・ジュネット、花輪光・和泉涼一訳『物語のディスクール』水声社、1985.）
— *Palimpsestes*, Seuil, « Points : Essais », 1982.
— *Nouveau discours du récit*, Seuil, « Poétique », 1983.（ジェラール・ジュネット、和泉涼一・神郡悦子訳『物語の詩学：続・物語のディスクール』水声社、1985.）
— *Seuils*, Seuil, « Poétique », 1987.
— *Fiction et diction*, Seuil, « Poétique », 1991.
HAMBURGER, Käte, *Logique des genres littéraires*, traduit de l'allemand par Pierre Cadiot, Seuil, « Poétique », 1986 [*Die Logik der Dichtung*, 1977].
LINTVELT, Japp, *Essai de typologie narrative, Le « point de vue »*, José Corti, 1989[1981].
MAINGUENEAU, Dominique, *Éléments de linguistique pour le texte littéraire*, Dunod, 1993[Bordas, 1986].
— *Le contexte de l'œuvre littéraire*, Dunod, 1993.
— *Les termes clés de l'analyse du discours*, Seuil, « Mémo », 1996.
PRINCE, Gerald, *Dictionary of Narratology*, Lincoln ; London : University of Nebraska Press, 1987.（ジェラルド・プリンス、遠藤健一訳『物語論辞典』（増補版）松柏社、1997[初版1991].）
RYAN, Marie-Laure, *Possible worlds, artificial intelligence, and narrative theory*, Bloomington ; Indianapolis : Indiana University Press, 1991.
STANZEL, Franz K., *Theorie des Erzählens*, Göttingen : Vandenhoeck & Ruprecht, 1979.（フランツ・K・シュタンツェル、前田彰一訳『物語の構造』岩波書店、1989.）
TODOROV, Tzvetan, *Introduction à la littérature fantastique*, Seuil, « Point : Essais », 1970.（ツヴェタン・トドロフ、三好郁郎訳『幻想文学論序説』東京創元社、1999[初訳1975].）
— *Poétique de la prose*, Seuil, « Point : Essais », 1971.
WALTON, Kendall L., *Mimesis as Make-Believe*, Harvard University Press, 1990.

その他の参考文献

饗庭孝男他編『新版フランス文学史』白水社、1992.

BERGSON, Henri, *L'évolution créatrice* (1907), P.U.F., « Quadrige », 1989.

— *La pensée et le mouvant* (1938), P.U.F., « Quadrige », 1990.

BETI, Mongo, *Trop de soleil tue l'amour*, Julliard, 1999.

CAMUS, Albert, *L'Étranger* (1942), Gallimard, « Folio », 1972.

— *La Peste* (1947), Gallimard, « Folio », 1972.

DARCOS, Xavier, *Histoire de la littérature française*, Hachette, 1992.

ファーヴル、ロベール監修、大島利治他訳『最新フランス文学史』河出書房新社、1995[原著1990].

FLAUBERT, Gustave, *Madame Bovary* (1857), Gallimard, « Folio classique ; 804 », 1972.

GIDE, André, *La Porte étroite* (1909), Gallimard, « Folio », 1972.

— *Les Faux-Monnayeurs*(1926), Gallimard, « Folio », 1997.

岩根久他編『フランス文学小事典』朝日出版社、2007.

岩松正洋「転説法と物語論的パラドックス―クノー、パンジェ、クンデラの虚構内虚構」『フランス語フランス文学研究』、第75号、1999, pp.62-72.

柏木隆雄他編『エクリチュールの冒険―新編・フランス文学史―』大阪大学出版会、2003.

TADIÉ, Jean-Yves, *La critique littéraire au XXe siècle*, Pierre Belfond, 1987.

— *Le roman au XXe siècle*, Pierre Belfond, 1990.

VIART, Dominique, *Le roman français au XXe siècle*, Hachette, 1999.

あとがき

　本書は、2010年に大阪大学大学院に提出した博士論文「サン゠テグジュペリにおける物語形式の探求—5作品の「語り」分析を通じて—」を改題し、若干の手直しを加えたものである。本書に含まれる研究成果の初出については、参考文献の著者名の項目を参照されたい。また、本書の元となった博士論文には、2003年にリール第3大学に提出したD.E.A.論文 « Le narrateur dans *Courrier Sud* et *Vol de nuit* d'Antoine de Saint-Exupéry » の成果も含まれている。ご指導いただいたJacques DEGUY教授には改めて感謝する次第である。

　著者がサン゠テグジュペリ作品の分析枠組みとして用いたジェラール・ジュネットの物語論は、フランスでは学校の教科書に載るほどまでに一般化した文学テクスト分析の手法である。にもかかわらず、その方法論をサン゠テグジュペリの作品全体に体系的に適用した研究はこれまでになく、本書がその最初の研究書ということになる。

　サン゠テグジュペリは『星の王子さま』の作者として世界的に有名であるが、飛行士にして作家という経歴の特異性から、研究は伝記研究に偏っていた。サン゠テグジュペリのテクストの決定版といえるプレイアッド版2巻本の刊行が完了したのも没後55年を経た1999年のことである。それゆえ、サン゠テグジュペリがフランス文学史において新たな評価を得るには21世紀の研究の進展が待たれよう。その第一歩として必要な研究は、作家が書き残したのがどんなテクストであるのかを具体的な分析によって明らかにすることであろう。もはや古典となったジュネットの物語論を用いるフランス文学研究者は今日あまり見かけないが、文学テクストを読み込むことが文学研究の基本である以上、やはりまずはそこから始めるべきだと考えるからである。

　本書は、著者の本務校である大谷大学の2015年度学術刊行物出版助成を得て刊行された。大谷大学と関係各位に、この場を借りてお礼を申し上げる。

　博士論文の完成には予想を遥かに上回る長い年月を要したが、その間、辛抱強く研究を見守って下さった柏木隆雄先生、和田章男先生、そして研究生活を長らく支えてくれた妻の佐理に、心から感謝の念を捧げたい。

2015年8月19日　藤田　義孝

著者略歴

藤田 義孝（ふじたよしたか）

1969年生まれ。
大谷大学文学部国際文化学科准教授。
大阪大学大学院文学研究科博士後期課程単位取得退学。
同大学院で博士号（文学）取得。
専門はサン＝テグジュペリの文学作品研究。
主要著書『オ・パ・カマラッド！―足並みそろえて、フランス語』（共著・駿河台出版社）。

サン＝テグジュペリにおける「語り」の探求
──『南方郵便機』から『星の王子さま』へ──

2015年12月1日　初版発行

著　者	藤田　義孝（ふじたよしたか）	
発行者	原　雅久	
発行所	株式会社　朝日出版社	

〒101-0065　東京都千代田区西神田3-3-5
TEL (03)3263-3321（代表）　FAX (03)5226-9599
ホームページ http://www.asahipress.com

印刷所　図書印刷株式会社

乱丁、落丁本はお取り替えいたします
©Yoshitaka Fujita 2015. Printed in Japan　　ISBN978-4-255-00892-9　C0098